철의 여인

OHWOO'S STORY MATE

和수복 장편소설

철의 여인

Track List

Intro. 이방인 *7

Track 1. 춥다 *21

Track 2. Oblivion(망각) *78

Track 3. Beautiful Stranger *123

Track 4. 누구나 비밀은 있다 *178

Track 5. 진실 *230

Track 6. 원하고 원망하죠 *287

Outro. 해 줄 수 없는 일 *342

Behind Track. Home *397

Bonus Track. 두 사람 *412

작가의 말 *422

Hidden Track. 우연일까요 *425

Intro. 이방인
- 전람회

바람이 분다.

바람은 민철의 등을 어루만지고 봄꽃을 흐트러뜨렸다. 그는 묵묵히 앞만 보고 걷던 걸음을 멈추었다. 멈춰 선 등으로 또 한 번 바람의 손길이 느껴진다. 까마득한 옛일을 떠올리듯 뒤돌아서는 것이 낯설었다. 오래도록 앞만 보고 걸어온 탓이리라. 세 번째 바람을 느낀 후에야 그는 뒤를 돌아보았다.

쏴아악. 바람이 제법 크게 몰려왔다. 달빛을 머금어 하얗게 눈처럼 흩날리는 꽃잎을 좇던 민철의 눈은 어느새 아득한 과거를 더듬었다.

그때도 여기, 이 골목이었다.

지금보다 배는 추웠던 2월, 민철은 신발조차 제대로 신지 못한 채였다. 그리고……. 열여덟이었다. 애도 아니고 그렇다고 어른도 아닌, 아직은 보살핌이 필요한 어중간한 시절에 민철은 하얗게 질린 맨발로 그보다 더 하얀 눈밭을 넘어지고 구르면서 도망쳐야 했다. 부드러운 구름처럼 소복이 쌓인 눈은 생각만큼 부드럽지 않았다. 그저 추웠다. 살이 에이도록, 지독하게, 추웠다.

"형아, 도망쳐! 얼른! 얼른 도망가!"

과거 어느 때에 들었던 앳된 목소리가 시린 바람을 타고 민철을 떠밀었다. 교복 재킷은 어디서, 언제, 어떻게 벗겨졌는지 기억에 없었다. 단정하게 목을 감싸던 넥타이는 고사하고 얇은 와이셔츠 단추는 반 이상 떨어져 나가 안 입느니만 못했다. 바람에 펄럭이는 셔츠 사이로 서리 낀 한기가 스몄다. 조끼 스웨터라도 입었다면 덜 추웠을까? 애석하게도 이틀 전 빨아 널어 놓았던 스웨터는 아직 빨랫줄에 걸려 있었다. 그를 대신해 걷어 줄 사람이 없었던 탓이었다.

그러니까 그날은, 숨이 턱까지 차올라 눈물인지 땀인지 모를 액체가 시야를 가려 마치 꿈속을 헤매는 것만 같은 날이었다.

영원히 깨지 않을 악몽.

그때 만약 지금처럼 뒤를 돌아보았다면 깨끗하기만 했던 눈 위에 붉게 흩뿌려진 핏자국을 보았을지도 모른다.

"하아, 하아, 하아……."

열여덟의 민철은, 가쁜 숨을 몰아쉬며 상처 부위를 사력을 다해 틀어막았다. 손가락 사이로 울컥울컥 피가 새어 나왔다. 지금도 기억한다. 그 비릿하고 끈적한 피가 얼마나 뜨거웠는지를. 몸에서 피가 빠져나가는 섬뜩함에 몸서리쳤다. 만신창이가 된 몸은 아득한 피안을 향해 성큼성큼 걸어 나갔다. 오직 생을 향한 질긴 집착만이 희미한 의식에 매달려 몸을 움직이게 했다.

민철은 이를 악물었다. 살고 싶었다. 죽고 싶지 않았다. 난생처음 경험한 강력한 죽음의 공포는 분노가 되어 타올랐다.

최명철!

그 이름을 떠올린 것만으로도 핏발 선 눈에 살의가 번들거렸다. 어리고 무지하던 시절의 민철에게 최명철은 돌아가신 아버지의 지인일 뿐이었다. 하지만 그를 만남으로써 민철의 인생은 뿌리째 흔들렸다.

"명심해. 네 몸은 네 것이 아니다."

열다섯, 아버지가 돌아가신 후 최명철 손에 맡겨지면서 수시로 들었던 말이었다. 좋은 음식과 체계적인 운동으로 매일 틀에 박힌 일과를 소화했던 그때는 그 말의 진정한 의미를 헤아리지 못했었다. 아버지가 물려주신 재산이라고는 몸뚱이 하나뿐이었기에 소중하게 여기라는 줄로만 알았다. ……순진하게도.

만약 최명철을 만나지 않았다면, 함께 가자던 그의 손을 잡지 않았다면, 최명철만 아니었더라면…….

미련한 후회가 안개처럼 피어올랐다. 최명철의 이름 앞에서는 세월도 부질없는 모양이었다.

쏴아아아.

저만치 물러났던 바람이 돌아와 꽃나무를 흔들었다. 뒤돌아본다고 해서 시간을 되돌릴 수 없는 일이었다. 민철은 무심히 봄꽃을 바라보다 이내 골목길을 거슬러 올라갔다. 곳곳에 가로등이 세워지고 없던 건물이 생기고 있던 건물이 사라졌으나 골목길이 지닌 특유의 느낌은 여전했다. 예나 지금이나 쓸쓸하고 고독했다.

골목길을 돌고 돌아 가파른 계단을 오르면 길은 두 갈래로 나뉘었다. 왼쪽보다 조금 더 좁은 오른쪽 길 초입의 일본식 단독주택 하나가 유독 눈에 띄었다. 한 평 남짓 작은 화단이 있는 마당과 다락방 규모의 2층이 얹어진 붉은 벽돌집이었다.

바로 이곳에서 모든 일이 시작되었다. 그래서 돌아왔다. 17년이 지난 지금, 끝을 맺기 위하여.

이사는 3월에 했지만 처리할 일이 있어 한 달을 외지에서 보냈다. 서른다섯이 되도록 단 하루도 쉬지 않았던 민철에게 주어진 석 달의 휴가 중 한 달을 타지에서 보낸 셈이었다. 앞으로 두 달 안에 '그 아이'를 찾아야만 했다.

재개발이 결정된 이후 꽤 많은 집이 지역구區에 편입되면서 등기부등본상의 주소와 토지대장의 주소가 달라졌다. 건물의 실주소는 있지만, 토지대장상에 도로만 있는 반쪽짜리 건물이 즐비했는데, 붉은 벽돌집도 그런 집 중 하나였다.

공인된 부동산에서 매매가 가능하니 무허가는 아니나 토지대장에는 표시되지 않아 내비게이션으로 주소를 검색할 수 없었다. 때문에 토박이가 아닌 이상 주소만 가지고 집을 찾기란 여간 어려운 일이 아니었다. 요즘도 골목골목을 제 손바닥처럼 꿰고 있는 관록의 집배원이 아니면 헤매기 일쑤였다. 좁고 후미진 골목이지만 누군가에게는 향수를 불러일으키는 장소였다. 그것이 좋은 추억이든, 나쁜 추억이든 말이다.

민철은 대문 앞에 멈춰 섰다. 17년 전과 다름없이 망가진 채로 방치된 대문이 한 뼘 남짓 열려 있었다. 화단 앞에 앉아 고장 나 열린 문틈 사이로 그가 오기를 기다리던 작은 아이의 인영이 주마등처럼 스쳤다.

하지만 언제부터인가 더는 아이의 얼굴이 또렷하게 떠오르지 않았다. 흘러간 세월만큼 기억은 잔상처럼 흐릿했다. 철문은 전체적으로 심하게 부식돼 금방이라도 무너질 것 같았다. 그러나 왠지 이대로 두고 싶었다.

'이대로도 괜찮겠지.'

노후한 대문을 한 손으로 가볍게 밀자 끼이익, 괴로운 비명을 질렀다. 다닥다닥 붙어 있는 집들도 오래되기는 매한가지라 익숙한 소음이었다. 현관으로 향하던 발길을 작은 화단이 붙잡았다. 말끔하게 정리된 화단에도 봄을 맞아 작은 꽃이 올망졸망 피어 있었다.

'꽃이라…….'

뾰족한 위화감이 신경을 콕콕 쑤셔 댔다. 민철은 재빨리 불 꺼진 집을 휘둘러 눈에 담았다. 집 안 곳곳에 인적이 남아 있었다. 세놓기를 포기하다시피 했던 집주인의 손길은 아니었다. 그보다는 훨씬 섬세하고 바지런한 흔적이었다. 이사를 대행했던 두진의 말과는 사뭇 다른 모습이었다. 충직한 두진이 아무것도 손대지 말라던 민철의 명령을 어겼을 리 없었다.

그는 조용히 현관문을 열고 안으로 들어가 소리 없이 문을 닫았다. 외부도 고요했으나 내부는 적막감이 숨소리마저 앗아 갔다.

현관문을 열고 들어서면 우측으로 거실 겸 주방이 있고, 더 안쪽으로 안방과 화장실이 위치해 있었다. 좌측으로는 그보다 작은 방이 미닫이문을 사이에 두고 나뉘어 있는데 현관문에 가까운 작은방과 미닫이문 사이에 2층으로 연결된 나선형 계단이 있었다. 그 계단 아래에 수납을 위한 작은 붙박이장도.

민철은 최명철을 따라 이 집에 왔던 과거의 기억부터 하나하나 되짚어 나갔다. 시선을 사선으로 내리뜨자 칠이 벗겨졌을 뿐 예전 그대로인 수납장이 보였다.

민철은 신발을 벗고 안으로 들어갔다. 바닥은 먼지 하나 없이 깨끗했다. 발밑을 배회하던 시선을 끌어올려 무심한 듯 차가운 눈빛으로 2층 계단을 직시했다. 저 계단을 밟아 올라가 2층에 닿으면 싱글 침대와 옷걸이, 앉은뱅이책상만으로도 꽉 차 한 사람 앉을 자리도 없는 조그마한 방이 하나 있다. 천장이 낮아 방보다는 다락이나 창고에 가까웠다. 겨울에는 웃풍이 들이쳐 외투를 입은 채 이불을 뒤집어써도 입김이 샜고 여름에는 창문을 열어도 지글지글 끓는 열기가 빠져나가지 못해 숨이 턱턱 막혔다. 그런 방에서 그는 3년을 살았었다.

상념은 잠시 접어 두고 1층 작은방 문을 열어 내부를 확인했다. 텅 빈 공간 특유의 정체된 서늘하고 텁텁한 공기만이 부유했다. 그러나 이 방 역시 깨끗했다. 지나치게.

민철은 눈을 가늘게 좁혔다가 곧 표정을 감추고는 문을 닫았다. 문이 닫히는 동안 소음은 발생하지 않았다. 바람에 흔들리는 창문의 기괴한 울음뿐이었다.

이내 그가 성큼성큼 훤히 열려 있는 미닫이문 문턱을 밟아 넘어갔다. 거실 겸 주방을 거쳐 반쯤 열린 안방 문을 완전히 열어젖혔다. 두진이 옮겨 놓은 짐이 박스째 가지런히 쌓여 있을 뿐 사람의 모습은 보이지 않았다.

대문을 들어서면서부터 내내 민철의 심기가 불편했던 이유는 바로 이것이었다. 마당을 비롯해 작은방과 거실까지, 마치 누군가 작정을 하고 치운 것처럼 깨끗하다는 것. 안방에는 도배하다 남은 벽지와 두루마리 휴지, 반쯤 비어 있는 생수통과 비닐 뭉치들이 아무렇게나 널려 있었다. 이사 와 한 번도 제대로 청소한 적 없는 집은 이래야 했다.

민철은 구석에 위치한 화장실까지 확인한 뒤 경사진 2층 계단으로 걸음을 옮겼다. 콘크리트를 부어 발이 닿는 부분만 고무 마감재를 붙여 대강 구색만 갖춘 계단도 밟히는 것 없이 깨끗했다. 계단을 오르는 민철의 발 아래로 소음이 잠식한다. 소리 없이 걷는 것은 그의 아주 오래된 습관이었다.

위로 올라갈수록 지붕이 낮아져 허리가 구부정하게 굽었다. 열여덟에도 180센티미터를 넘겼었지만 그때는 지금처럼 지붕이 낮은 줄 몰랐었다. 고작해야 2,3센티미터 남짓 자랐을 뿐인데 유독 집이 작게 느껴졌다. 17년간 잠재되어 있던 기억과 현실은 같은 동시에 미묘한 차이가 있었다.

계단 끝에는 페인트로 하얗게 칠해진 나무문이 버티고 있었다. 방문은 붙박이장이 그러했듯 군데군데 칠이 벗겨져 있었다. 피할 수 없는 세월의 흔적이었다.

시선은 자석에 끌리듯 문고리로 향했다. 처음 이 집에 왔을 때에도 지금처럼 문고리를 내려다보며 서 있었더랬다. 잠금장치가 밖으로 나오도록 돌려 꽂혀 있는 문고리가 이상했기 때문이었다. 밖에서 문이 잠기면 어쩌나 하는 걱정을 했었던 것도 어렴풋한 기억 속에 남아 있었다. 게다가 문은 안쪽으로 밀어야 열리는 게 아니라 바깥쪽으로 당겨야 열렸다. 칠이 벗겨지긴 했어도 그때나 지금이나 바꿔 꽂힌 문고리만은 여전했다.

이윽고 2층 방 문고리를 돌려 잡아당겼다. 문은 가볍게 열렸다. 서서히 열리는 문 너머로 누군가의 흔적을 증명할 증거가 드러나기 시작했다. 창 근처에 세워진 가로등이 작은 방 안 구석구석을 속속들이 비췄다.

번쩍.

안광이 번뜩이는 노란 눈동자가 민철을 직시했다. 예상치 못한 상황이었으나 그 시선을 피하지는 않았다. 노란 눈동자

철의 여인

의 주인은 뾰족하게 세워진 까만 귀를 찡긋거렸다. 그러더니 유연한 꼬리를 크게 휘둘렀다. 낭창하게 움직이는 꼬리의 움직임이 마치 낯선 방문자를 향한 경고처럼 보였다.

 접근 금지!

 불편한 심기를 꼬리에 실어 흔드는 검고 매끈한 몸이 가로등 불빛을 받아 반짝거렸다. 윤기가 흐르는 까만 터럭의 늘씬한 고양이는 웅크린 채 민철과 마주친 눈을 피하지도, 달게 잠든 여자의 품에서 벗어나지도 않았다. 민철이 공상에 빠지기 좋아하는 성격이었다면 환상처럼 아스라한 풍경이라 생각했을 것이다. 그러나 세속에 찌들 대로 찌든 머릿속은 현실적인 계산을 해 대느라 여념이 없었다.

 2층 방에 있는 낯선 여자와 고양이 한 마리.

 여자는 이불도 덮지 않은 채 냉골인 맨바닥에 누워 새우잠을 자고 있었다. 짐이라고는 여자의 것으로 보이는 커다란 배낭이 전부였다. 이불을 대신하는 모양으로 작고 마른 몸에 겹겹의 옷이 둘려 있었지만, 추위를 피하기엔 역부족일 것이 분명했다. 민철은 고르게 숨을 들이쉬고 내쉬는 여자를 내려다보며 지뢰처럼 사방으로 터진 의문을 추슬렀다.

 이 여자는 누구며, 어떤 이유로 이 집에 있는 것인가.

 열쇠는 이사 오면서 집주인이 모두 그에게 넘겨주었다. 고장 난 대문의 열쇠를 비롯해 현관문, 각 방의 개별 열쇠와 외부 창고 열쇠까지. 열쇠가 민철의 수중을 떠난 건 두진이 이사를 대행했던, 그날 하루가 유일했다. 집주인이 민철 몰래 여분의 열쇠를 가지고 있다 해도 여자의 존재 이유를 설명할 수는 없었다.

서울을 떠나 있던 한 달간 대체 무슨 일이 있었던 걸까. 의문은 사채처럼 불어났다.

당장 여자를 깨워 캐묻고 싶은 충동이 일었다. 하필 이 시기에, 다른 곳도 아닌, 사건이 발생했던 바로 이 집에 숨어 잠들어 있는 낯선 여자. 단순히 우연으로 치부하기에 지난 한 달을 이렇다 할 단서 없이 허비했다. 지푸라기라도 잡아야 하는 절박함이 충동이라는 거센 바람을 일으켰다. 짧은 순간 수만 가지의 사념이 얽히고설켜 머릿속을 어지럽혔다.

고양이가 다시 한 번 꼬리를 크게 펄럭이며 방문자를 경계했다. 민철이 흘려보낸 감정의 조각이 예민한 고양이의 신경을 건드리고 있었다. 과열된 충동은 제대로 된 사고를 불가능하게 했다. 이대로는 안 된다는 경고가 바람을 잠재웠다. 이럴 때일수록 신중해야 했다. 민철은 손끝을 오므려 주먹을 움켜쥐어 감정을 갈무리했다.

민철에게 주어진, 과거를 청산할 기회는 이번이 마지막이었다. 끝을 내겠다는 각오로 돌아왔으니 그 어느 때보다 냉정하게 생각하고 판단해야 했다. 그는 당장 해야 할 일이 무엇인가부터 정리했다. 주인도 없는 집을 무단으로 점거한 이 여자에 대해 알아보는 것이 먼저였다. 지금 여자를 깨워 묻는다고 해도 여자의 말이 모두 진실일 리 없었다. 객관적인 정보가 필요했다.

민철은 양복 재킷을 벗어 들고 문턱을 넘었다. 슬며시 고개를 든 검은 고양이가 집요하게 침입자를 주시했다. 잠시 멈춰선 민철이 고양이와 시선을 맞춘 채로 조금씩 거리를 좁혔다. 상대를 경계하면서도 고양이는 웅크려 잠든 여자의 곁을 떠나지 않았다.

그는 그대로 고양이와의 시선을 유지하면서 여자에게 재킷을 덮어 주고 천천히 뒤로 물러났다. 이내 검은 고양이는 들었던 머리를 숙였다. 그러나 시선만은 민철에게 고정되어 있었다. 서서히 문이 닫히는 틈으로 여자와 고양이의 모습이 사라져 갔다.

민철은 소리 없이 닫힌 문을 등지고 1층으로 내려와 곧장 보일러 전원을 켜고 실내 온도를 높였다. 절기상 봄이라고는 하나 밤낮으로 일교차가 컸다. 냉골인 방에서 이불도 없이 자기엔 부적절한 날씨였다.

위잉. 오래 잠들었던 보일러가 돌아가는 소리가 요란하다. 민철은 시트를 깔지 않아 허연 속살이 그대로 드러난 매트리스에 앉았다. 안방에는 아직 풀지 않은 짐 박스가 한쪽 벽면 가득 쌓여 있었다. 보일러는 줄곧 꺼져 있고 음식을 해 먹거나 짐에 손을 댄 흔적도 없었다. 유일하게 짐이 있는 안방만 지저분하다는 건 여자가 집 안 곳곳을 청소하고 가꿨으면서도 이 방 문턱만은 넘지 않았다는 증거였다.

여자, 검은 고양이, 단장된 화단, 말끔한 내부.

가장 춥고 구석진 2층 방에서 이불도 없이 잠든 여자가 이 집에 산다고 할 수 없었다. 숨어 있을 수밖에 없는 처지라면 화단을 정리하고 집 안을 청소한 이유는 무어란 말인가. 가장 그럴싸한 추측은 여자가 신세를 갚으려 했다는 것 정도인데 남의 집에 숨어 있을 정도로 절박한 여자가 취한 행동치고는 제법 양심적이라 오히려 어이가 없었다. 그러나 어디까지나 가설은 가설일 뿐이었다. 적당히 끼워 맞춰 해석한들 여자가 이 집에 있는 사연을 설명하기엔 부족했다. 확실한 증거가 필요했다.

새벽 2시. 해가 뜨려면 네 시간은 더 기다려야 한다.

'얼마나 기다렸을까.'

아이의 잔상은 예고 없이 떠올랐다.

민철에게 도망가라며 사력을 다해 외쳤던 그 아이, 최봉현.

최명철의 아들은 사건이 발생했던 그해, 초등학교에 입학할 예정이었다. 민철은 들뜬 얼굴로 새로 산 책가방을 보여주었던 아이를 기억했다. 지금쯤 스물다섯, 건장한 청년이 되었을 터였다. 또래보다 덩치가 커서 저보다 나이가 서넛 많은 아이들과 어울려 놀았고 민철을 친형처럼 따랐다. 아버지가 돌아가신 뒤로 마음 붙일 곳 없던 민철에게 정을 준 유일한 사람이기도 했다.

그런데 오래전 그날, 민철은 아비규환의 현장에 아이를 혼자 두고서 도망쳤었다.

"형아, 도망쳐! 얼른! 얼른 도망가!"

세월이 이쯤 흘렀으면 과거의 기억을 관조해도 좋으련만

그게 그리 쉽지 않았다. 아이의 얼굴은 이제 흐릿하기만 한데 자신을 향해 외치던 절박한 목소리만은 생생했다. 명치끝이 체한 듯 답답했다. 풀리지 않은 의문은 수십 년이 지난 지금도 여전히 묵직하게 민철의 가슴을 짓눌렀다. 민철은 목을 조이던 넥타이를 느슨하게 풀었다. 그것으로도 성이 차지 않아 목끝까지 채웠던 단추마저 풀고서야 숨을 내쉴 수 있었다.

"후우."

숨을 두어 번 몰아쉬는 동안 방바닥에서 훈훈한 기운이 올라왔다. 열기가 2층까지 올라가려면 조금 더 시간이 걸릴 것이다. 안방과 붙어 있는 외부 다용도실에서 다시 한 번 위잉, 보일러 돌아가는 소리가 울렸다.

여자가 잠들어 있던 모습이 재차 뇌리를 스쳤다. 잔뜩 웅크린 자세. 검은 고양이를 품에 꼭 끌어안고 있던 모습. 민철 역시 저 방에서 여자처럼 추위를 피해 웅크려 잠을 청했었다. 세 번의 겨울을 지나면서 방이 따뜻했던 기억은 단 한 번도 없었다.

'설마……'

민철은 밖으로 나와 보일러를 자세히 살폈다. 어렴풋한 휴대전화 불빛을 비춰 확인해 보니 2층으로 연결된 보일러 밸브가 잠겨 있었다.

흉가나 다름없는 집에 들어와 살겠다며 자처한 세입자를 위해 집주인은 선심 쓰듯 오래된 보일러를 교체해 주었다. 최근 교체한 보일러 밸브를 이미 죽고 없는 최명철이 잠갔을 리는 없었다. 그렇다면 교체한 후에 일부러 잠가 두었다는 말인데, 예나 지금이나 2층 방은 사람이 살 곳이 못 된다는 사실만 재확인한 꼴이었다. 이제는 헛웃음도 나오지 않았다.

2층과 연결된 밸브를 열어 놓고 방으로 돌아와 온도를 조금 더 높였다. 시끄럽게 돌아가는 보일러 소리를 들으며 아침이 오기를 기다렸다. 몸을 누이는 사치는 아직 일렀다. 그저 피로한 눈을 감고 고요 속에 몸을 맡겼다.

고요할수록 되살아나는 기억의 잔재.

17년 전, 바로 이곳에서 살인사건이 벌어졌다. 그 현장에 민철이 있었고…… 그리고 그날, 사람을 죽였다.

철의 여인

Track 1. 춥다

- Epik High

 여명이 푸른빛으로 세상을 밝히기 직전 누군가 대문을 열고 들어왔다. 조심성 없이 여닫은 탓에 노쇠한 대문이 비명을 질러 대며 새벽을 울렸다.

 민철은 감았던 눈을 뜨고 몸을 일으켰다. 새벽 4시, 피치 못할 사정이 있는 날을 제외하면 민철의 하루는 노상 같은 시간에 시작되었다. 지난 수십 년간 몸에 밴 습관이었다. 몇 시에 자든, 잠을 물리는 시간은 항상 동일했다. 이제는 자명종의 도움을 받지 않고도 새벽 4시면 절로 눈이 떠졌다. 수려한 얼굴에서 노곤한 기색은 엿보이지 않았다. 누군가는 그런 그에게 철 가면을 뒤집어쓴 것 같다고 말했었다. 인간미 없고 냉정하고, 예외가 없는, 차가운 인간이라고.

민철은 목에 대충 걸쳐 있던 넥타이를 풀어 가볍게 감아 말아 쥔 손을 바지 주머니에 쑤셔 넣었다. 별것 아닌 것 같으나 근거리 공격에 넥타이만큼 훌륭한 무기도 없었다. 발걸음이 가까워지기를 기다렸다가 상대보다 먼저 현관문을 열었다. 안에서 바깥으로 열리는 문을 피해 방문자가 화들짝 놀라며 뒤로 물러났다.

큰 보폭과 빠른 움직임. 남자다. 그것도 젊은 남자.

민철은 안전거리를 확보한 뒤 재빨리 눈앞의 남자를 파악했다. 상대는 갑작스러운 상황에 당황한 표정이 역력했다. 손에 들린 무기는 없었다. 마른 체형에 머리카락을 노랗게 염색한 젊은 남자가 민철을 건너 집 안을 눈으로 더듬었다. 무언가 찾는 눈치였다. 초조함과 난처함이 뒤범벅된 감정을 숨기지 못하고 있었다. 프로는 아니었다.

"누구십니까."

감정이 깃들지 않은 낮고 메마른 음성은 젊은 남자를 긴장시켰다. 상대는 머리를 긁적이며 한참을 망설이더니 "아, 저는 집주인 아들인데요"라며 운을 뗐다. 집주인. 자동 연상되는 이름은 이번에도 최명철이었다.

최명철은 사망하기 사흘 전, 이 집을 팔았다. 마치 자신의 죽음을 예견한 것처럼. 최명철의 아들, 최봉현은 소문으로만 존재했기에 살아생전 집을 팔지 않았다면 그의 재산은 국가에 귀속되었을 터였다. 그리고 정확히 사흘 뒤 살인사건이 벌어졌고, 이후 연속해서 헐값에 팔려 나갔다. 사연을 모른 채 사

철의 여인

들였다가 나중에야 소문을 듣고 팔기를 반복한 것이다. 돈이 되면 계속 붙들고 있었겠지만 재개발이 언제 될지 모를 일이고 중간에 한 번 엎어져 무한정 기다려야 할 판이었다.

어쨌거나 현재 이 집의 세입자는 민철이었다. 아무리 집주인이라 해도 이 새벽에 찾아오는 건 실례였다. 집주인 아들이라고 다를 건 없었다.

"이 새벽에 무슨 일이십니까."

부러 '새벽'을 강조해 물었다. 나는 도무지 상식적으로 지금 상황이 이해가 안 되는데 너는 되느냐는 식의 뉘앙스가 물씬 풍겼다. 희게 질렸던 젊은 남자의 얼굴이 발갛게 달아올랐다.

"네? 아, 그게, 저…… 아니, 아무것도 아닙니다. 시, 실례가 많았습니다."

젊은 남자는 꽁지가 빠지게 돌아섰다. 민철은 남자가 대문 밖으로 나가고 나서야 현관문을 닫았다. 조금 전 찾아온 남자는 집주인의 아들이 맞았다. 머리를 노랗게 염색한 것만 빼면 두진이 조사해 온 자료 속 남자의 얼굴과 동일했다. 현 집주인뿐 아니라 과거 이 집의 소유자들과 주변 상황까지 민철이 모르는 건 없었다. 그들 사이에서 작은 단서라도 찾을 수 있지 않을까 기대했지만, 최봉현의 흔적은 찾지 못했었다. 그런데 이 집으로 돌아오자마자 길게 늘어진 실타래 끝을 잡은 기분이 들었다.

민철은 곧장 두진에게 짧은 메시지를 보냈다.

긴급. 집주인 아들, 윤찬열과 관련된 20대 여자, 최근 행적 조사.

1분이 채 되기 전에 '네. 곧 연락드리겠습니다'라는 답장이 도착했다. 민철은 계단 너머 2층 방에 신경을 집중하고 귀를 기울였다. 이 짧은 소란으로는 여자를 깨우지 못한 모양이었다. 집 안에 다시 적막이 흘렀다. 민철은 침대에 앉아 인기척이 들리기를 기다렸다. 그리고 집 안에 소리가 들리기 시작한 것은 윤찬열이 돌아가고 한 시간이 지나서였다.

끼이익.

2층에서 경첩이 부대끼는 소리가 미세하게 들려왔다. 잠시 정적이 흐르고 처음보다 더 조심스러운 손길로 문이 열리는 소리가 이어졌다. 이윽고 사박사박 옷깃 스치는 소리가 나비의 날갯짓처럼 고요함 위에 내려앉았다. 귀를 기울이지 않으면 감지하기 어려운 미세한 움직임이었다. 민철은 시선을 내리뜬 채 소리에만 집중했다.

바삭. 오래되어 갈라진 마감재가 여자의 발아래서 바스러지는 소리가 마치 노인의 한숨처럼 힘이 없었다. 째깍, 째깍, 째깍. 손목시계 초침의 움직임을 눈으로 따라 덧그렸다. 여자는 5분이 지나서야 다시 걸음을 내디뎠다. 계단을 절반가량 내려올 때까지 발소리는 거의 들리지 않았다. 걸음걸이에서 여자의 성격이 읽혔다.

신중하거나, 겁이 많거나. 아니면 둘 다이거나.

철의 여인

민철은 마치 막 잠에서 깬 사람처럼 부러 부스럭거리며 일어나 여자가 내려오는 것을 눈치 채지 못한 듯 거실 겸 주방으로 나와 사방에 불을 밝혔다. 환하게 불이 들어오자 깨끗한 실내와 지저분한 안방의 모습이 확연히 대조되었다. 일상적인 소음은 날 선 정적 사이로 적나라하게 파고들었다.

여자는 이 집에 혼자가 아니라는 사실을 눈을 뜬 순간 깨달았을 터였다. 어쩌면 도망가려고 했을지도 모른다. 그러나 이제는 그마저도 불가능하다는 걸 알았을 것이다. 걸음걸이처럼 신중한 성격의 여자라면 내려오기 직전, 재킷을 덮어 준 고마움과 낯선 사람에 대한 경계심 사이에서 고민했으리라. 직접 문을 열고 나왔다는 건 여자에게 덮어 준 양복 재킷이 제 역할을 해 주었다는 뜻이었다. 역량이 어느 정도인지는 두고 봐야 알게 될 테지만 말이다.

민철이 방 안에 있는 박스를 거실로 옮겨 놓는 동안 여자는 계단을 내려오지도, 다시 2층 방으로 올라가지도 않았다. 마지막 박스를 옮겨 놓은 뒤 계단 밑 붙박이장으로 걸음을 옮겼다. 붙박이장에는 집주인이 두고 간 청소도구가 있었다. 미닫이문의 문턱을 밟고 넘어가 계단으로 시선을 돌렸다. 여자는 계단에 꼿꼿하게 선 채 아래를 내려다보고 있었다. 환히 불을 밝힌 1층과는 달리 계단에는 전등이 설치되어 있지 않아 여자의 무릎까지만 비출 뿐 무릎 위는 새벽 기운에 가려진 채였다. 푸른 그늘이 여자를 둘렀지만, 잔뜩 힘주어 움켜쥔 주먹과 크고 동그란 눈에 담긴 감정은 또렷하게 읽혔다. 민철 역시 알고 있는 감정이었다.

 매서운 통증 같은 두려움.

 심장이 터질 것 같은데 독사를 마주한 개구리처럼 옴짝달싹하지 못하는 공포가 여자를 옭아매고 있었다. 사리문 파리한 입술 안쪽으로 여자의 비명이 들리는 것 같았다. 살짝 건드리기만 해도 기절할 듯 처참한 몰골이었다.

 "아, ……일어났습니까."

 여자는 대답이 없었다.

 "계속 거기에 계실 겁니까?"

 청자가 어떻게 해석하느냐에 따라 달라질 말이었다. 단순히 거기 서 있을 거냐는 질문이 될 수도, 남의 집에 무단으로 들어와 있으면서 뻔뻔하게 사정 설명도 없느냐고 들릴 수도 있었다. 이내 파르르, 여자의 가녀린 어깨가 떨렸다.

 "대화가 필요할 것 같은데, 잠시 내려오시죠."

 거실로 돌아온 민철은 여자가 계단을 완전히 내려와 자신 앞에 서기를 기다렸다. 느리지만 선명하게 들리는 여자의 움직임 소리를 의식하며 주머니에 가볍게 손을 꽂아 넣었다. 상대에게 위해를 가할 생각이 없다는 일종의 신호였다.

 빛 속으로 걸어 나온 여자의 하얀 도자기 같은 얼굴에는 표정이 없었다. 눈동자에 드러난 감정까지는 숨기지 못했지만, 감정을 추스르는 모습에서 녹록지 않은 세월의 태가 묻어났다. 앳된 얼굴에 어울리지 않는 고단함이었다.

 어깨에 닿은 머리카락은 여자 곁을 지키던 고양이의 윤기나는 검은 터럭을 떠올리게 했다. 작고 마른 체형이 웅크리고 있을 때보다 더 왜소해 보였다.

여자의 눈빛이 민철의 시선을 잡아끌었다. 여자는 민철의 눈을 피하지 않았으나 그게 곧 마주 본다는 의미는 아니었다. 여자는 오로지 하나의 목적으로 민철을 바라보고 있었다. 여자의 신경은 온통 민철을 경계하는 데 쏠려 있었다. 자신을 해할지 모를 상황에 대한 경계와 두려움이 그 어떤 감정보다 더 컸다. 민철은 얼어 있는 여자를 대신해 물꼬를 터 주었다.

"혹시 곤란한 상황입니까?"

이번에도 여자는 대답을 하지 않았다.

민철은 여자에게 들리도록 한숨을 쉬었다. 이 정도면 민철이 많은 부분 참아 주고 있다는 사실을 여자가 모를 리 없었다. 물어뜯을 기세로 피가 나게 잘근거리던 여자의 입술이 드디어 달싹였다.

"……죄송…… 합니다."

매끄럽고 투명한 얼음 같은 여자의 음성은 의외로 허스키하고 나른했다. 한 번 들으면 잊기 어려운 목소리였다. 독특했으나 거부감보다는 사람을 집중시키는 힘이 있었다.

"지금, 당장…… 나가겠습니다."

하지만 민철은 여자를 쉽게 보내 주려고 기다린 것이 아니었다.

"새벽녘에 집주인 아들이라는 사람이 찾아왔었습니다."

바람에 일렁이는 밤바다처럼 여자의 눈동자가 흔들린다.

그러나 흔들릴지언정 민철의 말을 단박에 믿지는 않았다. 그렇다고 믿지 않을 수도 없음에 혼란스러워하는 눈빛이 썩 인상적이었다. 민철은 조금 더 여자를 흔들어 볼 요량으로 말을 이었다.

"본인 말로는 그렇다고 하는데, 확실치는 않습니다."

집주인의 아들 얼굴까지 아는 세입자가 어디 있겠는가. 여자도 그런 의미로 이해한 모양이었다.

"제 눈에는 그 남자가 누군가를 찾는 것처럼 보였습니다. 전 그쪽이라고 생각했는데 저를 보더니 그냥 돌아가더군요."

여자의 눈동자가 조금 전보다 크게 요동쳤다. 묵직하게 실리는 두려움의 무게가 여실히 드러났다. 여자의 머릿속은 복잡한 양상으로 뒤얽혔다. 이 남자의 말이 사실일까, 믿어도 좋을까. 하지만 여자의 고민이 끝날 때까지 기다려 주는 친절함은 베풀지 않았다. 민철은 단도직입적으로 물었다.

"집주인 아들의 도움으로 이 집에 들어와 있었던 겁니까?"

여자가 입술을 세게 짓이겨 깨문다. 그러고는 이내 느리게 고개를 주억거리며 "……네" 하고 짧게 대답한다. 민철은 재차 한숨을 쉰 뒤 주머니에서 휴대전화를 꺼냈다. 갑작스러운 행동에 여자의 눈이 긴장으로 뻣뻣하게 굳었다.

"경찰에 신고해야 하는 상황입니까?"

"아니, 아니에요."

처음으로 여자가 즉시 강력하게 의지를 내비치며 머리를 내저었다. 그러나 여자는 여전히 자신에 대해 스스로 설명하려 하지 않았다.

"그렇다면 전후 사정 정도는 설명해 줘야 하는 것 아닙니까? 그 정도는 들을 자격, 있는 것 같은데요."

여자가 무슨 말을 하려는 찰나, 휴대전화가 진동했다. 민철은 여자를 향해 목례로 양해를 구한 뒤 전화를 받았다.

"네."

— 실장님, 두진입니다.

"어떻게 됐지?"

— 같이 계십니까?

조사를 마친 두진이 모든 정황을 파악하고 여자의 존재를 물었다.

"그래."

두진은 음성을 낮게 가라앉히고는 여자의 신상과 이 집에 들어오게 된 핵심적인 내용만 간략하게 읊었다.

— 이름은 여인경, 나이는 스물다섯으로, 윤찬열과는 중학교 동창입니다. 단짝이었다가 졸업 후 연락이 단절, 최근 다시 연락을 주고받았습니다. 한 달 전, 여자 명의의 적금을 제외한 모든 계좌의 돈이 인출되었고 카드 사용 기록이 끊긴 것도 그 즈음부터입니다. 휴대전화는 해지된 건 아닌데 추적을 피해 꺼 놓은 것 같습니다. 꽤 오랫동안 악질 스토커에 시달린 여자를 윤찬열이 그 집에 숨겨 준 듯합니다. 그 집과 관련이 있는지는 좀 더 조사를 해 봐야 알 것 같습니다.

"좋아. 나머지는 메일로 보내."

― 네. 알겠습니다.

"수고했다."

전화를 끊고 다시금 여자에게 시선을 돌렸다. 여자의 자세가 달라져 있었다. 팔을 늘어뜨리고 관절이 희게 도드라지도록 움켜쥐었던 손이 이제는 서로 깍지를 낀 채였다. 민철은 아무것도 듣지 못한 것처럼 여자에게 물었다.

"집 청소, 그쪽이 했습니까?"

"……죄송합니다."

"죄송하다는 말 듣자고 물어본 거 아닙니다. 고양이까지 데리고 들어와서 지낸 사람치고는 설명이 너무 없군요."

"아니에요……."

"뭐가 말입니까."

여자가 처음으로 단답형의 대답이 아닌 대꾸를 해 왔다.

"제가, 데리고 들어온 거…… 아니에요."

"지금 이 상황에서 그 말을 저더러 믿으라는 겁니까?"

"정말이에요."

대화의 주제가 고양이로 넘어오자 여자의 말에 조금씩 속도가 붙었다. 두려움에 짓눌려 꺼멓게 죽어 있던 눈동자에 감정이 깃들었다. 군식구를 늘렸다는 타박에 대한 변명인 줄 알았는데 아니었다.

"저는…… 이 집, 고양이인 줄 알았어요. 목줄도 있고, 이름도 있어서…… 방치된 줄 알았어요."

책망. 여자는 고양이를 방치하고 집을 비웠다며 민철을 나무라고 있었다. 말 한 마디도 어렵게 꺼내던 여자가 긴 문장에 감정까지 실어 말했다. 고양이가 여자의 소유든 아니든 고양이에게 애정을 품고 있는 것만은 분명해 보였다.

"그래서 제가 집을 비운 사이에 청소도 하고 고양이도 돌봤다는 말입니까? 주인도 없는 집에서?"

원점으로 돌아와 재차 여자를 압박하자 거의 보랏빛으로 멍이 든 작은 입술을 또 깨문다. 여자의 침묵은 긍정이 아니었다. 고양이에 대해 변명은 하더라도 본인 이야기는 조금도 하지 않았다. 여자는 민철을 믿지 않았다. 그러니 이 상황에서도 자기 사정에 대해 변론하지 못하는 것일 터였다.

"방치된 고양이를 돌보느라 이 집에 있었던 건지를 물었습니다."

"그건……"

민철은 기다렸다. 그러나 아무리 기다려도 여자는 변명하지 않았다. 아날로그시계는 민철이 손목에 차고 있는 것이 전부인데도 시침 소리가 유난히 크게 들렸다. 시간이 지날수록 여자의 시선이 점차 바닥으로 기울었다. 괴롭힘을 이기지 못한 입술에 기어이 피가 배어 나왔다.

"죄송…… 합……"

"그 말이라면 됐습니다."

민철은 빠르게 여자의 말을 잘랐다. 이 정도 을러댔으면 으레 눈물이라도 보일 법한데 여자는 끝까지 울먹이지 않았.

잠깐의 침묵이 사위를 감쌌다. 그때였다. 침묵을 뚫고 무언가 긁는 소리가 들렸다. 정확히는 손톱으로 문을 긁을 때 나는 그런 소리였다. 집이 낡아 작은 소리도 크게 들렸다. 여자도 들었는지 숙이고 있던 고개를 들었다.

"이게, 무슨 소리입니까?"

"아, 그게……. 창문을 긁나 봐요."

"고양이가 말입니까?"

"……네."

여자가 몹시 난처한 낯으로 고개를 주억거리더니 처음으로 민철에게서 눈을 떼고 2층 계단을 흘끔거렸다. 여자는 두려움이 아닌 다른 감정을 고양이를 통해서만 보여 주었다.

"신경, 쓰입니까?"

"아……. 창문을 안 열어 주고 나와서……."

대강 짐작해 보려 해도 지나치게 축약된 여자의 말은 한 번에 이해하기 어려웠다.

"창문을 열기엔 아직 춥지 않습니까?"

"그게 아니라…… 매일 나가는데……."

아무래도 여자는 고양이가 창문을 통해 나갔다가 돌아온다는 말을 하고 싶은 모양이었다. 타인과 말을 섞는 것이 어지간히 힘든 듯 하얀 얼굴은 점차 시린 대리석처럼 차갑게 가라앉아 갔다.

대인 기피인가. 두진의 보고대로 악질 스토커에 시달렸다면 이해 못 할 반응은 아니었다.

"그쪽이 주인이 아닌 게 확실합니까?"

철의 여인

고갯짓으로 대답을 대신한 여자의 신경은 여전히 2층에 고정되어 있었다. 순식간에 여자의 표정이 바뀌었다. 언제부턴가 창문을 긁던 소리도 더 이상 들리지 않았다.

"무슨 일입니까?"

"봉현이가 창문을……."

느긋하게 표정을 꾸며 댈 여유가 삽시간에 증발해 버렸다.

봉현. 여자는 분명하게 '봉현'의 이름을 입에 올렸다. 천둥이라도 떨어진 듯 민철의 눈앞이 번쩍거렸다.

"뭐라고……, 지금 뭐라고 했습니까."

적당히 거리를 두고 서 있던 민철이 여자 앞으로 순식간에 다가섰다. 가감 없이 풀어진 매서운 기색에 여자는 깍지껴 마주 잡고 있던 손을 풀고 한 발 뒤로 물러났다. 민철은 본능적으로 여자가 도망가지 못하도록 팔을 붙잡아 두 손 안에 가두었다. 부러질 것처럼 가느다란 팔이라는 것조차 인지하지 못했다.

"웃!"

민철이 힘을 조절하지 못한 탓에 여자의 얼굴이 고통으로 일그러졌다. 그러나 육체적인 고통 이면에 도사리는 두려움의 크기가 더 컸다.

"놔!"

여자가 민철을 떨쳐 내기 위해 팔을 크게 휘두르려 했으나 소용없었다.

"놔! 아악! 놔!"

반항이 심해질수록 여자를 옥죄는 힘 또한 강해졌다. 빠져나갈 수 없다. 도망칠 수 없다. 그것을 깨달음과 동시에 여자의 동공이 불안으로 물들었다. 곧 여자의 공포가 화르르 타올라 아가리를 쩍 벌린 독사처럼 달려들었다. 이성의 끈이 끊어진 여자는 사력을 다해 몸부림쳤다.

"으…… 으……!"

벌어진 입은 비명조차 만들어 내지 못했다. 들리는 것은 쇳소리뿐이었다. 그 덕에 흐트러졌던 민철의 이성은 조금씩 돌아왔다.

여자는 이미 공황에 빠져 눈에 보이는 것이 없었다. 이러다 숨이 넘어갈 듯싶었다. 두 팔을 흔들고 몸을 비틀고 힘껏 뿌리치려 했지만 마르고 작은 몸은 금세 힘을 잃었다. 잘 먹지도, 자지도 못한 체력이 얼마나 버티겠는가.

힘이 풀린 여자의 무릎이 풀썩 꺾였다. 더 움켜쥐고 있었다가는 손 안에 있던 팔이 부러질 것 같았다. 민철은 여자를 따라 무릎을 굽혔다. 그러자 내내 울지 않던 여자가 울먹이며 빌기 시작했다. 작고 하얀 손이 부들부들 떨렸다.

"제발…… 제발……."

"진정하세요. 아무 짓도 안 합니다."

여자의 눈에서 눈물이 뚝뚝 떨어졌다.

"흐흡……, 하지 마. 하지……."

"내 말 들립니까? 아무 짓도 안 해요. 안 한다고요. 내가 누군지 잘 봐요."

순순히 민철을 쳐다보는 눈동자에는 초점이 없었다. 여자의 몸은 거센 삭풍을 온몸으로 맞은 듯 부들거렸다. 반쯤 벌어진 입에서는 여전히 거친 호흡만이 간간이 이어졌다.

"내 말 잘 들어요. 나는 사람을 찾고 있습니다. 그 사람 이름이 최봉현입니다. 그래서……."

민철을 보고 있지만, 여자가 보는 건 민철이 아니었다. 동공이 풀려 민철을 보고 있는지도 명확하지 않았다. 누구나 미친 척할 수 있으나 아무나 민철을 속일 수는 없었다. 민철의 눈에 비친 여자는 제정신이 아니었다. 여자의 몸은 흔들면 흔드는 대로 속절없이 휘청거렸다.

"젠장!"

뜻밖의 예상치 못한 인물 입에서 아이의 이름을 들었다. 그것도 그 아이를 마지막으로 본 바로 이 집에서. 어쩌면 '봉현'이라는 고양이를 통해 실마리를 찾을 수 있을지도 모른다는 기대가 생겼다. 그러나 알맹이는 사라지고 빈껍데기만 남은 여자와 제대로 된 의사소통은 불가능했다.

"매일 나가는데……. 봉현이가 창문을……."

불현듯 여자가 했던 말들이 머릿속을 스쳤다.

'설마…….'

위기를 감지하는 예리한 감각이 2층으로 뛰어 올라갈 것을 명령했다. 민철은 넋이 나가 있는 여자를 남겨 둔 채 2층으로 단숨에 뛰어 올라갔다. 부서지는 것이 아닐까 싶을 정도로 거센 바람을 일으키며 문을 열었다.

새벽녘에 보았던 검은 고양이가 창문턱에 앉아 이쪽을 흘긋 돌아보더니 이내 창밖으로 날렵하게 몸을 날렸다. 순식간에 벌어진 일이었다. 창문가로 다가갔을 때는 다닥다닥 붙어 있는 지붕을 타고 유유히 사라진 후였다.

여자의 말대로 목에서 반짝이는 펜던트의 유무는 확인했으나 새겨진 이름까지는 보지 못했다. 목에 펜던트가 있다는 건 누군가 키웠던, 혹은 키우고 있는 고양이라는 의미였고 혹시 뒷면에 주인의 연락처가 적혔을지도 모를 일이었다.

검은 고양이가 사라진 방향을 노려보다 1층으로 내려왔다. 그런데 거실 바닥에 주저앉아 있던 여자가 없었다.

그때 끼이익, 대문이 부대끼는 소리가 들려왔다. 민철은 두 번 생각하지 않고 곧장 여자의 뒤를 쫓았다. 이대로 여자를 보낼 수 없었다. 여자가 필요했다. 민철은 여자에게 달려가 손목을 낚아챘다. 화들짝 놀란 여자가 격렬하게 팔을 뿌리쳤다.

"놔! 싫어! 놔!"

"잠깐, 잠깐 기다려 봐요. 할 말이……."

민철 역시 놓아줄 수 없기에 이전보다 더욱 단단히 붙잡았다. 확 끌어당기니 가벼운 몸 때문에 기우뚱, 무릎이 꺾인다. 반쯤 주저앉은 여자를 일으켜 세웠다. 흙바닥을 딛고 선 여자는 신발을 신고 있지 않았다. 17년 전, 맨발로 정신없이 도망쳤던 언젠가의 민철처럼.

"아……, 아…… 아아악!"

사실은 고양이가 언제 돌아오는지, 돌아오기는 하는지, 경계심 많은 녀석을 위해 더 머물러 줄 수는 없는지, 도와만 준다면 원하는 만큼 사례하겠다고 협상을 해 볼 참이었다. 한데 이성을 상실한 여자는 괴성을 지르며 전과 비교할 수 없을 만큼 강하게 몸부림쳤다. 움직일 수 있는 모든 것을 휘둘러 자신을 결박한 민철의 손에서 벗어나려 했다. 여자의 절규로 가득 찬 아침 공기가 차가웠다.

"아아아악!"

"진정……, 이봐!"

여자가 몸부림칠수록 의도하지 않은 생채기가 늘어났다. 힘으로 누르면 간단할 일이었지만, 그랬다가는 여자의 몸 어디 한 군데는 망가뜨릴 것 같아 민철은 손아귀에 온전히 힘을 싣지 못했다.

"아아악!"

아무리 후미진 골목이라 해도 사람이 사는 동네였다. 더군다나 살인사건이 벌어졌던 집에서 비명 소리가 담장을 넘는다면 사람들의 이목을 피하기는 어려웠다. 하는 수 없이 여자의 팔을 꺾어 등 뒤에서 결박하고 짐승처럼 울부짖는 입을 틀어막았다.

"우읍! 으으읍!"

손바닥 안으로 여자의 비명이 파고들었다. 민철은 감정을 지우고 여자를 더욱 세게 압박했다. 제풀에 지쳐 여자가 축 늘어지기까지는 그리 오래 걸리지 않았다.

민철은 제 품에서 정신을 놓아 버린 여자를 내려다보았다.

그리고 줄 끊어진 인형처럼 생명력이라고는 느껴지지 않는 여자를 힘주어 안아 올렸다. 힘준 것이 무색할 만큼 가벼운 무게에 절로 여자의 얼굴로 시선이 끌려갔다.

눈물로 얼룩진 하얀 얼굴은 의식을 잃고도 여전히 공포에 짓눌려 있었다. 작고, 마르고 연약했다. 입가에 민철의 손자국이 붉게 남을 만큼 여자는 필사적이었고, 민철 역시 그러했다.

여자의 하얀 발은 몸부림의 흔적으로 엉망이었다. 양말은 흙바닥에 아무렇게 나뒹굴었고 그 탓에 까이고 쓸린 살에는 군데군데 핏물이 흘렀다. 민철은 여자를 안은 채로 마당을 가로질렀다. 갈무리하지 못한 채 흘러내린 여자의 팔이 맥없이 흔들렸다. 가녀린 손목에도 붉고 선명한 자국이 남아 있었다.

쾅!

두 사람을 집어삼킨 현관문이 과격한 소리를 내며 닫혔다. 문을 닫았음에도 어디선가 찬바람이 몰아치는 것처럼 공기가 몹시 차가웠다.

민철의 나이 열다섯, 유일한 가족이던 부친이 사망했다. 최명철은 죽음을 앞둔 아버지의 부름을 받고 모습을 드러냈다.

"만나야 할…… 사람이…… 있어."

죽기 전에 반드시 만나야 할 사람. 아버지는 최명철을 두고 그렇게 말했었다. 그게 누구냐는 민철의 질문에는 아무런 대답을 해 주지 않았다. 이름이 무엇인지, 무얼 하는 사람인지,

어떻게 아는 사람인지도.

 사실 민철도 딱히 궁금하지는 않았다. 당시에는 단순히 대단히 감사해야 할 일이 있었나 보다 하고 넘겼었다. 아버지의 죽음을 감당하는 것만으로도 충분히 벅차기도 했고 무엇보다 평생 큰 소리 한 번, 화 한 번 제대로 낸 적 없는 여린 심성의 아버지가 복수를 꿈꿀 것 같지는 않았기에 은인이라고 생각할 수밖에 없었다.

 그런데 이상했다. 정작 본인의 부름을 받고 나타난 최명철을 아버지는 반기지 않았다. 어두운 안색, 파리하게 질린 낯빛, 잔뜩 긴장한 어깨. 죽기 전에 만나야 할 사람을 대하는 낯이 아니었다.

 어린 민철의 눈에도 최명철은 위험해 보였다. 깔끔한 양복 차림이었으나 격식 아래 감추어진 음험함은 결코 평범해 보이지 않았다. 큰 키에 다부진 체격과 그보다 더 강렬한 눈빛은 주변을 압도했다. 아무리 봐도 그는 아버지가 알고 지낼 만한 사람이 아니었다. 아버지가 어떤 이유로 최명철을 불렀고, 또 어떻게 아는 사이인지 자세한 내막은 모르지만 최명철의 말은 민철이 갓난쟁이 때 세상을 떠난 어머니와 그가 연관되었음을 어렴풋이나마 짐작하게 했다.

 "네가 수진이 아들이구나."

 남자의 입에서 나온 어머니의 이름은 몹시도 서글펐다. 어쩐지 그렇게 느껴졌다. 아버지도 어머니의 이름을 저렇게 애달프게 부른 적은 없었다. 다만 민철이 어머니에 관하여 물어

볼 때마다 고마운 사람이라며 숨이 넘어가게 울고는 했었다. 내처 울다가 그대로 실신해서 몇 번이나 죽을 고비를 넘기는 것을 지켜보면서 어머니의 이름은 그저 가슴에 담아 두기만 했었다. 추억하기조차 버거워하는 아버지를 고통스럽게 하고 싶지 않았다. 그런데 느닷없이 나타난 낯선 남자에게서 어머니의 이름이 나왔다. 민철은 묻지 않을 수가 없었다.

"엄마를…… 아세요?"

그전까지는 속을 알 수 없는 사내와 말을 섞을 생각이 추호도 없었다. 아버지가 반기지 않는 사람을 민철이 반길 이유가 없었기 때문이었다. 그러나 사진 한 장 남아 있지 않은 어머니에 대해 알고 싶었다. 민철의 질문에 최명철은 질문으로 답을 대신했다.

"이름이 뭐지?"

"……철이에요."

그에게 이름을 알려 주면 어머니에 대해 듣게 되지 않을까 기대했으나 남자는 입을 꾹 다문 채 더 이상 아무 말도 하지 않았다. 그가 어떤 표정이었는지는 기억나지 않았다. 다만 아주 오랫동안 민철의 얼굴을 들여다보기만 했었다.

남자가 무서웠던 건 아니었다. 그런데도 더는 어머니에 관하여 물어볼 수가 없었다. 그냥 그래야만 할 것 같았다. 그리고 최명철이 나타난 뒤 일주일 만에 아버지가 돌아가셨다. 마치 기다렸다는 듯이.

그때까지만 해도 민철은 아버지가 민철을 위해 최명철을

부른 것이라고 생각했었다. 그럴 수밖에 없는 것이 최명철은 아버지의 장례를 치러 주고는 아버지가 병석에 누워 있는 동안 불어난 빚까지 해결해 주었다. 거기다 민철에게 함께 서울로 올라갈 것을 제안했다. 그는 민철에게 선택권을 넘겼지만, 열다섯 소년이 무엇을 선택할 수 있었겠는가. 아버지도 안 계시는 집에서 혼자 남아 무엇을 어떻게 해야 할지 민철은 눈앞이 캄캄했었다.

"공부를 꽤 잘한다지."

"그냥, 조금요."

"자립할 때까지 뒤를 봐주마."

이유는 묻지 않았다. 그런 걸 묻고 따지기에는 민철은 가진 것이 없었다. 살아야 했기에 최명철을 따라나섰다. 강범영과의 인연은 20년 전 최명철을 따라 서울로 올라오면서 시작되었다.

서울로 올라온 최명철은 인사 드려야 할 분이 있다며 짐도 풀지 않은 민철을 고래 등 같은 저택으로 데려갔다. TV에서나 보았던 그런 집이었다. 민철은 거대한 미로 속에 발을 들인 기분이었다. 이득하고 침울한 기운이 집 안을 가득 메우고 있었다. 평범한 사람이 올 곳이 못 된다고 직감은 예리하게 소리쳤다. 집이 아니라 무덤 같았다. 정적이 비명처럼 민철의 신경을 긁어 댔다.

강범영과 만나기 전, 민철은 백발이 성성한 노인에게 먼저 선보여졌다. 노인은 푸근하고 자애로운 미소를 짓고 있었으나 굽어보는 시선만큼은 벼려진 칼보다 날카로웠다. 그가 사호파의 총수이자 강범영의 외조부인 강호원이라는 사실을 모를 때의 일이었다.

강호원은 민철에게 이름이 무엇이냐고 물었다. 처음 보는 사람이 이름을 묻는 것이야 어찌 보면 특별할 것 없는 일이었지만, 당시의 민철은 심신이 지쳐 있고 몹시 예민한 상태였다. 신상을 알려 줘도 되는지 확신이 서지 않았다. 기댈 곳이라고는 최명철밖에 없었기에 그에게 시선으로 허락을 구했다. 그러자 강호원은 껄껄껄, 호탕하게 웃으며 기꺼워했다.

"제법 영특한 아이로구나."

강호원은 민철에게 손자를 직접 소개해 주겠다며 나섰고 그곳에서 강범영을 만났다.

"가깝게 지내려무나."

강범영을 소개하면서 당부하던 강호원의 말대로 민철과 강범영은 거의 한 몸처럼 지냈다. 붉은 벽돌집에서 자는 시간을 제외하면 민철의 일과는 강범영을 중심으로 돌아갔다. 촘촘하게 짜인 일정을 함께 소화했다. 민철은 그것을 교육의 일환으로 여겼었다. 실제로 쉽게 접하기 어려운 운동과 학업을 위한 공부를 병행했기 때문에 의문을 품지 않았었다.

과묵한 강범영과는 속 깊은 대화를 나누지는 않았어도 매일 마주하다 보면 저절로 알게 되는 것들이 있게 마련이었다. 눈치가 제법 빠른 민철이지만, 강범영은 무어라 정의 내리기 어려운 상대였다. 강범영 입장에서는 시시콜콜한 것까지 함께

해야 하는 민철이 귀찮을 법도 했을 텐데, 단 한 번도 내색하지 않았다. 그렇다고 민철을 무시하거나 없는 사람 취급 한 것도 아니었다.

그는 감정을 겉으로 드러내는 법이 없었다. 감정이 없는 것이 아니라 철저히 감추었다. 그게 가능하다는 것을 민철은 강범영을 통해서 알게 되었다. 강범영과는 가깝게 지냈으나 가까워질 수 없는 이상한 관계였다. 그래서 그 사건이 있던 날 밤, 강범영이 구하러 와 주리라고는 정말 상상도 못했었다.

강범영은 의식을 잃고 대로변에 쓰러져 있던 민철을 병원으로 옮겨 수술을 받게 해 주었다. 민철은 장기가 손상되어 여러 번의 위험한 고비를 넘긴 후에야 깨어날 수 있었다. 의식을 회복한 민철은 살았다는 안도를 느낄 겨를도 없이 최명철을 살해한 용의자로 지목되었다. 그때 또다시 강범영이 나서서 민철을 구명해 주었다. 그러는 조건으로 외조부와 모종의 거래를 했다는 사실은 공공연한 비밀이었다. 강범영이 조직의 정식 후계자로 낙점된 것도 그 무렵이었다. 목숨이 붙어 있는 한 조직에 몸담을 일은 결단코 없을 거라던 강범영이 스스로 조직 안으로 들어가 일원이 된 것이다.

민철은 납득할 수가 없었다. 최명철에게 이미 델 만큼 덴 후라 물어야 했다. 알아야 했다. 무엇을 얻기 위해 이런 희생을 감수하는지.

"어째서……."

"왜 이렇게까지 하느냐고?"

봉합한 옆구리가 땅겨 말은 길게 이어지지 못했다. 민철을 물끄러미 응시하던 강범영은 간략하게 말했다.

"도의적 책임."

"그게, 무슨……."

이해할 수 없었다. 이해할 수 없는 것투성이였다.

"넌 어디까지 알고 있지?"

"아무것도……."

모른다. 아무것도. 민철은 무지했고 시키면 시키는 대로 순응하며 지냈다. 궁금해하지 않았고, 그래서 묻지 않았으며, 최명철 또한 설명해 주지 않았다.

서울로 올라와 최명철이 없는 집에 덩그러니 남겨진 채 추위와 더위를 견디면서도, 최명철의 이름조차 그가 죽은 후에야 알게 되었을 정도로 순진하게 그를 믿었다. 아버지가 부른 사람이니까. 그래서 믿었다. 다들 '최 실장'이라고 부르기에 성씨가 최씨라는 것밖에 아는 것이 없었다.

그런데 최명철이 죽었다. 자신이 죽였다고, 세상은 그렇게 믿고 있었다. 민철은 진실을 알아야 했다.

"나는 너를 곁에 두는 조건으로 세상 밖으로 나왔다."

열여섯까지 집 안에 갇혀 생활했던 강범영은 민철을 곁에 두는 조건으로 고등학교에 입학할 수 있었다. 그것은 보호를 빙자한 감금이었다. 그의 외조부는, 출중한 능력이 있음에도 불구하고 가업을 이어받지 않으려는 강범영을 보호라는 미명하에 가둬 두고 있었다.

철의 여인

당시 민철은 강범영과 같은 재단의 중학교로 전학을 했고 중·고등학교가 같은 부지 안에 있어 등하교를 함께 했었다. 강범영을 따라 일찍 등교하고 늦게 하교하는 일이 일상이었다.

그러나 일상이 익숙해지기까지는 적지 않은 시간이 걸렸다. 강범영과 등하교하는 과정이 상상 이상으로 복잡하고 어려웠기 때문이었다. 민철은 날이 밝기 전에 집을 나와 지정해 준 장소에서 강범영이 보내 주는 차를 기다려야 했고, 장소가 매번 바뀌는 탓에 서울 지리에 익숙지 않던 민철에게는 길 찾기부터가 난관이었다. 어렵사리 약속 장소에 도착해 차를 타고 큰 저택으로 이동하면 그곳에서 강범영과 함께 학교로 가는 식이었다. 처음 한두 번은 최명철이 데려다 주었지만, 후에는 민철 혼자 움직였다. 베일에 싸여 있던 사호파 총수 후계자가 누구인지 알지 못하도록 하려는 술수였다. 민철은 강범영의 살아 있는 방패인 셈이었다. 그제야 최명철이 했던 말이 이해되었다.

"명심해. 네 몸은 네 것이 아니다."

그의 말처럼 민철의 몸은 민철 혼자만의 것이 아니었다. 아프지도 않은 민철을 병원에 데려가 그 많은 검사를 했던 것도, 건강검진을 하기 위해서가 아니라 실은 강범영을 위해서였다. 비슷한 체격에 같은 혈액형을 가진 천애 고아. 민철이 생각해도 이만큼 완벽한 그림자는 없었다.

동네 건달에 불과했던 최명철은 민철을 조직에 바친 대가로 어마어마한 돈을 보장받았다. 그러나 최명철은 그것으로 만족하지 못했고 돈의 맛을 보게 된 그는 권력을 탐하는 데에도 주저하지 않았다.

 이번 역시 권력을 향한 허망한 욕망에 민철이 이용되었다. 하지만 무엇이든 지나치면 독이 되는 법. 최명철은 욕심이 과했고 결국 그 욕심이 그를 집어삼켰다. 자업자득. 모든 일이 그의 뜻대로 이뤄지려는 찰나 최명철은 목숨을 잃고 말았다. 최명철이 죽은 뒤 남겨진 기록은 분명히 그렇게 말하고 있었다. 하지만…….

 '정말 내가 죽인 걸까.'

 죽을 만큼 두들겨 맞은 탓에 정신은 필라멘트 끊어진 전구처럼 깜빡거렸다. 그러나 누군가 민철의 몸을 억지로 움직이려 했다는 감각만은 분명하게 남아 있었다. 손 안에 무언가 단단한 것이 쥐어졌을 때, 그들이 들고 있던 무기가 자동으로 연상되었다. 최명철의 거취를 물으며 민철을 겁박했던 그들의 무기는 칼이었다.

 '칼이 왜 내 손에…… 왜…….'

 통통 부은 눈을 어렵게 뜬 순간이었다.

 푹!

 섬뜩한 소리의 정체가 시각적으로 극대화되어 뇌리에 박혔다. 왈칵 얼굴로 튄 피 탓에 시야가 흐릿했다. 누구 손에 의해 어떤 이를 어떻게 찔렀는지 확인할 수가 없었다.

 피, 온통 붉은 피였다. 뒤에서 민철을 조종하던 자가 떨어져 나가면서 힘을 잃은 손에서 칼이 툭 바닥으로 떨어졌다. 무슨 일이 벌어진 건지 그때까지도 정확히 인지하지 못했다. 정신을 차린 것은 옆구리에 강렬한 통증이 파고들었기 때문이었다.

그런 아픔은 태어나 처음이었다. 두들겨 맞는 것과는 비교할 수 없는 고통. 고통은 비명을 목구멍 안쪽 깊숙한 곳까지 옭아매어 끌고 들어갔다. 민철은 옆구리에 깊숙이 박힌 칼날이 빠져나가는 그 섬뜩한 감각에 몸서리쳤다. 죽을지도 모른다는 두려움에 발작을 일으키듯 몸부림쳤다고 생각했으나 그마저도 분명하지 않았다.

아무 소리도 들리지 않았고, 아무것도 보이지 않았다. 감각은 오롯이 고통에만 집중되었다. 무서웠다. 죽을지도 모른다는 강렬한 공포. 민철은 1층으로 어떻게 내려왔는지 기억하지 못했다. 짐작건대 짐승처럼 기어 내려왔으리라.

그때였다. 세상이 온통 두려움과 고통에 사로잡혀 있는 순간, 목소리가 들렸다.

"형아, 도망쳐! 얼른! 얼른 도망가!"

민철은 그 목소리를 뒤로하고 도망쳤었다.

"저…… 저는……"

"무고한 피해자지. 그래서 덮을 생각이다."

그때는 민철도, 강범영도 문제를 직접 해결할 힘이 없었다. 묻는 것만이 최선이었다. 결국 그 일로 인해 민철은 강범영에게 갚을 수 없는 빚을 지었다. 그런데 강범영은 빚을 진 것이 도리어 본인이었다고 말했다. 어떤 식이든 사건이 벌어질 것을 그는 눈치 채고 있었다고 했다. 그러나 민철을 마음에 들어 하던 외조부가 이렇게까지 할 줄은 계산에 넣지 못했다고도 했다.

"너는 나와 회장님 사이에서 겪지 않아도 될 일을 겪었을 뿐이다."

강범영의 외조부는 민철을 이용해 후계자를 얻었고 손자를 잃었다. 강범영이 외조부를 '회장님'이라고 부른 것도 그때부터였다. 이유야 어찌 되었든 민철은 강범영 덕에 목숨을 부지했다.

"제가…… 어떻게 하면……."

은혜를 갚고 싶다는 민철에게 강범영은 예상치 못한 질문을 던졌다.

"네가 무얼 할 수 있지?"

"아……."

열다섯의 민철이 그러했듯 열여덟의 민철도 가진 것이 아무것도 없었다.

"뭐든지, 하겠습니다."

결의에 가득 찬 민철의 말을 강범영은 믿지 않았다.

"뭐든지?"

"네. 무슨 일이든 해서 갚겠습니다. 믿어 주세요."

"난 인간을 믿지 않아. 인간은 신뢰할 만한 대상이 아니다."

"하지만……."

철의 여인

"너도 죽고 싶지 않으면 믿지 마. 나를 포함해서 그 누구도. 그래야 이 세계에서 살아남을 수 있을 테니까."

강범영의 외조부는 민철을 놓아줄 생각이 없다고 했다. 그는 살인사건을 빌미로 민철을 강범영 옆에 묶어 두고자 일찌감치 점찍어 놓았다. 그리고 이 사건은 두 사람을 자신의 입맛대로 교육하기 위한 시작에 불과했다.

"빠져나가기 어려울 거다. 힘이 없다는 건 그런 거지."

"빠져나갈 생각, 없습니다."

민철은 강해지고 싶었다. 강범영 옆에서라면 그럴 수 있을 것 같았다. 그래서 자신을 이렇게 만든 자들을 찾아내 복수하고 싶었다. 그때부터 민철은 물불을 가리지 않았다. 그리고 그날 이후 그 누구도 믿지 않았다. 사실을 입증할 객관적인 증거자료만을 신뢰했다.

과거의 기억을 좇아 17년 만에 다시 이 집으로 돌아온 민철은 두진이 보내 온 자료를 열람했다. 그 안에는 여자의 고단한 삶의 기록이 낱낱이 드러나 있었다.

- 이름 : 여인경(余仁景).
- 나이 : 5월 5일생. 25세.
- 학력 : 고등학교 중퇴.
- 가족사항 : 부모님, 무남독녀.

(현재 부친은 복역 중이며 모친은 극심한 우울증과 정신착란증으로 인한 자해로 입원. 실질적인 가장, 부친의 사업실패로

가정이 무너진 사례.)

 인덱스에 기술된 간략한 프로필만으로도 여자의 인생은 순탄해 보이지 않았다. 민철은 다음 장을 펼쳤다. 굵직한 사건을 연도별로 정리한 내용이었다.
 찜질방을 하면서 썩 부유했던 여인경의 부친 여석태는 믿었던 측근에게 사기를 당했고, 그래서 하루아침에 가세가 기울었다. 끝내 도주한 측근을 찾아낸 그는 실랑이 중에 상대를 밀쳐 넘어뜨렸고, 그로 인해 상대방이 머리를 크게 다쳐 이틀 만에 뇌출혈로 사망했다. 사태를 인지하고도 다친 피해자를 방치한 채 도주한 점과 현장을 훼손하고 은닉하려 한 점, 사망한 피해자의 가족이 합의를 원치 않은 점까지 가중되어 그는 최종 9년 형을 선고받았다.
 피해자 탓에 빚을 지고 가정이 하루아침에 풍비박산 났다며 우발적인 범행이라 주장했지만, 정상참작은 받아들여지지 않았다. 부친이 가정을 돌보지 않는 동안 빚 때문에 거처를 잃고 도피 생활을 해야 했던 모친은 우울증에 시달렸다. 그러다가 최종 선고일을 기점으로 정신착란과 자해 증세까지 더해져 입원하게 되었다고 기록은 설명하고 있었다.
 한순간에 모든 것을 잃고 거리로 내몰린 모녀가 갈 만한 곳은 없었다. 잘살던 시절에 문턱이 닳도록 드나들던 지인들은 모두 등을 돌렸고 걸핏하면 자해하는 모친을 받아 주는 쉼터 또한 없었다. 정신이 무너진 모친보다 여인경의 상황 판단이

철의 여인

빨랐다는 게 그나마 다행이라면 다행이었다.

여인경이 모친과 거리에서 방황한 건 정확히 사흘이었다. 여인경은 쉼터를 찾는 대신 모친을 병원에 입원시키고 곧장 생활 전선으로 뛰어들었다. 미성년자인 여인경은 청소년 돌봄 센터를 전전하며 돈을 벌었으나 시간제 아르바이트로는 병원비는 고사하고 생활비를 감당하는 것도 어려웠다. 특별히 무언가를 하지 않아도, 그저 살아 있는 것만으로 돈이 들었다.

여인경은 고등학교 2학년으로 진급할 무렵 학교를 그만두었다. 마지막 학력 기록 끝에 특이사항이 적혀 있었다.

• 특이사항 : 8세 무렵 앓은 열병으로 1년 후 초등학교 입학.

중학교 동창인 윤찬열보다 한 살 많은 것이 의아했는데 이제야 의문이 풀렸다. 이후부터는 여인경이 이 집으로 들어오기까지의 행적이었다. 두진은 여인경이 이 집에 숨어든 것을 약 한 달 전으로 추정했다. 시에서 운영하는 무상직업훈련소에서 미용 기술 자격을 취득한 여인경은 청소년 돌봄 센터를 나와 미용실 쪽방에서 지내며 꽤 오랫동안 일했다. 주변 사람들도 여자를 성실하고 근면했던 것으로 기억했다. 불행한 환경에 굴하지 않고 밝고 친절했다고. 그랬던 여자가 이 집 2층 골방까지 쫓겨날 수밖에 없었던 이유는.

이원하.

스물여덟의 젊고 유망한 대중가요 작곡가. 대기업 중역인 부친과 일류 대학 성악과 교수인 모친. 그 슬하의 누나만 셋, 그중 막내아들로 귀하게 자랐다.

여인경이 일하던 미용실 손님으로 처음 마주친 건 1년 전이었다. 그때만 해도 매너 좋은 단골손님이었으나 머지않아 여인경이 알려 준 적 없는 전화번호를 알아내고 하루 일정을 속속들이 꿰고 있는가 하면, 누구와 어떤 통화를 하고 문자를 주고받았는지까지 추적했다.

윤찬열과의 연락 내용을 알아보기 위해 뽑은 여인경의 문자 내역은 보는 사람마저 숨 막히게 만들었다. 자료는 온통 이원하가 일방적으로 여인경에게 추궁하는 내용뿐이었다. 육체적인 강압이 아니었어도 그것은 명백히 폭력의 기록이었다.

이원하는 여인경이 조금이라도 친절하게 대하는 사람이 있다면 마치 불륜 현장을 덮친 배우자처럼 매섭게 캐물었다. 여인경의 주변인들은 이원하의 태도를 보고 두 사람을 연인 사이로 착각했고, 조건이 좋은 이원하가 여인경을 스토킹할 거라고는 상상하지 못했다. 시간이 지날수록 이원하와 손님과의 시비는 잦아졌고 미용실의 손님이 점점 끊긴 건 너무나 당연한 결과였다.

여인경은 미용실을 그만두고 도망치듯 직장을 옮겼으나 그때마다 이원하는 귀신처럼 여자를 찾아냈다. 미용실은 여인경에게 직장인 동시에 집이었다. 미용실을 나온 뒤에도 이원하 탓에 고시원에서 쫓겨난 것이 다섯 번, 직장을 옮긴 것이 세 번이었다. 경찰에 신고도 해 보았지만, 소용없었다. 검찰과 긴밀한 관계를 맺고 있는 이원하의 외삼촌 덕이었다.

이원하는 뜻대로 되지 않는 여인경을 어떻게든 굴복시키고 싶어했다. 그 사실을 숨기지 않고 공공연하게 드러냈다. 실제로 이원하는 여인경을 억류해 감금하다시피 한 적도 있었다. 가까스로 탈출한 여인경이 당시 순찰 중이던 경찰과 마주치지 않았다면 이 집 2층에 숨어 지낼 시도조차 못했을 것이다. 여기까지는 흥신소에서도 한두 시간이면 수집할 수 있는 정보였다.

의문은 윤찬열이 어떤 루트로 여인경을 도와주었는지 명확하지 않다는 점이었다. 윤찬열이 제대한 건 6개월 전, 공식적으로 두 사람이 만나거나 연락을 주고받은 기록이 전혀 없었다. 그런 흔적이 남았다면 이원하가 여인경을 찾아내고도 남았을 터였다. 그렇게 이 집에 몸을 숨긴 여인경이 고양이를 데리고 들어왔다? 그것도 '봉현'이라는 이름의? 여자를 조사하면 고양이에 대한 단서를 찾을 수 있을 줄 알았는데 알아볼수록 오리무중이었다.

'봉현이라……'

보편적으로 고양이에게 붙여 줄 만한 이름은 아니었다. 현재 두진은 이원하가 알아내지 못한 여인성의 정보를 수집하는 중이었다. 저 앞에 아른거리며 잡힐 듯한 진실이 비록 허상일지라도 지금은 잡는 방법밖에는 없었다.

어느새 아침 해가 중천에 떠올라 서늘하던 방 안 구석구석에 빛을 뿌려 놓았다. 빛 아래서 본 2층 방은 간밤과 사뭇 달랐다. 민철이 기억하는 것보다 훨씬 더 작고 형편없었다. 방 한구석에 있는 커다란 가방과 그 옆에 놓인 검은 비닐봉지가 눈에 들어왔다. 민철이 여자를 굳이 2층으로 데리고 올라온 것은 여자가 눈을 떴을 때 그나마 이곳이 가장 안전하다고 생각할 것 같았기 때문이었다.

민철은 죽은 듯이 누워 있는 하얀 낯빛의 여자를 내려다보았다. 그가 이불을 깔고 그 위에 눕혀 발을 치료하는 내내 여인경은 정신을 차리지 못했다. 그만큼 지쳐 있었다. 어림잡아 40킬로그램 전후. 어쩌면 그보다 더 적게 나갈지도 모른다. 목과 손목은 힘주어 움켜쥐면 그대로 부러질 것처럼 연약했다. 지나치게 말랐다. 혈색이라고는 눈 씻고 찾아봐도 없었다.

투명하리만치 하얀 피부 탓인지 여자는 유리로 만든 인형처럼 보였다. 흔들어 깨운다면 남아 있는 생의 호흡마저 증발해 버릴 것 같은 모습이었다. 상념이 혼재했다. 하지만 혼재하는 상념을 잘라 내려 해도 알 수 없는 무언가가 그를 충동질했다.

민철은 살기 위해 이곳에서 도망쳤고, 여자는 살기 위해 이곳으로 도망쳤다. 깊이 가라앉아 있던 감정의 파편이 뾰족하게 일어섰다. 감정이라는 것은 사람을 지나치게 사람답게 만들어 종국에는 판단을 흐리게 했다.

민철은 오래전 사람이길 포기했고 사람을 믿지 않음으로써 목숨을 부지했다. 가슴을 비우고 이기(利己)만으로 머리를 채웠

철의 여인

다. 그렇게 살아남았다. 그래야 살아남을 수 있었다. 그랬었는데…….

이 집은 나약하던 과거의 민철을 깨웠다. 과거 그의 자리에 있는 낯선 여자. 곧 죽을 것 같은 얼굴로 절박하게 살기 위해 몸부림치지만, 사방이 막힌 여자의 암담한 현실이 비릿한 감정의 찌꺼기를 분탕질했다. 우습게도 비쩍 마른 여자에게서 동질감을 느꼈다.

'쓸데없는 사치다.'

민철은 낯선 감정을 털어 내듯 버릇처럼 손목시계를 들여다보았다. 오전 8시 15분. 여인경이 잠든 지는 20분 남짓이 지났다. 민철은 창문 밖, 고양이가 사라진 지붕 즈음을 응시했다.

얼마의 시간이 지났을까.

시선 밖에서 다급하게 이불이 쓸리는 소리가 들렸다. 민철의 시선이 천천히 소리가 나는 쪽으로 움직였다. 의식을 되찾은 여자가 희게 질린 얼굴로 벽에 달라붙어 민철을 경계하고 있었다. 무거운 공기가 차갑게 가라앉았다. 민철은 천천히 몸을 낮춰 앉아 여자와 눈높이를 맞췄다. 몸을 잔뜩 웅크린 채 옷자락을 움켜쥔 작은 주먹이 부들부들 떨렸다.

"발을 다치셨습니다."

여인경은 아무것도 들리지 않는다는 얼굴이었다. 살고자 하는 본능만 남은 여자의 눈은 사고가 가능한 상태가 아니었다. 민철을 바라보고는 있으나 그것은 저를 해할 어떤 위협을 향한 경계일 뿐이었다. 어떤 말을 해야 여자가 반응할까. 민철은 머릿속에서 가장 적절한 무언가를 꺼내 보였다.

"고양이는 돌아옵니까?"

공포로 물들어 있던 여자의 눈동자가 미약하게나마 반응했다. 너를 잡은 건 너에 대한 관심이 아니라 순전히 고양이 때문이라는 것을 민철은 다시 한 번 강조했다.

"봉현, 이라던 고양이 말입니다. 돌아옵니까?"

그러나 거기까지였다. 입을 꾹 닫은 여자는 대답할 마음이 없어 보였다.

"무슨 일인지 모르겠지만, 그쪽을 해칠 생각 없습니다."

불신.

여자는 민철의 말을 믿지 않았다.

"사람을 찾고 있습니다. 그 사람의 이름도 봉현입니다. 최봉현."

민철은 여인경의 반응을 살폈다. 고작해야 5분도 지나지 않았는데 숨소리가 조금씩 거칠어진 여자의 동그스름한 이마에 식은땀이 송골송골 맺혀 있었다. 정신력으로 버티던 여자의 몸도 한계에 도달한 듯했다. 초점이 흐릿해지는 눈동자가 다시 의식을 놓을 것처럼 위태로웠다.

"우선, 좀 쉬십시오."

민철이 몸을 일으키자 여자의 어깨가 흠칫 떨렸다. 민철은 그대로 뒤돌아섰다. 등 뒤로 여자의 시선이 닿는 것이 느껴졌지만, 문을 열고 문턱을 넘었다. 이 문이 바깥에서 잠긴다는 것을 한 달이나 이 방에서 지낸 여인경이 모를 리 없었다.

탁.

민철은 문을 닫고 서서 기다렸다. 문고리는 정확히 문을 닫은 지 30분 만에 지루하도록 느리게 돌아가다 멈췄다. 여자는 문이 잠겼는지 확인만 하고 나오지는 않았다. 어차피 나와도 민철이 1층에 있는 한 도망가지 못하리라는 것을 여자는 인지하고 있었다. 만약 민철이 여자였어도 확인만 하고 집이 빌 때까지 기다렸을 터였다.

민철은 1층으로 내려와 두진에게 나머지 진행 상황을 보고받은 뒤 몇 가지 지시사항을 전달했다. 한동안 집을 비울 수 없다는 민철의 말에 두진은 의문을 제기하지 않았다.

곧 보강된 정보를 정리해 보내겠다는 답을 듣고 전화를 끊은 15분 뒤, 두진이 보낸 죽과 몇 가지 식료품, 생필품들이 이어서 배달되어 왔다. 민철은 대문 밖에서 물품을 받아 들어오는 길에 2층을 힐끗 올려다보았다. 마당은 2층에서 내려다보면 훤히 드러나는 구조였다. 이것으로 민철이 집을 비울 의향이 없다는 걸 여자도 알게 되었을 것이다.

민철은 죽이 포장된 종이 가방을 들고 2층 계단을 올랐다. 공황에 빠져 입을 다문 여자가 대답해 줄 리 없으므로 똑똑 두 번 노크하고 문을 열었다. 여자가 황급히 검은 비닐봉지 안에 무언가를 숨겼다. 하지만 애석하게도 민철의 눈을 피하지는 못했다. 반쯤 먹다 만 빵 봉지. 이불이 깔려 있지 않은 좁은 구석에서 웅크린 채로 여자는 민철의 눈치를 살폈다.

어째서일까……. 종이 가방을 쥔 손에 힘이 들어갔다.

"죽입니다. 드십시오."

여자가 여전히 의심과 불신이 가득한 눈으로 민철을 직시했다. 방 안으로 시큼한 찬바람이 비집고 들어왔다. 창문은 고양이가 나간 틈 그대로 열려 있었다. 오히려 밖이 더 따뜻할 정도로 2층 방에는 한기가 감돌았다. 보일러 온도를 높였어도 방은 쉬이 온기를 품지 못했다.

종이 가방을 문턱 안쪽 방바닥에 내려놓았지만 여자는 관심조차 두지 않았다. 민철은 종이 가방에서 죽이 포장된 그릇을 꺼내 뚜껑을 열었다. 김이 모락모락 올라오는 죽의 고소한 냄새가 금세 좁은 방 안을 가득 채웠다. 그는 두 개가 붙어 있는 일회용 수저를 꺼내 하나만 뜯어 뚜껑 위에 얹어 놓았다.

그래도 여자는 요지부동이었다. 민철은 나머지 숟가락도 뜯어 죽을 한 수저 떠 먹고 완전히 삼킨 후에 자리에서 일어섰다. 아무것도 들어 있지 않다고, 안심해도 된다는 뜻을 몸소 전했으나 여자의 불신은 꺾이지 않았다.

"고양이가 돌아오면, 알려 주십시오."

고양이. 그제야 여자의 눈꺼풀이 파르르 떨렸다.

"확인할 것이 있을 뿐입니다."

여자가 깨물어 부르튼 입술은 조금도 달싹이지 않았다.

"쉬십시오."

민철은 문을 닫고 나왔다. 이번에도 역시, 30분 남짓 지났을 때 여자는 문이 잠겼는지 문고리를 돌려 확인했다. 그대로

1층으로 내려왔어야 했다. 그런데도 민철은 기다렸다. 방음이 좋지 않은 집 안에서 여자가 무엇을 하는지 짐작하는 건 그리 어려운 일이 아니었다. 부스럭부스럭. 비닐이 부대끼는 소리가 드문드문 들려올 뿐이었다. 따뜻하던 죽은 차갑게 식어 가고 있었다.

집 근처에 감시 인력이 투입된 것은 민철이 여자를 발견한 직후부터였다. 민철의 예상대로 윤찬열은 다시 집을 찾았다. 그러나 새벽처럼 선뜻 들어오지 못하고 근처를 배회하다 돌아갔다. 집 안 동태라도 살피고 싶었겠지만 수확 없이 물러난 윤찬열을 통해 지난 한 달간 여인경이 윤찬열의 도움으로 완벽하게 잠적했었음을 확인했다. 이원하와 민철을 포함하여 윤찬열의 부모인 집주인까지, 누구도 여자가 이 집에 있음을 몰랐다는 의미였다.
"2층 상황은."
- 변동사항 없습니다.
여인경은 2층에서 숨을 죽인 채 민철이 집을 비우기만을 기다리고 있었다. 여자는 호의를 베푼 민철을 의심하는 동시에 저의를 파악하느라 머릿속이 복잡했다. 거대하게 몸을 부풀리는 불신 사이로 지난밤의 친절이 여자의 발목을 붙잡아 주저앉혔을 것이다. 그렇지 않았다면 민철과 마주치자마자 죄송하다는 사과 대신 줄행랑을 택했을 테니까.
양심. 여자는 이원하에게 그렇게 시달려 놓고도 양심을 잃지 않았던 모양이었다. 그 양심이 여자로 하여금 지난 한 달간 집 안 구석구석을 쓸고 닦게 했을 터였다.

지금쯤 여자는 열심히 고민하고 있을지도 모른다. 저 남자의 의도는 무엇일까, 정말 고양이 때문일까, 단지 그뿐일까, 다른 흑심은 없는 걸까. 그 고민에 여자가 스스로 답을 찾을 수 있도록 민철은 아주 약간의 호의를 베풀면 그만이었다.

따뜻한 방, 이불, 먹을 음식, 상처 난 발을 치료한 흔적들. 당장은 충격으로 혼란스럽겠지만, 여자는 차츰 이 집에 있는 것이 민철을 피해 밖으로 나가는 것보다 안전하다 느끼게 될 터였다. 강제로 족쇄를 채울 필요 따위 없었다. 이 집에 자신을 가둔 것처럼 느끼지 않을 족쇄 역시 여자 스스로 차게 할 생각이었다. 민철이 만족할 만한 정보를 얻을 때까지 여자와 윤찬열의 조우는 무기한 보류였다.

"계속 주시해."

— 예.

여자에게 죽을 가져다준 지 두 시간이 흘렀다. 아직 2층에서는 이렇다 할 인기척이 들려오지 않았다.

'그렇다면 덫을 놓는 수밖에.'

민철이 걸터앉아 있던 침대에서 일어나자 뿌연 먼지가 날렸다. 안경 너머로 날리는 먼지를 손등으로 가볍게 흩고는 쌓아 놓은 박스 안에서 짐을 덜어 내 정리를 시작했다. 옷은 붙박이장에 넣고 노트북과 책은 좌식 책상에 두는 것으로 짐 정리는 끝이 났다. 빈 박스를 한데 모아 마당으로 가지고 나오면서 부러 현관문이 열리고 닫히는 소리를 크게 냈다.

쿵!

2층에 들리고도 남았을 소음이 빼곡하게 집 안을 메웠다. 박스를 대문 밖에 두고 돌아서 지난밤에 그러했듯 집 안을 두루 눈에 담았다. 구석구석 보수해야 할 부분들이 지난밤보다 곱절은 많아 보였다. 그러나 눈길을 끈 것은 정작 따로 있었다.

'꽃이라……'

여인경이 이 집으로 들어오기까지의 사연을 알기 전에는 대수롭지 않던 화단의 꽃이 콕콕 신경을 건드렸다. 스스로를 가둔 여자가 굳이 모종을 사다 심었을 리 없고, 계약하고 나서야 오래된 보일러를 교체한 집주인이 단장을 위해 사다 심었을 리는 더더욱 없었다.

17년 전에는 어떠했을까.

빛 바랜 세월을 뛰어넘어 기억 속 화단을 더듬어 보려 했으나 떠오르는 것이 없었다. 화단 턱에 앉아 그를 기다리던 아이의 모습만이 바랜 사진처럼 어른거릴 뿐 화단이 어떠했었는지는 기억나지 않았다.

찬 이슬을 머금어 투명하지만 결코 친절하지 않은 봄볕이 마당을 가로질러 2층 창문 틈으로 비집고 들어갔다. 그 빛을 무심히 좇던 민철은 이내 시선을 거두어 화단 쪽 넝쿨에 뒤덮인 담을 살폈다. 노인의 거친 수염 같은 넝쿨에도 봄의 기운이 깃들어 푸른빛을 되찾고 있었다. 이만큼 넝쿨이 덮이려면 얼마나 걸릴까. 철제 대문을 지탱하는 시멘트 기둥까지 넝쿨의 구불구불한 가지가 길게 뻗어 있었다. 화단의 꽃이 그러했듯이 넝쿨도 기억에 없었다. 아무리 머릿속을 뒤엎어도 당시 화단이 어떠했는지 조금도 기억하지 못했다.

인간의 기억이란 이렇듯 보잘것없었다. 과연 시간 앞에 무력하지 않은 것이 있기는 할까. 17년의 세월이 흐르고도 기억이 명맥을 이어 온 건, 그것을 수없이 곱씹고 곱씹은 덕이었다. 그러나 17년 동안 새로운 기억은 쌓이고 쌓였다. 가장 밑바닥에 함몰되어 짓눌린 기억은 감정과 뒤엉켜 이제는 상념에 가까웠다. 그것이 기억을 따라왔지만, 기억만을 맹신할 수 없는 까닭이었다. 인간다움을 던져 버렸는데 아직도, 여전히 민철은 인간이었다. 감정에 휘둘리는······.

'인간이라 이건가.'

흘러간 과거는 기억이란 이름으로 남아 민철을 괴롭혔다. 그것은 민철이 넘어설 수 없는 처절한 짓밟힘의 기억이자 공포였다. 기억이 사라지지 않는 한 영원히 계속될 악몽이었다.

'제대로 기억도 못하면서······.'

휘잉. 봄이 가득 내려앉은 화단을 시샘한 바람이 불어왔다. 밀려나지 않으려는 겨울의 심보가 고약하다. 과거에 묶여 있는 것은 순리에 어긋난다. 고여 있는 것은 썩기 마련이다. 봄이 왔으면 겨울은 물러가야 타당하다. 그런데 그것이 말처럼 쉽지 않았다.

지금의 민철이 과거의 그가 아니듯 그 일도 현재하지 않는 허상에 불과했다. 온전하지 않은 기억, 화단에 핀 꽃이 그 증거였다. 그런데도, 그럼에도 불구하고 벗어나지 못하는 스스로에 대한 혐오가 짙게 깔려 민철 자신에게 오점을 새기고 낙인을 찍었다. 그래서 돌아왔다. 민철이 무참히 나약했던 그때의 기억이 고여 있는 이 집으로.

더는 휘둘리고 싶지 않았다. 자신 안에 잔재한 찌끼를 긁어내고 쓸어 내어 자유로워지고 싶었다. 그러려면 최명철의 아들, 최봉현이 필요했다. 반드시.

17년 전, 최명철 살인사건의 전말을 정확히 아는 건 현장에 있던 최명철의 오른팔 김익주와 그를 따르던 똘마니 셋 정도였다. 최명철과는 별개로 김익주는 경쟁 조직의 말단 조직원과 적절한 이해관계로 결탁하여 거사를 준비하고 있었다. 그는 사호파 조직 후계자를 인질로 잡아 한몫 단단히 챙기는 것이 목표였고, 경쟁 조직의 조직원은 사호파를 무너뜨리는 데 혁혁한 공을 세워 수뇌부로 진입하려는 야망이 있었다.

사호파 총수 강호원에게 아들이 없다는 건 익히 알려진 바였다. 그나마 데릴사위에게 얻은 손자가 있기는 했지만 아직 어린데다 강호원의 나이가 많아 조직 내에서도 후계에 대한 알력 다툼 조짐이 조금씩 보이던 때였다.

조직에서 기업으로 성장해 가는 사호파를 눈엣가시로 여기던 타 조직들은 내분이 일어나길 내심 바라고 있었다. 그러나 김익주의 행적을 수상히 여긴 사호파는 덫을 놓고 김익주가 걸려들길 기다렸다. 민철을 사호파 총수의 손자이자 장차 사호파를 이끌어 갈 유일한 후계 '강범영'으로 오해하게 만든 것이다.

사호파 안에서조차 강범영의 존재를 아는 이들은 극히 일부였다. 김익주는 얼마 지나지 않아 경쟁 조직에 '강범영'에 대한 정보를 흘렸고 그러다가 꼬리를 잡혔다. 능력은 없어도 눈치가 빨랐던 김익주는 사태 파악에 나선 조직의 움직임을 예상보다 빨리 알아차렸다.

김익주는 자신을 밀고한 자가 최명철이라는 사실을 알고 분개했다. 김익주 입장에서는 최명철이 혼자 살자고 자신을 분토와 같이 버린 것이나 다름없었다.

최명철에게 속았다는 걸 알게 된 김익주는 경쟁 조직에 도움을 청했으나 그들은 무시로 일관했다. 김익주에게 빠져나갈 구멍은 없었다. 막다른 골목에 다다른 김익주의 선택은 최명철에게 모든 분노를 쏟아 붓는 것뿐이었다. 경쟁 조직도, 사호파도 그가 건드리기엔 거대했을 테니 그나마 만만한 최명철이 표적이 된 건 너무도 당연해서 놀라울 것도 없었다.

배신자로 낙인이 찍힌 마당에 목숨을 부지하기는 어려웠다. 죽을 때 죽더라도 최명철에게 복수를 하고 싶었으리라. 그는 똘마니를 이끌고 집으로 쳐들어왔다. 강범영에 대해서는 잘못 짚었지만, 최명철의 아들 봉현에 대해서는 제대로 짚어 냈기 때문이었다. 김익주는 최봉현을 미끼로 최명철을 무장해제 시킬 작정이었고 그의 계획은 성공했다.

철의 여인

사건이 있던 그날은 고등학교 졸업을 앞둔 강범영이 학교에 볼일이 있어 민철도 아침부터 불려 나간 날이었다. 2월이었고, 예고에 없던 눈이 내렸다. 이미 민철에게 강범영과의 동행은 평범한 일상이었기에, 강범영을 따라 이곳저곳을 다니다 해가 진 뒤에야 돌아왔어도 불만은 없었다.

최봉현은 그날도 화단 턱에 앉아 민철을 기다리고 있었다. 언제나 그랬던 것처럼 대문을 열고 들어가는 민철에게 "형아!" 하며 반갑게 맞아 주었다. 얼마나 기다렸는지 머리와 어깨에 눈이 소복하게 쌓여 있었고, 작은 손도 꽁꽁 얼어 있었다.

민철은 무뚝뚝한 성격이었으나 싹싹하게 다가오는 아이를 밀어낼 만큼 모질지 못했다. 당시 어떤 대화가 오갔는지는 정확히 기억나지 않지만, 보일러 온도를 높이고 주인 없는 안방에서 아이의 몸을 녹이게 했던 것만은 기억에 남아 있었다. 안팎 온도가 비슷한 2층으로 아이를 데려갈 수는 없었기 때문이었다. 하얗게 질린 얼굴만 이불 밖으로 빼꼼 내밀고 있던 모습이 썩 귀엽다고 생각했었다.

아이의 젖은 점퍼와 민철의 교복 외투를 나란히 걸어 놓고 시간을 확인하는데 누군가 대문을 밀고 들어오는 소리가 들렸다.

끼이익.

마치 바람에 대문이 열린 것처럼 소음은 몸을 잔뜩 웅크리고 있었다.

뽀드득뽀드득.

이어지는 발걸음 소리는 한 사람의 것이 아니었다. 이상했다. 아주 이상한 예감이었다. 뾰족한 송곳 위에 서 있는 것 같은 기분이었다. 이유도 모른 채 심장이 미친 듯이 뛰었다. 17년이 지나서도 그 순간 느꼈던 불안과 공포만큼은 흐릿해지지 않았다.

민철이 강범영과 함께 다니면서 본의 아니게 듣고 보게 되는 것들이 있었다. 그들이 평범하지 않다는 것은 눈치껏 파악하고 있었지만, 자신이 그들과 같은 세상에 있다고는 생각하지 않았다. 그러하더라도 만에 하나 위험한 상황에 처하게 되면, 아니 그런 일이 있기 전에 자립하고 싶었다. 그런데 위기는 전혀 예상하지 못한 순간에 닥쳐 왔다.

민철은 무언가에 홀린 사람처럼 안방 수화기를 들었다. 먹통이었다. 불안은 확신이 되었다. 덜커덩. 현관문이 들썩였다. 바람으로 가장했으나 불투명한 유리 너머로 일렁이는 그림자는 사람의 형상이었다. 민철은 단잠에 빠져 있던 아이를 조용히 흔들어 깨웠다.

"……일어나."

민철은 좀체 잠을 떨치지 못하는 아이를 안아 들고서 2층으로 올라가는 계단 아래 붙박이장을 열었다. 빗자루나 걸레를 보관하는 작은 장이 해가 바뀌어 여덟 살이 된 아이가 들어가자 꽉 찼다. 아이가 졸음 가득한 눈을 비비며 물었다.

"우리…… 숨바꼭질해?"

"그래. 그러니까 나오면 안 돼. 형이 나오라고 하면 그때 나와."

"형아가 술래야?"

덜그럭덜그럭.

현관문에서 들리는 소리가 커지자 아이가 고개를 길게 뺐다. 민철은 다시 아이를 붙박이장으로 밀어넣었다. 그리고 재차 강조했다. 절대 나오지 말라고.

"금방 찾으러 올 테니까 절대로 나오지 마. 알았어?"

"응. 알았어."

아이는 고개를 크게 주억거리며 알았다고 대답했다. 남자들이 문을 열고 들어온 것은 민철이 붙박이장을 닫고 막 2층으로 반쯤 뛰어 올라갔을 때였다. 민철을 쫓아 올라온 남자들의 무자비한 폭력은 예고 없이 시작되었다. 세상에 태어나 그렇게 맞아 본 적은 처음이었다. 남자들은 신명나게 민철을 두들기느라 1층으로 끌고 내려갈 생각은 하지 않았.

몇 시간을, 얼마나 어떻게 맞았는지는 기억나지 않는다. 흠씬 두들겨 맞아 혼절하고 깨어나기를 반복했었다. 김익주와 남자들이 하는 말이 드문드문 들렸으나 이해하지는 못했다. 누군가 피로 얼룩진 민철의 턱을 칼등으로 툭툭 치며 이죽거렸다.

"최명철 그 새끼가 지금 오고 있다니까, 어디 한번 빌어 봐. 누가 아냐? 네가 예쁘게 빌면 그때까지 살려 줄지."

그러자 또다른 남자가 민철의 옆구리를 발로 걷어차고는 비열하게 웃었다.

"낄낄. 이 정도는 돼야 예쁘지 않겠냐?"

"이 새끼 지금 벌레 흉내 내는 거냐? 왜 징그럽게 꿈틀대며 벌레 흉내는 내고 지랄이냐. 응? 크크크. 벌레니까 죽여 달라고?"

"오호! 그거 말 되네."

그들은 몸을 둥글게 말고 고통에 부들부들 떠는 민철을 칼끝으로 쿡쿡 찔러 댔다. 그때마다 민철은 죽음에 대한 두려움에 덜덜 떨었다. 그래서 빌었다. 그래서 애원했다.

"사, 살려 주세요. 살려 주세요. 제발……."

민철은 감각도 없는 손을 모아 빌고 또 빌었다. 살려 달라고, 살려만 달라고.

"빈다고 또 비네? 그런데 그렇게 빌면 안 되지. 예쁘게 빌라니까? 그런 낯짝으로 빌면 씨발, 내가 비위가 상하잖아."

남자가 민철에게 '퉤!' 침을 뱉고는 발길질을 해 댔다. 참을 수 없는 고통 위에 또다시 고통이 얹어졌다. 민철은 숨을 쉬는 것조차 잊게 만드는 통증에 다시금 몸을 둥글게 말았다. 그것 말고는 그가 할 수 있는 건 아무것도 없었다.

"으윽! 윽!"

"입 다물어. 아가리 찢어 버리기 전에."

"으억!"

아무리 애원하고 매달려도 쏟아지는 건 수치심을 일으키는 독설과 매질이었다. 고통과 두려움 앞에 민철은 철저히 짓밟히고 무너졌다. 민철은 그들의 말처럼 자신이 발밑에 밟힌 하찮고 징그러운 벌레처럼 느껴졌다. 더는 인간이 아닌 것 같았

철의 여인

다.

 그들은 최명철이 늦는다는 이유로 민철에게 발길질하며 화풀이했고, 그때마다 신물이 올라와 가슴을 압박했다. 갈비뼈가 부러지고 손가락 마디마디가 분리되는 통증에 울부짖었다. 사지를 뜻대로 움직일 수 없을 지경까지 얻어맞은 후에야 손에 무언가 쥐어진 것을 어렴풋하게 느꼈다.

 그리고…… 누군가를 찌르고, 또 찔렀다.

 죽음의 공포를 뚫고 들려온 목소리는 아이의 것이었다.

 "형아, 도망쳐! 얼른! 얼른 도망가!"

 그래서 도망쳤다. 어떻게 도망칠 수 있었는지 모른다. 한 번도 뒤돌아보지 않고 오로지 앞만 보고 도망쳤다. 그러다가 강범영을 만난 이후로는 암전. 아무것도 기억나지 않았다.

 기억이 다시 이어진 건 병원에서 의식을 되찾은 뒤였다. 현장에서 발견된 칼에 민철의 지문이 묻어 있었다는 것과 김익주가 도주했으며, 누군가 강범영에게 호출을 했다는 것은 모두 강범영에게 들어 알게 된 사실이었다. 강범영은 의아해하는 민철에게 직접 자신에게 전달된 음성을 들려주었다. 울음 섞인 앳된 목소리. 아이였다.

 ─ 도와주세요. 제발…… 도와주세요.

 보안을 위해 호출기 번호를 수시로 바꿔야 했던 강범영은 그때마다 종이에 번호를 적어 주곤 했었다. 길면 2주, 짧으면 1주짜리 번호였던지라 처음에는 번호를 외웠지만, 나중에는 그냥 반으로 접어 교복 재킷 안쪽 주머니에 넣고 다녔었다. 사용할 일은 없어도 강범영이 직접 적어 준 메모를 버리는 건 내키지 않았다.

언젠가 아이가 교복 재킷 주머니의 쪽지를 보고 뭐냐고 물었던 적이 있었다. 당시 아이는 숫자에 관심이 지대했었다. 민철은 별 생각 없이 아이에게 쪽지를 보여 주었었다. 그런데 어떻게 이 번호로 호출할 생각을 했을까. 집 전화가 불통이었는데 어디서 어떻게 호출을 했을까.

"아이는…… 어떻게……."

아이가 살아 있는지 묻는 민철에게 강범영은 모른다고 대답했다. 흔적도 없이 아이가 사라져 버린 것이다. 그러나 그때의 민철은 아이를 찾을 힘도, 여유도 없었다. 강범영을 따라 미국으로 유배를 떠나야 했고, 한 달 전까지 그의 수족으로만 살았다.

그렇게 17년간 묻어 둔 채 살았다. 곪아 터져 노린내가 나는 걸 숨겼으나 강범영의 눈을 피할 수는 없었다. 깨끗하게 해결하고 돌아오라던 강범영은 민철에게 석 달의 말미를 주었고 그중 한 달을 김익주를 찾는 데 소요했다.

사건 이후 똘마니들은 사호파에 의해 숙청되었고 김익주는 꼬리를 자르듯 필리핀으로 도주했다. 그러다 병이 들어 한국으로 돌아왔고 이곳저곳을 떠돌다 고향인 목포로 흘러들어갔다. 죽을 자리를 찾아간 것이다. 연고 없이 숨어 살았던 김익주는 허물어져 가는 집에 홀로 누워 죽을 날만 기다리고 있었다. 그런데 어찌 된 영문인지 민철을 보자마자 손가락 하나 까딱하지 못한다던 그가 삿대질하며 심장 발작을 일으켰고, 사흘 만에 사망했다.

눈도 감지 못한 채 숨을 거둔 김익주는 흡사 저승사자라도 본 낯이었다. 이후 김익주 주변을 샅샅이 뒤졌으나 소득은 없었다. 그렇게 빈손으로 돌아온 서울에서 그를 기다린 건 '봉현'이란 이름의 고양이와 낯선 여자, 여인경이었다.

바람에 밀려온 구름이 마당 절반을 그림자로 뒤덮었다. 이미 집을 집어삼킨 그림자는 서서히 민철이 선 곳까지 영역을 넓히고 있었다. 발끝으로 스멀스멀 기어 올라온 그림자가 발목까지 차올랐을 때 휴대전화가 진동했다. 두진이었다.

"무슨 일이지?"

— 여인경 씨 조사 중 이상한 점을 발견했습니다.

"이상한 점?"

— 예. 원초본 확인 결과 여인경 씨는 부모와 함께 대구에서 나고 자란 것으로 확인됐습니다. 문제는 대구를 떠나온 후의 행적입니다. 대구를 떠난 여인경 씨의 부모는 지금으로부터 15년 전, 그러니까 대구를 떠난 지 5년이 지나서야 서울에 거주했다는 정식 기록이 남아 있습니다.

"계속 해."

— 여인경 씨의 서울 거주 기록은 그보다 더 빠릅니다. 당시 나이는 막 여덟 살이 되었을 무렵으로, 거주지는 실장님 댁과 주소가 동일합니다.

"아이 혼자 말인가?"

─ 네. 여인경 씨가 부모와 같은 주소를 사용하기 시작한 것은 아홉 살이 되던 해부터입니다.

이미 이 집을 조사하면서 건물이 세워질 당시부터 주인이 바뀐 내역을 모두 완벽하게 파악한 상태였다. 최명철이 집을 팔기 전까지 누군가에게 세를 준 기록은 없었다.

"전산상 오류일 가능성은?"

─ 재개발이 확정된 지역이라 현재 개정된 전산에 오류가 있기는 어렵습니다.

최명철이 주소만 빌려 주었다고 가정하면 여인경의 부모가 어떤 식으로든 최명철과 연이 있었다는 의미로 귀결되었다. 그러나 좀 더 분명하게 할 필요가 있었다. 재개발로 인해 등기부본상의 주소와 토지대장의 주소가 다른 곳이 한두 군데가 아닌 탓이었다. 붉은 벽돌집 또한 그렇게 반쪽짜리 집이 된 지 오래였다.

우연이 이어지면 필연이라고 했던가. 봉현이란 이름의 고양이만으로도 기막힌데 이 집과도 관련이 있었다. 그저 우연이라고 치부하기에는 기록과 단서들이 필연을 주장했다. 그러나 여인경의 부모가 최명철과 연이 있었다 해도 그것이 최봉현과 관련이 있는지는 더 조사해 봐야 명확해질 일이었다. 추측과 예상은 객관적 기록을 뛰어넘지 못한다. 그럼에도 불구하고 발아래 서늘함이 고였다.

"조사 범위를 넓혀야겠다. 부모에 대해, 그 주변 측근까지 모두."

- 예. 바로 착수하겠습니다.

"이원하 쪽 움직임은?"

- 전혀 갈피를 못 잡고 있는 눈치입니다.

"그럼 잡게 해 줘야지. 그쪽으로도 정보를 흘려. 며칠 호객꾼으로 흥을 돋우다 이원하가 직접 찾아오게 하는 것도 나쁘지 않겠지."

안 그래도 감초가 필요한 참이었다. 이원하는 정보를 흘린 뒤 넉넉잡아 이틀이면 여인경의 거취를 파악하게 될 것이고, 그동안 건장한 사내들은 말도 안 되는 이유로 현관문을 두드릴 계획이었다. 민철보다 더 무서운 존재가 집 밖에 있다는 사실을 여자에게 인식시킬 필요가 있었다.

여자가 민철에게 도망쳐 이 집 대문을 나설 생각을 했다는 건 이원하를 향한 두려움에 녹이 슬었다는 의미였다.

망각. 대단히 달콤한 착각에 물든 여자는 이 집을 나선 후에도 이원하를 피할 수 있을 것이라 기대했으리라. 어쩌면 이원하가 자신을 포기했다 여겼을지도 모른다. 그 알량한 기대를 꺾기 위해 이만큼 좋은 감초는 없었다. 이원하의 개입으로 여자의 느슨해진 긴장감과 절실함은 팽팽하게 당겨질 테니까.

- 이원하가 직접 움직일까요?

"재미를 놓칠 인물이 아니라면."

그는 올 것이다. 납치, 감금까지 했던 이원하가 다른 손을 빌려 재미를 놓칠 리 없었다. 돈과 배경이 든든한 그는 사냥 그 자체를 즐기고 있었다. 겁을 주고 서서히 포위망을 좁혀 갈 생각이었을 테지만, 한 달을 감쪽같이 숨어 버린 여자 탓에 잔뜩 독이 올라 눈앞에 보이는 먹음직스러운 먹잇감을 향해 달려들 터였다.

아무리 머리가 좋아도 이성보다 감정이 앞서면 시야는 좁아지고 만다. 여자를 숨겨 주는 낯선 남자를 알게 된 후에야 이원하는 민철에 대해 알아볼 테고, 그때쯤이면 여자는 이 집과 민철을 동일시하여 자신이 보호받는다고 믿게 되리라.

휘이잉.

바람이 불어 공기 중에 부유하던 비릿한 흙냄새가 훅 끼쳤다.

─ 혼자 움직이지는 않을 겁니다. 대기하고 있겠습니다.

"그럴 필요 없어. 이번 일은 경찰이 해결할 거다."

─ 그럼 김 경사에게 언질해 두겠습니다. 호객꾼은 언제부터 보낼까요?

"빠를수록 좋아."

─ 예. 준비하겠습니다.

발목에 걸쳐 있던 그림자가 통화를 끝마쳤을 때는 사방으로 퍼져 있었다. 습기를 가득 머금은 구름이 햇빛을 완전히 집어삼켜 낮과 밤의 경계가 흐릿했다. 민철이 걸음을 뗄 때마다 찐득찐득 어둠이 눌어붙었다.

투둑. 빗방울이 바닥으로 떨어져 흔적을 만들었다. 투둑 투둑 투두두둑. 연이어 떨어진 빗물은 마른 바닥을 빠르게 적셔 검게 물들였다. 솨아아아. 빗물이 민철의 머리와 어깨를 두드렸다. 그렇게 온몸이 젖을 때까지 선 채로 투명한 빗물이 세상에 떨어져 검게 변하는 것을 지켜보았다. 새까만 심장 위에도 빗물이 스며들었다. 차가운 암흑이었다.

탈칵.

민철이 현관문을 열자 2층 계단을 오르던 여자가 중간쯤에서 그를 돌아보았다. 불을 밝히지 않은 실내는 아침보다 어두웠다. 지붕을 치는 빗소리만이 정적을 갈랐다. 민철은 현관 앞에서, 여자는 계단에서 움직임을 멈추었다. 마치 시간이 멈춘 것 같은 착각 사이로 천둥이 끼어들었다.

우르르쾅!

여자의 어깨가 흠칫 떨렸다. 멈춰 있던 여자의 시간이 흘렀다. 여자는 빠르게 계단을 밟아 올라 문을 닫고 2층 방으로 몸을 숨겼다. 그래 봐야 안에서 잠그지도 못하는 문인 것을.

민철은 신발을 벗고 안으로 들어갔다. 여자가 쓸고 닦았을 마른 바닥이 점점이 빗물로 더럽혀졌다. 주방 겸 거실을 거쳐 방 앞에 섰을 때 문고리에는 나갈 때 없던 것이 걸려 있었다. 지난밤 여자에게 덮어 주었던 그의 재킷이었다.

한 시간 후.

굵었던 빗줄기는 어느새 가늘게 바뀌어 있었다. 그리고 미약하지만, 2층에서 고양이의 울음소리가 들려왔다. 민철이 2층 계단을 올라 방문 앞에 섰을 때는 울음소리가 더욱 크게 들렸다. 손등으로 문을 가볍게 두드렸다. 그러나 안에서 들려오는 대답은 없었다.

"실례하겠습니다."

열린 문으로 아침에 나갔던 고양이가 여자 곁에 앉아 있는 것이 보였다. 수건으로 고양이 턱의 빗물을 닦던 여자의 경계가 피부에 느껴질 만큼 선연했다.

"잠시 들어가겠습니다."

탁. 방문이 닫히는 소리가 제법 크게 들렸다. 좁은 방 안에 물러날 곳이 없음에도 여자는 벽에 바짝 붙어 앉아 있었다.

"펜던트만 확인하면 됩니다."

그렇게 말하며 한 걸음 다가갔다. 여자는 숨도 쉬지 않으며 민철에게서 시선을 떼지 않았고 그 옆에 얌전히 앉아 있는 고양이도 더는 울음소리를 내지 않았다. 다시 한 걸음 다가가 한쪽 무릎을 굽혀 앉은 뒤 고개를 기울여 고양이 목의 펜던트를 확인했다.

「 봉현 」

앞면에는 이름뿐이었다. 민철은 의식적으로 여자에게 시선을 돌렸다. 긴장으로 팽팽하게 당겨진 여자의 동공이 한 치의 흔들림 없이 그를 직시하고 있었다. 그때였다. 누군가 대문을 열고 들어와 현관을 두드렸다.

탕탕탕!

"계십니까?"

빗소리 속에서도 남자의 탁한 음성은 쩌렁쩌렁 울렸다. 고성은 습한 공기를 타고 2층까지 올라왔다. 민철은 혼잣말인 양 "올 사람이 없는데……" 하며 말을 끌었다. 이어서 다시 한 번 탕탕탕, 현관문을 두드리는 소리가 크게 들렸다.

 하얗던 여자의 낯이 서서히 불안과 공포로 잠식되는 것을 확인하고 몸을 일으켰다. 민철이 자신을 따라 올라오는 시선을 짐짓 모른 척하며 뒤로 물러나 막 돌아섰을 때였다. 옷자락을 잡아당기는 손길에 민철은 뒤를 돌아보았다. 제가 붙잡고도 화들짝 놀란 여자가 민철의 옷자락을 놓고는 주춤주춤 뒷걸음질쳤다. 민철은 여자가 잡았던 옷자락과 여자의 손을 번갈아 바라보다 이내 아무 일 없었다는 듯 문턱을 넘었다.

 "금방 돌아오겠습니다."

 민철이 방문을 닫고 나올 때까지 여자의 시선은 그에게서 떨어질 줄 몰랐다.

Track 2. Oblivion(망각)

- Astor Piazzolla

처음에는 주소를 잘못 알고 찾아온 음식점 배달원이었다. 두 번째는 택배 기사였고 세 번째는 집배원이었다. 우중에도 덩치가 가려지지 않을 만큼 우람한 체격의 남자들이었다. 그들은 예의 없이 대문을 넘어 들어와서는 현관문이 부서져라 두들겼다. 그때마다 민철은 '주문한 적이 없다, 그런 사람 살지 않는다'며 그들을 돌려보냈다. 한참을 미적거리던 남자들은 고장 난 대문에 불만을 실어 거칠게 여닫고는 돌아갔다. 한바탕 소란스럽게 낡은 지붕이 들썩거렸다.

오후가 되자 바람은 더욱 세차게 불었다. 더는 찾아오는 사람이 없음에도 대문은 시끄럽게 여닫혔다.

2층의 여자는 쥐 죽은 듯 조용했다. 이따금 들려오던 고양

철의 여인

이의 울음소리도 들려오지 않았다. 먹구름에 가려진 해는 지는 줄도 모르게 기울었다. 아직 5시도 되지 않은 시각. 민철이 2층 계단을 오른 것은 그로부터 30분을 더 지체하고 나서였다.

똑똑.

분명하게 들리도록 손복에 힘을 주어 문을 두드렸다. 안쪽에서 야옹, 하는 고양이의 울음이 여자를 대신해 대답했다.

끼익, 문을 열고 들어서려는데 지난 새벽에 그러했듯 고양이의 노란 눈이 민철을 먼저 맞았다. 여자는 벽에 등을 붙이고 잔뜩 몸을 웅크린 채 얼굴을 감추고 있었다. 고양이만이 여자의 발치에 앉아 민철을 똑바로 쳐다보고 있었다. 빠르게 창문이 닫혀 있는 것을 확인하고 방 안으로 들어가 등 뒤로 문을 닫았다. 탁! 아귀가 맞지 않은 나무가 부대끼며 제법 큰 소리를 냈다. 지난 새벽과는 달리 조심성 없는 손놀림이 불만스러웠는지 고양이의 귀 끝이 미세하게 까딱였다.

민철은 고양이에게 시선을 붙박고서 조금씩 거리를 좁혔다. 상대방의 심장 소리까지 들릴 만큼 좁은 공간에서 여자는 숨조차 제대로 쉬지 못하고 있음이 분명했다. 무릎을 있는 힘껏 감싸고 있는 여자의 손이 하얗게 질려 있는 것을 못 본 체하며 넌지시 물었다.

"주무시는 겁니까?"

때마침 불어온 바람에 대문이 쾅 하고 열렸다가 철제 틀에 부딪혀 흔들렸다. 소스라치게 놀란 여자의 몸이 감전당한 사람처럼 움찔 떨렸다. 떨림은 쉽게 멈추지 않았다. 아침에 한 번 공황에 빠져 경기를 일으켰던 여자의 신경은 끊어지기 직전이었다.

"괜찮습니까?"

여자는 대답이 없었다.

"혹시……."

몹시 조심스럽게, 여자가 그렇게 느끼도록 신중하게 뒷말을 이었다.

"이름이…… 여인경, 맞습니까?"

그제야 여자가 고개를 번쩍 쳐들고는 민철을 바라보았다. 두려움을 가득 머금은 눈이 민철을 향한 경계의 수위를 높였다. 여자에게서 예민하고 섬세한 고양이 느낌이 났다. 흘깃, 발치의 고양이에게로 시선을 던졌다가 여자의 관심을 끌 만한 미끼를 던졌다.

"오늘 다녀간 집배원이 '여인경' 씨가 이 집에 사느냐고 묻더군요."

"……."

"저는 들어 본 적 없는 이름이라고 했습니다."

여자는 대답만 하지 않을 뿐 민철의 말에 귀를 기울이고 있었다. 새벽과 비교하자면 괄목할 만한 변화였다. 민철은 목소리를 낮춰 이어 말했다.

"말할 수 없는 사정이 있으시다면, 이거 하나만 대답해 주십시오. ……신변에 위협을 받고 있는 상황입니까?"

철의 여인

민철은 파랗게 질린 여자의 안색에서 틈이 보이는 순간을 잡아챘다.

"말로 하기 어려우면 고개만 끄덕이세요. 위험하신 거 맞습니까?"

빠듯하게 민철을 바라보던 여자의 눈꺼풀이 떨리며 비스듬히 아래로 기울어지더니 이내 눈을 감고는 미세하게 머리를 위아래로 움직였다. 민철은 말을 뚝뚝 끊어 뱉었다.

"혹시…… 범죄를, 저질렀다거나……."

눈이 화등잔만 하게 커진 여자가 녹슨 대문처럼 뻣뻣하게 머리를 가로저었다. 민철은 여자의 눈을 흔들림 없이 직시하다가 작게 한숨을 쉬며 고개를 천천히 주억거렸다.

"그렇습니까. 알겠습니다."

"……."

"가족이나, 도움을 줄 만한 사람은 없습니까?"

여자가 입술을 굳게 다물며 시선을 떨어뜨렸다. 이 집에 들어올 수 있었던 배경에 윤찬열이 있는데도 여자는 끝내 그 이름을 입에 올리지 않았다. 폐를 끼치지 않겠다는 여자의 의지는 위기 상황에서도 꺾이지 않았다. 여자의 고집이 썩 가상하다는 생각이 들었다.

"제가 아침에 했던 말, 기억하십니까?"

어느새 배를 깔고 누운 고양이의 둥근 머리를 내려다보는데 여자의 시선이 민철의 얼굴에 닿았다. 민철은 시선을 느끼면서도 고개를 돌리지 않고 고양이에게 손을 뻗으려다 녀석의 꼬리가 불만스럽게 휘둘리는 것을 보고는 거둬들였다.

"사람을 찾고 있습니다. 그 아이의 이름이 봉현입니다. 최봉현."

"……."

"17년 전, 이 집에서 그 아이를 잃어버렸습니다."

집에서 아이를 잃어버렸다는 말이 이상하게 들릴 텐데도 여자는 반문하지 않았다. 민철은 여자를 향해 느리게 시선을 돌렸다.

"저를 도와주십시오. 그럼 저도 여인경 씨를 도와드리겠습니다."

당혹과 불안, 공포와 의심, 그리고 일말의 안도가 여자의 맑은 눈동자에 숨김없이 드러났다. 필시 지푸라기라도 잡고 싶은 심정일 게 뻔한데 여자는 섣불리 다리 위로 발을 들여놓지 않았다. 돌다리를 좀 더 두들겨 봐야 안심할 여자를 위해 준비한 두 번째 이벤트가 남아 있었다.

"시간이 필요하시다면, 드리겠습니다. 하지만 오래 기다리지는 못합니다."

민철은 낮에 가져다 놓은 죽이 든 종이 가방을 들고 일어났다. 무게감은 내용물의 변화가 없음을 증명이라도 하듯 처음과 다름없이 묵직했다. 그대로 방을 벗어나려다 잊은 것이 있는 듯 여자에게로 몸을 돌렸다. 미처 피하지 못한 여자와 정통으로 마주쳤다. 눈동자가 전쟁터처럼 아비규환이었다.

"민철입니다."

철의 여인

"……."

"제 이름."

정식 통성명은 아니지만, 민철이 여자에 대해 아는 만큼 자신에 대해서도 드러냈음을 똑똑한 여자라면 알아들었을 터였다. 민철은 방을 나와 문 밖에서 여자의 동태를 살피며 기다렸다. 30분이 넘게 기다렸지만, 이번만큼은 문고리가 돌아가지 않았다.

민철은 두진으로부터 이원하가 이쪽으로 오고 있음을 미리 전달받았다.

― 뒤따르는 차는 한 대, 타고 있는 경호 인력은 둘입니다.

"도착 예정 시간은?"

― 도보로 이동하는 시간을 제외, 약 15분 예상됩니다.

"대기해."

― 네.

두진과의 통화를 마치고 20분이 경과했다. 대문이 바람에 흔들리는 소리와 극명하게 다른 소음과 거침없는 구둣발 소리가 현관 앞에 다다랐다. 안전핀까지 잠근 현관문을 열기 위한 덜그럭거리는 소리에 민철은 현관 앞에 섰다.

"누구십니까."

호기롭게 현관문을 따려던 손이 멈추고 수가 뻔한 침묵이 감돌았다. 소란스럽지는 않았으나 우왕좌왕하는 것이 전해졌다. 민철은 급할 것이 없었다.

"……누구십니까."

재차 묻는 말에 외부에서 "실례하겠습니다"라는 남자의 음성이 들려왔다.

"무슨 일로 그러십니까?"

"여인경 씨 계십니까?"

"무슨 일로 그러시는지 말씀하십시오."

"여인경 씨 보호자 되는 사람입니다."

뒤에 물러서 있던 남자 중 하나가 여자의 보호자를 자청했다. 젊은 패기가 느껴지는 목소리였다. 당당하고 거칠 것 없는, 태어나 패배를 한 번도 경험해 본 적 없을 것 같은 목소리의 주인공은 이원하였다.

민철은 어둡던 실내의 불부터 밝혔다. 그러자 현관 유리 너머로 외부인의 인영이 드러났다. 손에 들린 무기는 없었다. 여자 혼자 빈집에 숨어 있는 줄 알고 왔을 테니 연장까지 챙길 필요는 없었으리라. 두진의 보고대로 현관 밖의 인원은 총 셋이었다.

"잠깐 기다리십시오."

민철은 2층으로 뛰어 올라가 노크 없이 방문을 열었다. 어두운 방 한구석에 앉아 두려움에 떨고 있던 여자가 민철을 확인하고는 비명을 삼켰다. 여자 발치에 앉은 고양이가 여린 목청으로 울었다. 황급히 안으로 들어간 민철은 휴대전화를 여자 손에 들려 주었다.

"주소록에서 김 경사를 찾아 제 이름을 대십시오. 그때까지 제가 막아 드리겠습니다."

그 사이 현관문을 억지로 열려는 소리가 2층까지 들려왔다. 민철은 불안에 잠식되어 정신을 놓기 직전인 여자의 어깨를 잡았다.

"믿을 만한 사람입니다. ……듣고 있습니까?"

두려움이 극에 달한 여자의 눈에 방울방울 눈물이 맺혔다. 탁! 현관문 고리가 떨어져 나가는 소리에 고였던 눈물이 왈칵 쏟아져 내렸다.

민철은 여자와 마지막으로 눈을 맞추고 2층 방문을 굳게 닫은 뒤 계단을 내려왔다. 내려오면서 안경을 벗어 주머니에 넣는 것도 잊지 않았다. 계단을 반쯤 내려온 민철을 1층 작은 방을 살피던 사내가 올려다보았다. 이원하는 훤히 열린 현관문 앞에 서 있었다.

안방을 살피던 나머지 사내까지 모습을 드러냈다. 그들은 민철을 알아보지 못했다. 민철을 알아보지 못한다는 건 사내들이 고용된 사설 경호 인력일 뿐 전문 조직원은 아니라는 소리였다.

사호파가 정식으로 해체를 선언했지만, 조직 간 네트워크에 민철은 강범영의 최측근이자 조직 수뇌부였다. 실질적인 이인자인 셈이었다. 원로로 물러난 강호원을 제외하고 민철이 거쳐야 할 윗선은 강범영이 유일했으니 말이다. 사호파에 발을 들인 직후부터 낮에는 엘리트 교육을 받고, 밤에는 진창을 구르며 밑바닥 생활을 철저히 몸에 익혔다. 그렇게 인간이기를 포기한 증거가 민철의 등에 새겨져 있었다. 엘리트 교육을 받았다고는 하지만 민철은 조직의 일원이었다. 사호파가 이름을 버렸어도 여전히 사호파인 것처럼.

"이게 뭐 하는 짓입니까!"

이원하는 민철에게 시선을 고정한 채 무심히 명령했다.

"찾아."

2층으로 연결된 계단은 한 사람이 겨우 설 수 있을 만큼 협소했다. 공격이든 방어든 상대적으로 위쪽에 있는 사람이 유리했다. 그러나 민철은 주먹을 가볍게 말아 쥘 뿐 먼저 손을 뻗지 않았다. 그들에게는 민철을 당해 낼 능력이 없었다. 그러나 오늘은 그 사실을 모르게 한 채 돌려보낼 참이었다. 민철은 당혹스러움을 가장하며 외쳤다.

"이봐요! 당신들 대체……!"

시침이 한 번 움직이는 짧은 순간, 대치하고 서 있던 사내 하나가 계단으로 발을 들였다. 제법 빠른 동작으로 뛰어 올라와 민철의 멱살을 잡아챘다. 민철은 피하지 않았다. 몸이 기우뚱 아래로 기울었으나 멱살을 쥔 사내의 손목을 잡아챈 뒤 발을 뻗어 복부를 걷어찼다. 이 정도 반항은 예상했는지 민철의 손을 뿌리친 사내가 민철의 발을 잡고 힘껏 제 쪽으로 잡아당겼다. 중심을 잃은 민철은 사내가 잡아끄는 대로 계단 아래로 끌려 내려갔다. 전신이 근육으로 뒤덮인 민철의 무게는 날렵한 외관과는 달리 묵직했다. 민철은 상대가 인지하지 못하도록 체중에 힘을 실어 눌렀다.

우당탕탕!

요란한 소리를 내며 사내와 민철의 몸이 뒤엉켜 바닥으로 넘어졌다. 민철에게 팔이 눌린 사내가 고통의 신음을 삼키는 사이 민철의 옆구리로 발길질이 쏟아졌다.

"으윽!"

민철 아래에 깔렸던 사내가 일어나 폭력에 합류했다. 민철은 고통에 몸서리치는 척하며 급소를 교묘하게 피해 맞아 주고 있었다. 상대의 실력이 생각했던 것보다 더 허술했다. 이원하가 발치에 쓰러진 민철을 지나치려 할 때 민철이 그의 발을 붙잡았다.

"치워."

명령은 민철에게 내려진 것이 아니었다. 사내들은 민철을 이원하에게서 떼어 놓기 위해 무차별적인 폭력을 행사했다. 그러나 민철은 이원하를 놓지 않았다. 그렇게 얼마의 시간이 흘렀을까. 대기하고 있던 김 경사가 들이닥쳤다.

"경찰이다!"

김 경사를 포함해 네 명의 경찰이 현장을 빠르게 수습했다. 민철에게 폭력을 행사한 둘은 즉각 현행범으로, 집 안에 들어와 있던 이원하는 가택 불법침입으로 체포되어[1] 연행되었다.

이원하는 순순히 응했지만, 잘못을 뉘우치는 기색은 아니었다. 여인경을 납치, 감금하고도 처벌받지 않았던 것처럼 곧 풀려날 것을 알고 있었다. 그저 지금 당한 수모를 어떻게든

---

1. 현행범 체포: 범죄를 저지른 현장에서 범인을 체포한 뒤 48시간 안에 구속영장을 신청하지 않으면 범인은 석방된다.

갚으려 들 것이 분명했다. 민철은 툭툭 먼지를 털고 몸을 일으켰다.

"괜찮으십니까?"

"네. 잠시만 기다려 주십시오."

민철은 상황을 수습하는 김 경사를 뒤로하고 2층으로 올라갔다. 찢어진 입술에서 배어 나온 비릿한 피가 입술 사이로 스며들었다. 주머니에서 부서진 안경을 꺼내 보란 듯이 한 손에 쥐고 2층 문을 두드렸다.

똑똑. 여자는 대답하지 않았다.

"민철입니다. ……들어가겠습니다."

문을 열고 안으로 들어가자 앉아 있던 여자가 벌떡 일어났다. 어스름한 가로등 불빛에 비친 여자의 얼굴은 눈물로 얼룩져 있었다.

민철은 방으로 들어가 문을 닫고 불을 켰다. 환한 불빛 아래 드러난 민철의 엉망이 된 얼굴을 본 여자의 표정이 일그러졌다. 그것은 지금까지 여인경을 짓눌렀던 공포와 두려움과는 확연히 다른 감정이었다.

"돌아갔습니다."

"……"

"밑에 경찰이 기다리고 있습니다. 도움을 청해 보는 것이 어떻겠습니까?"

잠시 생각에 잠긴 듯하던 여자는 이내 고개를 가로저었다. 경찰에 신고해서 될 일이었으면 이 집에 숨어들지도 않았을 것이다.

"알겠습니다."

민철은 여자를 남겨 둔 채 다시 1층으로 내려왔다. 마당에는 담배를 피워 문 김 경사 혼자였다.

"오늘 수고하셨습니다."

"뭐 하는 인물입니까? 뒷배가 대단하신 분이던데."

김 경사는 제가 묻고서도 대답을 들을 생각이 없다는 듯 담배를 비벼 껐다.

"뭐, 그건 내가 상관할 바는 아니고. 이제 제 빚은 어떻게 되는 겁니까?"

"오늘이 마지막입니다. 서류는 오늘 중으로 받아 보실 수 있을 겁니다."

고개를 성의 없이 주억거린 김 경사가 인사도 없이 돌아섰다. 김 경사가 나가면서 흔들린 대문의 삐걱거리는 소리가 잦아질 즈음 돌아선 민철이 2층을 올려다보았다. 창문 언저리에 언뜻 여자의 실루엣이 비쳤다. 시선을 주고받기에는 거리가 상당했으나 민철은 한참을 그렇게 멈춰 서 있었다. 여자는 민철을 피해 숨지 않았다.

비가 그친 밤하늘은 세차게 부는 바람을 따라 빠르게 움직이는 구름으로 가득했다. 흐느끼는 소리와 닮은 바람이 민철의 머리를 헝클어뜨렸다.

이것은 꿈이다.

꿈이라는 것을 알면서도 꿈을 극복할 수 없는 이유는 그것이 현실이 아니기 때문이었다. 비현실 속에서 현실의 의지는 허깨비에 불과했다. 서른다섯의 민철은 세월을 훌쩍 뛰어넘어 열여덟 소년이 되었다. 그리고 끔찍한 고통과 두려움, 절망을 고스란히 수용하고 반복했다. 17년 동안 되풀이되고 있는 악몽이었다.

찐득거리는 공포는 암흑에서 시작되었다. 아무것도 없는 무의 공간에서 의식만 부유했다. 현실이었다면 실체 없음을 두려워하지 않았을 테지만, 이것은 꿈이었다. 민철은 저 자신조차 확인할 수도, 확신할 수도 없는 불안에 떨었다. 민철이 만든 불안은 두려움이 되어 어둠에서 실체를 낳았다. 인과성을 무시한 꿈은 존재의 유무와 상관없이 조각조각 끊어 놓은 필름을 아무렇게나 연결한 것처럼 민철을 붉은 벽돌집 2층으로 끌고 들어갔다.

간절한 애원은 꽉 막힌 목구멍 안에 갇혀 민철 안에 차곡차곡 쌓여 갔다. 그것은 공포에 공포를 더하고 두려움에 두려움을 더했다.

푹!

복부를 관통하는 예리한 칼날의 감각이 정점을 찍었다.

이제 끝이기를.

그렇게 바라는 순간 민철은 다시 어둠 속에 갇혔다. 육신의 고통은 의식에 잔류하여 실체를 잃고도 민철을 두려움으로 몰아세웠다. 그리고 다시 과거의 기억은 꿈을 통해 현실이 되어 민철을 괴롭혔다. 2층으로 돌아오고, 또 돌아오고, 돌아왔다. 만신창이가 된 민철이 고개를 들었다.

그러나 그는 더 이상 민철이 아니었다. 열여덟의 민철은 피범벅이 된 작은 아이가 되어 민철을 원망했다.

"왜 날 버리고 갔어."

"기다렸단 말이야."

"찾으러 온다고 했잖아!"

"형 때문이야. 형 때문이야!"

검붉은 핏빛 어둠과 한 덩어리가 되어 아이가 민철의 발목을 붙잡고 울었다.

"또 도망치는 거야?"

아니야.

"날 두고 또 도망치려는 거야?"

아니야!

민철은 그래서 돌아왔다고 말하지 못했다. 꿈은 민철에게 변명을 허락하지 않았다. 그렇게 다시금 고통의 시간이 반복된 후에야 꿈에서 벗어날 수 있었다. 그래야 했다. 지금껏 늘 그래 왔으니까.

그런데 비현실 세계로 현실의 기운이 스몄다. 이전과는 다른 무언가. 낯선 존재.

'누군가가 있다!'

미약하지만, 분명한 인기척이 느껴졌다. 아니, 그것은 음성이었다. 꿈속으로 파고드는 목소리였다. 이런 적은 처음이었다.

'누구지?'

의문을 품은 순간, 민철의 의식은 순식간에 현실로 내동댕이쳐졌다. 눈을 떴어도 주변은 어둠으로 둘러싸여 있었다. 악몽에 시달리느라 가빠진 숨을 고를 여유도 없이 위기에 길들여진 민철의 몸은 곧 낯선 인기척을 잡아챘다. 자신을 피하기 위해 크게 허우적거리는 상대의 팔을 힘껏 낚아챈 뒤 민철은 상대의 목으로 예상되는 부분을 향해 손을 뻗어 단번에 움켜쥐었다.

우둑! 뼈가 어긋나는 소름 끼치는 소리가 울렸다. 쾅! 민철이 밀어내는 힘을 이기지 못하고 상대의 등이 콘솔에 부딪혔다. 콘솔 위에 올려 둔 물건들이 넘어지고 일부는 바닥으로 떨어졌다.

"윽!"

"하아, 하아, 하아."

땀이 눈으로 들어가 민철의 시야는 흐릿하게 어룽졌다.

'대체 넌…… 누구지.'

연약하고 차가운 손이 제 목을 조른 민철의 손목을 붙잡은 채 바들바들 떨었다. 빠르게 뛰는 맥박과 서늘하고 미끈한 살결의 감촉이 민철의 현실 감각을 재촉했다.

숨이 막히고 아플 텐데도 여자는 신음을 삼켰다. 민철은 거칠게 숨을 몰아쉬며 눈을 질끈 감았다가 뜨고는 서서히 손에서 힘을 풀었다. 악귀처럼 달려드는 두통에 구역질이 치밀었

철의 여인

다.

"……후우."

 천천히 숨을 고르는 사이 완전히 꿈에서 벗어난 의식은 눈앞에 있는 겁에 질린 여인경의 하얀 얼굴을 인지했다. 민철의 손목을 붙잡은 여인경의 손이 사시나무처럼 떨리고 있었다. 두통을 떨쳐 내고자 미간에 힘을 준 민철은 여자의 목에서 천천히 손을 떼었다. 그제야 여자는 잔기침을 토해 냈다.

"콜록, 콜록."

 침대에 등을 기대고 앉은 민철과 그런 그와 마주한 채 주저앉아 있는 여인경 사이로 긴 침묵이 이어졌다. 민철은 식은땀으로 젖은 얼굴을 마른 손으로 쓸어내렸다.

 젠장.

 한 달의 강행군 끝에 잠을 제대로 이루지 못한 후유증이 하필 이럴 때 나타날 줄은 몰랐다. 일부러 덫을 놓고 쇼를 한 보람도 없이 모든 게 물거품이 될 위기였다. 민철은 관자놀이를 누르며 여자에게 설명할 말을 찾았다. 우선 사과부터 할 참이었다. 그런데…….

"죄송…… 합니다."

 내내 침묵하던 여자가 먼저 입을 열었다. 민철은 비스듬히 숙이고 있던 머리에서 손을 떼고 고개를 들어 여인경을 바라보았다. 생리적인 반응으로 살짝 눈물이 고였을 뿐 여자는 울고 있지 않았다. 많이 놀랐을 텐데도 평정심을 유지하기 위해 노력하고 있었다.

여인경은 민철이 일부러 그런 것이 아니라는 것을 알기에 울컥울컥 치솟는 두려움을 내리눌렀다. 괴로움에 얼룩진 민철의 얼굴이 낯설면서도 익숙했다. 여인경도 이원하 탓에 수시로 악몽에 시달려 알고 있었다. 아픔은 아픔을 알아보는 법이었다. 마치 자석에 이끌리듯. 고통의 생살이 그대로 드러난 민철의 얼굴은 처절했다.

여인경은 침착함을 유지하기 위해 입술을 질끈 깨물었다. 목뼈가 욱신거리고 콘솔에 부딪혔던 어깨와 등에 불이 오른 것 같았으나 내색하지 않은 채 민철에게 휴대전화를 건넸다. 그러나 공손하게 내민 두 손에 얹어진 단말기가 형편없이 흔들리는 것까지는 막을 수 없었다.

민철은 작게 한숨을 쉬고는 휴대전화를 받아 들었다. 민철의 손끝이 손바닥을 스치자 여자가 황급히 손을 뒤로 물렸다. 그러고는 볼일이 끝났다는 듯 자리에서 일어났다. 여자가 뒤돌아서 문턱을 막 넘었을 때, 민철은 탁하게 가라앉은 목구멍에 숨을 불었다.

"미안, 합니다."

멈칫. 여자의 발걸음이 잠시 멈췄다가 이내 소리 없이 거실을 지나 2층으로 몸을 숨겼다. 여자가 떠난 자리에는 민철과 어둠뿐이었다.

해가 돌아 창문 틈으로 빛이 새어 들어왔다. 스멀거리던 어둠이 밀려나는 것을 눈으로 좇던 민철은 자리에서 일어나 콘솔 위에 넘어져 있는 전자시계를 똑바로 세워 시간을 확인했다. 망가진 현관문을 고치고 방으로 돌아와 두진의 보고를 받은 것이 새벽 2시가 넘어서였다. 아침까지 여인경에게 마음을 정할 시간을 줄 생각이었는데 의식은 정전을 일으키듯 뚝 잘려 나갔다. 그때로부터 세 시간 남짓 지났을 뿐인데 억겁의 시간이 흐른 것 같은 착각이 들었다.

민철은 콘솔 첫 번째 서랍에서 약을 꺼내 입에 털어 넣고 생수를 들이켰다. 전에 없이 가득 찬 냉장고 안을 들여다보던 그는 조금 전 상황을 되짚었다. 완력을 조절하지 않아 많이 아팠을 것이 분명했다. 휴대전화를 전해 주던 손이 떨렸던 건 두려워서만은 아닐지도 모른다는 생각이 들었다.

잘 먹지도, 자지도 못한 여자가 다치기까지 했다면……

민철은 태가 부러진 안경 대신 여분의 안경을 꺼내 썼다. 시력이 나빠서 쓰는 것은 아니었다. 은연중에 흘러나오는 매서운 기색을 감추는 데 안경은 썩 유용한 아이템이었다. 여자 앞에서는 가능하면 부드럽고 점잖은 모습을 유지해야 했다. 크게 내색하지는 않았지만, 여자는 안경을 쓰지 않은 민철을 몹시 낯설어하는 눈치였다. 민철은 와이셔츠 소맷자락을 살짝 잡아당겨 각을 세워 단정히 하고 2층으로 올라가 문을 두드렸다.

"민철입니다."

안에서는 고양이의 울음소리만 들렸다.

"주무십니까?"

"……."

여자가 1층에 내려왔던 것이 20분 전이었다. 그 사이 잠이 들었을 가능성도 있었다. 민철은 그냥 내려가려다가 마음을 돌렸다. 여자가 괜찮은지 확인만 할 작정이었다.

"잠깐, 들어가겠습니다."

민철은 천천히 방문을 열다 급히 열어젖히고 안으로 들어갔다. 한쪽 어깨를 감싸쥔 여인경이 바닥에 쓰러져 끙끙 앓고 있었다.

"이봐요, 여인경 씨!"

민철이 다가가 왼쪽 어깨를 붙잡자 여자가 고통을 이기지 못하고 입술을 깨물었다. 붉게 피멍이 든 입술은 이번에도 여지없이 찢겨 피가 맺혔다.

그는 여인경을 품에 안듯 똑바로 앉히고는 어깨를 살폈다. 단순 타박상으로는 이렇게 고통스러워하지 않는다. 탈골된 것이 분명했다. 곧장 바로잡아 주지 않으면 재발해 습관성 탈구로 악화될 수도 있었다.

"여인경 씨! 내 말 들립니까?"

"으웃, 윽……."

여인경이 민철의 어깨에 이마를 기댄 채 미세하게 머리를 주억거렸다. 끅끅 숨이 넘어가게 아파하면서도 비명 한번 크게 지르지 않았다. 이렇게 참고, 참고, 끝까지 참았다가 곪아 터져도 홀로 아파할 사람이었다. 기댈 곳도, 도와줄 사람도 없기 때문이었다.

철의 여인

"어깨를 맞출 겁니다."

여자가 다시 한 번 보일 듯 말 듯 고개를 끄덕였다.

"금방 끝납니다."

재차 고갯짓한 여인경은 눈물 고인 눈으로 민철을 올려다보았다.

"소리 질러도 됩니다. 참지 마세요."

민철은 자세를 잡고 여인경의 왼쪽 어깨를 잡아 단숨에 밀어넣었다.

"흐읍!"

여인경은 생리적인 아픔으로 눈물을 흘릴지언정 끝까지 비명을 지르지 않았다. 간혹 통증 그 자체보다 통증에 의한 정신적 충격이 더 오래가는 경우가 있었다. 난생처음 경험하는 아픔일수록 그 정도가 심했다.

민철은 여인경을 품에 안았다. 가슴에 기댄 채 숨을 고르던 여인경의 발치로 고양이가 다가와 얼굴을 문질렀다. 여자가 눈을 뜨고 발치에 손을 내밀다 움찔 어깨를 떨었다. 통증 때문이 아니라 자신이 누구 품에 안겨 있는지 인지한 탓이었다.

"아직 움직이면 안 됩니다."

여인경이 민철을 올려다보며 살짝 몸을 뒤로 물렸다. 민철은 여자를 놓아주며 당부했다.

"당분간은 조심해야 합니다."

"……네."

고양이가 여린 음성으로 야옹야옹하고 울었다.

"응급처치는 했지만, 진찰을 받아 보는 편이 좋을 겁니다. 인대에 손상이 있을 수도 있습니다."

"……."

비를 머금은 찌뿌둥한 하늘처럼 여자의 안색이 어두워진다. 어제 이원하가 직접 찾아온 마당에 집을 나서는 건 위험에 스스로 발을 들이는 꼴이나 다름없었다. 여인경은 고개를 가로저었다. 괜찮지 않아도 괜찮아야 했다.

"강요하지는 않겠습니다. 대신."

여자는 고양이를 어루만지며 민철을 불안한 눈으로 바라보았다.

"치료는 하십시오."

여인경은 대답하지 않았다. 어깨가 빠진 적은 처음이라 어떻게 치료하는지도 알지 못했다.

"한동안 찜질을 하셔야 합니다."

"……네."

"그럼 준비해 드리겠습니다. 잠시만 기다리세요."

"아."

민철이 자리에서 일어나자 여자가 할 말이 있는 듯한 여운을 남겼다. 민철은 가만히 서서 여자가 말을 잇기를 기다렸다.

"……제가……."

"습관성 탈구가 되지 않으려면 적어도 두 달은 조심하셔야 합니다."

철의 여인

여인경은 어깨가 탈구되었을 때의 통증이 되살아나는 것 같아 미간을 찌푸렸다. 그러고는 순순히 고개를 끄덕였다.

"곧 돌아오겠습니다."

여자와 고양이를 등졌던 민철이 되돌아섰다. 두 쌍의 맑은 눈동자가 민철을 올려다보았다.

"죄송합니다."

비록 무의식중에 한 행동이라 해도 여인경이 다친 것은 민철의 책임이었다. 변명의 여지가 없었다. 민철은 정중하게 고개를 숙여 사과한 뒤 방을 나왔다. 정중하고 교양 있는 언변과 태도에는 빈틈이 없었다. 여자의 시선이 등에 닿았지만, 어제와는 다른 감정이 섞여 있었다.

1층으로 내려온 민철은 그가 가지고 있는 팔걸이와 뜨거운 찜질팩을 준비해서 2층으로 올라갔다. 똑똑. 문을 두드리자 안에서 여자의 목소리가 들려왔다.

"……네."

여자가 처음으로 민철에게 화답한 순간이었다.

"들어가겠습니다."

민철은 문을 열고 안으로 들어가 여인경과 고양이 곁으로 가까이 다가가 앉았다.

"외투를……."

여인경도 찜질을 하려면 두껍게 껴입은 겉옷을 벗어야 한다는 것 정도는 알고 있었다. 집 안이 전처럼 춥지 않다는 것을 알면서도 옷을 벗지 않았던 것은 마음에 그럴 만한 여유가 없었던 탓이었다. 남자 앞에서, 비록 외투라 할지라도 옷을 벗는 것이 내키지 않았다. 머뭇거리는 여인경에게 민철은 재촉도, 강요도 하지 않았다. 그녀가 무엇을 불편해하는지 말하지 않아도 알고 있다는 듯 그저 묵묵히 찜질 방법과 유의사항을 설명해 줄 뿐이었다.

"가능하면 어깨에 무리가 가지 않도록 움직임을 최소화하는 것이 좋습니다."

"……."

"너무 뜨겁다 싶으시면 수건을 덧대시고, 15분 정도 찜질하신 뒤에 팔걸이를 착용하십시오. 이쪽이 앞으로 오도록 하시면 됩니다. 길이는 이것으로 조절하시면 되고요. 이 정도면 적당할 겁니다."

민철은 직접 팔걸이의 길이를 조절해 주고 여인경 앞에 내려놓았다. 그러고는 머리를 깊이 숙여 사과한 뒤 몸을 일으켰다.

"정말 죄송합니다."

여인경은 민철의 성의를 더는 무시할 수가 없었다. 아무 말도 하지 않았지만, 민철이 돌아서 나가기 전에 겉옷을 벗기 위해 팔을 움직였다.

"으읏!"

그러나 저도 모르게 앓는 소리가 나오고 말았다. 통증의 수위만 낮아졌을 뿐 욱신대는 아픔은 계속되고 있었다. 저만치 물러났던 민철이 여인경 곁으로 다가와 어깨를 살폈다.

철의 여인

"괜찮으십니까?"

"네……."

대답은 그렇게 했어도 이마에 식은땀이 맺힐 정도의 통증은 결코 괜찮은 것이 아니었다. 통증이 잦아질 때까지 숨을 고르며 기다렸다. 혼자서는 도저히 옷을 벗지도, 입지도 못하는 상황이었다.

"제가, 도와드려도 되겠습니까?"

여인경은 주춤주춤 고개를 끄덕거렸다. 민철은 어깨에 무리가 가지 않도록 여인경을 도와주었다. 손이 닿지도 않았고, 여인경이 불쾌하거나 불편한 상황도 없었다. 민철은 여자가 벗어 놓은 옷을 즉시 가지런히 여몄고, 그것은 찜질할 정도로 가벼운 옷차림이 될 때까지 두세 차례 반복되었다. 강범영을 보좌하면서 몸에 익힌 능숙함은 여지없이 발휘되었다. 민철은 팩을 들어 온도를 확인하고 여인경 어깨에 살짝 얹었다.

"뜨거우십니까?"

"……아니요."

"참기 어려우면 말씀하십시오."

"네."

민철은 팩의 무게가 어깨에 부담이 되지 않도록 계속 들고 있었다. 여인경은 주저하면서 "제가 할게요" 하며 팩으로 손을 뻗었으나 민철에게 제지당했다.

"가만히 계십시오."

"괜…… 찮아요."

"괜찮지 않다는 거 압니다."
"……."
"미안합니다."
"제가 더…… 죄송합니다. 저 때문에……."
여인경은 민철의 얼굴에 난 상처를 가리켜 말했다.
"여인경 씨 탓이 아닙니다."
"하지만……."
"그 사람들, 여인경 씨를 찾는 이유가 뭡니까?"

민철은 다 알면서 모르는 척 여인경에게 물었다. 여인경은 날이 밝은 창문 밖에 시선을 두고 숨을 깊이 들이마셨다.

"혹시 빚을 진 겁니까?"

여인경은 주저하지 않고 고개를 가로저었다. 빚을 진 적 없다. 빚이라면 진절머리가 났다. 지지도 않은 빚 때문에 아버지는 교도소에, 어머니는 정신병원에 입원해 있는데 빚이라니……. 몸이 부서져도 빚을 지지 않겠다는 일념으로 열심히 일해 정당하게 돈을 벌었다. 그걸 이 남자에게 말해도 좋을까. 여인경은 확신이 서지 않아 망설였다. 그 기색에 연연하지 않고 민철은 자신의 사연을 풀어 놓았다.

"저는 빚이 있습니다."

여인경이 민철에게로 시선을 돌렸다.

"사람을 찾는다고 말씀드렸는데 기억하십니까?"

여인경은 정신이 없는 와중에 민철이 했던 말을 떠올렸다. 대답하지는 않았지만, 민철과 맞춘 눈을 피하지 않았다. 마주한 시선은 전처럼 엇갈리지 않고 같은 지점에서 만났다.

"최봉현."

민철이 아이의 이름을 말하자 여인경이 제 무릎 위에 올라와 동그랗게 몸을 말고 있는 고양이를 내려다보았다.

"17년 전, 이 집에서 그 아이를 잃어버렸습니다."

여인경은 이번에도 어떻게 집에서 아이를 잃어버릴 수 있는지에 관하여 묻지 않았다. 딱 여기까지. 여인경은 민철을 밀어내지만 않을 뿐 적극적으로 받아들이지도 않았다. 그래도 목소리 한번 듣기 어려웠던 것에 비해 이 정도면 꽤 큰 성과였다. 어쨌든 대화가 된다는 것은 협상도 가능하다는 뜻이기에.

민철은 적당히 식은 팩을 치우고 팔걸이를 여인경에게 채워 주었다.

"불편하시더라도 이편이 어깨에 부담이 덜 갈 겁니다."

"……네."

팩을 들고 일어서는 민철을 따라 일어서려던 여자가 무릎 위에 있는 고양이 때문에 멈칫 동작을 멈췄다.

"그냥 쉬십시오."

"……봉현이는……."

"먼저 쉬신 후에, 그때 말씀해 주셔도 됩니다. ……그럼."

미련 없이 돌아서서 나오는데 문이 닫히기 직전 여자가 나직하게 속삭였다.

탁.

문이 닫히고 민철은 서늘하게 변한 시선으로 방문을 응시했다. 귀를 기울여야 겨우 들을 수 있는 크기였으나 머뭇거림은 없었다. 여자는 분명 그렇게 말했다.

고맙습니다, 라고.

덫에 걸려들었다.

1층으로 내려온 민철은 두진이 보고한 자료를 검토하고 있었다. 사건이 있던 17년 전, 아이는 취학통지서를 받은 직후였고 곧 학교에 입학한다는 사실을 민철에게 자랑했었다. 그래서 인근 초등학교 세 곳에 당시 재학했던 1, 2학년 남학생의 자료를 수집했다. 최봉현이라는 이름만으로 찾는 데는 한계가 있었기 때문이었다. 최대한 여러 가지 가능성을 염두에 두고 조사할 필요가 있었다. 호적과 실제 사용한 이름이 다를 수도 있고, 기억의 오류도 무시할 수 없었다.

한참 자료를 살피는데 두진에게 전화가 걸려 왔다. 여인경에게 주었던 것과는 다른 기종의 단말기였다.

"그래."

— 이원하가 풀려났습니다.

"나에 대한 조사를 시작했겠군."

— 통제할까요?

민철을 파헤친다는 건 그가 모시는 강범영에 대해서도 알려진다는 의미였기에 두 사람의 정보는 철저히 통제되고 감추어져 있었다. 조직이 해체를 선언했지만, 조직원들은 건재했고 그들이 세운 기업 또한 그러했다. 민철의 개인 정보가 유출

되면 사호파는 물론이거니와 기업의 기밀이 새어 나가는 것과 진배없었다.

만약 이원하가 무언가 알아낸다고 해도 그건 영양가 없는 껍데기뿐일 터였다. 이원하가 대단한 집 자제에, 뒷배가 든든하다 해도 조직과 연루된 자들이 알아서 입을 닫아 줄 것이 분명했다. 혀를 함부로 놀려서 제 무덤을 스스로 팔 만큼 멍청한 인사들이 아니라면 말이다. 그래도 조심해서 나쁠 건 없었다.

"계절도 바뀌었으니 안부 인사를 하는 것도 좋겠지."

― 그렇게 하겠습니다. 그리고……. 여인경 씨의 주소는 건축물대장과 토지대장을 각각 찾아 확인해 보니 역시 건물 부지에 오류가 있었습니다.

그렇겠지. 여인경이 이 집에 살았을 리 없었다. 그런데 이어진 두진의 설명은 민철의 예상을 뒤엎었다.

― 과거 여인경 씨의 주소는 정확히 옆집 주소입니다. 아무래도 두 건물 모두 도로에 편입되는 과정에서 오류가 생겼던 모양입니다.

"옆집? 확실해? 근거는?"

― 바로 증빙 서류를 발송하겠습니다.

민철은 전화를 끊자마자 두진이 보내 온 자료를 확인하고 밖으로 나왔다. 마당을 가로질러 나오자 문득 담장으로 시선이 옮겨 갔다. 마치 무언가에 끌리듯 걸어가 담을 살짝 흔들어 보았다. 허술한 철제 바리케이드가 앞뒤로 크게 휘청거렸다. 눈을 가늘게 뜬 민철이 넝쿨을 헤치고 담의 실체를 확인했다.

그런데 담처럼 보였던 것은 담이 아니었다. 대강 굵은 철사로 얼기설기 엮어 놓은 허술한 구분선에 불과했다. 그러나 오래되어 흉물스러운 외관을 넝쿨이 둘러쌈으로써 그럴싸한 담처럼 보이게 했다. 17년 전에도 이런 것이 있었던가. 애석하게도 민철은 기억하지 못했다.

민철은 좀 더 자세히 옆집을 살펴보기 위해 대문을 밀고 나왔다. 옆집 앞에 서기까지 다섯 걸음이면 충분했다. 단층 건물에 외부로 나 있는 창문 셋 중 둘이 몹시 작은 것으로 보아, 그곳은 부엌과 화장실인 걸로 추정했다. 방은 많아 봐야 둘. 지붕을 덮는 대신 옥상을 만들어 놓았고 그마저도 오래 사용하지 않아 온갖 쓰레기로 눈살을 찌푸리게 했다. 오랫동안 사람이 살지 않은데다 집이 워낙 낡아 무너지기 일보 직전이었다.

민철은 현관문 옆에 위태롭게 걸려 있는 우편함에서 이미 누렇게 변색된 우편물을 꺼내 수취인 명을 확인했다. 눈에 띄는 이름은 없었다. 우편물을 원래 자리에 꽂아 놓은 뒤 민철은 건물 우측에 있는 수도 계량기와 누전 차단기에 이어 외부에서 내부로 들어가는 전기선을 차례로 확인하고는 돌아섰다. 사람이 머물렀거나 드나든 흔적은 없었다.

재개발이 진행되면서 옆집은 완전히 구로 편입되었다. 사망할 때까지 인천에 거주했던 원소유주는 10년 전 향년 78세로 사망했다. 이후 상속자가 없고, 유서도 발견되지 않아 그의 재산은 국가에 귀속되었다. 이 집도 그렇게 처분된 건물 중 하나였다. 평생 결혼도 하지 않은 채 혼자 살아온 원소유주는 그냥 이 집을 방치해 둔 것 같았다. 그도 그럴 것이, 인천에서 이곳까지는 거리가 꽤 멀었고 이 집이 아니더라도 그가 관리해야 할 건물이 세 채나 더 있었기 때문에 그럴 만도 하다는 생각이 들었다. 물론 더 조사를 해 봐야 알겠지만, 현재로서는 원소유주와 여인경의 접점을 찾을 수 없었다. 하지만 기록은 여인경이 이곳에 살았음을 증명하고 있었다.

17년 전이면 여인경은 여덟 살이었다. 어쩌면 여인경이 이곳에 살면서 보았던 최봉현을 기억할 수도 있었다.

만약 그렇다면……

민철은 집으로 돌아와 마당에 서서 2층을 올려다보았다. 그때였다. 2층 창문이 열리면서 창문 틈으로 고양이가 모습을 드러냈다. 가볍게 지붕을 넘어서 사라지는 고양이를 좇던 민철은 두진에게 초소형 위치추적 장치가 필요하다는 메시지를 보냈다.

문자를 막 발송했을 때 그의 신경을 잡아끄는 시선이 느껴졌다. 민철은 2층으로 눈을 돌렸다. 그곳에 여인경이 있었다.

집 안에 음식 냄새가 풍겼다. 어렸을 때부터 편찮으신 아버지를 대신해 집안 살림은 모두 민철의 차지였다. 그런데도 이렇게 직접 식사를 준비하는 건 굉장히 오랜만이었다. 그만큼 바쁘게 살았다.

학창시절에는 조직 내 영양사가 강범영과 민철의 식단을 체계적으로 관리했고, 유학을 끝내고 한국으로 돌아온 뒤로는 운영 중인 레스토랑에서 해결하거나 케이터링을 받았다. 강범영이 바빠지면 민철은 그보다 두 배는 더 바쁘게 움직여야 했다. 자연스럽게 냉장고 안은 생수로 채워졌고 집 안에 음식 냄새가 풍기는 일도 없었다.

민철은 2인분의 식사 준비를 마친 뒤 2층 계단을 밟아 올라가 문을 두드렸다.

"민철입니다."

"……네."

안쪽에서 여인경이 민철에게 화답했다. 민철은 문을 열지 않고 기다렸다. 그러자 멈춰 있던 문고리가 서서히 돌아갔다. 지루하게 열린 문틈으로 여인경의 하얀 낯이 드러났다. 환한 빛 아래에서 마주한 여인경의 안색은 당장 쓰러져도 무관하리마치 창백했다.

"식사, 하시겠습니까?"

여인경은 선뜻 대답하지 못했다. 주저하는 기색은 아니었다. 지금도 넘치도록 염치없는 짓을 저질렀는데 여기서 얻어먹기까지 할 수는 없다고 생각하는 듯 보였다.

"마음에 걸리면."

여인경이 내리뜨고 있던 시선을 들어올려 민철을 바라보았다.

"저를 도와주십시오."

민철은 처음 만난 순간부터 지금까지 아이를 찾고 있다며 일관적인 태도를 고수하고 있었다. 고양이의 이름이 봉현이라는 사실을 들었을 때 민철의 행동은 그녀를 공포에 떨게 했지만, 지금 생각해 보면 지푸라기라도 잡으려는 사람의 행동이었다. 형형하게 빛나던 안광에는 분명 간절함이 깃들어 있었다.

"제가, 도움이 될까요?"

민철이 여인경과 눈을 맞춘 채 고개를 위아래로 주억거렸다. 안경을 써도 가려지지 않는 얼굴의 생채기가 눈에 띄었다. 눈가와 광대, 입술에까지 피딱지가 앉아 있었다. 여인경이 죄송하다고 사과를 하기 전에 민철이 선수를 빼앗았다.

"식으면 맛이 없습니다."

"……아, 네."

민철은 여자가 방에서 나오도록 옆으로 비스듬히 비켜서 주었다. 여인경은 이번에는 다른 이유로 머뭇거렸다. 누군가 등 뒤에 있는 것을 극복하지 못한 탓이었다. 누가 등 뒤에 있다고 상상하는 것만으로도 오금이 저리고 무서웠다. 그럴 리 없다고 스스로 아무리 타일러도 이원하에게 억지로 납치당했을 당시의 두려움은 쉽사리 여인경을 놓아주지 않았다.

"3분 후에."

"……"

"국이 데워지면 그때 내려오십시오."

여인경은 1층으로 내려간 민철이 더는 보이지 않을 때까지 그의 등에서 눈을 떼지 못했다.

주방에서 들려오는 달그락거리는 소리에 이끌려 1층으로 내려온 여인경은 민철과 마주 앉아 어색한 첫 식사를 시작했다. 왼쪽 어깨를 다쳤는데, 애석하게도 여인경은 왼손잡이였다. 수저를 드는 자세부터가 어딘지 모르게 어정쩡하다 싶더니 밥과 국만 조금씩 떠먹었다. 왼손잡이였다가 양손을 모두 사용할 수 있게 된 민철은 어줍은 여인경의 손놀림을 보고 단박에 알아보았다.

"왼손잡이십니까?"

"……네."

민철은 여인경이 밥을 뜨자 그 위에 재빨리 반찬을 올려 주었다. 수저를 쥔 여인경의 손이 주춤거린다. 예상하지 못한 일에 그대로 멈춰 버린 여인경과는 달리 민철은 태연하기만 했다.

"드십시오."

"……괜찮아요."

"원하시는 반찬이 따로 있습니까?"

"아니, 그게 아니라……."

"저 때문에 그렇게 되셨는데 최대한 불편하지 않도록 도와 드리고 싶습니다."

여인경은 어색하게 수저를 입으로 가져갔다. 식사하는 동안 민철은 기막힌 타이밍으로 여인경을 챙겨 주었다. 누군가를 보좌하는 일에 굉장히 익숙한 사람 같았다.

무슨 일을 하는 사람일까. 6년 동안 미용사로 일하면서 여러 사람을 상대했고 많이는 아니더라도 나름대로 사람 볼 줄 안다고 생각했는데 민철에 대해서는 아무런 짐작도 할 수가 없었다. 평범한 회사원이라고 하기엔 민철이 몸에 걸치고 있는 것들 모두 고가의 명품이었다. 남다른 몸가짐과 매너는 특별한 사연이 아니라면 이런 집에 들어와 살 것 같지 않아 보였다.

"왜 그러십니까?"

너무 빤히 쳐다본 것 같아 여인경은 서둘러 시선을 돌렸다.

"아니, 아무것도……. 죄송합니다."

"무엇이 말입니까?"

식사가 마무리될 즈음 수저를 내려놓은 여인경이 잠시 숨을 골랐다. 이원하 때문에 다치기까지 했는데 아무 말도 없이 민폐만 끼칠 수는 없는 노릇이었다.

"어제 그 사람은 1년 가까이 저를 스토킹한 사람이에요."

그렇게 시작된 여인경의 사연은 민철이 아는 것에서 크게 벗어나지 않았다. 가족에게 도움을 청하지 못하는 이유에 대해서는 밝히지 않았지만, 거짓으로 말을 꾸미지도 않았다.

"미용실을 그만두기 직전에 우연히 찬열이가 그 일을 목격했어요."

"집주인의 아들, 말씀이십니까?"

"네."

말년 휴가를 받아 나온 윤찬열은 친구들과 밤늦게까지 술을 마시다 귀가하는 중이었다. 그날도 이원하는 여인경이 혼자 잠든 미용실로 찾아와 문을 두드렸다. 당장 열라고. 안에 있는 것 아니까 나오라고. 나오지 않으면 열고 들어가겠다고. 애원을 가장한 협박이었다.

여인경은 어디에서 무얼 하든 이원하의 시야에서 벗어날 수가 없었다. 이원하는 강압적인 집착을 사랑이라고 말했다. 그래서 더 미칠 것 같았다. 여인경은 시작한 적도 없는데 이원하 혼자 100일 기념이라며 이벤트를 준비했을 때는 자신의 어떤 행동이 이원하를 착각하게 만든 건 아닐까, 스스로를 탓하는 지경까지 이르렀다. 낯선 발소리에 심장이 내려앉았고 어룽거리는 그림자에도 숨이 멈췄다.

"경찰에 신고했지만, 소용없었어요."

끝까지 나가지 않고 버텼다가는 다음날 영업을 하지 못하도록 방해하는 통에 여인경은 밖으로 나왔고 그 광경을 윤찬열이 보게 되었던 것이다. 그러나 그날은 술에 취해 정신이 없기도 했지만, 윤찬열도 이원하를 여인경의 연인으로 착각해 선뜻 나서지 못했다.

다음날 윤찬열은 부대에 복귀하기 전 잠시 들를까 하다가 사정상 제대 후를 기약했고, 그때는 여인경이 미용실을 도망치듯 그만둔 뒤였다. 그러다 식당에서 손님과 종업원으로 다시 조우했는데, 당시 여인경은 눈에 띄게 수척해져 하루하루가 힘겨운 상태였다. 그래서 윤찬열과도 사석에서 따로 만나기를 거절했다. 윤찬열은 잔뜩 기가 죽어 있고 주변을 살피다 깜짝깜짝 놀라는 여인경의 모습을 납득하지 못했다. 판이하게 달라진 그녀와 말을 길게 섞기도 어려웠지만, 어쩐지 불길한 예감에 섣불리 무슨 일이냐고 묻지 못했던 것이다.

두 사람은 가끔 손님과 종업원으로 몇 마디 주고받는 게 전부였다. 이를 이상하게 여긴 윤찬열은 주문하는 척하며 여인경에게 자신의 휴대전화 번호를 은밀히 건넸고, 며칠 뒤 여인경이 공중전화로 그에게 전화를 걸었다. 그때가 여인경이 이원하에게 납치를 당했다가 도망친 직후였다.

당시 여인경은 제정신이 아니었다. 숨도 편히 못 쉴 정도로 궁지에 몰려 이성적인 생각이나 판단을 할 여유가 없었다. 그렇게 한 달을 이원하를 피해 이 집에 숨어 지냈다.

"허락도 없이…… 정말 죄송합니다."

여인경은 밤새 이원하가 어떻게 알고 여기까지 찾아온 건지에 대해 생각하고 또 생각했다. 만약 이원하가 윤찬열과의 일을 어떤 식으로라도 알게 되었다면…….

"정말 염치없지만, 그 친구가 안전한지…… 아니, 아니에요. 죄송합니다."

민철은 죄송하다며 머리를 조아린 여인경에게 지난밤에 그러했듯 휴대전화를 내밀었다. 여인경은 제게 내밀어진 민철의 손을 바라보기만 했다.

"걱정되시면 직접 확인하십시오."

"……아니요. 안 하는 게 좋을 것 같아요."

"어째서입니까?"

"이미 제가 어디 있는지 알려졌으니까요."

윤찬열이 자신의 위치를 발설했다 해도 원망하지 않았다. 이 일에 더는 찬열이 연관되지 않기를 바랄 뿐이었다.

"지금 연락한다면 계속 찬열이는 의심받을 테고……. 그 사람한테 그런 인식을 심어 주고 싶지 않아요. 그쪽한테도 못할 짓이고요. 정말, 죄송합니다. 지금 말은 못 들은 걸로 해 주세요. 죄송합니다."

"그만 죄송하세요. 그리고……."

그녀의 시선이 아래를 향하고 있었다.

"커피, 하시겠습니까?"

그제야 여인경이 고개를 들었다.

"믹스커피인데 괜찮겠습니까?"

진한 에스프레소를 마실 것 같은 민철이 달기만 한 믹스커피를 권해서일까, 잔뜩 짓눌려 있던 여인경의 안색에서 조금씩 그늘이 물러갔다.

민철은 여인경이 보는 앞에서 물을 끓이고 컵에 믹스커피를 하나씩 뜯어 부었다. 그러자 침샘을 자극하는 달콤한 향이 음식 냄새 사이로 파고들었다. 여인경은 따뜻하고 부드러운 커피를 한 모금 머금었다.

"전 잠시 밖에 나가 있겠습니다."

커피잔을 들고 있는 여인경의 손이 파르르 떨렸다. 따스하던 온기는 순식간에 증발되었고 차갑고 시린 두려움만 여인경 앞으로 성큼성큼 다가왔다. 이 집에 홀로 남겨진다. 그러다 이원하가 찾아온다면……. 그러나 두려움은 증식하지 못한 채 민철의 음성에 밀려 달아났다.

"한 시간. 마당에 있겠습니다."

"……네?"

"어깨만 놀란 게 아닐 겁니다. 뜨거운 물에 근육을 쉬게 해 주십시오."

"그렇게까지 하실 필요는……."

사실 씻고 싶은 마음이 왜 없겠는가. 양치를 하지 못한 입안도 텁텁하고 머리도 감고 싶었다. 하지만 민철이 잠깐씩 자리를 비울 때마다 몰래 화장실을 이용하는 것도 미안했다.

"기본적으로 먹고, 자고, 씻는 일에 대해 미안해하지 마십시오."

"하지만……."

"전 여인경 씨에게 묻고 싶은 것이 많습니다. 여인경 씨가 말하고 싶지 않은 사실도 포함되어 있을 수 있습니다."

그러니 부담스러워하지 말라는 의미였다.

"저는 그쪽이 찾는 분에 대해 아는 것이 없어요."

"고양이에 대해서는 알지 않습니까."

"그야…… 저도 봉현이를 만난 건 이 집에 들어온 후였어요. 아침마다 어딜 가서 무얼 하고 돌아오는지 모르고, 원래 주인이 누구인지도 몰라요."

"그래서 지금부터 그걸 알아볼 생각입니다."

"네?"

"우선 씻으십시오. 전 밖에 있겠습니다."

민철은 식탁을 정리하고 여인경 앞으로 휴대전화를 밀어 놓았다

"이건 왜……."

"불안하실 테니 가지고 들어가십시오. 없는 것보다는 나을 겁니다."

자신이 허튼짓을 하면 신고하라는 의미였다. 민철은 여인경을 남겨 둔 채 밖으로 나갔다. 혼자 남겨진 여인경은 제 앞에 놓인 민철의 휴대전화와 그가 나간 현관문을 번갈아 바라보았다. 아침까지 구름으로 가득했던 하늘이 거짓말처럼 개어 창으로 환한 빛을 쏟아 부었다.

민철이 마당으로 나오고 얼마 지나지 않아 두진이 찾아왔다. 그가 가져온 30그램 남짓의 초소형 위치추적 장치는 고양이에게 장착해도 무리가 없을 크기와 무게감이었다. 그런데 두진이 가져온 물건은 그것만이 아니었다. 커다란 종이 가방 안에 민철이 지시하지 않은 구급약이 들어 있었다.

"이게 뭐지?"

"다치셨다고 들었습니다."

민철은 감시 인력이 있는 곳을 예리한 눈으로 짚었다. 눈치 빠른 두진이 변명하듯 말을 덧붙였다.

"실장님의 안전이 저에게는 최우선입니다."

"나를 감시하라고 배치한 인력이 아닐 텐데."

"죄송합니다."

"그 말은 이제 그만 듣고 싶군."

"조심하겠습니다."

"됐다."

두진은 죄송할 일을 만들지 말라는 의미로 받아들였으나 실은 민철이 요즘 질리게 듣는 소리가 죄송하다는 말이라서 진심으로 그만 듣고 싶었을 뿐이었다. 더 지시할 사항이 없어 두진을 돌려보낸 민철은 약을 쓸어 담아 온 것 같은 종이 가방을 보고는 어이가 없어 고개를 가로저었다. 머리가 좋고 상황 판단이 빠른 두진이지만, 민철에 대해서는 융통성을 발휘하지 못하는 경우가 종종 있었다.

비로 젖은 마당에는 여인경이 청소한 보람도 없이 지난밤의 흔적이 고스란히 남아 있었다. 민철은 현관 앞에 물건을 놓아두고 팔을 걷어붙였다. 마당을 정리하는 동안 넝쿨에 뒤덮인 바리케이드 구석구석을 다시 살폈다.

정오를 30분 정도 남겨 두었을 때에야 민철은 현관문을 열었다. 때마침 여인경이 흠뻑 젖은 머리카락을 한 손으로 닦으며 욕실에서 나왔다. 민철과 눈이 마주친 여인경은 욕실 앞에 망부석처럼 멈춰 섰다.

기분이 이상했다. 낯선 긴장감에 여인경이 주저하는 찰나 종이 가방을 들고 들어온 민철이 식탁 의자를 빼고는 한쪽으로 비켜섰다. 앉으라는 의미 같았다. 여인경은 천천히 식탁으로 걸어가 의자에 앉았다.

"잠깐, 실례하겠습니다."

그렇게 말한 민철은 무릎을 굽혀 여인경 앞에 주저앉았다. 깜짝 놀란 여인경이 민철에게 손을 뻗었으나 그에게 닿지 못하고 허공에서 멈췄다. 괜찮다는 말도, 하지 말라는 거절도 못했다. 부모님을 제외하고 타인이 자신의 발을 만진 건 처음이라 너무 놀란 나머지 부끄럽다는 감정을 느낄 겨를도 없었다.

민철은 거즈를 떼어 낸 발의 물기를 닦아 내고 조심스럽게 소독한 뒤 약을 발랐다. 맨발에 닿는 그의 손은 무척 따뜻했다. 아니, 뜨거웠다. 여인경은 어찌할 바를 몰라 안절부절못했다.

"다행히 덧나지는 않을 것 같습니다."

민철은 치료가 끝난 발을 가지런히 내려놓고는 여인경을 올려다보며 말했다. 여인경은 숨을 멈춘 채 민철 앞에 굳어 있었다.

"고양이가 돌아오면, 말씀해 주시겠습니까?"

"……네? 아, 네."

"그때까지 쉬십시오. 방해하지 않겠습니다."

민철이 몸을 일으킨 후에야 여인경은 도망치듯 2층 계단을 뛰어 올라가 방문을 닫고 숨을 골랐다.

다리에 힘이 풀려 등을 벽에 기댄 채 바닥으로 주르륵 미끄러져 내려갔다. 그러고는 자신의 발을 내려다보았다. 그제야 부끄러움이 물밀 듯 밀려들었다. 손발이 못생긴 편도 아닌데 치부를 들킨 것처럼 얼굴이 달아올랐다. 여인경은 무릎에 얼굴을 묻었다. 쿵. 쿵. 쿵. 심장이 미친 것 같았다.

 이원하는 돌아 버릴 것 같았다. 별것도 아닌 여자 하나가 눈에 들어오더니 자꾸 그의 신경을 건드렸다. 낮고 허스키한 듯 나른한 음성이 귓가에서 떠나지를 않았다. 신경이 쓰여서 보러 갔고, 여자를 보고 나면 머릿속에 낯선 음악들이 넘쳐났다. 여자는 그의 상상력을 자극하고 새로운 이야기를 만들어 내게 하는 재주가 있었다.
 나중에는 그냥 가까이 있고 싶었다. 곁에 두고 싶었다. 여자도 싫지 않은 눈치였다. 여자의 미소와 목소리 모두 자신의 것이 되기를 원했다. 욕심이 났다. 그런데 여자가 이원하를 밀어냈다. 그의 마음은 자꾸만 깊어지는데 여자는 자꾸만 밀어냈다. 이해할 수가 없었다. 그저 같이 있고 싶었을 뿐인데 여자는 그것을 납치라 말했고, 감금이라고 말했다. 이원하는 난생처음으로 자존심에 극심한 상처를 입었다. 용서할 수 없었다. 자신을 밀어내는 여자도, 여자가 웃어 주는 남자들도.
 처음에는 별 볼일 없는 여자니까 이 갈급함만 해결하면 놓아줄 생각이었다. 처참하게 버려 줄 생각이었다.
 그런데 여자가 사라졌다. 그는 무려 한 달 동안 여자를 찾아 헤맸다. 하지만 그 어디에서도 여자의 흔적을 찾을 수 없었다. 먹고 자는 것보다 음악이 더 중요한 이원하가 음악을 듣지 못할 정도로 피폐해질 무렵, 여자의 소식이 들려왔다. 어느 재개발 지역의 주인 없는 집에 여자가 숨어 있다는 정보였다.

이제는 아무래도 상관없었다. 그는 이미 미쳐 있었다. 여자가 자신을 끔찍하게 생각하든 말든 중요하지 않았다. 팔다리를 못 쓰게 해서라도 여자를 붙잡아 놓고자 찾아갔지만 그곳에 있던 낯선 남자가 그를 막아섰다. 뿐만 아니라 여자의 얼굴도 보지 못한 채 개처럼 끌려 나오는 수모를 겪었다.

그것으로 끝이 아니었다. 하루 반나절이나 그의 발을 묶어 놓는 것으로 모자라, 외삼촌이 손을 써 주지 않았다면 구속영장이 발부되었을지도 모를 상황에 처하기도 했다. 이번에는 이원하도 빠져나가기 어려웠다. 외삼촌이 직접 찾아와 놀 때 놀더라도 조용히 놀라며 한소리 했을 정도였다.

"수단과 방법을 가리지 말고 누군지 알아내."

"알겠습니다."

이원하의 눈빛에 독기가 한가득 서렸다.

까무룩 잠시 잠이 들었던 여인경은 부드럽게 다리에 감기는 터럭을 느끼고는 잠에서 깨어났다. 고양이는 한 달 동안 여인경이 공포와 두려움, 고독과 싸울 때 그녀의 곁을 묵묵히 지켜 준 친구였다.

"어서 와."

봉현이 가냘픈 음성으로 길게 울어 답하고는 여인경 손바닥을 찾아 머리를 들이밀었다. 친근한 몸짓이 사랑스러워 여인경은 작고 동그란 머리에서 유연한 허리선까지 손으로 빗어 넘기듯 한 번에 쓸어 주었다.

가르릉가르릉. 만족스럽게 목을 울리던 봉현이 고개를 들고는 귀를 쫑긋 세웠다. 여인경에게는 들리지 않는 미세한 소리에 반응하는 것이었다. 여인경도 가만히 소리에 귀를 기울였다. 그러자 1층에서 인기척이 들려왔다.

"고양이가 돌아오면, 말씀해 주시겠습니까?"

민철의 정중한 부탁이 떠올랐다.

"봉현아."

제 이름을 알아들은 건지 봉현이 다시 한 번 야옹, 하고 목을 울린다.

"나쁜 사람 같지는 않아."

그루밍을 시작한 고양이에게 여인경은 나직한 음성으로 속삭였다.

"그러니까 놀라지 마."

여인경은 봉현을 재차 쓰다듬어 준 뒤 2층 창문을 닫고 방을 나와 1층으로 내려갔다. 주눅이 든 눈으로 주변을 살피지도, 내려가기를 주저하지도 않았다. 그러나 1층으로 내려온 여인경은 또 한 번 심장이 철렁 내려앉는 경험을 했다.

막 씻고 나온 듯 흐트러진 모습의 민철이 가벼운 트레이닝복 차림으로 서서 물을 마시고 있었기 때문이었다. 옷도 그렇지만, 안경만 벗었을 뿐인데 전혀 다른 사람처럼 보였다. 언젠가 바티칸에서 발행하는 달력의 모델로 선정된 신부님들을 본 적이 있었다. 민철의 얼굴이 서양인처럼 굵직한 인상은 아닌데도 꼭 그때 보았던 신부님이 떠올랐다. 반듯하고 금욕적인데다 세상 그 어떤 유혹에도 흔들리지 않을 것 같은 고아함이 있었다. 그런 신부님의 흐트러진 모습을 훔쳐보는 기분이었다. 탄탄한 피부와 나른한 시선은 바라보는 것만으로 죄를 지은 듯한 감정이 들게 했다.

여인경은 어떤 용무로 내려왔는지조차 잊은 채 넋을 놓고 있었다. 민철은 식탁에 물병을 내려놓고 그녀에게 다가갔다.

"뭐 필요하신 거라도 있습니까?"

여인경이 뻣뻣하게 고개를 가로저을 때까지 시간이 오래 걸렸지만, 민철은 끈기 있게 기다렸다가 다음 질문을 던졌다.

"그럼 혹시 고양이가 돌아왔습니까?"

그제야 비로소 정신이 돌아온 여인경이 목소리를 가다듬어 대답했다.

"네."

"준비하고 올라가겠습니다."

민철이 방으로 들어가고 나서야 여인경은 발갛게 핏기가 도는 얼굴로 돌아섰다. 그러나 여인경은 민철이 어떤 얼굴을 했는지 알지 못했다. 잔인하리만치 시린 그 표정을.

철의 여인

Track 3. Beautiful Stranger
- F(x)

 인생에 가장 따뜻했던 시절이 있었다. 가족은 여인경을 세상 두려울 것 없이 당당하게 만들어 주는 가장 든든한 울타리였다. 그러나 영원할 줄 알았던 울타리는 무너졌고 여인경은 알지 못하던 세상으로 곤두박질쳤다. 그때부터 따듯한 시절의 기억은 온데간데없이 사라지고 항상 춥고 고단한 날들이 이어졌다. 아니, 솔직히 말해서 춥다고 느낄 겨를도 없었다. 먹고살기 바빠 마음 쓰는 데에는 점점 무감해졌기 때문이었다. 그것은 밥 먹을 때조차 앉지 못해 말랑거리던 발바닥이 딱딱해진 것과 비슷했다. 닥쳐 온 시련은 혹독했으나 시간은 아픔을 줄여 가는 방법을 스스로 깨우치게 했다.
 그래서 한편으로는 다행이라고 생각했었다. 현재를 감당하기 벅차서 자신을 몰아세우다 결국 정신을 놓아 버린 어머니처럼 고통의 시간을 곱씹지 않아도 되었으니까. 비록 울타리는 사라졌어도 여인경은 괜찮았다. 그런 줄 알았다.

'내가 왜 이러지?'

세상살이가 버겁다는 이유로 가난해진 마음을 외면한 대가인가. 여인경은 몹시 당혹스러웠다. 휑한 가슴에 허락도 없이 반짝 스민 봄 햇살에도 이렇게 소스라치게 놀라 휘청거릴 줄은 꿈에도 예상하지 못했었다.

"그럼 부탁드립니다."

"……아, 네."

민철은 고양이가 놀라지 않도록 위치추적 장치를 부착해 달라 부탁했다. 적대감을 드러내지 않았을 뿐 고양이가 민철을 경계한다는 건 여인경도 느끼는 바였다. 만에 하나, 억지로 장치를 달았다가 그길로 돌아오지 않는다면 낭패였다. 여인경에 대한 의문이 완전히 풀릴 때까지는 고양이라는 구실이 필요했다.

여인경도 봉현이 집을 나가 있는 동안 무얼 하는지 궁금했었다. 한 달 동안 끼니를 챙겨 준 적이 없는 터라 혹 밖에서 해결하고 오는 건 아닐까, 그저 짐작할 따름이었다. 민철은 위치추적 장치가 고양이에게 그 어떤 위험도 끼치지 않을 거라며 사용 방법과 장착 목적을 상세하게 설명해 주었다. 여인경은 웅성거리는 마음 탓에 집중하기가 어려웠다. 민철에게 정신이 팔려 정작 그의 말이 귀에 들어오지 않는 상황이라니.

'정신 똑바로 차려, 여인경.'

민철이 원하는 바는 처음부터 하나였다. 그의 관심은 오로지 그가 찾고 있는 한 남자에게 한정되어 있었다. 그러니 베풀어 준 친절을 오해해서는 안 될 일이었다.

상대를 믿으면 의지하고 싶어지고, 의지하다 보면 한없이 기대고 싶어지는 것이 사람 마음이었다. 지금 이 감정은 그런 것이었다. 너무 힘이 드니까, 견디기 지쳐서, 누군가에게 의지하고 싶은 나약한 마음. 그런 감정이 온전할 리 없었다. 휘청거리다 부러지지 않으려면 시작하지 말아야 했다. 그게 옳았다.

앞으로 1년. 1년 후면 아버지도 출소하시고 그때가 되면 어머니의 병세도 호전될 터였다. 그러면 예전처럼 다시 공부도 하고, 대학도 가고, 남들처럼…… 연애도 할 수 있게 되지 않을까. 그러니 지금은 때가 아니었다. 여인경은 느슨해진 마음자락을 서둘러 그러모았다.

"왜 그러십니까?"

"아무것도 아니에요."

민철이 여인경의 낯을 살폈다. 시선을 회피한 여인경은 그가 일러 준 대로 고양이에게 목줄 형태인 위치추적 장치를 달았다. 갈고리 모양의 연결고리는 한 손으로도 쉽게 부착이 가능했으나, 사람이 풀어 주지 않으면 풀리기 어려운 형태였다. 봉현이 고양이치고는 무딘 편이기는 해도 낯선 것에 거부감을 보이면 어쩌나 걱정했는데 다행히 놀라는 기색 없이 익숙하게 받아들였다.

"이렇게만 하면 되는 건가요?"

"네. 맞습니다."

민철은 질문을 하면서도 묘하게 시선을 맞추지 않는 여인경의 변화를 주시했다. 시선 끝에 걸리는 감정이 무엇을 의미하는지 알아차리기까지는 그리 오래 걸리지 않았다. 경계가 호감으로 변했으나 그 이상으로 발전하지 못하도록 막아선 것이 분명했다. 그러나 막는다고 막힌다면 그건 마음이 아니었다.

"지금은 풀어 두시고 외출할 때 부착해 주시면 됩니다."

"네."

"도와주셔서 감사합니다."

"아니에요. 도와드린 것도 없는데요."

"아, 그리고 한 가지 더 말씀드릴 것이 있습니다."

"네. 하세요."

"그 사람이 어제 풀려났다는 연락을 받았습니다."

그제야 이리저리 민철을 피하던 여인경의 시선이 그를 향한다. 예상 못했던 일도 아닌데 두려움은 게걸스럽게 여인경을 집어삼켰다.

지난 1년 동안 이원하에게 시달렸던 악몽 같은 기억들이 물밀 듯이 밀려왔다. 당장에라도 저 문을 열고 이원하가 들이닥칠 것만 같았다. 눈앞이 까매지고 심장이 떨리다 못해 터질 것처럼 부풀었다. 온몸이 안으로만 곱아드는 감각에 여인경은

철의 여인

잔뜩 몸을 움츠렸다.

"여인경 씨?"

"……."

"여인경 씨!"

민철이 다치지 않은 여인경의 팔을 가볍게 붙잡았다. 여인경의 반응은 즉각적이었다. 민철을 뿌리치려 할 뿐 그를 보려고 하지 않았다. 거부하는 몸짓이 격렬해지기 전에 민철은 여인경을 품에 안았다.

"여인경 씨. 진정하세요."

"으으……."

바르작거리는 몸부림은 미약하지만, 절박했다. 민철은 도리질 치며 도망가려는 여인경이 의식을 완전히 놓치지 않도록 재차 이름을 불러 멀어지려는 이성을 붙잡아 놓았다.

"여인경 씨?"

"……."

"여인경 씨, 피하지 말고 똑바로 보십시오."

민철은 자신이 이원하가 아님을, 그녀에게 위해를 가할 사람이 아니라는 것을 거듭 인식시켰다.

"저 민철입니다. 안심하세요."

"하아, 하아."

힘겹게 숨을 몰아쉬던 여인경이 민철의 음성을 따라 고개를 들었다. 공포로 초점을 잃고 까맣게 죽어 갔던 눈동자에 서서히 이채가 돌아오기 시작했다.

"제가 누군지 아시겠습니까?"

"……네."

이성이 돌아온 여인경은 가빠진 숨을 가다듬었다. 민철은 여인경을 품에서 놓아주며 눈높이를 맞추었다. 살짝 벌어진 여인경의 입술은 떨림을 멈추지 못하고 있었다. 민철은 금방이라도 쓰러질 듯 위태로운 여인경의 팔을 붙잡아 지탱해 주었다. 그러고도 한참 동안 그녀가 진정할 때까지 끈기 있게 시선을 맞추며 기다렸다.

"죄송…… 합니다."

"괜찮으십니까?"

"……네. 괜찮아요."

여인경은 제 팔을 잡고 있는 그의 손을 넌지시 바라보았다. 흔들릴 때마다, 위기 때마다 붙잡아 준 손. 이 손이 없었다면…….

'난 지금 여기 없었겠지.'

만약 첫날 공포에 짓눌려 도망치듯 이 집에서 나갔더라면 이원하에게 무슨 짓을 당했을지 모를 일이었다. 여인경은 민철의 손을 뿌리치지 않고 그가 놓아줄 때까지 가만히 있었다. 민철은 안정을 되찾은 여인경을 놓아주며 한 걸음 물러나 앉았다. 얼어붙었던 여인경의 마음이 녹아내리고 있었다.

"여인경 씨."

"……네."

"그 남자에 관해 이야기를 해 주시겠습니까?"

철의 여인

"네?"

"여기서 단념할 사람처럼 보이지는 않더군요."

"그럴 사람이라면 찾아오지도 않았겠죠."

"그 남자가 여인경 씨에게 원하는 것이 무엇인지 알고 있습니까?"

잠시 생각에 잠겨 있던 여인경이 머리를 주억거려 긍정했다.

"말해 줄 수 있습니까?"

"저를……, 저를 사랑, 한다고 했어요. 저에게도 같은 감정을 요구했고요. 전 동의한 적 없고, 한 번도 그러고 싶은 마음 없었어요. 그런 식으로 마음 흘린 적도 없고……. 맹세코 단 한 번도 없었어요."

감정이 되살아난 듯 여인경의 동공이 불안정하게 흔들렸다.

"그냥 고객이니까, 손님이니까 친절하게 대했을 뿐이에요. 다른 손님들한테 하듯이 똑같이 했던 것뿐인데……. 전 정말 그 사람한테 그런 감정, 요만큼도 없어요. 거절도 했고, 싫다고도 했었어요. 제가 사귀는 사람이 없다는 게 그 사람을 만날 이유가 되는 건 아니잖아요. 전 그런 마음이 전혀 없는데……. 분명히 거부했는데, 그랬는데……."

여인경이 사력을 다해 변론했다. 경찰서에서 몇 번이나 반복했던 말이었다. 이원하가 보냈던 문자들을 증거로 제시했지만, 받아들여지지 않았었다. 세상에 혼자 남겨진 것 같은 암담함, 아무도 그녀의 말에는 귀를 기울여 주지 않았을 때의 참담함, 명백한 증거라고 생각했던 것이 하잘것없는 쓰레기처럼 내쳐졌을 때의 절망감은 여인경을 궁지로 내몰았다.

"알겠습니다."

"……정말이에요."

"네. 의심하지 않습니다."

여인경은 터져 나오려는 울음을 삼키느라 눈을 질끈 감았다. 왜 이러는지 모르겠다. 그동안 잘 참아 왔는데.

"힘드시면 그만 하겠습니다."

"아니, 아니에요."

의심하지 않는다. 듣고 싶었던 말이었다. 그토록 듣고 싶었으나, 누구도 해 주지 않은 말이었다. 열아홉, 직업 전문학교를 졸업한 직후부터 줄곧 스승이자 오너로 6년이나 함께했던 미용실 원장까지도 혹시 오해할 만한 행동을 한 것이 아니었느냐며 반문했었는데 민철은 그러지 않았다.

"여인경 씨."

"계속할 수……."

말을 맺지 못한 여인경은 질끈 눈을 감았다. 그녀는 흐느낌을 목구멍 밑으로 눌러참느라 말을 끝마치지 못한 서러움의 수문을 꼭꼭 닫은 후 눈을 떴다.

"……죄송합니다."

"뭐가 그렇게 죄송합니까?"

"그냥…… 전부 다요. 저 때문에 봉변도 당하시고……."

"그건 여인경 씨가 죄송할 일이 아니라고 말씀드렸을 텐데요."

"말씀만으로도 정말 감사합니다."

"제가 말로만 그런다고 생각하십니까?"

"아니요! 그런 분 아니신 거, 알아요."

이제는 안다. 알 것 같았다. 민철을 경계했던 것이 거짓말처럼 신뢰가 기반이 된 여인경의 대답에는 주저함이 없었다. 그러나 본인이 말하고도 내심 놀랐는지 여인경의 시선은 허공을 방황했다. 새로운 침묵은 흥건하게 고인 이전의 침묵을 단호하게 잘라 냈다.

"잘못은 여인경 씨를 1년이나 괴롭힌 사람과 여인경 씨를 보호해 주지 못한 공권력에 있습니다. 힘이 없다고, 그것이 잘못이 되지는 않습니다."

민철은 단어 하나하나에 힘을 주어 말했다. 힘이 없음을 자책하지 말라고. 그것은 과거 어느 때인가 그가 듣고 싶었던 말이자, 그 누구도 해 준 적 없는 말이었다. 표정이 굳어진 민철은 문장 속에 깃든 감정을 서둘러 거둬들였다.

"여인경 씨에게는 잘못이 없습니다."

민철을 바라보는 여인경의 얼굴은 흡사 구원이라도 받은 사람 같았다. 민철은 거기에 모호한 말을 덧붙였다.

"그러니까 도망칠 필요도, 숨어 있을 이유도 없습니다."

"아……."

민철의 말 한 마디로 천국과 지옥의 극명한 명암이 여인경의 안색을 통해 재현되었다. 여인경이 민철의 말을 '나가 달라'의 우회적인 표현으로 받아들였기 때문이었다.
"그래야죠. 제가 염치없이……"
"제 말은 그런 뜻이 아니었습니다."
민철은 아니라며 단박에 못을 박았다.
"제가 도와드리겠습니다."
"네? 무슨 뜻인지……."
"우선 배고프지 않습니까? 나머지는 식사한 후에 계속 하죠."
여인경은 그제야 창밖에 해가 뉘엿뉘엿 지고 있는 것을 확인했다. 지난밤 잠을 제대로 자지 못해 아침을 먹은 후 내내 자느라 시간이 가는 줄도 모르고 있었다.
"준비가 되면 부르겠습니다."
"잠깐! 잠깐만요."
민철이 자리에서 일어서려 하자 여인경이 그를 잡았다. 선뜻 말을 잇지 못하던 여인경은 짧게 숨을 몰아쉰 뒤에야 질문을 던졌다.
"저는 기껏해야 이런 것밖에 해 드릴 수 있는 게 없는데요."
여인경은 몸단장에 여념이 없는 고양이에게 시선을 두었다가 민철을 올려다보았다. 일으켰던 몸을 다시 굽힌 민철이 지긋이 여인경을 응시했다.
여인경은 자신이 처한 상황을 아주 잘 알고 있었다. 허락도 없이 이 집에 들어와 산 것도 모자라 민철이 이원하 때문에 다쳤다. 이원하에게 위치가 발각된 이상 계속 이 집에 있다가는 민철에게 더 큰 위험이 닥칠 수도 있었다. 이원하는 그러고도 남을 인간이었다.

"전 그쪽이 찾는 분에 대해서 아는 것이 정말 없어요."

"그럼 이렇게 하는 건 어떻겠습니까? 여인경 씨 어깨를 제가 다치게 했으니, 그 책임을 저에게 물으시는 겁니다."

"아니, 그걸 왜……. 그건 그냥 사고였잖아요."

"그런 이유를 대서라도 자신을 지켜 내야 할 때가 있다는 말입니다. 지금 여인경 씨는 그래야 하는 상황이고요. 아닙니까?"

"하지만……!"

"아니면 제가 모른 척하고 여인경 씨를 내보내길 바라는 겁니까? 이대로 나가면 무슨 일을 겪을지 빤히 알면서?"

여인경은 입술을 깨물었다. 아니다. 민철이 자신을 모른 척한다면 여인경은 갈 곳이 없었다. 아무도 없었다. 그녀를 도와줄 사람이라고는 아무도.

"지금은 본인의 안전만 생각하십시오."

"그럼 그쪽은요. 그 사람, 절대 가만히 있지 않을 거예요."

"걱정하지 마십시오. 두 번 당하지는 않습니다."

"어떻게요? 경찰서에서도 아무렇지 않게 풀려나는 사람이에요."

"그래서 대안을 세워 볼까 합니다. 그러려면 여인경 씨의 도움이 필요합니다."

"제 도움요?"

"네. 저도 받은 만큼은 돌려줘야 하지 않겠습니까?"

"저 때문이라면 그러지 마세요. 그 사람, 아주 위험한 사람이에요."

슬쩍 내비친 본심에도 여인경은 조금의 의심 없이 민철의 안전을 걱정했다. 민철이 엷은 미소를 지었다.

"저도 그렇게 안전한 사람은 아닙니다."

"네?"

그때였다. 민철의 주머니 속에서 휴대전화가 진동했다. 좁은 공간인 터라 가까이에 앉은 여인경도 느낄 수 있었다.

"잠깐 실례하겠습니다."

민철이 전화를 받기 위해 방을 나서면서 대화는 자연스레 중단되었다. 홀로 남겨진 여인경은 민철과의 대화를 곱씹었다. 골자는 그가 내미는 손을 잡으라는 것이었다.

'도대체 왜?'

여인경은 이 집에서 처음으로 따뜻했던 그 밤을 떠올렸다. 그때는 민철이 고양이의 이름이 봉현이라는 것도 모를 때였다. 그럼에도 그는 무방비 상태로 잠든 자신에게 외투를 덮어 주고, 일어날 때까지 기다려 주었다. 몹쓸 짓을 하려면 충분하고도 남았을 시간이었다. 그래서 믿고 싶었다. 그래서 잡고 싶었다. 그가 자신에게 내민 손을. 그의 손을 놓치면 아마도······.

'후회하겠지.'

철의 여인

어쩐지 그런 예감이 들었다.

1층으로 내려온 민철은 두진의 전화를 받았다.
"무슨 일이지?"
― 지금 윤찬열이 실장님 댁으로 향하고 있습니다. 뒤따르는 사람은 없습니다.

윤찬열은 착하다 못해 별명이 순두부일 정도로 심성이 유순하고 소심했다. 그럼에도 두 번이나 찾아와 여인경의 안전을 확인했다는 건 윤찬열 딴에는 엄청난 용기를 냈다는 것이다. 그런데 그때마다 소득 없이 돌아갔으니 소심한 성격에 피가 마르지 않았겠는가. 차라리 부모님을 통해 민철이 항의를 했다면 다행이라고 생각했을지 모른다. 하지만 아무리 기다려도 잠잠하니 직접 나선 것이리라. 소심하기는 해도 의리는 있는 모양이었다. 그러니까 수년 만에 만난 중학교 동창을 이 집에 숨겨 줄 생각을 했겠지만 말이다.

"도착 예상 시간은?"
― 25분에서 30분 남짓 소요 예상됩니다.
"그래. 이원하가 윤찬열에게 접근하지 못하도록 사전에 차단해."
― 예. 대비하고 있겠습니다.

통화를 마친 민철은 아무 일도 없었던 것처럼 식사 준비를 서둘렀다. 같은 시각, 여인경은 그가 던져 놓은 난제를 두고 고심을 거듭하고 있었다. 이 정도 되었으면 민철의 손을 잡을 만도 한데, 여인경은 그러지 않았다. 세상에 공짜는 없다는 아주 당연한 진리를 이런 상황에서도 잊지 않았다. 비단 믿음의 부재 탓만은 아니겠지만, 그래도 간격을 좁힐 필요가 있었다. 두 사람이 식사하는 중간쯤 윤찬열이 도착한다면 그건 그거대로 재미있는 그림이 연출될 것 같았다. 윤찬열의 등장이 여인경의 결정을 앞당겨 준다면 더할 나위 없을 터였다.

'더할 나위 없다?'

뭔가 생소한 표현이라는 생각이 뇌리에 스칠 즈음 2층에서 인기척이 들려왔다. 계단을 내려오는 이의 사박사박 나긋한 발걸음 소리. 민철은 여인경에게 신경이 쏠려 있음을 감춘 채 가자미조림이 뭉근하게 끓도록 불의 세기를 약하게 조절했다. 여인경이 말을 걸 때까지 먼저 뒤돌아보지 않았다.

"제가 뭐 도와드릴 거라도……."

가만히 앉아서 얻어먹기만 하려니 마음이 편치 않아 내려오기는 했는데 한쪽 팔이 이런 상태라 도움은커녕 걸리적거리기만 할 것 같았다. 여인경은 변명처럼 덧붙였다.

"간단한 건 할 수 있을 것 같은데……."

"그럼 간 좀 봐 주시겠습니까?"

"네?"

"가자미조림은 처음 해 봐서요."

"아, 네."

민철은 수저를 가져다 조림 국물을 조금 떠서 후후 불고는 여인경에게 내밀었다. 수저를 받아 들려던 여인경은 주섬주섬

철의 여인

손을 내렸다. 수저가 바로 입 앞에서 멈춰 있었기 때문이었다. 입을 벌려 조림 국물을 후룩 삼켰다. 얼굴이 발갛게 달아오를 정도로 부끄러웠으나 혀끝에 착 감기는 감칠맛에 눈이 크게 뜨였다. 입술에 닿아 있던 민철의 시선이 여인경의 눈으로 올라와 평을 기다렸다.

"어떻습니까?"

"정말 맛있어요."

진심 어린 감탄에 민철이 안심했다는 듯 미소지었다.

"다행입니다."

"솜씨가 좋으시네요."

"과찬이십니다."

그렇게 말한 민철은 김으로 뿌옇게 변한 안경을 벗어 와이셔츠 포켓에 넣었다. 민철은 가스레인지의 불을 끄고 넓적한 접시를 꺼내 조림이 부서지지 않도록 담아 식탁에 올렸다. 여인경도 눈치껏 제가 할 수 있는 일을 찾아 식기를 세팅하고 냉장고에서 마른반찬을 꺼냈다.

"그럼 식사할까요?"

"네. 잘 먹겠습니다."

아주 당연한 인사였을 뿐인데 민철은 여인경에게서 시선을 떼지 못했다.

"잘 먹겠습니다!"

가끔 아이를 돌봐 주는 사람이 늦을 때마다 민철은 아이의 몫까지 준비해 함께 저녁을 먹고는 했었다. 그때는 민철도 어렸었다. 아직 여물지 못한 손끝으로 만든 음식이 맛있어 봐야 얼마나 맛있겠는가. 그런데도 아이는 민철이 어떤 것을 준비해 주든 항상 맛있게 먹어 주었다.

"왜 그러세요?"

"아닙니다, 아무것도."

포켓에 넣어 두었던 안경을 꺼내 쓴 민철은 평소의 그로 돌아왔다. 그저 무표정할 뿐인데도 여인경은 민철의 이상 징후를 알아차렸다. 패션 계통이 그러하듯 미용 쪽도 기가 센 사람들이 많았고, 천태만상인 손님 사이에서 6년을 버텨 내는 동안 늘어난 건 눈치와 처세술이었다. 무슨 일인지 모르겠으나 지금 무언가 민철의 심기를 불편하게 했음이 분명했다. 그러나 선뜻 무슨 일인지는 묻지 못했다. 그가 드러내길 원하고 있지 않았다. 여인경은 뾰족하게 날이 선 따가운 적막에 동참했다. 이따금 식기가 맞닿는 약간의 소음만 이어질 뿐이었다.

끼익!

대문이 열리는 소리에 여인경이 들고 있던 수저를 놓치고 말았다. 누구지? 누가 온 거지? 불안하게 떨리는 눈동자가 민철을 향했다. 도움을 요청하는 분명한 신호였다.

도와주세요.

여인경의 눈동자가 그렇게 말하고 있었다. 현재 그녀에게는 민철이 전부였다. 그의 계획은 거의 성공한 것처럼 보였다. 그런데 이상했다.

철의 여인

'이건 뭐지?'

찌르르한 통증이 민철의 가슴을 휘갈겼다. 부수고 들어간 여인경의 마음이 그를 찔러 댔다. 믿음을 기만한 자에게 내려지는 형벌. 언젠가 지금의 선택을 후회하게 되더라도 그것은 온전히 그가 감당해야 할 몫이었다. 민철은 고통을 거부하지 않고 기꺼이 집어삼켰다.

똑똑. 적막을 가르는 분명한 소리에 여인경의 어깨가 혼을 밀어내듯 떨리기 시작했다. 지난밤과 달리 현관문을 두드리는 손길에 주저함이 엿보였으나 잔뜩 곱아든 이성은 그것을 가늠하지 못했다.

"저, 실례합니다."

큼큼, 목을 푼 젊은 남자의 음성이 문 밖에서 들려왔다.

"아무도 안 계십니까?"

"……찬열이?"

여인경은 떨림이 담뿍 담긴 윤찬열의 음성을 용케 알아듣고는 자리에서 천천히 일어섰다.

"그, 친구분입니까?"

"네. 무슨 일이지……."

"만나 보시겠습니까?"

민철은 여인경이 어떤 대답을 내놓을지 잠자코 기다렸다. 신중하게 생각을 하던 여인경은 고개를 가로저었다. 윤찬열이 이원하의 표적이 될 것을 걱정해 통화도 피했었다. 이원하가 풀려난 지금 어디선가 지켜보고 있을 수도 있었다.

"그 사람이, 찬열이의 존재를 알면 이용하려고 들 거예요."

"그럼 친구분이 위험해질 수도 있겠군요."

상상만으로도 끔찍했다. 여인경은 입술을 잘근잘근 깨물었다.

"만나지 않으실 생각입니까?"

"그래야 찬열이가 위험해지지 않을 테니까요."

여인경의 대답은 민철의 예상을 빗나가지 않았다. 그래서 만족스러웠다.

"그럼 제가 대신 만나서 말씀을 전해 드리겠습니다."

여인경은 또다시 말간 눈으로 민철을 바라보기만 했다. 민철은 자신을 향한 여인경의 시선에서 복잡한 심경을 읽어 냈으나 알은체하지는 않았다. 여인경은 끝까지 침묵했고 민철은 그것을 허락으로 받아들였다.

"잠시 나갔다 오겠습니다."

민철은 여인경을 남겨 두고 현관 앞에 섰다.

"누구십니까?"

"저, 그러니까 윤찬열이라고……. 주인집 아들인데요."

문을 열기 직전 민철과 여인경이 짧게 시선을 교환했다. 몸짓, 손짓, 시선까지 정중한 민철은 여인경을 안심시키고 있었다. 여인경은 민철이 나간 후에도 그가 서 있던 자리를 오랫동안 지켜보며 서 있었다.

그녀가 민철에 대해 아는 것이라고는 그가 최봉현이라는 사람을 찾는다는 것과 그의 이름이 전부였다. 나이가 몇인지,

뭐 하는 사람인지 아무것도 모르면서 정신을 차리고 보면 그가 손을 내밀어 줄 때마다 덥석덥석 잡고 있었다. 더 이상 신세 질 수 없다는 이유도 유명무실해졌다. 이유를 만들어서라도 제 손을 잡으라던 민철의 손을 어떻게 뿌리칠 수 있겠는가.

'어떡해. 안 되겠어. 못할 것 같아.'

막을 수 없을 것 같았다. 아니, 이제 와 막은들 소용이 없었다. 빙산이 녹아 범람한 물처럼 여인경은 넘치는 감정을 주체하지 못했다. 계절은 봄이었고, 꽃이 피었고, 스물다섯 여인경에게는 처음 찾아온 떨림이었다.

만개한 것은 봄꽃만이 아니었다. 여인경은 자신을 대신해 윤찬열과 대화 중인 민철의 실루엣을 지켜보다 빠르게 뛰는 심장을 움켜쥐었다.

탈칵.

윤찬열을 돌려보낸 민철이 집 안으로 들어왔다. 그는 여전히 선 채로 자신을 기다리고 있던 여인경의 분위기가 달라졌음을 간파했다.

"좋은 친구분을 두셨더군요."

"죄송해요. 식사 중이셨는데……."

"과일 드시겠습니까?"

두 사람 모두 입맛이 달아난 상태라 민철은 여인경을 의자에 앉히고 반쯤 비운 식기를 정리해 치운 뒤 과일을 준비했다. 여인경이 도와주겠다고 나설 것도 없이 일사천리로 테이블이 세팅되었다. 그리고 잠시 방에 들어갔다가 나온 민철은 여인경에게 명함 한 장을 건넸다.

"소개가 늦었습니다."

여인경은 민철의 명함을 자세히 들여다보았다. 고급 외식 업체를 여럿 보유한 진영 그룹 사장실 비서실장이라는 직함이 제일 먼저 눈에 띄었다. 계열사로 나열된 레스토랑 중에는 여인경이 알고 있는 곳도 더러 있었다.

생각보다 더 대단한 사람이었구나.

심각하게 명함을 들여다보던 여인경은 영문으로 되어 있는 민철의 이름을 보고는 저도 모르게 살짝 웃고 말았다. 능청스러운 표정조차 섹시한 영화배우의 얼굴이 떠오른 탓이었다.

아이언 민(Iron Min)

따지고 보면 틀린 말은 아니지만, 본인을 면전에 두고 웃는 건 분명 실례였다.

"아, 죄송해요. 어떤 영화가 떠올라서……. 죄송합니다."

"아니요. 괜찮습니다. 덕분에 꽤 마음에 드는 별명도 얻었으니까요."

"별명이 혹시, 아이언 맨?"

"맞습니다."

영화를 연상한 여인경의 생각과는 달리 실상은 민철이 차갑고 냉소적이라 붙은 별명이었다. 기계를 덧입은 영화 주인공과 달리 민철의 별명은 인두겁을 뒤집어쓴 기계라는 뜻이었다. 그 사실을 알 리 없는 여인경에게는 민철을 인간적으로 좀 더 가깝게 느끼도록 만들었다.

"여인경 씨."

"네."

"가끔은 역발상이 필요할 때가 있습니다."

"그게 무슨 말씀인지 잘……."

"이원하. 그 사람을 피해서 문제가 해결되지 않았다는 건 피하는 것만이 능사가 아니라는 뜻입니다."

"그건 저도 알아요. 알지만……."

"그래서 제안을 하나 드릴까 합니다."

"무슨 제안요?"

여인경은 민철에게 시선을 고정한 채 귀를 기울였다. 불과 며칠 전과 비교해 완전히 달라진 모습이었다. 민철은 회심의 미소를 지으며 그녀가 솔깃해할 만한 패를 내밀었다.

"여인경 씨가 한 달간 이 집을 관리해 주신 것, 알고 있습니다. 계기나 과정은 잠시 미뤄 두고 결과에 대한 당위성을 부여하는 건 어떻겠습니까? 이를테면, 제가 한 달간 이 집을 비운 대신 여인경 씨를 고용해 관리를 맡겼다는 것으로 말입니다."

"그래야 할 이유가 있나요?"

"그래야 여인경 씨가 도망친 것이 아니라는 사실을 증명할 수 있을 테니까요. 죄가 없는 사람은 도망칠 이유가 없습니다."

"어쨌든 거짓말이잖아요."

"이제부터 사실로 만들면 됩니다. 정식으로 계약하면 거짓말이 아니지 않습니까?"

민철은 의아해하는 여인경에게 고용 계약서를 내밀었다. 그러고는 현재 자신은 휴가 중이며 남은 두 달 동안 이 집에 머물면서 아이를 찾을 계획이라는 사실도 알려 주었다. 더불어 민철은 이원하가 저지른 일에 대해서 묵과할 수 없다고도 말했다. 그리고 민철은 이원하를 다시 만나고 싶어했다. 여인경과 함께.

"이 일은 더 이상 여인경 씨 혼자만의 문제가 아닙니다. 말씀드렸다시피 받은 만큼은 돌려줘야 하지 않겠습니까?"

"이에는 이, 눈에는 눈. 그런 거 말씀하시는 거라면……."

"안심하십시오. 폭력으로 대응하지는 않을 생각이니까."

"그럼, 다행이고요."

여인경은 계약서를 눈으로 훑어 내용을 파악했다. 그다지 복잡한 내용은 없었고 민철의 말대로 관리자의 역할만 명시되어 있었다.

"전면전이 해결의 열쇠가 되는 경우도 있습니다. 이미 그쪽에서는 제가 누구인지, 무얼 하는 사람인지 알아냈을 겁니다."

민철은 여인경을 보호해 줄 능력이 충분했다. 민철이 채용한 직원을 강압적으로 끌고 가려다가 그에게 해를 입혔으니 법적으로 대응한다면 승산이 없는 싸움은 아니었다. 여인경이 민철과 함께 있는 한 이원하도 더는 어찌지 못할 것이 분명했

철의 여인

다.

'하지만 그 후에는?'

두 달 뒤 민철이 이 집을 떠나면 여인경은 또다시 무주공산에 홀로 남겨지게 될 운명이었다. 불안으로 흔들리는 여인경의 눈빛을 민철은 놓치지 않았다.

"필요한 것은 약간의 뉘앙스면 충분합니다."

"뉘앙스요?"

"네. 한집에 산다는 것이 분명 도움이 될 겁니다. 여인경 씨가 더는 혼자가 아니라는 사실을 주지시키고 추후 사태를 지켜보면서 대책을 세우다 보면 방법이 나오지 않겠습니까?"

민철이 말한 약간의 뉘앙스는 여인경과 민철을 긴밀한 관계처럼 이원하에게 보여 주자는 것이었다. 지금처럼 숨어만 있지 말고 적극적으로 모습을 드러내자는 의견에 어느 정도 일리가 있어 보였다.

"바로 결정하지 않으셔도 됩니다. 충분히 생각해 보신 후에 사인하십시오. 그럼 저는 계약서 확인하시는 동안 팩을 준비해 오겠습니다."

민철의 배려로 어깨를 찜질하고 말끔하게 씻은 여인경은 2층으로 올라와 그의 제안을 곰곰이 생각했다. 생각해 보겠다고 말했지만, 무한정 시간을 낭비할 수도 없는 노릇이었다. 한 달이나 숨어 있었던 탓에 당장 이번 달부터 생계가 걱정되었다. 가진 돈은 몽땅 어머니 병원비로 송금했고 수중에 남은 돈은 이제 10만 원도 안 되었다.

"봉현아……. 내가 어떻게 해야 할까?"

고양이는 여인경의 다리에 얼굴을 비비며 애교 부리는 것으로 대답을 대신했다. 여지가 없는 일이었다. 무엇보다 민철의 제안을 받아들이면 적어도 앞으로 두 달 동안은 안전했다.

'단지 그뿐인가? 정말?'

아니다.

여인경은 두 달 동안 민철과 함께할 수 있어서, 그래서 기뻤다.

"미쳤나 봐, 정말."

여인경은 뛰는 가슴을 감당하기 벅차 밤늦도록 잠을 이루지 못했다.

자정이 지나서 2층 불이 꺼지고 여인경이 잠든 후에야 민철의 업무는 시작되었다.

17년 전, 그 사건이 있기 전까지 최봉현을 돌봐 주던 사람이 있었다. 거의 집에 들어오지 않던 최명철을 대신해 아이를 돌봐 주던 사람이었다.

그가 오면 민철은 조용히 2층으로 올라가고는 했다. 당시에는 주변에 무관심했던 탓에 그 사람과 말을 섞어 본 일이 없었다. 이름은 고사하고 이제는 생김새마저 희미했다. 그럼에도 최봉현에 대해 조사를 시작하면서 아이를 돌봐 주었던 사람부터 찾았던 까닭은 그 사람만 찾는다면 아이를 찾는 게 훨씬 수월하리라 예상했기 때문이었다.

철의 여인

그러나 지금까지 단서조차 찾지 못하고 있었다. 최명철이 살아생전 연을 맺었던 주변인들을 탐문했으나 그의 인간관계는 조직에 한정되어 별다른 소득을 얻지 못했다. 사호파 조직 내 간부부터 말단까지 샅샅이 뒤졌지만, 조직과는 관련이 없는 사람이라는 결론을 내렸다.

하긴 어린아이를 조직원에게 맡겼을 것 같지는 않았다. 그렇다면 일반인에게 맡겼다는 건데, 금전이 오간 정황이나 그 사람을 기억하는 사람조차 찾을 수가 없었다. 여인경과 봉현이란 이름의 고양이 말고는 아무것도 찾지 못한 셈이었다. 그녀가 옆집에 살았던 정황이 발견된 이상 단순한 우연으로 치부할 수 없게 되었다.

'대체 정체가 뭘까.'

민철은 여인경에 대한 보고서를 꺼내 들었다. 열병에 걸려 아홉 살이 되어서야 학교에 입학한 것을 제외하면 눈에 띄는 내용은 없었다. 입학을 미룰 정도의 열병이라면 병원 기록이 남아 있을 것이 분명했다. 민철은 두진에게 전화를 걸어 여인경의 병원 기록을 확보하라는 지시를 내리고 이원하의 동태를 확인했다.

— 예상하신 대로 여기저기 들쑤시고 다니고 있지만, 저희 쪽에서 흘린 정보 외에는 수확이 없었습니다.

"우리 쪽 내용증명은?"

— 오늘 법무팀을 통해 이원하 측에 전달했다는 보고를 받았습니다.

"그럼 곧 연락이 오겠군."

― 실장님과 여인경 씨 사이를 의심하고 있는 모양입니다. 한 시간 전부터 집 주변을 감시하는 자가 있습니다. 위험인물은 아닌 것으로 확인했습니다만, 저희 쪽에서도 감시를 붙여 놓은 상태입니다. 어떻게 할까요?

"우선은 그냥 둬. 덕분에 수고를 덜게 되었으니 좋은 그림으로 보답해야겠지."

그는 민철과 여인경이 함께 있는 모습을 사진으로 찍어 이원하에게 보낼 테고 그로 인해 이원하가 자진해서 함정으로 걸어 들어온다면 민철이 정보를 흘릴 필요가 사라지는 셈이었다.

"내일부터 외부로 움직일 거다."

― 예. 준비하고 있겠습니다.

"여인경 부모에 관한 조사는 얼마나 진행됐지?"

― 이번 주 내로 내용을 보강해서 보고하도록 하겠습니다.

"서둘러."

― 네.

두진과의 통화를 마친 민철은 창가로 다가가 살짝 커튼을 젖혔다. 까맣게 변한 세상의 고요 속에서 유난히 번쩍이는 세 개의 시선을 찾았다. 하나는 여인경을 감시하기 위해 민철이 심어 놓은 눈이었고, 다른 하나는 이원하의 하수인이었다. 나머지 하나는 이원하의 하수인을 감시하라고 붙여 놓은 두진의 수하였다.

철의 여인

커튼으로 창문을 가리고 물러선 민철은 잠들지 않기 위해 버텼다. 이 집을 떠나서도 지겹게 따라붙던 수마는 이 집으로 돌아온 이후부터 그 기세가 사뭇 등등해 잠들지 않은 순간에도 민철을 괴롭혔다.

"어디 한번 빌어 봐. 누가 아냐? 네가 예쁘게 빌면 그때까지 살려 줄지."

"왜 징그럽게 벌레 흉내는 내고 지랄이냐. 응? 벌레니까 죽여 달라고?"

"그런 낯짝으로 빌면 씨발, 내가 비위가 상하잖아."

"입 다물어. 아가리 찢어 버리기 전에."

사내들의 얼굴은 흐릿해졌어도 그들이 민철에게 남긴 치욕은 기억과 몸에 흉터로 새겨져 있었다. 그리고 그 끝에는 언제나 나약했던 그가 있었다.

"사, 살려 주세요. 살려 주세요, 제발……."

탁!

민철은 안경을 벗어 책상 위에 내려놓았다. 눈을 감은 채로 그렇게 서서 머릿속을 비웠다. 지금의 민철은 과거의 그가 아니었으나 불완전했다. 그가 민철로서 완전해지기 위해서는 그 아이, 최봉현이 필요했다. 반드시.

고양이가 외출하는 시간은 아침 6시 반에서 7시 사이였다. 여인경은 일어나자마자 봉현에게 위치추적 장치를 달고 창문을 열어 주었다. 지붕을 넘어 다니는 고양이를 사람이 따라간다는 건 현실적으로 불가능한 일이었다. 민철은 위치추적 장치를 통해 일주일간 고양이의 이동 경로를 파악해 그 주변을 조사할 계획이었다.

고양이를 배웅하던 여인경은 마당으로 시선을 옮겼다. 그곳에 민철이 있었다. 머리부터 발끝까지 빈틈이라고는 찾아볼 수 없는 완벽한 모습이었다. 그러나 여인경은 민철의 흐트러진 모습을 알고 있었다. 문득문득 스치는 민철의 무표정한 얼굴 뒤에 감추어진 무언가. 그것의 정체가 혹 그를 괴롭히는 악몽과 닿아 있지는 않을까. 여인경은 기억을 더듬어 그날 밤으로 돌아갔다.

이원하가 들이닥쳤던 다음날 아침 6시까지 여인경은 한숨도 못 자고 기다렸다가 1층으로 어렵사리 발을 떼었다. 민철의 휴대전화를 돌려줘야 할 것 같아서였다. 조용히 식탁 위에 휴대전화를 두고서 올라가려던 여인경을 붙잡은 건 한 번도 닫힌 적 없는 방문 안쪽에서 들려온 괴로운 신음성이었다.

"으응……."

여인경은 망설였다. 이 집에 숨어들어 온 뒤로 이 방 문턱을 넘었던 적은 단 한 번도 없었다. 그러나 숨이 넘어가게 괴로워하는 사람의 음성을 듣고서 모른 척할 수도 없었다. 만약 이원하 때문에 심하게 다치기라도 했다면……. 마른침을 몇 번이나 삼킨 후에야 여인경은 문턱을 넘어 민철을 살폈다. 그는 악몽에 시달리고 있었다.

"……저, 저기요."

철의 여인

"으…… 윽…….."

"저기……, 이봐요."

식은땀으로 흥건한 생채기 난 민철의 얼굴이 무참히 일그러졌다. 금방이라도 숨이 넘어갈 듯 위태로운 모습에 여인경은 처음으로 그의 이름을 불렀다.

"미, 민철 씨. 민철 씨!"

숨을 헐떡이며 깨어난 민철에게 제압당했지만, 여인경은 그를 탓하고 싶지 않았다.

'정말 고통스러워 보였어.'

무엇이 그를 그렇게 힘들게 하는 것일까.

고양이가 사라진 방향을 바라보던 민철이 진득한 시선을 느끼고는 여인경에게 눈을 돌렸다. 여인경은 버릇처럼 숨으려다 머뭇머뭇 고개 숙여 인사했다. 그러자 민철이 2층을 향해 정중한 답사를 건넸다. 그리고 그 순간, 여인경은 고민에 종지부를 찍었다. 무모하더라도, 상식적이지 않아도, 현실 가능성이 없더라도 마음이 가는 대로 따르자고.

여인경의 최대 장점은 어떤 상황에서든 다시 일어나는 것이었다. 이원하 때문에 짓눌려 있었을 뿐 여인경은 적극적이고 긍정적인 성격의 소유자였다. 하루아침에 집이 망했을 때도, 아버지가 수감 생활을 시작했을 때도, 어머니가 정신을 놓았을 때도 그녀는 주저앉아 울고만 있지 않았다. 혼자서라도 일어나 버텼다. 그런데 이번에는 손을 잡아 주겠다는 사람이 있었다.

혼자가 아니었다.

여인경은 방문을 열고 스스로를 가뒀던 문턱을 넘었다.

현관문을 열고 들어오던 민철은 2층 계단을 반쯤 내려오던 여인경과 마주쳤다. 처음 만났던 그때와 같으면서도 다른 분위기였다. 여인경은 멈춰 있지 않고 천천히 발을 내디뎠다.

탁.

민철의 등 뒤로 현관문이 닫혔다. 마지막 계단을 내려온 여인경은 오롯이 민철만 바라보며 말했다.

"할게요. 제가 어떻게 하면 되는지 알려 주세요."

"결정하신 겁니까?"

"네."

"이원하와의 대면은 피할 수 없는 일입니다. 그래도 괜찮으시겠습니까?"

"괜찮아야죠. 저도 살아야 하니까요."

언제까지 이렇게 도망치고, 숨어 살 수는 없었다. 돈도 벌어야 하고, 할 일이 많았다. 이원하 때문에 허송세월을 보내는 건 한 달이면 족했다. 반듯한 시선은 흔들림이 없었다. 민철의 입술이 부드럽게 호를 그리며 휘어졌다.

"서서 이럴 게 아니라 앉아서 계속 하죠."

"네."

"우선 계약서부터. 원하시는 조항이나 수정하고 싶으신 부분이 있으면 말씀하십시오. 즉시 추가, 수정해 드리겠습니다."

철의 여인

계약서에 사인을 하려던 여인경은 민철이 건넨 펜을 들고 잠시 생각에 잠기더니 "혹시······" 하고 운을 뗐다.

"네. 말씀하십시오."

"여기 보수가 명시되어 있어서요."

"액수가 마음에 들지 않으십니까?"

민철의 대답으로 여인경은 자신의 생각이 단지 느낌만은 아니었음을 확신했다.

"지금 이거, 형식적인 게 아니라는 느낌이 드는데, 맞나요?"

"네. 맞습니다. 정식 계약입니다."

"그렇다면 전 이 돈 받을 수 없어요."

돈이 필요한 것은 사실이지만, 이런 식으로 돈을 벌고 싶지는 않았다. 적어도 민철에게만큼은. 여인경의 태도는 단호했다.

"알겠습니다. 그렇게 하십시오."

그제야 계약서에 사인을 한 여인경은 민철이 일러 주는 사항을 하나라도 놓칠세라 끊임없이 되뇌며 숙지했다. 그는 조만간 이원하로부터 연락이 올 거라고 말했다. 애초에 민철이 이원하를 고소했다면 쉽게 풀려나오지 못했겠지만, 풀려난 후에는 여인경의 괴로움이 더 커졌을지 모른다며 여인경에 대한 접근금지를 조건으로 이원하에게 거래를 제시할 거라고 했다. 만약 이를 받아들이지 않는다면 고소를 진행하겠다는 계획도 밝혔다.

"끝으로……."

민철에게서 주저하는 기색이 엿보이자 여인경도 덩달아 긴장되어 숨을 삼켰다. 한 박자 쉬었다가 본론으로 들어간 내용은 그가 주저한 이유가 충분히 이해되는 내용이었다.

"이원하가 여인경 씨에 대해 얼마나 알고 있습니까?"

여기까지만 들어도 민철이 무엇을 원하는지 여인경은 대강 짐작할 수 있었다. 이원하가 아는 만큼 민철도 자신에 대해 알아야 한다는 의미였다. 민철이 자력으로 알아보았다면 못 알아낼 것도 없는 일이었지만, 쉽게 입이 떨어지지 않았다.

"말씀하시기 어렵습니까?"

"자랑할 만한 내용은 아니라서요."

알아주는 기업 사장실의 비서실장인 민철과 고등학교 중퇴자인 자신의 격차를 생각하던 여인경은 급격히 밀려오는 현실감에 입술을 깨물었다.

"그렇다면 저부터 시작하겠습니다."

"네?"

"제가 아는 만큼 여인경 씨도 알아야 공평하지 않겠습니까? 통성명은 했으니까 나이부터 시작하는 것이 좋겠군요."

민철은 아주 사소한 것에서 출발했다. 부담을 덜어 주려는 민철의 배려가 손에 잡히는 듯했다. 여인경의 마음이 꽃빛으로 물들었음은 두말할 필요도 없었다. 두 사람은 생일과 나이, 취미와 관심사 따위를 주거니 받거니 했다. 물론 민철은 이미 알고 있는 것들이었지만, 여인경은 눈치 채지 못했다. 민철이 형제 없이 외동이었음을 밝히자 여인경의 눈에 동질감이라는 감정이 어렸다.

"저도 외동이에요."

"외롭지 않으셨습니까?"

"아니요. 부모님 덕분에……. 친구도 많았고요."

그러나 이내 화제가 가족으로 넘어가자 여인경의 안색이 굳어진다. 민철은 여인경이 관심을 보일 정도로만 적당히 자신의 이야기를 풀어냈다.

"전 부모님 두 분 모두 일찍 돌아가셨습니다. 어머니는 제가 태어나자마자, 아버지는 열다섯 되던 해에 보내 드렸습니다. 두 분 다 지병이 있으셨거든요."

"아……."

민철에게 이런 아픔이 있을 줄은 몰랐다. 여인경은 적어도 자신이 부모님 슬하에서 행복한 유년시절을 보냈다고 생각했다. 이럴 때는 어떤 말을 해야 좋을까. 암울한 내용을 담담하게 말하는 민철에게 섣부른 위로의 말이 오히려 실례가 될 수도 있는 일이었다.

"오래전 일이라 이제는 기억도 잘 나지 않지만, 그래도 궁금할 때가 있습니다."

"뭐가요?"

"어머니 얼굴."

"……."

"사진이 한 장도 남아 있지 않아서 짐작만 할 뿐입니다. 아버지를 닮지 않았으니 어머니를 닮은 것이 아닐까, 하고."

어머니, 그 이름만으로도 그리워지는 대상의 얼굴을 모른다는 건 어떤 기분일까. 민철을 바라보는 여인경의 눈빛이 조금씩 달라지고 있었다.

민철은 아버지가 돌아가신 뒤 후견인과 서울로 상경했으나 열여덟이 되던 해 후견인의 사망으로 고등학교를 중퇴했다는 것과, 현재 모시는 사장님의 도움을 받아 미국으로 유학을 가기까지를 간략하게 이야기했다. 그리고 의도적으로 여인경의 말을 빌려 와 쐐기를 박았다.

"유쾌하지 않은 내용이라 죄송합니다."

"아니요."

여인경은 울컥 치미는 무언가를 꾹 누르며 말을 이었다. 민철이 이렇게까지 자신의 이야기를 드러낸 이유를 알 것 같았다. 그래서 고마웠다.

"……말씀해 주셔서 감사해요."

민철에게만큼은 부모님을 포함한 자신의 이야기를 모두 털어놔도 괜찮을 것 같다는 생각이 들었다. 여인경은 솔직했고 그것은 민철을 향한 믿음의 깊이를 가늠케 했다.

"저도 고등학교를 다니다 그만두고 사회생활을 시작했어요."

여인경은 그럴 수밖에 없었던 배경을 가감 없이 차근차근 설명했다. 신뢰도를 테스트할 목적이었던 민철이 여인경의 고백을 듣는 것이 불편해질 정도로 여인경의 입술은 진실했다.

민철은 애써 불편한 감정을 무시하려 했지만, 그럴 수가 없었다. 그는 여인경이 거짓말을 하길 바랐다. 남들같이 조금이라도 자신을 포장하고 꾸며 주기를. 여인경도 그랬다면 그의 마음이 덜 무거웠을지도 모른다.

'마음이라고? 미쳤군.'

마주한 여인경의 도자기처럼 하얗고 작은 얼굴에 보기 좋게 혈색이 돌아와 홍조가 어렸다. 잔뜩 부르텄던 입술도 거의 아물어 제 색을 되찾아 가고 있었다. 맑은 눈동자는 아이처럼 반짝거리며 민철을 따라다녔다.

불순물이 섞이지 않아 순수한 감정은 투명했다. 그러나 투명한 것일수록 더러워지기 쉬웠다. 여인경에게서 원하는 것을 모두 얻고 나면 그녀를 곁에 둘 이유가 없었다. 필요에 의해 잡았고, 필요가 충족된 후 자신의 진짜 모습을 보여 주면 알아서 떨어져 나갈 것이 분명했다. 여인경이 모든 사실을 알게 된다면.

'너는 과연 어떤 표정을 지을까.'

시나리오의 결말은 충분히 예상 가능했다. 뻔하지 않은가.

'그때도 지금과 같은 눈으로 나를 바라볼까? ……아니겠지.'

민철은 처음 제 앞에 무너질 듯 서 있던 여인경의 모습을 떠올렸다. 어째서일까. 여인경의 모습 위로 믿었던 사람에게 배신당했던 자신의 모습이 겹쳐졌다.

이 집 때문이다. 민철은 그렇게 생각했다. 살기 위한 여인경의 몸부림이 과거 나약했던 자신을 떠올리게 해서, 그래서 그런 거라고.

여인경은 어머니 병문안을 갔다가 나오는 길에 이원하에게 끌려가 이틀 동안 갇혀 있었고, 도망쳐 나온 이후로는 줄곧 이 집에 있었다며 말을 맺었다. 감정적으로 보이고 싶지 않아 나름대로 신경 썼는데 침묵하는 민철의 표정이 자못 심각했다. 살짝 충혈된 눈동자가 어딘지 모르게 피곤해 보였다. 평소와 다를 바 없는데 그런 느낌이 들었다.

"저……."

민철의 호칭을 어떻게 해야 할지 잠시 고민하던 여인경은 명함에서 보았던 그의 직함을 떠올렸다. 저보다 열 살이나 많은 사람의 이름을 함부로 부를 수 없었기 때문이었다.

"실장님."

"아, 네."

"괜찮으세요?"

"무엇이 말입니까?"

"좀 피곤해 보이셔서요."

민철은 잠시 눈을 가늘게 좁혔다가 이내 의연함을 가장했다. 그러고는 교묘하게 관심사를 돌렸다.

"여인경 씨는 괜찮습니까?"

"네?"

"앞으로 신경 쓸 일이 늘어날 텐데 피곤하면 바로 말씀해 주십시오."

철의 여인

"괜찮아요."

"어머님을 뵌 지는 한 달이 넘었겠군요."

"네. 어쩌다 보니……."

"그럼 어머님부터 먼저 찾아뵙고, 오는 길에 짐도 찾죠."

"없는데요."

"뭐가 말입니까?"

"짐이요. 미용실 나오면서 거의 다 처분했거든요."

거처가 마땅치 않았던 여인경에게는 불가피한 선택이었다. 민철의 말대로 이원하에게 연락이 온다면 입고 나갈 옷부터가 문제였다. 지금 입고 있는 것도, 가지고 있는 옷가지도 전부 겨울옷뿐이었다. 손목시계로 시간을 확인한 민철이 여인경에게 외출을 제안했다. 엉거주춤 민철을 따라 일어선 그녀가 나가야 하는 이유를 물었다.

"약간의 뉘앙스, 기억하십니까?"

"네."

"그것을 위한 외출입니다. 그리고 오늘부터 경호원이 동행할 예정입니다. 최대한 불편을 느끼시지 않도록 하겠습니다."

"지금 출발하실 건가요?"

"그래도 되겠습니까?"

"그럼 준비하고 내려올게요."

민철은 양복 재킷을 걸쳐 입고 현관 앞에 미리 나와 2층에 올라간 여인경을 기다렸다. 여인경은 지갑에 통장과 도장을 챙겨 넣었다. 당장 오늘부터 돈 쓸 일이 생겼는데 수중에 있는

10만 원 가지고는 턱없이 부족했다. 적금을 해지하면 민철에게 신세 지지 않아도 될 터였다. 돈은 다시 벌면 되지만, 직장을 구하는 것 자체가 이원하를 해결하지 않으면 현실적으로 불가능한 일이었다.

구석에 가지런히 두었던 운동화를 들고 1층으로 내려온 여인경은 외투를 걸치지 않았음에도 혼자만 한겨울인 모습이었다. 운동화를 꿰어 신는 그녀에게 민철이 물었다.

"발은 괜찮으십니까?"

"네. 별로 심한 상처도 아니었는데요."

"대문 밖에 경호원이 대기하고 있습니다. 놀라지 마십시오."

"신경 써 주셔서 감사합니다."

"그럼 가실까요?"

능숙하게 에스코트하는 민철의 매너는 여인경을 특별한 사람처럼 느끼게 만들었다. 여인경과 보폭을 맞추고 대문을 열어 여인경을 내보내고는 그녀가 등 뒤에 누군가 있다는 선뜩함을 느낄 새도 없이 돌아보면 옆에 서 있었다. 대문 밖에 서 있던 낯선 남자를 보고도 민철이 미리 언질해 준 덕에 놀라지는 않았다. 두 사람이 밖으로 나오자 두진이 허리를 깊이 굽혀 인사했고, 난처해하는 여인경을 대신해 민철이 나섰다.

"앞으로 경호를 맡아 줄 친구입니다."

"처음 뵙겠습니다. 두진이라고 합니다."

여인경은 본인이 의식하지 못한 사이 민철 곁으로 바짝 붙

철의 여인

어 선 채였다. 대문 밖을 나선 것도 한 달 만이었지만, 민철과 찬열을 제외하고 사람을 대면하는 것도 꼬박 한 달 만이었다. 인사를 나누는 것뿐인데도 굉장히 어색했다.

"아, 네. 안녕하세요."

"잘 부탁드리겠습니다."

다시 한 번 허리 굽혀 인사한 두진은 골목이 비좁아 차가 진입할 수 없었다며 두 사람에게 양해를 구했다. 골목은 세 사람이 나란히 걷기에도 빠듯한 폭이라 한 사람은 뒤로 빠지든 앞서 가든 해야 할 상황이었다. 민철은 두진에게 앞장서게 하고 여인경과 나란히 그 뒤를 따랐다. 삭막해 보이기만 하던 골목 사이사이로 따스한 봄 햇살이 내려앉아 노랗게 물들었다.

"고맙습니다."

속삭이는 듯한 여인경의 고백에 민철은 정중한 눈인사로 답을 대신했다. 괜찮다고, 다 알고 있다고, 걱정하지 말라고. 그렇게 말하는 것 같아 여인경의 마음도 발갛게 물들었다.

한편, 연속적으로 찍힌 두 사람의 사진은 이원하에게 실시간으로 전달되고 있었다.

현재 위치 C동 K숍에 들어감.

메시지와 함께 민철과 여인경의 사진이 도착했다. 두 사람의 사진을 받아 본 이원하는 분을 이기지 못하고 태블릿 PC를 집어던졌다.

쾅! 우당탕탕!

그것으로도 분이 풀리지 않은 듯 책상 위를 거칠게 쓸어 내고는 내동댕이쳐진 태블릿 PC의 까맣게 변한 액정을 발로 짓이겨 박살 낸 후에야 거칠어진 숨을 몰아쉬었다.

"후우, 네가 나한테 이러면 안 되지."

민철에 대해 조사를 지시한 뒤 얼마 안 있어 내용증명이 날아왔다. 민철은 보란 듯이 자신의 정체를 밝혔고 이번에는 여인경과 함께 쇼핑을 즐겼다. 분기를 삭이지 못한 이원하는 수화기를 들었다. 짧은 연결음이 끝나는 지점에서 통성명을 생략한 채 즉각 본론으로 들어갔다.

"시간하고 장소 말해."

말이 짧고 건방진 태도에도 민철은 신사적으로 대처했다.

— 내일 오후 2시, A동 보네르[2]에서 뵙도록 하죠.

보네르는 진영 그룹의 직영 업체 중 하나인 프랑스 레스토랑이었다.

"날 그쪽 바운더리로 끌어들이시겠다? 뭐, 좋아. 대신 나도 조건이 있어."

— 말씀하십시오.

"여인경, 그 여자도 데려와."

— 알겠습니다.

---

2. 보네르(Bonheur): 행복, 행운, 기쁨이라는 뜻의 프랑스 어. 남성명사.

길지 않은 통화가 끝났다.

탈의실에서 나오던 여인경은 통화 중인 민철에게 멀찍이 떨어져 기다렸다. 짧은 통화를 마친 민철이 다가와 통화 상대가 이원하였음을 알렸다. 미리 마음의 준비를 하고 있었는데도 막상 만날 날이 정해지자 심장이 졸아드는 기분이었다.

"걱정하지 마십시오. 위험한 상황은 없을 겁니다."

여인경은 처음으로 말이 가진 힘에 대해 생각했다. 믿기 힘들겠지만, 어쩌면 그녀 스스로도 경험하지 못했다면 의심했을 그 일이 여인경에게 일어나고 있었. 걱정하지 말라는 민철의 말 한마디가 두려움을 말끔히 몰아냈다. 거짓말처럼 순식간에 일어난 일이었다.

"네. 걱정 안 해요."

"옷, 잘 어울립니다."

"감사합니다."

칭찬을 듣고도 여인경의 표정이 밝지 않았다.

"옷이 마음에 안 드십니까?"

"그건 아니에요. 제가 입기에는 좀, 무거워서요."

실크 재질의 블라우스와 청바지가 무거우면 얼마나 무겁겠는가. 무거운 것은 여인경의 마음이었다.

여인경이 민철을 따라 고가의 제품들이 즐비한 편집숍[3]에 따라 들어온 건 그가 말했던 약간의 뉘앙스를 위해서였다. 차

---

3. 편집숍: 다양한 브랜드의 제품을 판매하는 매장. '멀티숍' 혹은 '셀렉트숍'이라고도 한다.

를 타고 이동하는 동안 여인경은 민철에게서 이원하가 사람을 붙였으며 미행의 목적이 아무래도 사진 같다는 말을 전해 들었다. 순간 은행에 들러 적금을 깨면 빌미가 되겠구나 싶었다. 그래서 고민 끝에 민철의 계획대로만 움직이기로 마음을 고쳐먹었다. 그것은 조심하려는 의도였지 이런 고가의 옷을 원해서는 아니었다. 그러나 적당히 해서는 이원하를 떼어 내지 못한다는 것도 알고 있었다.

"갚을게요. 지금 이 상황, 어쩔 수 없다는 거 저도 알아요. 저 때문이라는 것도 알고요."

"여인경 씨 때문만은 아닙니다. 말씀드렸지 않습니까."

"그래도 그냥 받을 수는 없어요."

그러기에는 이미 민철에게 받은 것이 너무 많았다.

"제가 부담을 드렸군요."

"그게 아니라……."

민철이 쉬운 길을 놔두고 어렵게 돌아가고 있다는 걸 모를 만큼 여인경은 둔하지 않았다. 어떻게 모를 수 있겠는가. 보답하고 싶었다. 받은 만큼은 아니더라도 조금이나마 뭐라도 해 주고 싶었지만, 당장 그녀가 할 수 있는 건 이것뿐이었다.

"고마워서요."

"……."

"그러니까 꼭 갚고 싶어요."

그렇게 말하고는 여인경이 민철에게 시선을 고정한 채 미소지었다. 수줍게, 어여쁘게, 순수하게, 그리고 솔직한 마음 그대로를 담아서. 민철은 입을 꾹 다물었다. 안경 너머 숨겨둔 감정을 눌러참느라 아무 말도, 어떤 반응도 내비칠 수가 없었다. 민철은 여인경이 어색해진 공기를 알아차리기 전에 서둘러 자리를 피했다.

"전 그럼 계산하고 오겠습니다."

"아, 네."

괜스레 멋쩍은 낯으로 서 있던 여인경은 먼발치에서 대기하고 있던 두진이 다가와 반보쯤 앞에 서자 가볍게 고개를 숙여 인사를 건넸다. 정중하게 인사를 받은 두진이 비스듬히 시선을 내리뜨고는 주변을 살폈다. 민철이 계산하는 동안 직원이 잠시 머뭇거리다 두진에게 여인경이 입고 왔던 옷을 담아 온 쇼핑백을 건넸다. 아직 팔걸이를 착용 중인 여인경에게 짐을 맡길 수는 없었기 때문이었다.

"어, 그거 저한테 주세요."

"제가 들고 있겠습니다."

"아니에요. 제가 들게요."

"무겁지 않습니다."

"그러니까 제가 들어도 돼요."

줄곧 무표정한 낯으로 있던 두진이 난처해하며 머뭇거렸다.

"괜찮으니까 주세요."

두진은 어쩔 수 없이 여인경에게 쇼핑백을 넘겨주었다. 쇼핑백을 다치지 않은 어깨에 멘 여인경은 두진에게 할 말을 골랐다.

"저……."

묵묵히 이어질 말을 기다리는 두진의 태도는 지나치게 깍듯했다.

"저한테까지 그러실 필요 없으세요. 전 그쪽 상사도 아니고, 경호해 주시는 것만으로도 감사하게 생각하고 있어요."

"불편하셨다면 죄송합니다. 조심하겠습니다."

말은 그렇게 하면서도 두진의 태도에는 변화가 없었다. 몸에 밴 습관인 모양이었다. 문득 첫인사를 데면데면하게 대충 얼버무린 것이 떠올랐다.

"아까는 제대로 인사 못 드려서 죄송해요."

"아닙니다."

"앞으로 잘 부탁드릴게요. 여러모로 감사합니다."

"최선을 다해 모시겠습니다."

잔뜩 각이 잡혀 있는 두진의 모습에서 얼핏 민철이 보였다. 닮은 건 아닌데 정중한 태도가 민철에게 영향을 받은 것이 아닌가 하는 생각이 들었다. 그러다 민철 같은 사람 옆에 말 많은 사람이 있다면, 그건 그것대로 어울리지 않을 것 같다는 생각에 슬며시 미소가 그려졌다. 여인경은 미용실에서 일하던 경험을 되살려 자연스럽게 대화를 이어 갔다.

"실장님도 성함이 외자시던데, 두진 씨도 그러신가 봐요."

"……죄송합니다."

"네? 아니, 갑자기 왜 그러세요."

철의 여인

느닷없이 허리를 90도로 굽혀 사과하는 두진 때문에 오히려 여인경이 당황하고 말았다. 두진은 내내 그러했듯 진지하게 자신이 두씨가 아님을 고백했다.

"전……."

본인의 이름을 말하는 것뿐인데 두진은 한참을 망설였다.

"연, 두진입니다."

"아……."

"죄송합니다."

"아니에요. 제가 괜한 얘기를 꺼내서……."

"아닙니다. 똑바로 말씀드리지 않은 제 잘못입니다."

여인경은 여인경 나름대로 이름이 콤플렉스인 경우도 있는데 고려하지 못해서 미안하다며 사과했고, 두진은 두진대로 처음부터 똑바로 말하지 못한 자신에게 책임이 있다며 사과했다. 끝나지 않을 것 같던 사과 릴레이는 민철이 돌아오면서 막을 내렸다.

"무슨 일입니까?"

"제가 실수를 좀 해서요."

민철이 두진에게 시선을 옮겼다.

"실수하지 않으셨습니다. 제가 이름을 제대로 밝히지 않아 오해가 있었습니다."

거기까지 듣고도 민철은 충분히 짐작이 간다는 표정을 지었다. 따지고 보면 잘잘못을 논할 내용은 아니었다.

두진은 본래의 자리로 돌아갔고 여인경과 민철은 편집숍을 나와 그녀의 어머니, 신진숙이 입원해 있는 병원으로 이동했다. 그리고 그곳에서 누구도 예상하지 못했던 일이 벌어졌다.

이원하가 병원 입구에서 여인경을 납치해 감금했던 이력 탓에 주변을 살피는 여인경의 기색에는 긴장이 역력했다. 민철은 혹시 모를 상황을 대비해 두진에게 입구를 지키라고 지시한 뒤 여인경과 함께 병원으로 들어갔다. 로비를 지나 엘리베이터에 오르기 전 민철이 멈춰 섰다.

"제가 같이 들어가도 되겠습니까?"

"네. 괜찮을 거예요. 의사 선생님께서 사회로 복귀하려면 사람 만나는 연습도 해야 한다고 하셨거든요."

"그래도 불편을 감수하지는 마십시오. 병실 밖에서 기다려도 괜찮습니다."

"고맙습니다."

어딜 가든 민철과의 동행은 익숙해져야 할 일이었다. 그나마 다행인 것은 어머니의 병세가 눈에 띄게 호전되었다는 점이었다. 입원 당시 여인경도 알아보지 못했던 모습에 비하면 한 달 전 만났던 어머니는 일상생활도 가능할 정도로 좋아진 상태였다. 물론 예전 일을 떠올리면 발작을 일으키기는 해도 정신을 놓을 때보다 그렇지 않은 때가 더 많아졌고, 평범한 대화나 산책도 가능했었다. 격리실에서 일반실로 옮긴 것만으로도 괄목할 만한데, 약을 줄이면서 상담 치료를 병행하는 것을 고려해 보자던 담당 의사의 말은 완치 판정만큼이나 기뻤었다. 그런데 한 달 만에 만난 어머니는 지금까지 여인경이 본

적 없는 모습이었다.

"아악! 죽어! 죽어! 죽으란 말이야!"

여인경은 악다구니를 써 가며 민철에게 달려드는 어머니를 막아 보려 했으나 한 손으로는 역부족이었다. 민철은 신진숙이 때리면 때리는 대로 맞고 있었다.

"엄마! 그만! ……웃! 저기요! 여기 좀 도와주세요!"

신진숙 손에 민철의 안경이 벗겨져 땅에 떨어졌다. 안경은 신진숙 발에 밟혀 완전히 부서지고 말았다. 두 팔과 다리를 이용해 어떻게든 민철에게 위해를 가하려던 신진숙이 부들부들 떨며 빌기 시작한 것도 그때부터였다.

"자, 자, 잘못했어요."

신진숙은 민철의 발아래 무릎 꿇고 머리를 땅에 박고는 빌고 또 빌었다.

"한 번만……, 한 번만 용서해 주세요."

"신진숙 씨 진정하세요."

"제발……."

눈물과 콧물로 범벅된 얼굴을 한 채 끌려가면서도 민철을 향해 비는 것을 멈추지 않았다. 신진숙이 병실로 옮겨지고 덩그러니 남겨진 여인경과 민철 주변은 태풍이 휘몰아치고 간 것처럼 고요하기만 했다.

여인경은 울지 않기 위해 애쓰며 버텼다. 분명 면회를 신청하고 산책을 나올 때까지만 해도 어머니의 상태는 괜찮았었다. 한 달 만에 찾아온 여인경에게 왜 이렇게 살이 많이 빠졌느냐며 걱정하던 모습에선 이전의 병세를 조금도 찾아보기 힘들었다. 민철과 대면하는 걸 담당 의사가 허락한 상황이었고, 이미 꽤 오랫동안 진행된 사회화 훈련이 성공적이었기 때문에 의사도 큰 문제가 없을 거라 했다. 하지만 담당 의사의 말과는 달리 신진숙은 민철이 첫인사를 떼기도 전에 발작을 일으켰다.

"죄송해요."

아파도 속으로 앓다가 곪아 터진 모든 것을 자기 탓으로 돌렸던 신진숙이었다. 신진숙의 증상은 스스로를 학대하는 데에 문제가 있었다. 심적 고통이 심해질수록 자해도 심각해졌기 때문이었다. 발작의 형태는 늘 자해였지, 다른 사람에게 피해를 준 일은 맹세코 단 한 번도 없었다.

민철의 목덜미와 턱에 신진숙이 남겨 놓은 새로운 상처가 눈에 들어왔다. 못 쓰게 망가진 안경과 흐트러진 머리, 비뚤어진 넥타이와 재킷 밖으로 깃이 삐져나온 와이셔츠까지. 누르고 또 눌러도 마음의 둑은 이미 무너져 울컥울컥 서러움을 토해 냈다.

"참지 마십시오."

"……."

"참지 않으셔도 됩니다."

기어코 눈물이 여인경의 볼을 타고 흘러내렸다. 참아 보려고 했지만, 마음이 너무 아팠다. 민철은 소리 없이 조용히 우는 여인경에게 다가와 거리를 좁혔다. 크고 따스한 손이 파르르 떠는 그녀의 등을 토닥토닥 두드려 주었다. 여인경은 그의 가슴에 이마를 기댄 채 눈물을 흘려보냈다. 소리라도 좀 내고 울면 좋으련만 여인경은 끝내 호흡만 약간 흐트러졌을 뿐 아픔을 침묵 속에 묻었다.

뚝뚝.

민철을 두른 방어막에 여인경의 눈물이 떨어졌다. 눈물이 닿은 곳마다 까맣게, 까맣게 녹이 슬어 아주 작은 자극에도 부서져 내릴 듯 위태로웠지만, 그의 손은 여인경을 밀어내지 못했다.

심적으로 지쳐 있는 여인경을 위해 두진을 돌려보내고 민철이 직접 운전대를 잡았다. 병원에 들렀다가 외식을 하려던 계획을 취소하고 민철과 여인경은 집으로 향하고 있었다. 여인경은 그렇게 울고도 담당 의사를 만나 보호자 면담까지 가진 뒤 병원을 나섰다.

보호자.

여인경은 이른 나이부터 책임이라는 중책을 짊어졌고, 그녀가 할 수 있는 최선을 다했다. 가족이라 함은 그 안에 역할이 분담된다. 능력에 따라 무겁게, 혹은 가볍게 짐을 나눠지더라도 '내가 더 힘드니, 네가 더 편하니' 하는 불협화음이 발생하게 된다. 계량할 수 없는 부분이기 때문에 더욱 그러했다. 그런 의미에서 냉정하게 말하면 여인경에게 가족은 짐과 다를 게 없었다.

신호를 받고 잠시 차가 정차했다. 여인경은 고개를 숙인 채 무릎께를 응시하고 있었다. 민철의 시선이 여인경의 여린 어깨로 이끌렸다. 그녀를 짓누르는 짐의 정체가 그린 듯이 보였다. 민철은 아버지가 돌아가시기 전까지 실질적인 가장이었다. 그러나 그것을 짐이라고 생각한 적은 없었다. 곁에 누군가 있다는 안도감. 그것을 위해 짊어진 짐이 제아무리 무겁더라도 견디는 것밖에는 다른 방법이 없었다. 혼자 남겨지는 것이 두려웠기 때문이었다. 혼자 남겨지는 것을 배우기에는 너무 어렸었다. 민철도, 여인경도.

시선을 느낀 여인경이 민철을 돌아보았다. 눈이 마주쳤지만, 서로 아무 말도 하지 않았다. 안경을 쓰고 있지 않은 민철의 얼굴이 낯설면서도 익숙했다. 공허하고 상처받은 눈빛. 아무리 숨겨도 숨겨지지 않은 그 헛헛함이 여인경으로 하여금 민철을 바라보게 만들었다. 얽힌 시선에 깃든 감정은 매우 복잡하고 또 그만큼 위험했다. 신호가 바뀌고 차가 출발하고서도 무언의 감정은 조금도 사그라지지 않았다.

탁.

2층으로 올라온 여인경은 방문을 열다 먼저 와서 기다리고 있는 고양이에게 다가갔다.

"봉현아."

고양이는 두려움에 사로잡혀 있던 여인경에게 마법처럼 찾아와 따스한 온기를 나눠 준 선물 같은 친구였다. 산산이 조각나 있던 정신을 빨리 수습할 수 있었던 것도 고양이 덕분이었다. 지친 몸과 마음이 봉현을 보니 한결 나아지는 듯했다.

창문을 닫고 고양이 옆에 앉아 휴식을 취하려던 여인경은 뭔가 이상한 것을 감지했다. 오늘 아침에 달아 준 위치추적 장치가 보이지 않았다. 여인경은 황급히 1층으로 뛰어내려왔다. 막 재킷을 벗던 민철이 열린 방문 사이로 여인경을 돌아보았다. 다급한 표정으로 서 있는 여인경에게 민철이 한걸음에 다가갔다.

"왜, 무슨 일입니까?"

"없어요."

"뭐가 말입니까?"

"위치추적 장치요. 그게 없어졌어요."

위치추적 장치에 매단 목줄의 연결고리는 갈고리로 되어 있어 사람의 손이 아니면 뺄 수 없는 형태였다.

"고양이는 괜찮습니까?"

"네. 괜찮아요."

"다행이군요. 이동 경로만 확인할 목적이었으니까 염려하지 마십시오. 추적 장치는 다시 준비하면 됩니다."

문제가 없다는 민철의 말에 여인경은 진심으로 안도했다. 그러나 오히려 마음이 놓인 것은 민철이었다. 집으로 오는 내내 어둡던 기색은 거의 보이지 않았다. 고양이가 그동안 여인경에게 어떤 존재였는지도 알 것 같았다.

"오늘 저녁으로 양식 어떻습니까?"

"……네?"

"싫으십니까?"

"아, 아니요."

"그럼 쉬고 계십시오. 준비가 끝나면 부르겠습니다."

2층으로 올라가기 위해 돌아섰던 여인경은 계단 앞에 멈춰서 민철을 돌아보았다. 시계와 와이셔츠의 손목 단추를 풀어 소매를 접는 그를 물끄러미 바라보다 이내 발길을 돌려 민철에게 돌아왔다.

"무슨 하실 말씀이라도 있으십니까?"

민철의 하얀 얼굴과 매끈한 턱, 길고 강인한 목덜미에 새롭게 생긴 상처들이 마음에 걸렸었다. 그러다 문득 이 집에 거울이 없다는 사실이 떠올랐다. 화장실에도, 방에도, 그 어디에도 거울이 없었다.

"구급상자 좀 쓸 수 있을까요?"

"어디 다치신 겁니까?"

"아니요."

여인경은 모호한 대답을 내놓았고 그제야 민철은 그녀의 의도를 알아차렸다.

"나중에 하겠습니다."

"거울도 없는데 어떻게 하시려고요."

"괜찮습니다."

"제 어깨, 치료해 주셨잖아요."

민철은 가만히 여인경을 응시하다 구급상자를 가져와 식탁 위에 올려놓고 의자에 앉았다. 여인경은 연고와 면봉을 찾아

꺼냈는데 막상 꺼내고 보니 연고의 뚜껑을 여는 것이 문제였다.

민철이 여인경에게 손을 내밀었다. 연고를 달라는 손짓이었다. 여인경은 어쩔 수 없이 민철에게 연고를 넘겼다. 민철은 뚜껑을 열고 튜브 형태의 밑동을 살짝 눌러 내용물을 짜냈고, 여인경은 그것을 면봉에 묻혀 상처 난 곳에 조심스럽게 펴 발랐다. 오른손이라 약간 어줍었지만, 오래 걸리지는 않았다.

"다 됐어요."

작은 연고를 손에 든 민철의 시선은 여인경에게 고정된 채였다. 여인경은 의연한 척 민철에게서 연고를 받아 구급상자에 넣고 뒤로 물러났다. 심장이 요란하게 뛰는 바람에 자리에서 일어난 민철과 눈을 맞출 수가 없었다.

"전 그만 올라가 볼게요."

민철은 손에 피가 통하지 않을 정도로 힘껏 주먹을 움켜쥐었다. 그러지 않았다면 몸을 돌려 2층으로 올라가는 여인경을 붙잡고야 말았을 것이 분명했다. 민철은 그렇게 한동안 여인경이 있던 자리를 바라보았다. 그가 삼킨 것이 독이 되어 퍼지고 있었다. 까맣게, 까맣게.

"고마워서요."

그렇게 말하면서 여인경은 웃었다. 그리고 그의 품에 안겨 울었다. 안경이 필요했다. 민철은 두진에게 안경을 지시했고 20분 후 집으로 배달되어 왔다. 안경으로 얼굴을 감추었는데도 뒤틀린 감정이 그것을 비집고 흘러나오는 것을 느낄 수 있었다.

 여인경이 민철에게 동질감을 느꼈던 것처럼 민철도 그러했다. 그런데 여인경은 인간다움을 간직하고 있었다. 아직도 누군가를 믿는 마음, 그 마음이 존재했다.

 '왜 너는 그대로지? 나는 이렇게 무너졌는데.'

 여인경의 순수를 파괴하고 싶은 욕망, 언젠가 파괴된 순수의 정체를 깨달을 여인경에게 가장 고통스러운 기억으로 남고 싶은 욕심. 어차피 잃어야 한다면 다시는 회복할 수 없도록 완전히 망가뜨리고 싶었다. 이원하는 실패했지만, 그는 성공할 수 있을 터였다. 만약 그렇게 된다면······.

 '넌 누구에게도 다시는 마음을 주지 않겠지.'

 완벽한 훼손은 곧 완전한 상실이었다. 욕심으로 물든 민철의 심장이 뜨겁게 달아올랐다. 시간은 모든 것을 조금씩 무뎌지게 만든다. 종국에는 현실과 타협하여 현재를 살게 한다. 그러니 적당히 해서는 안 되었다. 죽도록 미워할수록 좋았다.

 '그래야 잊지 않을 테니까.'

 그는 줄곧 자신을 괴롭히던 악마가 익숙하게 준비한 파괴를 들이켰다. 검푸른 등이 뜨거웠다. 민철은 감았던 눈을 떴다. 세상은 여전히 어둠에 휩싸여 있고 그는 그 한가운데에 있었다. 변한 것은 없었다. 변하지 않은 것도 없었다.

 지이이잉. 몸부림치는 휴대전화를 들었다. 두진이었다. 고양이의 이동 경로가 찍힌 맵을 확인한 민철은 두진에게 전화를 걸었다. 아침 6시 30분쯤 집을 나선 고양이는 민철의 집에서 300미터 정도 떨어진 빌라로 들어갔다. 위치추적 장치의 전원이 꺼진 것도 그곳에서였다.

"누군지 알아봐."

— 네.

"병원 기록은 어떻게 됐지?"

— 모레까지 준비하겠습니다.

"그리고……."

민철은 한 가지 더 지시한 뒤 전화를 끊었다.

결전의 날이 밝았다.

여인경은 팔걸이를 빼고 어깨를 천천히 움직여 보았다. 통증이나 이물감은 조금도 느껴지지 않았다. 매일 아침저녁으로 어깨를 찜질한 덕이었다. 그러나 옷을 모두 갈아입은 여인경은 다시 팔걸이를 착용했다. 일주일은 착용해야 한다던 민철의 말 때문이었다.

'괜찮아. 무서워할 거 없어. 난 잘못한 게 없으니까.'

그렇게 다짐에 다짐을 얹고서 1층으로 내려온 여인경은 자신을 기다리고 있는 민철을 보자 마음에 확신이 들었다.

"출발할까요?"

"네."

여인경은 더 이상 두렵지 않았다.

Track 4. 누구나 비밀은 있다
- 아이유

레스토랑 보네르의 VVIP 고객만을 위한 스페셜 룸에는 이원하와 민철, 여인경이 긴 테이블을 가운데 두고 마주 앉아 있었다. 이원하가 느른하게 의자에 기대어 검지를 까딱거려 테이블을 두드리는 소리만 부유할 뿐 공간에는 삭막한 침묵만이 이어졌다.

톡. 톡. 톡.

1초에 한 번씩. 정확한 박자로 움직이던 손가락이 멈춘 것은 그가 민철을 뚫어져라 응시한 지 1분이 지나서였다.

민철의 집으로 쳐들어갔던 그날은 온통 여인경에게 신경이 쏠려 있었기에 이원하가 그를 제대로 보는 건 오늘이 처음인 셈이었다. 사진 속 무색무취하던 인상은 실제로 빈틈없이 촘촘했다. 얼굴에 난 상처조차 민철에게 틈을 만들지는 못했다. 매사 자유롭고 즉흥적인 이원하가 보기에는 갑갑하고 숨이 턱턱 막히는 원리원칙주의자의 전형이었다. 단 하나. 저 눈만 제외하고.

"재미있네. 아주 재미있어."

이원하는 빈정거림을 숨기려 하지 않았다. 잔뜩 촉각을 곤두세우고 있던 여인경은 한숨을 삼켰다. 그는 통제를 배우지 못한 어린아이 같았다. 그것이 비단 나쁜 것만은 아니지만, 이원하에게는 유독 부정적인 측면만 도드라졌다. 무언가를 원하면 타인을 배려하지 않고 그 원하는 게 충족될 때까지 보채고, 종래에는 이기적으로 갈취하려 들었다. 심지어 그것을 잘못이라 인지하지도 못했다. 그래서 당하는 사람에게는 더없이 잔인했다. 논리나 이성이 통하지 않는 상대에게 말은 그저 소리에 지나지 않았다.

민철에게 고정되어 있던 이원하의 시선이 뱀의 비늘이 움직이듯 스르륵 여인경에게로 옮겨 갔다.

"이런 게 취향이었어?"

여인경은 대꾸하지 않고 물끄러미 이원하를 응시했다. 침묵이 길어지자 이원하가 반듯하던 미간을 구겼다.

"왜 대답이 없어? 내 말은 대꾸할 가치도 없다, 이거야? 예쁘다, 예쁘다 해 줄 때 적당히 기어올라."

"그런 거 바란 적 없어요."

"뭐?"

아무렇지 않은 척 냉정하게 응수했으나 보이지 않는 곳에서 여인경의 손이 심하게 떨리고 있었다. 테이블 밑에 꽉 말아 쥔 손 안은 이미 식은땀으로 흥건했다.

그런데 그때, 손끝이 저릴 정도로 파리하게 식은 제 손을 감싸는 체온이 느껴졌다. 잔뜩 신경을 곤두세우고 있던 여인경의 속눈썹이 파르르 떨렸다. 단단하고 따뜻한 민철의 손이 괜찮다고 위로하는 것 같았다.

여인경은 민철의 체온을 가만히 눈에 담았다. 하얗지만 가늘지 않고 늘씬하지만 듬직한 민철의 손을 바라보다 시선을 맞췄다. 예리하게 날이 서 있던 여인경의 분위기가 나붓이 가라앉는다. 건너편에서 그 모습을 모조리 지켜보고 있던 이원하가 흉흉한 기세로 민철을 노려보았다.

"여인경."

이원하가 여인경의 이름을 씹어 내듯 을렀다. 그러나 여인경은 이원하에게 눈길을 주지 않았다. 제 손을 잡은 체온에만 집중하고 있었다.

"저희 쪽 제안은 생각해 보셨습니까?"

"그쪽은 좀 닥치고 있지?"

그제야 여인경이 이원하에게로 시선을 들어올렸다. 이원하는 눈을 가늘게 좁혔다. 이런 태도는 처음이었다. 여인경은 진심으로 이원하에게 화를 내고 있었다.

"설마 너……."

두 사람의 사진을 받아 보고 화가 났던 이유는 그들이 다분히 보여 주기 식의 어설픈 쇼로 자신을 속이려 했기 때문이었다. 그래서 오늘 이 자리에서 그 우스운 작당을 깨부숴 줄 작정이었는데 여인경의 눈빛이 예상과 달랐다. 말하지 않아도 선명한 감정은 꾸며 낸 것이 아니었다. 여인경이 그런 감정까지 꾸며 낼 만한 사람도 아닐뿐더러, 만약 꾸며 내더라도 자신이 그걸 못 알아볼 리 없었다.

 연약한 어깨 위에 짊어진 삶의 무게를 덜어 주겠다고 유혹해도, 남루한 현실을 적나라하게 까발려 자존심을 짓밟아도 소용없었다. 뿐만 아니라 살인자 아버지와 정신병자 어머니의 핏줄이라며 붉은 낙인을 찍고, 이제 네 인생에서 나 외의 기회는 절대 없을 것이라 겁을 줘도, 여인경은 함부로 침범당한 자신의 영역을 사수하고 되돌리고 싶어할 뿐이었다.

 그녀는 자신이 당한 만큼 되갚아 주겠다는 심정으로 이원하를 대한 적은 없었다. 그런 여인경이 처음으로 공격성을 보였다. 단순히 화가 나서 표출하는 감정이 아니었다. 서슬 퍼런 시선이 이원하에게 경고하고 있었다.

 "이봐, 당신. 저 여자에 대해 얼마나 알아?"

 "어디에 관점을 두느냐에 따라 대답이 갈리겠지만 내가 왜 이원하 씨에게 말해 줘야 합니까?"

 "이 새끼가. 야, 능구렁이처럼 굴지 말고 까놓고 말해. 안다는 거야? 모른다는 거야?"

 "모른다고 하면 알려 주시기라도 할 생각입니까?"

 "그쪽이 감당할 수 있다면."

"필요 없습니다."

"뭐?"

민철은 시선을 돌려 여인경과 짧은 눈 맞춤을 하고는 이내 이원하를 직시하며 답했다.

"이원하 씨를 통해서는 아무것도 알고 싶지 않습니다."

"하, 역겨운 잘난 척은 집어치워."

이원하는 상체를 앞으로 기울여 민철의 눈을 들여다보았다. 그는 안경 너머로 보이는 민철의 눈과 비슷한 눈을 가진 사람을 알고 있었다. 사람이 필요할 때마다 조달해 주는 용역 회사 박 사장의 눈이 꼭 저러했다. 본인 말로야 다 지난 옛일이라고 했지만, 어디 사람이 그렇게 쉽게 변하던가. 얼핏 스치던 비린내는 죽음의 냄새였다. 워낙 그럴싸하게 포장해서 깜빡 속아 넘어갈 뻔했지만.

"저 여자는 속았을지 모르지만 난 아니야."

언뜻 민철에게 하는 말처럼 들리지만, 실상은 여인경에게 하는 말이었다.

"다른 목적이 있는 거라면 내가 도와주지. 대신 여자를 줘."

"거취 결정은 전적으로 여인경 씨의 몫입니다. 여인경 씨."

"네."

"어떻게 하시겠습니까?"

민철의 의도를 파악한 여인경은 단호하게 대답했다.

"가지 않아요. 절대."

철의 여인

"그러시다는군요."

"야, 여인경. 너 바보야? 언제는 다 아는 것처럼 굴더니 갑자기 머리가 이상해지기라도 한 거야? 너 이용당하는 거라고. 저 새끼가 너 이용하는 거라니까? 나중에 후회하지 말고 내가 오라고 할 때 와."

"그쪽이 신경 쓸 일 아니에요."

"어떻게 신경을 안 써! 나는 널!"

"말했을 텐데요. 나한테 그쪽 감정, 강요하지 말라고."

"여인경!"

쾅!

이원하가 자리에서 일어나 테이블을 두 주먹으로 힘껏 내리치자 물잔이 엎어지면서 테이블보를 적셨다.

바닥이 드러난 이원하와 더는 말을 섞을 필요가 없었다. 거친 숨을 몰아쉬는 이원하를 지긋이 바라보던 민철이 몸을 일으켰다. 민철을 올려다보던 여인경도 자리에서 일어났다.

"제안은 거절하신 것으로 알겠습니다."

"내 말 아직 안 끝났어!"

"저는 더 들을 말이 없습니다. 여인경 씨는 있습니까?"

"아니요. 없어요."

"그럼 가시죠."

이원하가 테이블을 돌아 여인경을 잡기 위해 손을 뻗었다. 그러나 그의 시도는 민철에게 가로막혀 실패로 돌아갔다.

탁! 이원하는 민철에게 잡힌 손을 빼내려고 했으나 어찌 된 영문인지 팔이 꿈쩍도 하지 않았다.

"함부로 손대지 마십시오."

"야, 놔! 안 놔?"

"매번 이런 식이었습니까?"

"이 새끼가 지금 뭐라는……. 놔, 이 새끼야!"

"마음대로 안 되면 힘으로 잡아 눌렀느냐 물었습니다."

"하아, 씹! 야, 네가 뭔데 자꾸 끼어들어?"

이미 이성을 잃어 가는 이원하의 눈동자가 독기를 품고 번들거렸다.

"왜? 갑자기 막 저 여자한테 관심이 생기기라도 했냐? 저 여자한테 남자 행세라도 하고 싶어? 괜한 데 힘쓰지 말고 꺼져."

"관심이 있으면 끼어들어도 되는 겁니까?"

"뭐?"

"관심 있다고."

그때 물러나 있던 여인경이 나섰다. 더는 두고 볼 수가 없었다.

"이원하 씨."

시선과 목소리가 사뭇 진지했다. 진짜 대화를 시도하려 한다는 것을 분기탱천했던 이원하도 알 수 있을 정도였다. 민철이 손을 놓았음에도 이원하는 여인경과의 거리를 좁히지 못했다.

"나는 그쪽에 대해 아는 것이 없어요."

철의 여인

"그건 네가 궁금해하지 않았으니까!"

"맞아요. 전 궁금하지 않아요. 그래서 묻지 않았던 거고. 그럼 이원하 씨는 한 번이라도 저에게 물어본 적이 있나요?"

"뭐?"

"내가 이원하 씨에게 알려 준 건 내 이름뿐이었어요."

"그건!"

여인경은 쉽게 곁을 내주지 않았다. 친절한 듯하면서도 명백한 선이 이원하를 가로막고 거부했다. 그는 초조했다. 돈이고 사람이고 매사 풍족했던 그에게 누군가를 차근차근 알아 가는 과정은 필요하지 않았다. 처음 경험하는 낯선 감정에 당혹스러웠으나 잡힐 듯 잡히지 않는 여인경에 대한 해갈이 먼저였다.

그래서 사람을 시켜 뒤를 캤다. 그가 속한 세상에서는 흔히 있는 일이었다. 상반된 가치관을 이해시키는 데 돈만큼 유용한 것은 없었다. 제아무리 꼿꼿한 여인경이라 할지라도 돈이 주는 안온한 유혹을 뿌리칠 수 없으리라 장담했다. 정신이 나약해 부서져 버린 어머니와 범죄자인 아버지의 존재를 알았을 때, 그는 여인경을 손에 쥘 날이 머지않았음을 확신했다. 그만큼 그녀의 삶은 처참하기 이를 데 없었다.

그런데 여인경은 끝내 그녀가 지키고자 했던 가치 앞에서 비겁해지지 않았다. 오히려 야트막한 그의 수를 통렬하게 비난했다. 아직 돈의 맛을 보지 못해 그렇다고 자위했으나, 이원하가 다가갈수록 여인경의 거부는 더욱 신랄해졌고 그것은 서릿발 같은 비수가 되어 이원하 가슴에 꽂혔다.

고통은 실재實在하여 이원하의 심장을 좀먹었다. 심화되는 고통을 덜어 낼 방법은 보이지 않았다. 질척질척한 늪을 헤매고 또 헤매는 끔찍함의 연속. 지옥이었다. 그리고 그것은 여인경의 시선이 경멸에서 공포와 두려움으로 변하면서 돌이킬 수 없을 지경에 이르렀다.

그래도, 놓을 수 없었다. 적어도 여인경을 보는 순간만큼은 숨통이 트였으니까. 그 어떤 고통도 그녀를 볼 수 없는 것보다는 나았다. 여인경을 옭아맸던 강압적인 수단들은 처절한 비명이었다.

그런데 여인경이 사라졌다. 그에게서 도망쳤다. 그녀를 완벽하게 놓친 지난 한 달, 이원하는 여인경의 발목을 분질러서라도 옆에 두고 싶은 과격한 욕망과 무릎 꿇고 빌어서라도 마음 한 자락 얻고 싶은 비굴한 소망이 뒤엉켜 아무것도 할 수 없었다.

"나는! 난 널 강제로 가질 수도 있었어!"

여인경은 눈을 감았다. 매번 그와 단둘이 남을 때마다 얼마나 두려워했는지, 어떤 공포에 시달렸는지, 이원하는 알고 있었다. 어떻게 모를 수 있겠는가. 그녀를 묶어 둘 수단으로 공포와 두려움을 이용했는데. 이원하는 여인경에게 자신을 피하면 지금보다 훨씬 무서운 일이 벌어질 거라고 경고했었다. 무슨 짓을 저지를지 자신도 모른다며 그녀를 겁박했다. 이원하가 최후의 선을 넘지 못했던 이유는 공포가 지닌 효용가치 때문이었다. 그러나 이원하가 여인경을 강제로 취했다면 그는 그녀의 머리카락 한 터럭도 다시 볼 수 없었을 터였다.

"······그만 하죠."

소용없는 짓을 했다. 이원하는 여인경의 말을 들으려 하지 않았다. 그는 그가 보고 싶은 것만 보고, 듣고 싶은 것만 들었다.

이원하의 사정과 여인경의 사정은 다르다. 그 입장의 차이를 이원하는 인정하지 않았고 독단적으로 행동했다. 그가 정말 여인경을 위했다면 그는 다친 어깨에 관해 궁금해해야 했고, 물어봤어야 했다. 그러나 소유에 맹목적인 이원하에게 여인경의 다친 어깨는 안중에도 없었다. 그가 하는 말과 행동, 어느 것 하나에서도 애정을 느낄 수가 없었다. 이원하가 생각하는 애정과 여인경이 생각하는 애정은 이렇듯 극명하게 다른 것이었다.

여인경은 이원하를 두려워하면서도 시선을 피하지 않았었다. 그것은 두려움에 잠식되지 않으려는 방어이자 꺾이지 않는 기개였다. 그런 여인경의 시선이 이제는 이원하를 비껴 담지 않았다.

그러자 본능적인 깨달음이 이원하의 뇌리를 강타한다. 더는 두려움으로 여인경을 붙잡아 둘 수 없다. 하지만 달리 손을 쓸 방도가 없었다. 여인경 앞을 막아선 이 남자 때문이었다.

민철은 무감한 눈으로 이원하를 굽어보고 있었다. 아무것도 담겨 있지 않던 시선에 살기가 배어 나오고 있었다. 그리고 일순 그것을 갈무리했다. 명백한 힘의 차이는 육체적인 것 그 이상의 압력이 되어 이원하를 내리눌렀다. 이원하는 빈손을 움켜쥐었다. 짙은 패배감이 그의 눈을 까맣게 물들였다.

민철은 여인경을 앞서게 하고 이원하만 남겨 둔 채 룸을 빠져나왔다. 룸 밖에서 대기하고 있던 두진이 두 사람을 호위했고, 이원하가 데리고 온 경호원 둘은 안에서 와장창 부서지고 깨지는 소음에 재빨리 룸으로 뛰어들어갔다. 여인경이 표정을 굳힌 채 움찔, 걸음을 멈추고 뒤돌아보았다.

"괜찮습니다."

마침 경호원 셋이 코너를 돌아 모습을 드러냈다. 그들은 민철에게 묵례 후 곧장 룸으로 들어갔다. 무거운 발걸음만큼이나 묵직한 침묵은 주차장으로 내려올 때까지 계속되었다. 두진이 운전석에 올라 시동을 걸자 그릉거리는 엔진 소리가 서릿발 같던 공기를 흐트러뜨렸다. 여인경은 차에 오르기 직전 뒤채는 마음을 내려놓고자 입을 열었다.

"죄송합니다."

민철은 여인경 쪽 차 문을 열어 주기 위해 뻗었던 손을 거두었다. 그러고는 아무런 말도 아무런 행동도 하지 않고 한동안 여인경을 응시했다. 한참 만에 민철이 여인경의 이름을 불렀다.

"여인경 씨."

"네."

"저에게 이원하와 아무 사이도 아니라고 말씀하셨습니다. 기억나십니까?"

"네. 그랬어요."

"저는 여인경 씨의 말을 믿습니다."

"……알아요."

"그런데 왜 여인경 씨가 이원하를 대신해 사과를 합니까?"

날카로운 지적에 여인경은 입술만 달싹거렸다. 할 말이 없어서도, 변명할 거리가 생각나지 않아서도 아니었다. 민철의 어투에서 불쾌감이 전해진 탓이었다.

"여인경 씨가 사과하실 일은 아무것도 없었습니다."

"……."

"그러니까 하지 마십시오."

어째서 이 순간 미용실 쪽방에서 지낼 때 일이 떠오른 것일까. 여인경이 막 미용 일을 배우기 시작할 무렵이었다. 다리가 후들거릴 지경이 되어서야 방으로 들어와 불을 켜는데 불이 들어오지 않아 얼마나 당황했는지 모른다. 그날 태어나서 처음으로 전구를 갈아 끼웠더랬다. 수명이 다 된 형광등을 빼는 것부터가 일이었다. 억지로 잡아 빼려니 잡고 있는 형광등이 깨질 것 같았다. 간신히 형광등을 갈아 끼웠는데 불이 들어오지 않았다. 접합 부분이 잘못되어 다시 끼워 맞춘 후 불을 켰다. 타닥거리는 소리가 두어 번 이어지더니 번쩍 불이 들어왔다. 확인한답시고 형광등을 올려다보던 눈이 짜릿하게 아플 정도로 강한 빛이 쏟아져 들어왔었다.

지금이 딱 그때 같았다. 여인경 가슴에서 타닥타닥 불이 들어오기 직전에 전기가 튀던 소리가 들리는 것 같았다.

"타십시오."

민철은 침묵하는 여인경에게 대답을 종용하는 대신 뒷좌석 문을 열어 주었다. 여인경이 몸을 숙여 차에 올라타자 민철도 차 후미로 돌아 옆자리에 앉았다. 몸을 폭 감싸는 푹신한 시트가 그의 무게로 살짝 진동했다.

여인경의 시선은 차가 출발하고도 정면을 향한 민철에게 고정되어 있었다. 대화의 흐름이 끊어진 지 적지 않은 시간이 흘렀다. 그런데도 그녀는 말을 이어 붙이기에 주저하지 않았다.

"대신 사과한 건 아니에요."

그제야 민철이 고개를 돌려 여인경을 바라보았다. 시선이 얽혔다. 외부로 드러난 극히 정적이고 단조로운 감정을 넘어 좀 더 깊이 파고들었다.

"저 때문에 마음에도 없는 말씀을 하셨잖아요. 그래서 죄송하게 생각하고 있어요."

"마음에 없는 말 아닙니다."

여인경은 전신으로 퍼지는 달콤한 기대감에 숨을 삼켰다.

쿵. 쿵. 쿵. 저릿저릿한 감각은 손가락 끝까지 도달하자마자 다시금 심장을 향해 내달렸다.

"그러면 안 되는 겁니까?"

"……진심이세요?"

철의 여인

"진심이라고 하면, 믿겠습니까?"

신뢰는 홀로 완성되지 않는다. 여인경의 진실을 믿어 주지 않았던 세상처럼 상대가 받아 주지 않으면 소용없는 일이었다. 그래서 사람들은 때로 거짓된 사람을 신뢰하기도 하고, 진실된 사람을 의심하기도 한다. 자신의 거취를 스스로 결정했던 것처럼 이번에도 그의 진심을 믿을지, 말지는 여인경의 몫이었다.

"제가 믿으면 어떻게 되는 건데요?"

"지금은 알려 드릴 수 없습니다."

"……제 대답이 먼저라는 말씀이시군요."

"신중하게 생각하십시오. 그러셔야 할 겁니다."

순간 민철의 눈빛이 달라졌다. 굳이 감추려 들지도 않았다. 필시 경고의 말이 분명한데 낯선 기대감이 가슴 벅차게 차올랐다.

여인경은 위험한 것에 끌리는 타입이 아니었다. 오히려 안전한 길을 선호했다. 수없이 재고 따지고 계산한 후에야 위험 부담이 적은 쪽을 선택했다. 그것은 열여덟부터 지금까지 모진 세상을 견뎌 낸 나름의 비법이었다. 덕분에 몸은 고단하고 힘들었지만, 마음만은 부채감에서 자유로울 수 있었다.

여인경은 자신의 결정이 가져올 파장에 대해 생각했다. 민철과의 관계를 정의하는 순간, 서로가 서로에게 상관하게 되고 간섭함으로 개인의 경계가 무너지리라 직감했다. 그렇지 않고서는 민철이 경고할 이유가 없었다. 어쩌면 여인경도 예상하고 있었는지도 모른다. 매사 단정하고 말끔한 사람이라도 깊은 곳에 내재한 진심까지 그러리란 보장은 없으니까. 여인경만 해도 그렇다. 남의 것을 탐하지 않는다는 이유로 그녀에게 욕심이 없다고 생각한다면 큰 오산이었다.

"실장님도 신중하셔야 해요."

여인경은 단단하게 주먹을 쥐고 있을 뿐이었다. 스스로 손을 펼쳐 움켜쥔다면 부러져 꺾이는 한이 있어도 놓지 않을 자신이 있었다.

"전 욕심이 많은 사람이거든요. 후회하실지도 몰라요."

"여인경 씨는 여인경 씨가 감당해야 할 것만 생각하시면 됩니다."

"제가 뭘 감당해야 하는데요?"

"나."

"……."

"번복하지 못할 테니, 신중히 생각하신 후에 답해 주십시오."

두 사람을 태운 차는 골목 초입에 멈춰 있었고, 두진은 이미 차 밖에서 대기 중이었다. 민철은 여인경이 내릴 수 있도록 문을 열어 주었다.

여인경은 따뜻한 색으로 물든 하늘을 등지고 선 민철을 올려다보았다. 발을 내디뎌 민철과 같은 땅을 밟고 섰다. 골목을 휘돌아 층층이 계단을 오르고 붉은 벽돌 이층집이 보일 때까지 두 사람 사이에 대화는 오가지 않았다. 침묵은 팽팽하게 당겨진 시위에 걸린 활처럼 그 끝이 뾰족하게 일어서 과녁을 노리고 있었다.

    신중하게 생각하라는 말까지 들었음에도 머릿속이 말짱했다. 복잡하거나 고민스럽지도 않았다. 민철을 향하던 마음을 인정하기 전에는 그렇게 힘들더니 결정적 선택을 앞두고서는 오히려 침착해졌다. 여인경은 마음을 잘라 내지 않는 이상 두 마음을 품지 못하는 성품이었다. 마음이 기울었으니 그 안에 가득 찬 것이 흐를 일만 남아 있었다.

  "고양이도 돌아온 모양이군요."

    마당을 지나던 여인경이 민철의 말을 좇아 2층으로 고개를 들었다.

  "어, 저거……."

    먼 거리이기는 하나 고양이 목에 반짝이는 무언가를 못 알아볼 정도는 아니었다. 민철도 보았는지 고개를 주억거렸다. 누가 먼저랄 것 없이 두 사람은 걸음을 빨리했다. 지난번에 사라졌던 위치추적 장치가 고양이 목에 달려 있었기 때문이었다.

    그뿐이 아니었다. 위치추적 장치에 작은 쪽지 하나가 묶여 있었다. 여인경은 얼른 그것을 풀어 민철에게 건넸다. 여러 겹 접힌 종이를 펼쳐 내용을 확인한 민철은 그것을 여인경에게 내밀었다.

  "제가 봐도 되나요?"

  "고양이에 관한 일이 아닙니까? 당연히 확인하셔야죠."

여인경은 민철에게서 받아 든 종이에 적힌 글귀를 확인했다. 작은 종이에는 자신을 고양이의 반려인이라고 밝힌 사람의 이름과 연락처가 기재되어 있었다. 민철은 전화를 거는 대신 봉현의 사진을 찍어 반려인에게 메시지를 보냈다. 곧 반려인이라는 사람에게서 답장이 도착했다. 민철은 그 집에서 찍힌 여러 장의 고양이 사진을 확인하고는 여인경에게도 보여 주었다. 지금보다 훨씬 작았을 무렵의 봉현은 다른 고양이 둘과 함께였다.

"아주 어렸을 때부터 키운 모양입니다."

"그러게요."

민철에게 전화를 돌려준 여인경은 무릎에 올라온 고양이를 부드럽게 쓰다듬어 주었다. 어떤 사연으로 집도 있고 형제도 있으면서 여기까지 흘러들어왔는지 궁금했다. 기본적인 확인 절차를 마친 민철은 반려인에게 전화를 걸었고, 단조로운 기본 연결음이 너덧 번 이어진 뒤에야 상대방의 음성이 들려왔다.

여인경은 민철이 통화를 마칠 때까지 잠자코 기다렸다. 인사말을 나누고 간략하게 사정을 설명한 민철은 상대에게 기다려 달라고 요청했다. 단말기를 손으로 감싼 채 밑으로 내린 그가 여인경의 의중을 물었다.

"아무래도 밤마다 고양이가 어디서 지내는지 궁금하신 모양입니다."

"아, 그러시겠네요."

철의 여인

"불편하시면 밖에서 만나도록 하겠습니다."

"아니에요. 저라도 궁금했을 거예요."

"괜찮으시겠습니까?"

"혼자가 아니잖아요."

혼자가 아니다. 틀린 말은 아니었다. 그런데 막상 입 밖으로 내고 나니 기분이 이상했다. 민철과 함께인 것을 몹시 당연하게 여기는 것 같아 스스로도 놀라웠다. 더군다나 엄연히 이 집의 주인은 민철이었다. 객인 여인경에게 오라 마라 할 권한은 없었다. 여인경은 의연한 체하며 고개를 숙였다. 스치듯 목도했던 민철의 표정이 만족스러워 보였다면 지나친 착각일까. 따끔따끔. 머리꼭지에서 민철의 시선이 느껴졌으나 통화를 중단하지는 않았다. 민철은 몇 마디 더 주고받은 후 전화를 끊었다.

"15분 정도 후면 도착하실 것 같습니다."

"가까운 데 계신가 봐요."

"오는 길에 도시락 전문점을 본 적 있으십니까?"

"골목 초입에 있는 그……."

"네. 그 근처에 사신답니다."

"아. 그랬구나. 같은 동네였네요. 혹시 예전에 이 집에 사셨던 분이 아닐까요?"

"제가 이사 오기 전까지 줄곧 빈집이었다고 들었습니다."

집이 없는 것도 아닌데 매일 이곳에 온 이유가 무엇일까. 여인경은 민철도 자신과 같은 의문을 품고 있으리라 생각했다. 민철이 찾는 사람과 연관이 있다면 그것은 그것대로 잘된 일이었지만, 여인경에게도 다행스러운 일이었다. 고양이가 저처럼 집 없이 떠돌면 어쩌나 하는 생각에 늘 마음이 무거웠었다. 언제고 이 집에서 나갈 때 고양이까지 데리고 갈 수 없는 노릇이라 더욱 그러했었다. 이별을 예감하는 순간이라는 것 말고는 모두에게 잘된 일이었다. 그런데도 가슴에 휑한 찬바람이 불었다.

"그동안 이 녀석하고 정이 많이 들었나 봐요."

"마치 다시는 못 볼 것처럼 말씀하시는군요."

"주인분이 아셨으니까 더는 여기 못 오지 않을까요?"

"그럴 거였으면 위치추적 장치를 발견한 그날부터 외출을 막지 않았겠습니까. 억지로 가둬 두지 않는 이상 막아도 막을 수 없었을 겁니다."

"하긴…… 창문을 열고도 나갔었죠."

여인경은 제 무릎에서 내려와 이불 위에 올라앉아 있는 고양이를 보며 처음 대면했던 날을 떠올렸다. 그리 오래되지 않은 일인데도 마치 한참 전의 일처럼 아득했다. 그때는 민철과 이렇게 되리라고 예상하지 못했었다. 여인경이 여리게 흩어지는 안개처럼 미소지었다.

그 사이 민철의 휴대전화가 길게 진동했다. 번호가 뜬 액정을 확인한 민철이 앉았던 몸을 일으켰다.

"도착하신 모양입니다. ……네. 지금 내려가겠습니다."

그렇게 말하고 전화를 끊은 민철이 여인경에게 손을 내밀었다. 앉은 채로 민철을 올려다보던 여인경은 그의 손을 잡고 일어났다.

출산이 임박한 어미 고양이는 안전한 곳을 찾아 헤매다 사람이 살지 않는 집을 발견한다. 며칠 주변을 확인하고서야 열린 창문을 통해 이곳 2층으로 들어와 다섯 마리의 새끼를 낳는다. 첫 출산이었음에도 어린 어미는 다섯 마리의 새끼를 돌보는 데 정성을 쏟는다.

어미가 잘 먹어야 새끼가 건강하다는 걸 알고 있었던 것일까. 길 위의 고양이들이 으레 그렇듯 매사 조심하던 어미는 쥐를 잡겠다고 놓은 약이 든 음식물을 먹게 된다. 어미는 속이 문드러지는 고통에도 새끼들이 있는 2층으로 돌아와 어린 것들을 품은 채 숨을 거둔다. 아직 젖을 떼지도 못한 새끼들 중 약하게 태어난 두 마리도 제 어미를 따라 무지개다리를 건너고야 만다. 그렇게 사람이 살지 않는 집에 썩는 냄새가 문턱을 넘어 퍼져 갈 무렵 어린 고양이의 울음소리도 점점 잦아들었고 그때쯤 사람이 찾아왔다.

한 달에 한 번씩 들러 집을 살피던 집주인은 도무지 나가지 않는 집 때문에 골머리를 앓고 있었다. 그가 제 아들에게 집을 살펴보고 오라며 심부름을 시킨 것은 뒤숭숭한 속 탓도 있었지만, 그 배경에는 낚시라면 치를 떠는 아내가 있었다. 집을 살피러 간다는 핑계는 꽤 그럴싸한 것이어서 아내 몰래 낚시하러 다녀올 절호의 기회였다. 착한 아들은 싫은 기색 없이 집을 살피러 왔다가 아사 직전에 세 마리의 새끼 고양이를 구조했다.

윤찬열은 엉엉 울면서 먼저 간 어미와 새끼를 마당 구석에 묻어 주고 이후로도 부모님 몰래 살아남은 새끼 고양이들을 돌봐 주었다. 마음 같아서는 집에 데려가고 싶어도, 동물이라면 질색하시는 부모님을 알기에 매일 들러 돌봐 주는 것이 최선이었다. 아직 어린 녀석들을 돌보느라 귀가가 늦어지기 일쑤였지만 부모님은 입대를 코앞에 둔 아들의 짧은 방만으로 여기며 묵인한 덕에 들키지 않았다.

그러나 앞으로가 문제였다. 2주 후면 입대를 해야 하는 상황이라 하루빨리 주인을 찾아 줘야 했다. 가능하면 세 형제가 함께 살기를 바랐지만, 그렇지 않더라도 좋은 주인을 만나게 해 주고 싶었다. 그는 협회를 통해 입양자를 수소문했고, 생각보다 빨리 괜찮은 입양자를 만나게 되었다.

남도운은 당시 작성한 입양 기록서를 가지고 왔다. 기록서에는 고양이의 정보를 비롯해 분양자인 윤찬열과 입양신청자의 신상은 물론이거니와 까다로운 조건이 명시된 동의서에 사인까지 되어 있었다. 그에게는 이미 1년 된 봉식이라는 이름의 고양이가 한 마리 있었고 첫째의 이름을 따라 구조된 세 마리 역시 봉구, 봉만, 봉현이라는 이름을 얻게 되었다. 날렵하고 세련된 외모와는 달리 고양이들 이름이 죄 구수했다. 그나마 봉현이 암컷이어서 나름 예쁜 이름으로 지었다고 말한 그는 그간의 사정을 설명해 주었다.

철의 여인

봉현의 밤 외출이 언제부터 시작되었는지 정확하지 않지만, 남도운이 짐작하는 것은 대략 1년 전부터라고 했다. 한때는 암컷인 봉현을 제외한 세 마리의 고양이가 모두 수컷이라 적응을 못하는 건 아닌가 걱정도 했는데 낮 동안 지내는 모습을 보면 그건 또 아니라서 그로서도 무척 난감했었다고 말했다. 네 마리 모두 중성화 수술을 한 터라 발정기가 왔을 리도 없는데 유독 봉현만 밖으로 나돌았기 때문이었다.

"처음에는 강제로 못 나가게 했었는데 그랬더니 밥도 안 먹고 물도 안 마셔서 애 죽이겠다 싶더라고요. 그래도 아침이면 돌아와서 크게 걱정은 안 했는데, 설마 여기에 드나들 줄은 몰랐네요."

고양이는 2층이 제집인 양 느긋하게 앉아 남도운을 맞았다. 2년을 넘게 함께 살았으면서도 반가운 기색은 찾아보기 어려웠다. 그래도 저를 안아 드는 남도운의 손길을 거부하지는 않았다. 여인경은 가슴이 먹먹해 코끝이 시큰거렸다. 남도운 역시 마찬가지였는지 숙연한 낯으로 고개를 숙였다.

"정말 고맙습니다. 쫓아내지 않아 주셔서요."

"아닙니다. 저희보다 먼저 터를 잡고 있었는데 쫓아낼 수야 없죠."

"이 녀석, 좋은 분들 만났네요. 고맙습니다. 그런데 먼저라면, 언제부터……."

"저희가 이사 온 지 한 달 정도 되었습니다."

"세상에 한 달씩이나. 신혼이신데 이 녀석이 눈치도 없이.

야, 인마. 너는 낄 데 안 낄 데 구분도 못 하냐."

두 사람을 오해한 남도운이 애꿎은 고양이를 타박했으나 여인경은 입도 벙긋하지 못했고 민철도 굳이 진실을 바로잡아 주지 않았다.

"정말 죄송합니다. 그런데 제가 데리고 가도 아마 내일 또 오지 않을까 싶어요."

"그건 염려하지 마십시오. 그보다 만일의 사태를 대비해서 연락처가 기재된 펜던트로 교체하시는 편이 좋지 않을까 싶습니다."

"아, 네. 그래야죠."

서글서글하게 웃던 남도운의 안색이 쓸쓸함으로 흐릿해진다. 펜던트에 사연이 있나, 하는 생각이 들려던 찰나 이내 밝은 낯으로 돌아온 남도운이 고개를 숙였다.

"이거 참, 죄송하고 감사한 마음을 어떻게 보답해야 할지……. 아! 언제 한번 시간 나실 때 저희 가게에 들러 주세요. 첫째 녀석 이름으로 조그마한 식당을 하나 운영 중이거든요. '봉식이네'라고. 다른 건 몰라도 맛 하나는 자신 있습니다."

남도운은 한 달 동안 보살펴 준 것에 대해 대문을 나서는 동안 몇 번이나 감사 인사를 하고서야 돌아갔다. 여인경은 남도운을 배웅하고 들어오는 내내 질문 하나가 목에 걸려 있었다.

최봉현. 그 사람에 대해 남도운에게 물어봐야 하는 것이 아니었나. 아니면 민철에게 다른 계획이 있는 것일까. 저라도 묻고 싶은 것을 주제넘은 행동 같아 꾹 참았다. 민철이 말해 줄 때까지 기다리는 것이 옳다고 여겼다. 이미 고양이의 주인이 남도운임을 민철이 알고 있으리라고는 꿈에도 상상하지 못했다. 민철이 남도운에 대한 보고를 받은 것은 오늘 아침이었다.

전도유망한 배구선수였던 남도운은 10년 전 돌연 은퇴했다. 빗길 교통사고 때문이었다. 남도운이 운전하던 차량이 반대편에서 오던 차량과 충돌했고, 그 사고로 인해 두 사람이 목숨을 잃었다. 뉴스에서는 남도운의 운전 미숙이었다, 시간이 늦은 만큼 졸음운전이지 않았겠느냐 등등 여러 추측을 내놓았다. 실상은 쏟아지는 비로 시야가 확보되지 않아 차선을 제대로 확인하지 못한 반대편 차량 운전자의 과실이었다. 당시 그의 나이 스물하나였다. 오랫동안 두문불출하던 그는 3년 전부터 부모님과 함께 도시락 전문점을 운영하고 있었다.

- 서류상 남도운의 가족은 양친이 전부입니다. 그런데 주변 사람들은 달리 알고 있더군요. 그에게 동생이 있고, 종종 가게에 나와 일을 돕기도 한다고요. 남도운에게 동생이 있었던 것은 사실입니다. 그러나 주변인들 말대로 함께 산다거나, 가게에 나와 일을 도와주는 건 현실적으로 불가능한 일입니다.

그의 남동생, 남우형은 10년 전 교통사고로 목숨을 잃었다. 항간에는 남도운이 은퇴한 이유가 부상이 아니라 동생을 잃은 충격 때문이라고 소곤거렸었다. 그러나 그도 이미 10년 전의 일이었다. 사람들의 기억 속에는 이미 그때의 일도, 남도운이라는 이름도 남아 있지 않았다.

　- 남도운뿐 아니라 그의 부모도 그 사람을 자식으로 여기고 있었습니다. 작년 7월까지 한집에 살았다는 정황을 찾아냈습니다. 현재는 거취를 확인하는 중입니다.

독립해 따로 나가 살지만, 요즘도 가끔 들른다는 의문의 남자. 10년 전 죽은 사람이 살아 돌아온 것이 아니라면 그는 누구일까. 민철은 좀 더 자세히 알아보라는 지시를 내렸었다. 의문을 품으면서도 끝내 입을 열지 않는 여인경의 입술을 바라보던 민철이 저만치 지는 해를 향해 턱을 들었다가 내렸다.

"여인경 씨에게 집은 어떤 의미입니까?"

느닷없는 질문이었다. 그럼에도 대답은 어렵지 않게 나왔다. 제집이 아니라면 그곳이 무릉도원이라 할지라도 여인경은 편하지 않았다.

"마음 편히 쉴 수 있는 곳요."

"잠을 잔다는 것도 그런 의미 아닐까요."

민철의 말 한마디로 2층 조그마한 방의 의미가 달라졌다. 더는 고양이가 잠시 머물렀다 떠나는 공간도, 여인경이 도망쳐 들어올 수밖에 없었던 도피처도 아니었다. 지난 한 달간 여인경에게 쉼을 준 유일한 공간이자, 예민한 고양이가 편안히 잠들 수 있는 곳. 집이었다. 그가 부여해 준 의미가 벅차올라 가슴이 뜨거웠다. 여인경은 민철에게서 시선을 떼지 못했다.

그것은 충동이었다. 아니, 내내 그녀 마음속을 서성거리던 진심이기도 했다.

철의 여인

"믿어요."

현관문을 열던 민철이 여인경을 돌아보았다. 열린 문에서 하얀빛이 민철의 등을 덮고 여인경에게 쏟아졌다. 타닥타닥 소리만 무성하던 마음에도 번쩍 불이 켜졌다. 여인경은 눈을 감지 않으려 애썼다.

마침내 민철의 입술이 열렸다. 민철의 음성은 파우스트를 꾀어낸 메피스토펠레스처럼 음험했다.

"번복할 기회를 드리겠습니다."

"……."

"지금, 이 기회를 놓치면 두 번은 없습니다."

여인경은 침묵했다. 대신 손을 뻗어 그의 팔을 잡았다. 섬유 너머로 전해지는 민철의 체온은 열이 나는 것이 아닐까 싶을 정도로 몹시 뜨거웠다. 민철의 시선이 여인경의 손으로 내려왔다.

굴곡진 그림자가 민철의 얼굴을 반 이상 가리고 있어 그의 표정을 제대로 확인할 수 없었지만, 여인경은 흔들리지 않았다. 민철은 저를 붙든 여인경의 하얀 손을 감싸쥐었다.

흠칫. 여인경의 떨림이 손을 타고 민철에게 전해졌다. 느리게 재생되는 비디오처럼 모든 것이 지나치게 선명했다. 각인되는 선연한 감각과 낯선 감정에 여인경은 숨이 막힐 지경이었다. 그러나 민철의 손을 뿌리치지 못한 채 집 안으로 들어갔다. 탁! 현관문이 거칠게 닫히는 소리가 어두운 골목을 덮쳤다.

여인경은 민철의 등을 가만히 지켜보며 서 있었다. 탈칵. 문이 잠기는 소리가 유달리 크게 울렸다. 현관문을 잠그고 돌아선 민철이 신발을 벗고 여인경 앞으로 한걸음 성큼 올라와 섰다.

처음부터 수다스럽지 않은 관계였다. 낮게 가라앉은 적막은 익숙했다. 코앞까지 다가온 민철은 한동안 여인경을 알 수 없는 시선으로 응시했다. 그러고는 이내 여인경의 이름을 나직하게 읊조렸다. 민철의 하얀 와이셔츠 단추에 시선을 고정하고 있던 여인경이 고개를 들었다. 고요한 수면으로 미끄러지는 바람처럼 은밀한 속삭임은 뜻밖의 내용이었다.

"어깨는 어떻습니까?"

"괜찮아요."

"어느 정도 괜찮은 겁니까."

통증은 전혀 없었다. 아침에는 팔걸이를 빼고 천천히 어깨를 돌려 확인해 보기도 했었다. 다만 일주일을 채울 요량으로 차고 있을 뿐이었다. 그런데 어째서일까. 여인경은 선뜻 대답하지 못했다.

"저는 여인경 씨에게 관심이 있습니다."

"알아요."

"아니, 여인경 씨는 모릅니다."

"……."

"내가 생각하는 관심과 여인경 씨의 관심은 다를 테니까요."

철의 여인

"어떻게 다른데요?"

민철은 한 손으로 여인경의 얼굴을 감싸고는 입술을 내렸다. 여인경은 피하지 않았다. 놀라지도 않았다. 까무러칠 듯 가슴이 뛰었으나 무릎에 힘을 주고 버텼다.

어깨가 괜찮은지 물을 때부터 이런 상황을 예견했는지도 모른다. 입술이 맞닿기 직전 달콤한 숨이 포개어졌다. 여인경은 흡, 숨을 들이마시려 했으나 그 전에 민철의 입술이 호흡을 막아 버렸다. 질끈 눈을 감아 버린 그녀의 온 신경은 입술로 응집되어 폭발했다.

얇은 점막 아래 빠르게 흐르는 피가 이토록 뜨거웠던가. 첫 키스는 달콤하지도, 풋풋하지도 않았다. 민철은 어설프다 못해 뻣뻣하게 굳어 있는 여인경을 처음부터 강하게 몰아붙였다. 힘으로 누르지 않았음에도 예고 없이 입술을 벌리고 들어오는 붉은 혀에 옴짝달싹하지 못했다. 흡사 독사 앞에 넋을 놓은 어린 짐승 꼴이었다. 민철은 넋을 놓고 있던 여인경의 혀를 휘감아 빨아들였다.

"흐읍!"

혀 밑에 고여 있던 절박함이 입술 틈을 비집고 나왔다. 민철의 혀는 조금도 신사적이지 않았다. 무례한 혀가 낭창하게 휘면서 입 안 곳곳을 헤집었다. 몸과 정신이 분리되는 것 같았다. 아니, 어쩌면 반대인지도 몰랐다. 어느덧 하나로 엉겨 붙어 무너져 내릴 것만 같았다.

여인경은 자유로운 오른손으로 민철의 팔을 가까스로 잡고 매달렸다. 거부를 배우지 못한 사람처럼 휘청거리면서도 몰아치는 감각을 감당하고 있었다.

시퍼렇게 날 선 눈을 단 한 번도 감지 않았던 민철은 여인경의 순수를 가르고 파헤쳤다. 그 안은 독니를 세워 짓씹는다면 울컥울컥 핏물이 터질 것처럼 여리고 촉촉했다. 자신이 유린당하고 있는 것을 그녀는 과연 알고 있을까. 당장은 아니더라도 언젠가 알아챈다면, 그때는 그녀 역시 민철만큼 타락해 있으리라.

민철은 혀를 거두고 입술을 놓아주었다. 애처롭게 달아오른 여인경의 볼에서 손을 떼자 담뿍 물기 어린 눈이 멍하게 민철을 바라보았다. 일시에 갇혀 있던 숨이 터진 여인경은 연신 공기를 찾아 가슴을 들썩였다.

"놀랐습니까?"

"……네. 놀랐어요."

여인경은 솔직하게 대답했다.

"나의 관심에는 이보다 더한 것도 있습니다."

"……."

"무섭습니까?"

민철의 키스는 그와는 달리 상대를 배려하지 않고 무례했다. 그러나 여인경은 몰랐을 뿐이라고 생각했다. 몰라서 놀랐을 뿐이지 무섭지 않았다.

"무섭습니까?"

같은 질문을 두 번 연달아 한 민철은 그래도 소용없다, 쐐기를 박을 작정이었다. 이미 기회를 줬고, 그 기회를 놓친 것은 여인경 본인이라고. 그러나 여인경의 대답은 달랐다.

"알고 싶어요."

민철의 낯으로 드러났던 낯선 기색은 사막에 떨어진 한 방울의 물처럼 삽시간에 사라졌다. 여인경은 그 찰나의 변화를 눈치 채고는 고개를 갸웃거렸다.

"혹시, 기분이 안 좋으세요?"

이번에는 좀 더 길게 머물다가 사라진 표정을 여인경은 놓치지 않았다. 능숙하게 감정을 숨기는 남자여서 확실하지는 않았지만, 여인경 눈에는 분명 그렇게 보였다. 안경 너머 감추고 있는 민철의 눈이 가늘게 좁아졌다가 이내 본래의 모습으로 돌아왔다.

예감은 대체로 막연해서 손에 잡히지 않고 흩어지기 일쑤이지만, 천진하기까지 한 여인경의 예감은 민철의 숨통을 틀어쥐는 예리한 일격이 되었다.

민철은 여인경의 말대로 기분이 좋지 않음을 인정했다. 어찌 인정하지 않을 수 있겠는가. 감추려 해도 감춰지지 않을 만큼 격렬하게 요동치는데. 가슴 깊은 곳에 오래도록 똬리 틀고 있던 고약한 분노는 노쇠하기는커녕 날이 갈수록 그 기세가 등등해져 민철의 이성을 와작와작 갉아먹고 있었다. 이 순간, 이원하를 대하던 여인경의 모습이 떠올랐다. 그 까닭을 따지는 것이 우스울 만큼 답은 쉽게 나왔다.

어찌 보면 민철이 더 간교했다. 여인경은 민철에게 마음을 열어 주지 말았어야 했다. 이원하에게 그러했듯 꼭꼭 닫고 거부했어야 했다. 그가 비집고 들어갈 틈을 보여 주면 안 되었다.

'큭큭큭, 비겁한 책임 전가.'

도둑이 매를 든 것 같은 제 꼴이 우습기 짝이 없었다.

"왜 그런 말씀을 하십니까?"

"모르겠어요. 그냥 그렇게 보여서……."

"나쁜 생각을 했습니다."

"무슨 생각인데요?"

"멈추고 싶지 않다는 생각."

축축하고 야한 입맞춤을 나눈 직후였다. 여기서 멈추지 않는다면 키스만으로 끝나지 않으리란 것은 불 보듯 뻔한 일이었다. 여인경은 붉어진 낯을 감추지 못한 채 이러지도, 저러지도 못하고 있었다. 민철은 안심하라며 미소지었다. 그를 바라보는 여인경의 시선이 다시금 멍하게 변했다. 사랑에 빠진 눈빛이 이토록 가련할 줄이야. 입술에 걸린 그의 미소가 더욱 짙어졌다.

"여인경 씨가 괜찮다고 할 때까지 기다리겠습니다."

민철이 여인경의 왼쪽 팔을 지탱하고 있는 팔걸이를 눈으로 훑었다. 말하지 않아도 민철의 의도가 읽혔다. 팔걸이를 빼는 순간, 그의 인내도 마침표를 찍으리라는 것을. 불현듯 그런 생각이 들었다. 어쩌면 민철은 다 알고 있는지도 모르겠다고. 어깨가 아팠을 때의 움직임과 지금의 움직임에 큰 차이가 있는 것은 아니었다. 그러나 민철은 눈썰미가 좋은 사람이었다.

"저 혹시, 이미 알고 계세요?"

"무엇을 말입니까?"

"······아무것도 아니에요."

민철은 홍시처럼 달아오른 여인경의 볼을 매만지다 물러났다.

"그럼, 피곤하실 테니 먼저 씻으십시오."

민철은 여인경을 남겨 두고 다시금 밖으로 나가기 위해 몸을 돌렸다. 매번 여인경이 씻는 최소 한 시간씩 마당에서 기다렸기 때문에 이번에도 그럴 참이었다. 물론 여인경이 붙잡지 않았다면.

여인경은 몹시 어려운 말을 해야 하는 사람처럼 결의를 다지고는 말을 맺었다.

"그냥······ 계세요."

황급히 2층으로 뛰어 올라가는 여인경의 뒷모습을 지켜보던 민철은 그녀가 제게 했던 말을 되새겼다.

"믿어요."

말에 담긴 진심을 믿기 위해서는 그 주체를 믿어야만 했다. 여인경은 민철을 믿고 있음을, 믿음에 대한 고백이 단순히 문장에 국한된 겉치레가 아니었음을 썩 기특한 방식으로 증명하고 있었다.

그는 여인경의 믿음을 얻었다. 이제부터는 그것이 얼마나 견고한지 확인할 차례였다. 그래야 모든 진실이 밝혀졌을 때 여인경을 완전히 무너뜨릴 수 있을 테니까 말이다. 민철, 그 자신이 그러했듯이.

민철은 여인경에게 자신이 완벽하게 각인되는 순간을 상상했다. 상상은 그리 어렵지 않았다. 처절하게 몸부림치며 아무리 괴로워해도 벗어나지 못하는 그녀의 모습이 선명하게 그려졌다.

그러나 멈출 수는 없었다. '파괴'라는 비통한 쾌락을 알아 버렸다. 그것은 민철의 예상보다 훨씬 더 달콤했다. 여인경을 부수고 들어가 그 자신으로 가득 채우고 싶은 욕망이 들끓었다. 그는 파괴하고 여인경은 망가진다. 민철이 원하는 바였다. 그런데 조금도 유쾌하지 않았다. 불길한 예감마저 들었다.

그가 자초한 믿음의 종말. 그것은 머지않아 후회라는 낯선 이름으로 민철에게 되돌아올 터였다.

매사 초승달처럼 눈이 웃고 있어 도리어 속을 알기 어려운 남자 박기춘은 드물게 눈웃음을 지운 채 곤란해하고 있었다. 근 몇 년 동안 이원하의 집에서 던져 준 일거리를 받아 목구멍에 풀칠하며 살았지만, 그 일이라는 것은 단순하면서도 대체로 뒤끝이 없는 편이었다.

뒤끝이 더러울 정도의 일은 애당초 그에게까지 오지도 않았다. 그가 적당히 쓰고 버릴 용역 일만 하고 싶었던 탓도

철의 여인

있으나 그만한 능력도 없었다. 그는 제 능력치를 아주 잘 파악하고 있었다. 가진 거라고는 타고난 감과 경험이 가져다준 요령이 전부였다. 물론 한때 사람 목숨도 여럿 취했던 그였지만, 그때는 명령에 의해 움직였고 명령을 하달한 상부는 살인을 수습할 능력이 충분했다.

'이것 참, 곤란한데.'

이번 일은 어째 예감이 좋지 않았다.

'진영 그룹 비서실장 민철이라······.'

이원하가 박기춘을 직접 찾아오는 일은 극히 드물었다. 특히 한 달 전부터는 여자 하나 못 찾아낸다며 눈 밖에 난 상태라 이틀 전 사무실 문을 박차고 들어오는 이원하를 보고 적잖이 놀랐었다.

그러나 그가 의뢰한 일에 비하면 놀란 축에도 들지 못했다. 보수도 예전과 비교도 안 될 만큼 컸다. 그만큼 위험한 일이라는 뜻이었다.

박기춘은 조심성이 많은 사람이었고 그 덕에 여태 목숨을 부지하며 살 수 있었다. 그렇다고 꽁지 빼고 물러서기엔 그의 호기심이 문제였다. 아니, 매번 이놈의 호기심이 문제였다.

'뭐, 알아보는 깃까지는 괜찮겠지.'

여차하면 꼬리를 자르고 도망가면 그만이었다. 도망치는 것만큼은 타의 추종을 불허하는 그가 아니었던가. 그는 곧 누군가에게 전화를 걸었다. 상대는 그가 과거 몸담았던 조직에 현역으로 남아 있는 몇 안 되는 인맥이었다. 눈웃음을 되찾은 박기춘의 얼굴이 간교함으로 번들거렸다.

  잠을 거부하는 의식과 휴식을 원하는 육체의 격돌로 머릿속이 진탕 휘저어졌다. 민철은 습관처럼 안경을 쓸어 올리며 두진이 보낸 문서를 열람하기 위해 모니터에 집중했다.

  그는 여인경이 원인을 알 수 없는 열병으로 보름 가까이 입원했던 병원 기록을 확인했다. 입원 시기도 학교 입학을 앞둔 3월 초순이었다. 그런데 그보다 더 그의 눈을 잡아끄는 기록이 있었다. 2월, 민철에게 그 일이 일어났던 하루 전날, 여인경의 모친인 신진숙은 출산을 고작 석 달 앞둔 아이를 잃었다. 사인은 폭행이었다.

  신진숙의 목숨까지 위협했던 폭행은 그녀의 아이를 앗아간 것으로도 모자라 다시는 임신하지 못하는 몸으로 만들었다. 그뿐이 아니었다. 척추 신경에 문제가 생겨 평생 절뚝거리며 살아야 했다. 신진숙은 반년 넘게 누워만 지냈고 퇴원 후 다시 반년을 꼬박 재활 치료에 쏟아 부었다. 죽지 않고 살아난 것만도 기적이었다.

  게다가 신진숙의 정신병력은 생각보다 오래된 것이었다. 사고 이후 분리불안장애[4]를 앓게 된 그녀는 남편인 여석태가 곁에 있어야 비로소 안정을 되찾았다. 여석태가 병원에 발이 묶여 있었다면 여인경의 학교 입학을 늦출 수밖에 없었던 복합적인 상황이 대강 그려졌다. 집안에 환자가 있는 것이 얼마

---

4. 분리불안장애: 애착 대상으로부터 분리, 혹은 분리가 예상될 때 느끼는 불안이 심각하여 일상생활을 위협하는 상태가 지속적으로 나타나는 질환.

나 힘든 일인지 민철은 누구보다 잘 알았다.

신진숙이 생사의 기로에 섰던 그날, 여석태 또한 머리를 심하게 다쳐 열여섯 바늘을 꿰맸고, 왼쪽 눈의 시력을 반 이상 소실했으며, 전신 타박상으로 입원 치료가 시급했다. 특히 왼쪽 눈이 문제였다. 당장 수술해야 할 상황인데도 여석태는 머리만 꿰매는 응급조치만 받고 입원하지 않았다. 적절한 치료만 받았어도 그의 왼쪽 눈 시력을 잃지 않았을 텐데도 말이다. 그런데 여기에도 의문은 남았다.

병원에 도착한 신진숙이 수술실로 들어간 시각은 정확히 밤 9시 23분, 수술이 끝난 시각은 새벽 3시 38분이었다. 장장 여섯 시간의 대 수술을 받는 동안, 여석태는 수술실 앞을 한 시도 떠나지 않았다.

오래전의 일이지만, 당시 상황을 생생하게 기억하는 사람은 꽤 많았다. 7개월 된 태아가 죽었고, 산모는 추락과 비슷한 강도의 폭력으로 척추를 다쳐 이송되었다. 부부 싸움을 빙자한 폭행이 의심되는데다 눈감아 주기엔 여실한 범죄의 흔적은 참혹했다.

병원 측에서는 신진숙이 깨어날 때까지 기다리며 여석태를 주시했다. 환자가 원한다면 여석태를 고발할 증거를 제공할 계획까지 세워 두었다. 그런데 사경을 헤매다 깨어난 신진숙은 신고하기를 극구 거부했다. 아이까지 잃었는데 망설일 이유가 무엇이냐며 설득했던 의사에게 신진숙은 자신의 남편은 절대 그럴 사람이 아니라면서 간곡하게 여석태를 두둔했다.

그렇다고 자신을 그렇게 만든 이들이 누구인지 밝히지도 않았다. 뭔가 께름칙한 부분이 많았지만 결국 병원 측은 더 이상 관여하지 않는 것으로 결론을 내릴 수밖에 없었다.

여석태가 여인경을 업고 나타난 시각은 새벽 4시 30분 이후 5시 전으로 목격자들의 기억을 토대로 계산한 시간의 오차범위는 30분을 넘지 않았다. 진술이 사실이라는 추정 하에 여인경은 병원에서 그다지 멀지 않은 곳에 있었다는 추론이 가능했다. 여러 목격자의 진술은 거의 비슷했다. 그러나 진술만으로는 부족했다. 그보다 더 정확한 증거가 필요했다. 다행히 폐쇄회로 영상이 남아 있었는데 워낙 오래전이라 훼손을 막기 어려웠다. 영상이 복구되려면 이틀은 더 기다려야 했다.

민철은 다시 원점으로 돌아와 여인경의 원초본을 확인했다. 17년 전, 최명철이 살해당하고 민철이 죽을 고비를 넘겨야 했던 사건이 발생한 시기는 여인경이 옆집에 살았던 시기와 겹쳤다. 그리고 신진숙이 한창 수술을 받고 있을 때 민철에게 그 일이 벌어졌다. 신진숙이 입원했던 병원과 민철의 집은 도보로 20분 정도 거리에 있었다. 왕복으로 40분에서 50분. 다시 말해 여인경이 여덟 살 무렵 홀로 전입신고를 마쳤던 옆집도 같은 거리에 있다는 의미였다.

무슨 사연이 있기에 아이 혼자만 전입신고를 했던 것일까. 신진숙과 여석태가 사고를 당하던 순간에 여인경은 어디에 있었을까. 이렇게 사건 사고가 겹치는 것이 가능한 일일까?

지끈지끈. 극심해지는 두통 탓에 진도를 나갈 수 없었다.

민철은 시야가 흐릿해 안경을 벗어 내려놓고 관자놀이를 꾹꾹 눌렀다. 그는 자신의 몸이 한계에 다다랐음을 절감했다. 버틸 수 있을지는 몰라도 제대로 된 사고는 어려웠다. 그렇다고 잠들 수도 없었다. 이대로 잠을 잤다가는 필시 악몽에 시달릴 터였다. 모니터를 끈 민철은 휴대전화를 들어 익숙한 번호를 찾았다.

— 예, 실장님.

"술을, 한잔해야겠다."

민철은 조직 내에서도 알아주는 실력자였지만, 비서로서도 철저했었다. 강범영을 보좌하는 데에 있어 방해될 만한 요소는 원천 차단했고 술은 경계 1순위였다. 그런 그가 두 가지 경우에만 술을 마시는데 하나는 강범영이 권했을 때, 다른 하나는 지금처럼 한계까지 치달았을 때였다. 그렇다는 건 민철이 무방비한 상태가 된다는 뜻이기도 했다. 민철의 이런 상태를 아는 사람은 강범영과 두진, 두 사람뿐이었다.

— 지금 가겠습니다.

"오지 마."

— 곁에서 지키겠습니다.

"나는 아무도 믿지 않아."

— 실장님.

"너도 나를 믿지 마."

두진은 대답하지 않았다. 민철도 대답을 강요하지 않았다. 어차피 선택은 두진의 몫이었다. 민철은 그대로 전화를 끊었고 두진은 그 즉시 집 근처 경호 인력을 보충해 경계에 심혈을 기울였다.

고양이, 봉현은 어젯밤에도 여인경을 찾아왔다. 남도운이 데려갔던 날을 제외하면 하루도 빠진 적이 없었다.
"조심해서 가."
고양이가 나갈 수 있도록 창문을 열어 주던 여인경은 남도운이 고양이를 데리고 갔던 날이 떠올랐다. 그날의 일은 시시때때로 수면으로 올라와 여인경의 얼굴을 발갛게 달아오르게 했다. 오늘도 정적인 편인 여인경의 심장을 대책 없이 뛰게 만들었다.

그날은 한 달 만에 처음으로 혼자 자는 밤이었으나 허전함을 느낄 겨를도 없었다. 걷잡을 수 없이 많은 생각이 머릿속으로 파고들어 버거울 지경이었다. 그런 여인경에게 민철은 2층에서 지내는 것이 정말 괜찮은지 의중을 물었다. 봉현의 먼저 간 어미와 형제들의 사연은 안타까운 일이지만, 사람에 따라 불편해할 수도 있었다. 당사자인 여인경은 생각지도 못했던 부분이었다.
"벌써 예전 일이잖아요. 괜찮으니까 신경 쓰지 마세요."
"괜찮지 않아도 괜찮다고 하실 분이라 신경이 쓰입니다."
민철은 이렇게 느닷없이 사람을 감동시켰다. 여인경은 진심으로 이 사람을 믿길 잘했다고 생각했다.
"정말 괜찮아요. 사실 제가 그런 쪽으로는 조금 둔하거든요."

그래서 지금까지 버틸 수 있었는지도 모르겠다고, 여인경은 생각했다. 생각 사이로 1층, 작은방을 권하는 민철의 음성이 파고들었다.

"1층 방도 지내시는 데 나쁘지 않을 겁니다."

사실 지내기에는 1층이 더 편하고 좋다는 걸 여인경도 모르지 않았다. 하지만 이내 어색하게 웃으며 고개를 가로저었다. 예전에는 무서워서 2층 방에 숨어 있었지만, 지금은 스스로를 감당할 자신이 없어 2층에 있어야만 했다.

어느 순간부터인가 여인경은 민철의 인기척이 들리면 귀를 기울이고는 했다. 처음과는 다른 의미로 말이다. 자연스럽게 귀로 흘러들어오는 소리에 집중했다. 화장실 문이 열리고 닫히는 소리, 수돗물이 흐르는 소리, 달그락달그락 그릇이 부딪치는 소리, 민철의 행동을 예측할 수 있는 소리를 들으면서 여인경은 그의 모습을 상상했다. 신경 주파수가 온통 민철에게 연결된 기분이었다. 1층으로 내려간다면 보나마나 소리가 더 잘 들리지 않겠는가. 지금도 이렇게 머릿속이 폭탄 맞은 것처럼 엉망이고 심장은 터질 지경으로 거칠게 뛰는데…….

안 될 일이었다. 심장이 버티지 못할 것이 분명했다.

"전 2층이 편해요."

"마음이 바뀌면 언제든 말씀하십시오."

민철은 여인경의 의견을 존중해 주었고 고양이를 배웅한 여인경은 여느 때와 마찬가지로 1층에서 들려올 소리에 귀를 기울이고 있었다. 그런데 평소와 달리 지나치게 고요했다.

몇 시쯤 되었을까. 방전된 채 꺼진 휴대전화 말고는 시간을 확인할 방법이 없었다. 하지만 시간을 확인하지 않아도 민철이 일어날 시간이 지났다는 건 알 수 있었다. 고양이가 나가고도 한참이 지났기 때문이었다.

여인경은 조용히 문을 열고 밖으로 나왔다. 무게감이 없는 걸음걸이로 사뿐사뿐 계단을 밟아 내려왔다. 그러고는 멈칫 걸음을 멈추었다. 주방 식탁 위의 빈 술병이 눈에 들어왔다. 잠시 난색이 스쳤으나 곧 주방을 거쳐 문이 열린 안방을 향해 걸음을 옮겼다. 문 밖에서 안을 살피자 침대에 등을 기대고 앉아 고개를 숙인 채로 잠이 든 민철이 보였다. 흐트러짐 없는 자세로 눈 감고 있는 그는 잠이 든 게 아니라 마치 생각에 잠긴 듯 보였다.

여인경은 그대로 서서 민철이 내쉬는 숨에 집중했다. 전처럼 악몽에 시달리는 것 같지 않아 한시름 놓였다. 그대로 돌아서야 하는데 좀 더 민철을 보고 싶다는 욕심이 다리를 붙잡았다.

'잠깐, 아주 잠깐만……'

여인경은 민철의 얼굴을 가만히 바라보았다. 바라보기만 해도 좋은 사람이 있다는 말을 실감했다. 물론 민철의 소리만 들어도 좋았지만 말이다. 눈꺼풀이 두어 번 깜빡일 만큼의 시간이 흘렀다.

1초도 안 되는 찰나의 순간, 문득 눈을 뜬 민철이 고개를 들고 강하게 그녀를 응시했다. 잠기운 때문이었을까. 여과 없이 드러난 날 선 시선은 오금이 저리도록 오싹했다. 민철이 느리게 몸을 일으켰다. 문턱을 넘어 여인경과 거의 닿을 듯이 다가선 민철이 그녀를 내려다보았다. 익숙하던 침묵이 오늘만큼은 몹시 어색했다.

"술 드셨어요?"

"네."

민철의 대답은 평소처럼 신사적이었다. 그런데 그의 목소리가 나른하게 늘어지고 있었다.

"혹시, 취하셨어요?"

"여인경 씨가 보시기에는 어떤 것 같습니까?"

"잘 모르겠어요."

"저도 잘 모르겠습니다."

"네?"

무심코 민철을 올려다본 여인경은 움찔 어깨를 떨었다. 눈이 마주친 민철에게서 조금 전의 날카로움은 보이지 않았다. 대신 무언가 갈구하는 진한 열망이 보였다. 그것이 무엇인지는 본능적으로 알 것 같았다. 그때 민철의 시선이 어딘가로 움직였다.

"어깨, 괜찮습니까?"

"아, 그게……."

여인경은 그제야 자신이 팔걸이를 하지 않았음을 깨달았다.

"취하신 것 같아요."

"취하지 않았습니다."

"다들 그렇게 말하지만……"

반박하려는 여인경의 말을 민철이 끊었다.

"잘 수가 없었습니다."

"……"

"취해야 하는데 취하지 않더군요."

취하지 않으면 잠을 잘 수 없다는 말로 들렸다. 여인경은 다시금 민철을 괴롭히던 악몽의 정체가 궁금했다. 얼마나 힘들면 잠을 잘 수 없을 만큼 괴로울까.

"어깨는 괜찮습니까?"

민철은 조금 전과 같은 질문을 던졌다. 여인경은 침묵했다. 이미 한참 전에 어깨는 괜찮아졌지만 입술이 떨어지지 않았다. 결과가 예상되었기 때문이었다. 자신의 대답이 어떤 일을 초래할지. 자신에게 어떤 일이 벌어질지.

"괜찮다고 말하십시오."

"……"

"괜찮다고 말해, 여인경."

단 한 번도 그런 적 없던 민철이 강요하고 있었다. 그런데 이상하게도 여인경에게는 애원처럼 들렸다. 그만큼 민철이 위태로워 보였다. 여인경은 길게 눈을 감았다가 뜨고는 민철을 똑바로 응시했다. 흔들림 없이 굳건한 눈동자였다. 더욱 견고해진 여인경이 곧 문을 열어 주었다.

"괜찮아요."

철의 여인

민철은 거침없이 달려들었다.

두 번째 입맞춤도 다정하거나 부드럽지 않았다. 격렬하게 입술을 벌리고 들어오는 뜨거운 혀 역시 여전히 무례했다. 목구멍을 타고 올라온 신음성이 거칠게 겹쳐진 입술 사이에서 사라졌다.

여인경은 민철에게 입을 내어 준 채 움찔움찔 몸을 떨었다. 까칠한 그의 혀가 입 안 전체를 휘저으며 불씨를 퍼트렸다. 젖은 두 입술이 뒤엉키는 축축한 소리가 공간을 울렸다. 머릿속은 이미 엉망인데 감각들은 뾰족하게 일어나 예민하게 모든 것을 받아들였다. 얼마나 엉망이냐 하면, 숨을 어떻게 쉬어야 하는지도 잊어버릴 정도였다.

여인경이 어지럼증에 비틀거리자 민철은 그녀를 대뜸 안아 들었다. 황급히 목에 팔을 둘러 매달린 여인경은 눈물 맺혀 흐릿한 시야로 민철을 바라보다 이내 그의 목덜미로 얼굴을 감추었다. 여인경의 입술이 아주 살짝 민철의 목덜미를 스쳤다. 안방으로 걸음을 옮기던 민철이 갑자기 걸음을 멈춘 것도 그때였다.

민철의 몸이 딱딱하게 굳었음을 그에게 안겨 있는 여인경이 모를 리 없었다. 고개를 들어 왜 그런지 물어보려는데 방 안으로 들어온 민철이 여인경을 침대에 눕히고 그 위로 올라갔다. 그녀는 당황하지 않으려고 했으나 붉게 충혈된 눈으로 자신을 내려다보는 민철의 기운이 심상치 않았다.

"자극하지 마십시오."

"……그런 적 없어요."

"모른다고 없었던 일이 되지는 않습니다."

여인경은 무슨 말인지 이해할 수가 없어 되물으려 했으나 가까워지는 민철의 입술을 보며 눈을 감았다.

"입 벌리십시오."

갑작스러운 요구에 감았던 눈을 뜬 여인경은 흡, 숨을 들이마셨다. 민철의 얼굴이 코가 닿을 듯 가까운 거리에 있었다.

"입."

"……아."

여인경이 깜짝 놀라 입을 살짝 벌렸으나 민철은 만족하지 못했다. 기어이 여인경의 턱을 잡아 더 벌린 후에야 입술을 겹치고 혀를 밀어넣었다. 경험이 없는 여인경이라 할지라도 설왕설래하는 민철의 혀가 무엇을 의미하는지 모르지는 않았다.

관계의 예고.

민철의 키스는 곧이어 그들이 하게 될 섹스의 축소판이었다. 갑자기 유린하던 입술을 뗀 민철이 귓가에 속삭였다. 눈을 감은 채 그가 이끄는 대로 휩쓸리던 여인경의 닫힌 눈꺼풀이 떨렸다.

"알고 싶다고 한 건, 여인경 씨였습니다."

"……."

"그러니까 기억하십시오."

철의 여인

"……."

"하나도 빠짐없이 기억하는 겁니다."

민철의 손이 여인경의 상의 단추를 풀기 시작했다. 순식간에 옷깃이 벌어졌지만, 그 안의 얇은 내의가 속살을 감추고 있었다. 민철이 여인경의 가슴 아래 갈비뼈에 감싸쥐듯 한 손을 대었다.

"흐흣!"

명확한 목적 없이 여인경의 손이 민철의 팔을 잡았다. 파들파들 떨리는 손으로 겨우 붙잡았을 뿐 밀어내지도 꽉 움켜잡지도 못했다.

민철은 가늘고 긴 목덜미로 입술을 내렸다. 동시에 단추가 완전히 풀린 상의가 힘없이 늘어졌다. 민철이 목덜미의 여린 살을 양껏 짓씹어 붉은 자국을 만들자 여인경의 등이 둥글게 휘었다. 저릿저릿한 살결의 아픔은 처음 느껴 보는 고통이었다. 그것이 쾌감이라는 것을 알기까지는 오래 걸리지 않았다.

민철은 하중을 좀 더 실어 낯선 자극에서 벗어나려 하는 여인경의 몸을 눌렀다. 그러고는 입술만큼 무례한 손이 내의 밑자락을 들추고 하얀 속살을 탐하기 시작했다.

여인경은 숨을 참은 채 애처롭게 앓아 댔다. 날씬한 배와 잘록한 허리, 살결 위에 드러난 갈비뼈를 손끝으로 긁어내듯 쓸어 내자 여인경의 몸이 또 한 번 크게 움찔거렸다. 기억하라던 민철의 말이 각인되어서였을까. 모든 것이 선연하게 여인경에게 박혀 들어왔다. 여인경은 타액으로 젖은 입술을 깨물었다.

 타인의 손을 탄 적 없는 살결을 거침없이 매만지던 민철은 거치적대는 내의를 단번에 목 끝까지 올렸다. 브래지어에 감싸인 가슴이 훤히 드러났다. 그리고 여인경의 등 뒤로 손을 집어넣어 호크를 풀었다.

 마른침을 삼키던 여인경은 눈을 질끈 감았다. 커튼이 창을 가리고 있었지만, 밝아 오는 빛을 완전히 차단하기에는 역부족이었다. 선뜻한 감각은 환한 빛 아래에서 더욱 도드라졌다. 눈을 감았는데도 민철의 시선이 어디에 있는지 알 수 있었다. 부끄러웠다. 어디로든 숨고 싶었으나 민철은 그것을 용납하지 않았다.

 잠시 행위를 멈추었던 민철의 거친 숨이 가슴에 닿았다. 아아, 여인경의 입술 사이에서 소리 없는 탄성이 터졌다. 순결한 가슴 위로 민철의 혀가 내려와 붉은 유실을 머금었다. 뜨거웠다. 명치부터 올라오는 델 듯한 뜨거움에 시트를 치대던 발이 일시에 안으로 곱아들었다. 어느새거친 숨을 내쉬는 민철은 민철의 어깨로 올라온 여인경의 손에 힘이 들어갔다. 민철은 이를 세워 도톰하게 부풀어 오른 유두를 잘근잘근 깨물었다.

 "아훗!"

 여인경이 고개를 가로저었으나 그것은 무언가를 부정하려는 의도가 아니었다. 그녀의 몸은 민철에 의해 오롯이 하나의 목적으로만 움직이고 있었다. 의지를 벗어난 움직임이었다. 온몸에 힘이 빠져나가고 그 안으로 민철이 주는 감각이 채워지는 것을 무기력하게 받아들였다. 그것 말고는 그녀가 이 관계에서 할 수 있는 일이 없었다. 양쪽을 오가며 연한 살을 괴롭히던 민철의 입술은 떨어졌으나 아프게 곤추선 유두 끝은 강인한 손가락 아래 짓눌리고 있었다.

"으음!"

꼭 닫힌 입술 사이로 참고 참았던 신음이 새어 나왔다. 민철의 손에서 벗어났다 싶으면 입술과 혀가 그녀의 몸을 탐했다. 바지가 벗겨지고 하얀 속옷 위로 민철의 손이 닿았을 때는 무릎에 힘이 빠져 다리를 오므릴 수도 없었다.

연한 허벅지 안쪽으로 민철의 입술이 미끄러져 들어왔다. 따끔하게 씹힌 살 위를 교활한 혀끝이 위로하며 부드럽게 핥았다. 물기 어린 속살을 감춘 속옷 위로 천천히 오가던 민철의 손이 곧 떨어졌지만 여인경은 안도하지 못했다. 얇은 속옷이 순식간에 벗겨지고 양 다리가 단단한 어깨에 걸쳐졌을 때는 비명을 지를 뻔했다.

"자, 잠깐!"

여인경은 가랑이 사이에 놓인 민철의 머리를 보며 두 손으로 입을 틀어막았다. 그의 입술이 지금 어디를 어떻게 애무하는지 온몸으로 느껴졌다.

맙소사. 말도 안 돼.

여인경은 그렇게 생각했다. 그러나 민철의 혀는 처음부터 무례했었다. 조금씩 이슬이 비치던 살에 민철이 뱉어 놓은 숨과 열망이 고였다.

"아읏!"

 민철은 눈만 살짝 들어 여인경의 달아오른 얼굴을 확인했다. 그녀는 지금 자신이 주는 쾌락을 알아 가고 있었다. 여인경에게 이전 경험이 있든 없든 그건 중요하지 않았다. 그녀 인생에 자신이 주는 쾌감 말고는 모두 시시해지길 바라고 있었다. 그래서 처음부터 거침없이 몰아쳤다. 충격과 각인의 세기가 셀수록 좋았다.

 그렇게 그의 욕심이 여인경의 몸을 충분히 적시고 있을 때 그의 탐욕스러운 욕망 덩어리 또한 호시탐탐 그녀 안으로 비집고 들어가기 위해 부피를 키워 가고 있었다.

 "여인경."

 "……"

 "눈을 떠."

 여인경은 멍하니 자신을 부르는 소리에 이끌려 눈을 떴다. 어느새 두 사람 모두 태곳적 모습으로 돌아가 마지막 관문 앞에 서 있었다. 민철은 여인경의 다리를 벌리고 연신 성이 나 꿈틀대는 성기를 천천히 밀어넣었다. 그의 남성이 좁은 문을 열고 물길을 따라 거슬러 올라가는 동안 여인경의 눈은 더욱 크게 뜨였다. 한계까지 벌어진 예민한 살결에 또다른 맥박과 체온이 닿아 왔다.

 "으…… 읏……!"

 끝없이 비집고 들어오던 것이 겨우 멈추고서야 여인경은 숨을 몰아쉬었다. 눈물인지 땀인지 모를 것이 귀 옆으로 흘러

내려 목에 맺혔다.

"내가 느껴집니까."

여인경은 어렵사리 턱을 끌어내려 고개를 주억거리는 시늉을 했다. 민철은 힘없이 늘어져 있는 여인경의 두 팔을 잡아 제 목에 감게 했다. 그러고는 그녀의 가는 허리를 두 손으로 붙잡은 뒤 음험하게 속삭였다.

"절대 놓치지 마십시오."

몸 안으로 들어왔던 것이 빠르게 빠져나갔다가 다시 들어왔다. 낯선 이물감에 여인경은 눈을 질끈 감고 있는 힘껏 민철에게 매달렸다.

철퍽! 젖은 피부가 부딪치는 소리에 속도가 더해졌다. 날카로운 감각이 여인경의 몸을 관통했다. 벗어나고 싶으면서 오히려 민철의 몸을 조이고 있는 스스로가 이해되지 않았다. 정말 벗어나고 싶은 것인가? 모르겠다. 그조차도 이제는 불분명했다.

퍽퍽, 아래에서 쳐올리는 힘에 여인경의 몸이 밀려나면 민철이 다시 잡아 내리고는 처음보다 더 빠르고 강하게 움직였다.

"아! 으읏!"

여인경은 온몸에 불덩이가 내려앉아 타는 것 같았다. 민철을 잡고 있던 손이 땀 때문에 자꾸 미끄러졌다. 이러다 놓칠지도 모른다고 생각한 순간, 두 사람의 몸이 완전히 겹쳐졌다. 민철은 두 팔을 여인경의 겨드랑이 사이로 밀어넣어 어깨를 두 손으로 감싸듯 잡고는 빠르게 허리를 치댔다.

"아, 아앗!"

비명처럼 교성이 멈추지 않고 여인경의 입에서 터져 나왔다. 더는 참을 수 없었다. 연신 울려 댄 목구멍에서는 쇳물이 올라와 비릿했다.

이게 뭐지? 이건 뭐야? 이런 건 모른다. 몰랐었다. 여인경은 울었다. 울면서 소리쳤다. 머리가 이상해지고 있었다. 눈앞이 하얗게 이지러졌다. 이지러졌다고 착각한 것일 수도 있었다. 모든 경계가 허물어졌다. 눈을 뜨고 있는지, 감고 있는지도 인지하지 못했다.

여인경은 자신의 몸과 민철의 몸의 경계도 찾지 못했다. 이제는 그저 한 덩어리처럼 느껴졌다. 그리하여 고통 같은 쾌감의 불이 여인경의 목을 거듭 조였다.

"흐으읏!"

"윽……!"

그 순간, 무섭게 팽창하던 열망이 터졌다. 민철의 잇새를 비집고 나온 신음은 짐승의 울부짖음처럼 낮고 묵직했다. 긴 떨림과 여운이 여인경의 뜨거운 몸으로 하얗게 점멸되어 퍼져 나갔다.

가까스로 버티고 있던 여인경이 까무룩 정신을 놓았다. 그러자 민철에게 매달려 있던 두 팔이 하얀 꽃잎처럼 침대 위로 떨어졌다.

"하아, 하아……."

철의 여인

민철은 거친 숨을 내쉬며 여인경을 끌어안은 팔을 풀지 않았다. 여린 어깨에 감추었던 얼굴이 드러나자 요요한 안광이 빛났다. 크게 들썩이는 그의 등에서 용이 되지 못한 검은 이무기가 꿈틀대고 있었다.

Track 5. 진실
- 가인

 음부를 가득 채웠던 열기가 빠져나가는 선뜩한 감각이 저만치 가라앉았던 여인경의 의식을 건져 올렸다.
 돌아온 의식은 주변부터 빠르게 흡수해 인지했다. 한껏 고양되어 넘실거리던 숨도 이제는 잔잔해졌다. 시야를 가린 눈꺼풀 위로 환한 빛무리가 어룽졌다.
 '맞다. 아침이었지.'
 어느새 푸르던 새벽녘은 노랗게 익어 한낮을 향해 가고 있었다. 몸의 변화가 생생했다. 구김 하나 없이 바싹 말라 있던 침대 시트가 축축한 피부에 감겼다. 일에 치여 피곤했던 적은 많았지만, 그것과는 전혀 다른 노곤함에 몸이 축축 늘어졌다.
 몸 위에 엎드려 있는 민철의 체온 때문일까. 불덩이를 껴안고 있는 기분이었다. 눅진하게 젖은 사타구니에서 시작된 낯선 둔통이 허리를 타고 전신으로 퍼졌다. 연약한 몸을 할퀴고 지나간 흉포한 외설의 후유증이 또렷해지는 의식 틈으로 촘촘하게 끼어들었다. 잔뜩 쓸린 내벽이 쓰라리고 근육들은 비명을 질러 댔지만, 그것을 상쇄하는 감정이 있었다.

'나는 왜 이렇게 당신을 안아 주고 싶을까.'

여인경은 민철이 이대로 잠이 든다 해도 밀어내지 않을 작정이었다. 그런데 그가 상반신을 들어 여인경을 누르던 체중의 절반을 덜어 냈다.

일어나려는 걸까.

여인경은 눈을 감은 채로 민철의 다음 행동을 기다렸다. 그러나 시선이 닿은 피부가 예민하게 도드라질 때까지 민철은 움직이지 않았다. 그저 여인경을 바라볼 뿐이었다.

여인경은 나붓이 감겨 있던 눈을 뜨고 민철을 올려다보았다. 시야가 흐릿해 가까이 있어도 그의 모습이 뿌옇게 보였다. 몇 번 눈을 깜빡이는 동안 눈가에 맺혀 있던 눈물이 눈초리를 타고 흘러내렸다. 커튼을 뚫고 들어오는 햇빛이 집 안 구석구석 간섭하고 있었으나 그녀의 몸만은 민철이 만든 서늘한 그늘 안에 있었다.

두 개의 시선이 허공에서 만나 하나로 얽혔다. 붉게 충혈된 민철의 눈자위에는 채 해소되지 못한 포악한 욕망이 넘실거렸다.

여인경은 양껏 벌어진 가랑이 사이로 언뜻 화기가 스치는 것을 느꼈다. 진득한 토정을 하고도 만족을 모르는 해면체가 흉흉한 기세를 뿜어내고 있었다. 하얀 시트에 파묻힌 등줄기로 식은땀이 맺혔다. 처음으로 사내를 받아들이느라 혹사당한 몸이 본능적으로 반응했다. 다리를 오므리려던 행위가 그 사이를 점령한 민철에 의해 가로막혔다. 발갛게 손자국이 남은 하얀 허벅다리와 맞닿은 민철의 피부는 상상 이상으로 뜨거웠다. 의도치 않은 접촉에 화들짝 놀란 여인경의 몸이 감전된 듯 부르르 떨렸다. 무표정하던 민철의 미간에 주름이 잡혔다. 그러나 그뿐이었다. 생리적으로 퍽 괴로울 상황임에도 더 이상 진척시키지 않았다.

민철은 여인경에게 남긴 자신의 흔적을 눈으로 더듬었다. 처음치고는 상당히 격렬한 관계였다. 적지 않은 양의 혈이 비쳤고 하얗고 가는 육체 곳곳에 붉은 자국과 푸르스름하게 멍울이 맺혀 있었다. 지금은 누워 있어서 실감하지 못하겠지만, 걷기 힘들 지경임이 분명했다. 여기서 욕심껏 취했다가는 여인경의 몸이 견뎌 내지 못할 터였다.

그러나 이것은 시작에 불과했다. 여인경은 앞으로 더 많은 것을 알게 될 것이고, 차곡차곡 쌓여 견고해질 때까지 기다림이 필요했다.

어색하게 떠돌던 공기가 안정을 되찾을 무렵 여인경이 입술을 달싹거렸다. 무슨 말을 하려는 걸까. 민철은 잠자코 여인경의 입술만 응시했다.

"제가……."

철의 여인

본래 허스키한 편인 여인경의 목소리가 잠겨 심한 감기에 걸린 듯 쇳소리가 났다. 예전부터 편도가 약해 조금만 말을 많이 하거나 피곤하면 목부터 이상이 생기고는 했었다. 여인경은 마른 목구멍으로 침을 삼키고는 말을 이었다.

"깨워 드릴게요."

새벽 4시면 일과를 시작하는 민철을 여인경이 깨워야 할 상황은 하나였다. 자의로는 깨어날 수 없을 때뿐이었다. 악몽에 짓눌려 이지理智가 흐려진 그가 여인경에게 어떤 위해를 가하게 될지는 모를 일이었다.

"다칠 수도 있습니다."

"괜찮아요."

사람이 자지 않고 버틸 수 있는 시간이 얼마나 되는지 모르겠지만, 민철은 이미 그 한계를 넘어선 상태였다.

여인경은 어깨를 다쳤던 그날 이후, 이른 새벽에 일어나기도 했고 자정이 넘도록 버티다 기절하듯 잠든 적도 있었다. 불을 끄고 조용히 1층에 귀를 기울일 때마다 민철이 깨어 있을지도 모른다고 생각했었다. 단지 추측에 불과했던 예감은 술을 마셨으나 취하지 않아 잠들지 못했다던 민철의 고백 덕에 확신으로 굳어졌다.

"다칠 겁니다."

여인경은 강하게 경고하는 민철의 어깨를 두 팔로 감아 대담하게 품으로 끌어당겼다. 되바라진 제 행동이 오해를 불러일으키더라도 상관없었다. 민철을 쉬게 할 수만 있다면 이보다 더 대담한 행동도 할 수 있었다.

뻣뻣하게 버틸 줄 알았던 민철의 몸이 거부감 없이 내려왔다. 불룩하고 부드러운 여인경의 가슴과 단단하고 넓은 민철의 가슴이 포개어졌다. 마치 한 몸에 두 개의 심장이 있는 것처럼 서로의 심장을 느꼈다. 여인경만큼 민철의 심장도 거세게 박동했다.

"괜찮을 거예요."

당신이 누구와 함께 있고, 누구를 안고 있는지 알고 있다면 괜찮을 거라고, 그러니 안심하고 잠들라고. 여인경은 나직하게 속삭이며 민철을 설득했다. 그러면서 그의 어깨를 천천히 토닥였다.

잠시 그대로 있던 민철이 여인경의 팔을 어깨에서 풀었다. 그러고는 목 뒤와 등 밑으로 손을 집어넣어 끌어안더니 순식간에 자세를 바꾸었다. 어느새 민철의 팔을 베고 모로 눕게 된 여인경의 시야 앞에 강인한 쇄골이 보였다.

여인경은 어정쩡하게 늘어진 팔로 민철을 마주 안았다. 그녀를 감싼 민철의 팔에도 힘이 들어갔다. 빈틈없이 팔을 감고 다리를 얽었다.

그녀는 나긋하게 민철의 등을 토닥거렸다. 제 손 아래 무엇이 닿는지 끝내 알지 못한 채로 눈을 감았다. 민철을 다독이는 손길은 한참이나 계속되었다.

검은 이무기 위로 여인경의 체온이 스며들었다. 조금씩 등을 두드리는 손길이 느려지더니 이윽고 완전히 멈췄다. 민철이 눈을 감았다.

여인경은 단박에 눈을 떴다.

잤다. 깨어나자마자 드는 생각은 민철을 깨워야 할 자신이 잠드는 줄도 모른 채 잤다는 사실이었다. 심지어 옆자리는 비어 있었다. 목덜미가 서늘해지더니 등줄기로 시큰한 식은땀이 흘렀다. 조용히 있을 요량으로 눈만 감고 있으려다 덜렁 잠이 들다니……. 끄응. 목구멍 아래로 한숨이 고였다.

느낌상으로는 눈을 감았다가 뜬 것 같은데 시간이 훌쩍 지났다. 잠들기 전 방을 가득 채웠던 생생한 볕이 밀려난 자리를 차지한 응달은 차츰 영역을 넓혀 가고 있었다. 서둘러 몸을 일으키려던 여인경은 저도 모르게 인상을 구기고 말았다. 목 아래로 아프지 않은 곳이 없었다. 특히 회음부의 통증은 잠들기 전보다 훨씬 심해져 있었다.

여인경은 한 손으로 이불을 끌어올려 가슴께를 가리고 다른 한 손으로는 상체를 지탱했다. 어깨가 다 낫지 않았다면 십중팔구 고꾸라졌을 자세였다. 비척비척 자세를 잡으면서 보니 몸 아래에 수건이 깔려 있었다. 땀과 체액을 닦은 기억이 없는데 피부가 보송보송했다.

"으……."

여인경에게 잠버릇이라고는 죽은 듯이 자는 것이 전부였다. 그렇다는 건 잠든 자신의 몸을 민철이 닦아 주고, 엉망이 된 시트 사이에 수건을 덧대어 주었다는 얘기였다. 여인경은 횟횟해져 바싹 마른 얼굴을 쓸어내렸다. 자신만만하게 깨워 주겠다던 제 행동과 말이 되돌아와 무안했다. 그리고 이내 민철에 대한 걱정이 마음을 가득 채웠다.

그는 잤을까? 악몽을 꾸지는 않았을까? 어딜 간 걸까.

탈칵.

여인경은 욕실 문이 열리는 소리를 따라 고개를 돌렸다. 언제나 단정했던 머리가 약간 헝클어져 있고, 옷도 잠들기 전 입었던 그대로 구김이 보였다. 문턱을 넘어 다가온 민철이 여인경의 이마를 짚었다. 체온을 가늠하는 표정이 꽤 심각하다.

"열이 높습니다."

그랬구나. 여인경은 민철의 말을 듣고서야 몸의 이상을 감지했다. 두들겨 맞은 것처럼 안 아픈 곳이 없고 얇은 이불이 돌덩이처럼 느껴질 만큼 몸이 무거웠다. 여인경이 깊이 잠들었던 건 그녀가 섬세하지 못하거나 무신경한 탓이 아니었다. 민철을 위하는 마음이 커서 정작 제 상태를 제대로 인지하지 못하고 있었다.

"저, 악몽은……."

"꾸지 않았습니다."

여인경은 민철의 낯을 살피며 상태를 가늠했다. 그의 주변으로 무섭게 팽창하던 위태로운 공기가 한풀 꺾여 있었다. 흰자위도 언제 실핏줄이 섰느냐는 듯 맑게 개어 평상시와 같았다.

눈에 띄게 안심하는 그녀를 바라보는 민철의 시선이 사뭇 그윽했다. 그러자 안 그래도 열이 오른 여인경의 두 볼에 화기가 훅 끼쳤다. 겸연쩍은 기분에 눈을 내리깔고 두리번거리던 시야로 전자시계가 들어왔다. 때마침 2시 59분에서 3시로 액정 숫자가 전환되었다. 대강 시간을 계산해도 여섯 시간은 족히 잔 것 같았다. 그만 일어나야 하는데 실오라기 하나 걸치지 않은 이불 아래 사정이 난처했다.

"많이 안 좋은 겁니까?"

"그냥 좀 씻고 싶어서요."

"열이 있는데 괜찮겠습니까?"

"체질이에요. 체온이 높은 편이거든요."

"관계 직후라 몸살이 겹칠 수도 있습니다."

"저 그렇게 약하지 않아요."

"그럼 샤워만 간단히 하고 나오십시오."

"그럴게요."

여인경은 콘솔 위를 곁눈질했다. 훌훌 벗겨져 바닥에 떨어졌던 옷가지가 가지런히 정리된 채 놓여 있었다. 속옷까지 민철이 정리했을 생각에 눈앞이 캄캄해졌다. 가장 은밀한 치부까지 드러냈음에도 몹시 막막한 기분이 들었다. 낯을 발그스레하게 붉힌 여인경이 이내 콘솔 위로 손을 뻗었을 때였다.

"앗!"

어떻게든 옷을 입어 볼 작정이었는데 민철이 이불째 그녀를 안아 들었다. 놀람이 목에 맺힌 여인경의 입이 살짝 벌어지더니 급히 숨을 들이마셨다. 민철이 욕실 앞에 내려 준 후에야 머쓱한 혼잣말이 흘러나왔다.

"……괜찮은데."

"괜찮지 않은 거 압니다."

가만히 누워 있을 때는 몰랐는데 똑바로 발을 딛고 선 후에야 민철의 말이 실감 났다. 자신은 괜찮지 않았다. 아주 많이. 열이 문제가 아니었다. 근육통이 어마어마했다. 한 달 사이에 얼마 있지도 않은 근육들이 다 풀어진 모양이었다. 다리가 후들거렸으나 여인경은 버텼다.

"혼자 씻을 수 있겠습니까?"

"그 정도는 할 수 있어요."

"식사를 준비해 놓겠습니다."

"금방 씻고 나올게요."

욕실로 들어온 여인경은 칭칭 감은 이불을 세탁바구니에 넣어 두고 레버를 돌려 물을 틀었다. 샤워기를 통해 쏟아지는 뜨거운 물에 몸을 맡기고 있으니 뭉쳤던 근육도 차츰 풀어졌다. 갈아입을 옷을 챙기지 않았다는 걸 비누칠이 끝난 후에야 인식했다.

잠시 후 여인경은 물기를 닦고 문 밖에서 들려오는 인기척에 귀를 기울였다. 여인경은 수건으로 앞을 가리고도 한참을 망설였다. 조용히 문고리를 돌려 한 뼘가량 문을 열자 바로 앞에 옷이 있었다. 민철이 가져다 놓은 것이리라. 빼꼼히 고개를 내밀었지만, 구석에 있는 욕실에서는 거실이 보이지 않았다.

철의 여인

이런 보살핌을 받아 본 적이 언제였던가. 열여덟 이후로는 한 번도 없었다. 어쩐지 입 안 가득 달콤함이 퍼지는 것만 같았다. 여인경은 도로 욕실로 들어가 옷을 입었다. 이불을 한 품 가득 안고 나왔을 때는 민철이 문 앞에서 그녀를 맞았다.

"옷, 고맙습니다."

미소로 답을 대신한 민철은 이불을 건네받아 2층 계단 밑 다용도 공간에 두고 돌아왔다.

"그 자리가 아닙니다."

"네?"

"아직은 딱딱한 의자에 앉아 있기 불편하실 겁니다."

불편함을 감수하고 식탁 의자에 앉은 그녀를 민철이 침대로 이끌었다. 침대에는 어느새 새 시트와 이불이 깔려 있었다. 민철은 베개를 세워 그녀의 등에 괴어 주고 이불을 허리 아래까지 끌어다 덮어 주었다.

"식사를 가져다드리겠습니다."

곧이어 죽을 쟁반에 받쳐 들고 민철이 들어왔다. 이보다 호사스러운 대접이 또 어디 있을까. 소담히 담긴 죽과 따뜻한 물, 간간한 매실 장아찌까지. 상석에 앉아 진수성찬을 받는다고 해도 이런 감동을 주지는 못할 것이 분명했다.

"실장님은요? 식사 안 하셨잖아요."

"이따가 하겠습니다. 식기 전에 드십시오."

"저는 뜨거운 물로 샤워했더니 많이 좋아졌어요."

"그래도 지금은 휴식이 필요합니다. 해열제도 준비했으니 식사 후 드십시오."

민철은 하나에서부터 열까지 살뜰하게 챙겨 준 뒤 씻기 위해 욕실로 들어갔고, 여인경이 식사를 마칠 즈음 나왔다. 그리고 그녀가 해열제를 입 안에 털어 넣는 사이 조용히 다가와 빈 식기를 치워 주었고, 다 마신 물컵을 마저 개수대에 두고 돌아와서는 여인경이 편히 누울 수 있도록 침상을 정돈해 주었다. 실컷 자고 일어난 터라 잠이 올까 싶었지만, 적당히 부른 배와 포근한 이불 덕인지 금세 눈꺼풀이 무거워졌다. 깜빡, 깜빡. 느리게 감겼다가 뜨이는 시야에 설거지 중인 민철의 듬직한 뒷모습이 담겼다.

'……어?'

이상하다.

까무룩 수마에 잠식되기 직전 여인경은 이상한 느낌을 받았다. 그것은 낯선 동시에 낯익은 기시감이었다.

'뭐지? 왜 이런 느낌이 들지?'

의문을 채 해소하기도 전에 여인경은 기세등등한 수마 속으로 빠져들었다. 물 흐르는 소리와 건조대에 식기를 올려놓는 미세한 소음만이 드문드문 집 안을 채웠다.

등을 배회하던 시선이 사라진 것을 느낀 민철은 수도를 잠갔다. 똑. 똑. 똑. 수도꼭지에 맺혀 있던 몇 방울의 물이 개수대로 떨어지는 소리가 사라지자, 고른 숨소리만 주위를 가득 에웠다. 뒤를 돌아보니 하얀 이불에 폭 파묻힌 여인경의 모습이 시야에 박혔다. 그는 젖은 손을 닦아 내고 침대 맡으로 다가와 그녀를 내려다보았다. 신사답고 상냥한 남자는 온데간데없이 사라지고 번잡한 사념으로 얼룩진 비정한 사내만 남아 있었다. 이윽고 감정의 고리가 끊긴 황량한 낯에 부박한 고소苦笑가 너울졌다.

악몽을 꾸지 않았다던 민철의 말은 진실이었다. 그러나 다른 꿈을 꿨다. 그것은 그를 괴롭히는 악몽과 마찬가지로 아주 오래된 기억 중 일부였다. 기억이라는 것은 참으로 희한해서 단순한 자극만으로도 존재감을 드러냈다. 꿈을 꾸는 동안 눈이 시리도록 선명했던 기억은 현실로 돌아오자마자 탁하게 물들었다.

뿌옇게나마 뇌리에 박힌 기억 속에는 어김없이 그가 있었고, 아이가 있었다. 일시는 정확하지 않으나 민철이 붉은 벽돌집으로 들어와 두 번째 겨울을 앞두고 있던 어느 날이었다.

아이는 하늘이 황혼으로 물들 무렵까지 수북하게 떨어진 낙엽을 장난감 삼아 놀고 있었다. 바가지를 뒤집어 놓고 집에서 대강 잘랐을 법한 아이의 투박했던 머리카락은 밤톨처럼 짧게 깎여 있었다. 그것이 민철의 눈에는 몹시 추워 보였다. 고장 나 비죽이 열린 대문을 열고 들어가자 아이가 그를 반겼다. 민철은 슥슥 아이의 보드라운 머리를 문질러 주었고, 아이는 머리카락에 껌이 붙어서 잘랐다는 것을 시작으로 종일 뭐 하고 지냈는지 연신 조잘거렸다. 그러다 크게 재채기를 한 아이가 코를 훌쩍거렸다. 아이의 옷은 소매만 길 뿐 군데군데 해지고 지나치게 얇았다.

"겨울옷 좀 사 달라고 해."

"아빠 돈 없어."

시무룩한 아이의 대답에 민철은 화가 났다. 돈이 없을 리 없다. 아무리 없어도 아이 옷 하나 장만할 돈이 없겠는가. 그러나 어린아이에게 구구절절 설명해 봐야 소용없으리라는 것을 알았다.

민철은 아이에게 제 교복 재킷을 벗어 입혀 주었다. 교복 재킷이 코트처럼 아이의 발목까지 내려오는 우스꽝스러운 모습이었지만, 개의치 않았다.

"감기 걸려. 입고 있어."

"형아는?"

"나는 괜찮아."

어차피 집 앞마당이니 조금 춥다고 해서 문제 될 건 없었다. 그런데도 아이는 심각한 낯으로 생각에 잠기더니 이내 꼬물꼬물 긴 소매 끝으로 손을 빼내 민철의 손을 잡았다.

"따뜻하지?"

물끄러미 손을 내려다보는 민철에게 아이는 자신만만하게 물었다. 작고 포동포동한 손은 따뜻했다. 민철은 아이 혼자 잡고 있는 제 손을 가볍게 말아 쥐었다. 그러자 아이는 세상을 다 얻은 것 같은 표정으로 활짝 웃었다. 그리고 조용히 꿈에서 깨어났다. 품에는 여인경이 있었다.

민철은 주머니에서 휴대전화를 꺼내 무음으로 돌려 놓았다. 곧 까맣게 바뀐 액정에 다시 불이 들어왔다. 두진이었다.

철의 여인

여인경의 부친, 여석태와 모친, 신진숙에 대한 보강 자료를 전송했다는 내용의 메시지였다.

책상으로 자리를 옮긴 그는 잠든 여인경을 등지고 앉아 노트북의 전원을 켰다.

한 시간 반쯤 자고 일어난 여인경은 사방이 어두컴컴해 깜짝 놀라 몸을 일으켰다. 어둡긴 했지만, 방향을 가늠하지 못할 정도는 아니기에 책상에 앉아 있는 민철의 널찍한 등이 보였다. 그 건너편으로 인공 불빛을 뿜어내는 것의 정체는 노트북이었고, 모니터는 그에게 가려 보이지 않았다.

민철은 노트북의 전원을 끄고 여인경에게 몸을 돌려 다가왔다. 어스름하게나마 방을 비추던 빛이 사라지자 방은 온전히 어둠에 갇혔다. 여인경은 불투명한 시야를 가늘게 좁혀 전방을 주시했다. 민철이 아니라 거대한 그림자가 다가온다는 착각이 들었다.

여인경은 콘솔 위 전자시계로 현재 시각을 확인했다. 오후 5시 10분. 아직 어둠이 내려앉기에는 이른 시각이었다. 2층에 빛이 들어오는 양으로 따지자면 4시부터 6시 사이에 가장 많았기 때문에 짙은 회색 그림자로 뒤덮인 민철의 방은 낯설었다. 가까이 다가온 민철은 여인경을 내려다보며 물었다.

"몸은 좀 어떻습니까?"

"괜찮아요. 혹시 밖에 비 오나요?"

"아니요. 일주일 내내 비 소식은 없습니다."

민철은 방 불을 밝히는 대신 커튼을 젖혀 주었다. 맞은편 담벼락의 긴 그림자가 지나는 1층 그의 방과 거실 일부를 제외하면 제법 환했다.
　"잠시 외출을 해야 할 것 같습니다."
　그렇게 말하면서 민철이 불을 컸다. 여인경은 발광하는 불빛에 눈이 시큰거려 질끈 감았다가 떴다. 민철은 겉옷만 걸치면 바로 외출해도 될 차림이었다.
　"어디, 나가세요?"
　"아무래도 그래야 할 것 같습니다."
　준비하라는 말이 없는 민철을 말갛게 올려다보던 여인경은 이 집에 혼자 남아야 한다는 사실을 직감적으로 알 수 있었다.
　몸 상태가 괜찮아졌어도 외출할 정도는 아니었다. 그녀에게 혼자라는 말이나, 남겨짐에 특별한 의미를 부여하는 건 무의미한 일이었다. 이원하와의 일도 민철의 도움을 받고 있지만, 그에게 전적으로 의지해서는 안 된다고 수시로 상기했다. 그를 좋아하는 만큼 짐이 되고 싶지는 않았다.
　그런데 어째서일까. 다녀오라는 말이 목구멍에 가시처럼 걸려 나오려 하질 않았다. 이성과 본능의 괴리가 여인경을 혼란스럽게 했다. 아무리 인간이 환경에 적응하는 동물이라지만, 셈해 보면 고작 며칠에 불과했다. 그러니 이것은 적응이 아니라 의존이었다.
　'세상에, 어린애도 아니고…… 미쳤나 봐.'

철의 여인

그와 일거수일투족을 함께하는 것을 당연하게 여기고 종래에는 잠시나마 떨어지는 것조차 거부하고 있지 않은가.

여인경은 낯을 굳힌 채 애꿎은 허공을 노려보다 이내 고개를 숙였다. 이런 모습을 들키고 싶지 않았다. 제 속에 이런 고약한 마음이 있을 줄 몰랐다. 달콤함으로 둘러싼 사랑의 저변에는 이토록 쓴맛이 숨겨져 있었다.

"불안하십니까?"

여인경은 아무런 대답도 하지 않았다. 그저 두 손을 더 꽉 움켜쥐었다. 민철은 침대에 걸터앉아 희게 질린 여인경의 얼굴을 바라만 보았다. 떨리는 손을 잡아 주지도, 움츠러든 어깨를 감싸안아 주지도 않았다. 그저 다정한 음성으로 속삭였다.

"두진이 대문 밖에 상시 대기하고 있을 겁니다."

그제야 고개를 든 여인경은 몹쓸 생각을 털어 내려는 듯 한숨을 폭 내쉬고는 가볍게 미소지었다. 일이 있어서 나가야 한다는 사람에게 괜한 부담을 줄 필요는 없었다.

"저 때문에 여러 사람 고생하네요."

"집 안으로 들어오거나 대문턱을 넘을 일은 없을 테니 불편하시더라도 몇 시간만 참아 주십시오."

"제가 불편할 게 뭐가 있겠어요."

대문 밖에서 대기하는 것이라면 차도 들어오지 못하는 좁은 골목의 특성상 마냥 서 있어야 한다는 뜻이었다. 그렇다고 민철이 없는 집에 그를 들일 수도 없는 노릇이었다. 여인경은 곤란한 표정을 지으면서도 두진에 대해 섣불리 입에 담지 않았다. 두진에게는 미안한 일이지만, 그녀가 해결책을 마련해 줄 수 있는 상황이 아니었다.

"혹시 휴대전화는 사용이 가능합니까?"

"네. 가능하기는 한데……."

"무슨 문제가 있습니까?"

여인경은 고개를 가로저었다. 더는 이원하를 피할 이유가 없었다.

"그냥 오래 충전을 안 해서요. 제 번호는……."

"알고 있습니다. 계약서에 작성하신 번호 아닙니까?"

"맞아요. 그 번호."

고개를 주억거린 여인경은 이불을 젖히고 일어나려 했다. 민철을 배웅하고 2층으로 올라갈 요량이었는데 민철이 그녀를 붙잡았다.

"그냥 계십시오."

"네?"

"저는 여인경 씨와 내외할 생각이 없습니다. 싫습니까?"

"싫지는 않아요."

여인경도 민철과 떨어지고 싶지 않았다. 단지 지나치게 빨랐다. 하지만 반대로 민철이 내외를 했다면 그건 그거대로 속상할 일이었기에 내색하지 않았다.

"그럼 짐을 이쪽으로 모두 옮겨도 되겠습니까?"

"제가 여기 있으면 고양이는 어쩌죠?"

철의 여인

"그건 염려하지 마십시오. 봉현이가 언제든 내려올 수 있도록 문을 열어 놓겠습니다."

"아……."

몸을 일으키는 민철을 따라 놀라움을 담은 여인경의 시선도 움직였다. 그가 찾는 사람의 이름이 최봉현이라는 사실을 알게 된 이후 여인경은 실수로라도 그 이름을 입에 올리지 않았다. 무언의 금기가 민철에 의해 깨진 셈이었다.

"지금 가져다드리겠습니다."

2층에 올라온 민철은 어느새 돌아와 이불 위에 몸을 둥글게 말고 있는 고양이와 잠시 눈을 맞추었다. 여인경의 가방을 챙겨 나온 그는 언제나 굳게 닫혀 있던 방문을 활짝 열어 두고 1층으로 내려왔다. 여인경이 가방에서 휴대전화와 충전기를 꺼내 주자 민철이 콘센트에 연결해 주었다. 완전히 충전되려면 시간이 걸릴 터였다.

명함을 꺼내려는 민철에게 여인경은 김 경사의 번호를 술술 읊었다. 이원하가 이 집으로 쳐들어왔을 때 경황이 없는 상황에서 한 번 봤을 뿐인 김 경사의 전화번호를 여인경은 정확히 기억하고 있었다. 그리고 명함에서 본 민철의 번호를 이어 말했다. 수줍게 웃으며 '머리가 썩 좋은 편은 아닌데 신기하게도 한 번 보거나 들은 전화번호는 절대 잊지 않는다'며 덧붙였다.

괜한 자랑을 한 기분에 부끄러워하는 여인경과는 달리 민철의 표정은 납처럼 굳어졌다. 그러나 여인경이 이상한 기운을 감지하기도 전에 민철의 표정은 휘발되었다.

"그럼 쉬고 계십시오."

"네. ……다녀오세요."

뒤돌아 나가려던 민철이 다녀오라는 여인경의 말에 잠시 걸음을 멈추었다. 그러나 그뿐이었다. 그는 끝내 그녀를 돌아보지 않았다.

탁. 이윽고 현관문이 닫혔다.

덩그러니 남겨진 여인경은 민철이 나간 현관 쪽을 한 번, 허공 한 번, 천장을 한 번 눈으로 더듬다 다짐이라도 한 듯 숨을 가다듬고 휴대전화의 전원을 꾹 눌러 켰다. 까맣던 액정에 불이 들어왔다.

꼭 한 달 만이었다. 3퍼센트 남짓 충전되었음이 화면에 표시되어 있었다. 여인경은 민철의 번호를 입력하고 깜빡거리는 커서를 보며 잠시 망설였다. 고민하는 사이 까맣게 꺼진 액정을 서둘러 켰다. 액정이 꺼지기 직전 '실장님'이라고 썼다가 지우고 '민철 실장님'이라고 썼다가 다시 지웠다. 톡톡톡. 검지로 휴대전화 테두리를 두드리다 이내 '민철'이라고 이름만 적어 넣었다가 뒤에 '씨'를 덧붙였지만, 결국 다시 지워 버렸다. 불현듯 뇌리를 스치는 문자 조합에 여인경은 뿌듯한 미소를 지었다.

아이언 맨.

막상 저장하고 났더니 괜스레 얼굴이 발갛게 물들었다. 민철은 별명이라고 했지만, 어쩐지 자신만의 애칭이 생긴 기분이었다. 생각해 보면 처음 만났을 때부터 그는 영웅처럼 그녀를 구해 주었다. 손을 내밀어 주고 어려움을 극복할 수 있도록 발판을 마련해 주었다. 좀 더 그에 대해 알고 싶었다. 아니, 아주 많은 것을 알고 싶었다.

'마음이 급한 건 나였네.'

사회생활은 능숙할지언정 연애는 초보였다. 여인경은 지금 속절없이 빠져들고 있었다. 이성적으로 생각하지 않으려는 것이 아니라 민철을 앞에 두면 하나만 아는 바보가 되고 말았다.

'곁에 있고 싶어.'

여인경은 벌써 몇 번이나 시간을 확인했다. 민철이 집을 나선 지 10분도 채 지나지 않았는데 체감은 1분이 한 시간처럼 느껴졌다. 너무 고요했다. 마치 민철을 만나기 전으로 돌아간 것 같은 착각이 들었다.

민철은 쉬라고 했지만, 그가 없는 집에서 편히 쉴 자신이 없었다. 이불을 걷고 바닥을 딛고 일어선 여인경은 가볍게 몸을 움직여 누워 있느라 느슨하게 풀린 근육을 깨웠다. 다행히 약을 먹고 잔 덕에 잠들기 전보다 몸은 훨씬 가벼웠다. 겉으로 보기에 사뭇 가냘프지만, 그녀는 꽤 강골이었다. 우량아로 태어나 어려서는 체격도 또래를 웃돌아 골목대장을 자청하기도 했었다. 지금의 마른 체질은 사춘기를 지나면서 성장이 멈춘 후의 변화였다.

냉장고에서 물을 꺼내 마신 여인경은 2층으로 올라갔다.

이불에서 잠을 자던 봉현이 고개를 번쩍 들었다. 그러고는 예쁘게 울며 여인경을 반겼다.

"미안. 나 없어서 많이 놀랐지?"

문턱을 넘어 안으로 들어가자 고양이가 여인경 다리에 얼굴을 문지르며 반가움을 표현했다. 그녀는 이불 위에 앉아 봉현의 턱을 살살 긁어 주었다. 고롱고롱. 기분 좋게 목을 울리는 고양이 목에는 남도운의 연락처가 새겨진 새로운 펜던트가 달려 있었다. 아무것도 변하지 않은 것 같지만, 아주 조금씩 변하고 있었다.

"아무래도 1층에 있어야 할 거 같아. ……미안해. 자주 올라올게."

그때였다. 충전 중이라 두고 올라온 전화가 요란하게 울어 댔다. 여인경은 뛰는 걸음으로 내려와 휴대전화를 들어올렸다. 민철일지도 모른다는 기대감으로 홍조를 띠던 얼굴이 급격하게 식어 버렸다. 저장되어 있지 않지만, 결코 잊을 수 없는 번호였다.

이원하.

한계까지 올려놓은 음량이 고막을 타고 들어와 신경을 쥐어뜯고 심장을 들쑤셨다. 휴대전화를 뒤집어 놓으면 무음으로 자동 변환되는 기능을 몰라서 그런 것이 아니었다. 학습된 공포가 반짝 기지개를 켰으나 잠시뿐이었다.

그녀는 지금 갈등하고 있었다. 받아야 할까, 말아야 할까. 더 이상 이원하를 피할 이유는 없지만, 그렇다고 그와 다시 엮이고 싶지도 않았다.

저절로 끊겼던 전화가 재차 울렸다. 이번에도 같은 번호였다. 여인경은 전화를 받은 채 아무 말도 하지 않고 상대방이 먼저 입을 열 때까지 기다렸다.

─ 나야.

"……."

─ 여인경.

"그쪽하고 내가 할 말이 더 남았던가요?"

이번에는 이원하가 침묵했다. 여인경이 전화를 피하지 않은 까닭은 중간에 민철을 끼지 않고 이원하에게 마지막을 알리기 위해서였다. 그녀는 줄곧 끝을 원했지만, 강제성은 없었다. 그럴 만한 힘이 없었기 때문이었다. 그러나 앞으로는 달라질 것이다. 민철은 그만한 힘이 있었다. 그러하기에 민철이 손을 쓰기 전에 이원하가 끝을 인지하기를 바랐다. 현실적으로 불가능한 일이라는 걸 알면서도 여인경은 제 선에서 이 일을 마무리짓고 싶었다.

"난 할 말 없어요. 그러니까 다시는 연락하지 마세요. 어떤 식으로든 그쪽과 연관되고 싶지 않아요. 이만 끊겠습니다."

─ 잠깐! 끊지 마, 끊지 말라고! 이번이 마지막이야!

"……."

─ 내가 먼저 연락하는 건…… 이번이 마지막이라고.

여인경은 이원하의 말을 믿지 않았다. 이원하도 그 사실을 알고 있었다. 자신이 뿌린 대로 거둬들일 뿐인데 미칠 것처럼 억울했다. 이런 결과를 원한 적도, 생각해 본 적도 없었다. 원래 씨앗이 그러했다. 땅 아래 묻혀 있는 씨앗이 땅 위로 뚫고 나오기 전까지는 결과를 알 수 없는 법이었다.

― 그 남자하고 정말, 그래? 정말 사랑하느냐고.

이원하는 제 혀를 잘라 버리고 싶었다. 머리로는 그러면 안 된다는 걸 알면서도 미리 준비했던 말 대신 엉뚱한 말이 튀어나왔다.

"내가 왜 그쪽한테 그런 걸 말해야 하죠?"

― 그래. 말하지 마. 나도 듣고 싶지 않으니까. ……젠장! 내가 너를 괴롭힌 거 인정해. 너한테 내가 필요해지길 원했으니까. 너한테 나밖에 없길 바랐으니까!

"……."

― 그런데 나, 너한테 거짓말을 한 적은 없어. 내 입으로 마지막을 말한 적도 없고! 그건 너도 알잖아!

"다 하셨어요?"

― 뭐?

"하고 싶은 말 다 하셨느냐고요. 그럼 이걸로 정말 끝이었으면 좋겠네요. 마지막이라는 그 말, 꼭 지켜 주세요."

아니다. 그는 이런 미련을 떨자고 어렵게 전화한 것이 아니었다. 이원하는 입 안 여린 살을 짓씹으며 뜨겁게 달궈진 머리의 열기를 식혔다.

― 나는 마지막이지만, 넌 아니야.

이건 또 무슨 궤변인가. 여인경은 기막히고 어이없는 심정을 한숨에 실어 보냈다. 괜히 말을 섞었다는 후회마저 들었다.

― 그게 언제든 상관없어. 내 도움이 필요한 순간이 올 테니까.

"그럴 일 없어요."

― 장담하지 마. 사람 일 모르는 거야. 너, 내 손발을 묶을 만큼 힘을 가진다는 것이 무슨 의미인지 알아? 그만한 힘을 가지고도 완벽하게 베일에 싸여 있다는 건? 적어도 나는 사람들이 알 만한 힘을 가졌어. 사람들 말마따나 부모 덕에 금수저 물고 태어나서 친인척 인맥에 돈까지, 내가 가진 힘이란 건 납득할 만한 그런 힘이라고. 그런데 그 남자는? 넌 눈치가 빠르니까 어쩌면 이미 예상하고 있을지도 모르지. 그러니까 더 위험해지기 전에 그 남자에게서 떨어져. 널 위해 하는 말이야.

결국 이원하의 말은 도움을 빙자한 겁박이었다. 민철에 대해 궁금하면 당사자에게 물어보면 될 일이었다. 이원하를 통해 듣고 싶은 생각은 추호도 없었다.

"필요 없어요."

― 장담하지 말랬잖아! 지금은 아니더라도 머지않아. 아니, 조만간 내가 하는 말을 뼈저리게 이해하는 순간이 올 거야. 그때 가서 후회하지 말고 내 말 들어.

"그만 하죠. 끊겠습니다."

더는 이원하의 말을 듣고 싶지 않았다. 말이 통하지 않는 상대라는 걸 새삼 깨달은 여인경이 독단적으로 통화를 끝냈다. 전원을 아예 꺼 버리려다 털썩 침대에 주저앉았다. 10분도 되지 않는 통화만으로 진이 쏙 빠졌다. 그런데 자꾸만 이원하의 말이 목에 걸린 가시처럼 신경을 건드렸다.

"더 위험해지기 전에 그 남자에게서 떨어져."

이원하는 여인경에게 불신의 씨앗을 던졌다. 그것은 의식 속에 기생하는 의문을 자양분 삼아 뿌리를 틀었다. 매번 이런 식으로 여인경의 목을 옥죄던 이원하의 계획은 꽤 성공적이었다.

그동안 민철이 가진 힘의 원천에 대해서는 깊이 생각하지 않았었다. 민철은 사회적으로 성공한 사람이니까, 그럴 만한 힘이 있다고 당연하게 여겼다. 알 만한 기업의 사장을 보필하는 비서실장이라는 직함이 그것을 증명해 주기도 했기에 의문을 품지 않았다.

그러나 이 논리는 보편적 기준에만 적용된다는 한계가 있었다. 이원하라는 상대적 기준과 대치한다면 결론의 척도는 성공이 아니라 힘의 우위로 갈리게 되는 것이다. 납치, 감금의 죄를 짓고도 공권력을 이용한 특권층인 이원하가 '마지막'을 말할 수밖에 없는 상황. 그리고 그 상황을 이끌어 낸 것이 바로 민철의 힘이었다. 비서실장이라는 직함만으로는 설명이 부족했다.

여인경은 손을 뒤집어 손바닥을 들여다보았다. 열여덟부터 지금까지 쉬지 않고 열심히 일한 손은 겉으로 보아서는 크게 달라진 점이 없었다. 그러나 섬세한 작업에 길들여진 손끝은 야무져졌고 노련해졌으며, 감각은 예전과 비교할 수 없을 만큼 예민하게 도드라졌다.

여인경은 관계를 맺는 도중 만졌던 민철의 피부 감촉을 떠올렸다. 어깨와 팔을 아우르는 오돌토돌한 흔적의 정체. 그것은 찢기고 저며져 벌건 속살이 벌어졌다가 봉합된 흉터였다.

교통사고를 크게 당한 부모님의 몸에도 비슷한 흉터가 빼곡했다. 그 사고로 인해 엄마를 잃을 뻔했으며 아버지는 왼쪽 눈의 시력을 잃었다. 그게 여덟 살 때였다고 했었다. 너무 어릴 때라 기억나는 것은 없지만, 부모님께 전해 들은 바로 그날 여인경은 집에 있었고 그 덕에 사고를 면할 수 있었다.

'그렇다면 그도 교통사고를 당했던 걸까?'

여인경은 두 손을 움켜쥐었다. 궁금하면 물어보면 그만이다. 그 생각에는 변함이 없다. 그러나 질문의 의도가 전처럼 순수하기만 하다고 장담하기 어려워졌다. 머릿속 한 귀퉁이에 비상점멸등이 깜빡거렸다. 위험. 이건 의문이 아니라 의심이었다.

'믿는다고 했잖아.'

조금씩 상대방을 알아 가는 과정이라 생각하며 여인경은 주저하지 않고 의심의 싹을 잘라 냈다. 때마침 민철에게 전화가 걸려 왔다.

"여보세요."

— 민철입니다.

민철의 목소리를 듣는 순간 머릿속을 어지럽히던 생각이 순식간에 자취를 감추었다. 바보가 된다는 건 이런 의미였다.

인과는 중요하지 않았다. 민철 외에는 아무 생각도 할 수가 없었다. 진실보다 상대가 전하는 진심에 맹목적으로 매달렸다. 민철의 존재 자체가 개연성이었다.

― 아무래도 오늘 저녁은 혼자 드셔야 할 것 같습니다.

"많이 늦으세요?"

늦느냐는 물음에 민철은 엉뚱한 대답을 했다.

― 사진을 찍어 보내 주시겠습니까?

"사진요?"

― 네. 당장은 사진으로 만족하겠습니다.

그제야 여인경은 민철의 말을 이해했다. 그리고 사진을 보내 달라는 말에 숨겨진 의미도. 여인경은 속절없이 뛰는 가슴에 한 손을 올리고는 볼을 발갛게 물들였다.

"저한테도 보내 주세요."

― 실물이 훨씬 나을 겁니다.

"저도 실물이 더 나아요."

― 그럼 빨리 돌아가야겠군요.

여인경은 민철에게 이원하와의 통화 내용을 알려야 하나 말아야 하나 고민했다. 이원하가 이번이 마지막이라고 했으니 그 말을 어기고 다시 연락을 하면 그때 알려도 되지 않을까.

그러나 이번 일에 민철이 애서 준 것을 생각하면 숨겨서는 안 될 일이었다. 무엇보다 민철에게 비밀을 만들고 싶지 않았다. 거짓말이 그러하듯 비밀 역시 한 번 감추기 시작하면 끝이 없었다.

"조금 전에 그 사람한테서 전화가 왔었어요."

— 앞으로는 전화는 물론 어떤 루트로도 접근하지 못할 겁니다.

"그쪽도 마지막이라는 말을 하던데, 무슨 뜻일까요?"

— 돌아가서 자세한 진행 상황을 알려 드리겠습니다. 혹 다른 말은 없었습니까?

다른 말.

불쑥 떠오르는 생각이 있었으나 어차피 이원하가 분탕질 치려고 한 말일 뿐 사실 여부는 민철에게 물어보면 해결될 일이었다. 그러니 감추고 말고 할 것도 없었다.

"실장님에 대한 제 감정을 물었어요."

— 그래서 뭐라고 하셨습니까?

"아무것도 알려 주고 싶지 않다고 했어요."

당사자에게도 아직 한 적 없는 고백을 이원하에게 말하고 싶지 않았다.

— 이런 시기에 혼자 있게 해서 미안합니다.

"빨리 오실 거잖아요."

— 노력하겠습니다.

"기다릴게요."

— 그래도 사진은 보내 주십시오.

"그럴게요."

귓가에 달콤하게 들러붙는 민철의 낮은 음성이 아쉬웠지만, 통화를 끝내야 하는 상황이었다. 서로의 끼니를 걱정해 주고, 다소 영양가 없는 말을 몇 마디 더 주고받은 후 전화를 끊었다.

여인경은 그제야 민철과의 달라진 관계를 실감했다. 민철에게 사귀자거나 좋아한다는 고백을 직접적으로 듣지 못했지만, 백 마디 말보다 행동으로 증명되는 진심이 더 중요하다고 생각했다. 이제 와 관계의 정의를 논하고자 '우리 사귀는 건가요?' 따위의 질문을 던지는 건 우매한 짓이었다.

'나도 믿는다고만 했지 제대로 고백한 적은 없잖아.'

그러니 괜찮았다. 이런 게 연애가 아니면 뭐가 연애일까. 여인경은 그렇게 괜한 불안을 잠식시키기 위해 합리화했다. 사실 게걸스럽게 달려드는 외로움에 시달리느라 불안할 겨를이 없었다. 방금까지 행복했던 것이 거짓말처럼 사무치는 고독에 모골이 송연해졌다. 민철이 아니었다면 몰랐을 감정이었다. 널뛰는 감정을 제어하지 못할 만큼 무서운 속도로 민철에게 빠져들고 있었다. 그녀가 고양이가 있는 2층으로 올라간 것은 우연의 산물이 아니었다. 민철은 그녀가 자신 없이는 견딜 수 없길 바랐고, 그렇게 되어 가고 있었다.

자정이 지나서야 돌아온 민철은 안방 쪽은 쳐다보지도 않고 곧장 2층으로 올라갔다. 열어 놓고 갔던 문은 꽉 닫혀 있었다. 소리 나지 않게 문을 열자 처음 그날처럼 고양이와 잠든 여인경의 모습이 눈에 들어왔다. 검은 고양이의 반질반질한 노란 눈동자가 민철을 고요히 응시했다. 방으로 들어간 민철이 잠든 여인경을 안아 올렸다. 그녀 곁을 지키듯 앉아 있던 고양이가 옆으로 비켜섰다.

"으음…… 실장님?"

"그냥 주무십시오."

우뚝 멈춰 선 민철이 이쪽에 시선을 둔 고양이에게 고개를 돌렸다. 자신의 빈자리를 대체하고 있던 고양이의 존재가 몹시 거슬렸다. 한때는 필요했으나, 지금은 불필요했다. 가만히 웅크리고 있던 고양이가 몸을 일으켜 털을 쭈뼛 세우더니 경계 태세를 갖췄다. 기어이 눈꺼풀에 얹어진 수마를 떨쳐 낸 여인경은 당혹감을 감추지 못한 채 몸을 굳혔다.

"아, 저기……. 저 좀 내려 주세요."

"위험합니다. 가만히 계십시오."

계단 위였다. 하는 수 없이 몸에서 힘을 뺀 여인경은 민철을 힐끔거렸다. 1층으로 내려와 여인경을 침대에 내려놓은 민철이 그 앞에 몸을 굽혀 앉았다.

"미안합니다."

갑작스러운 사과에 몽롱하던 정신이 번쩍 들었다. 민철이 미안할 일은 없었다. 그가 자신에게 미안할 일이라고는 하나뿐이었다.

"저는 무슨 말씀인지 잘……."

"2층에 올라갈 만큼 불안했던 거 아닙니까?"

"아……."

그제야 민철의 언행을 이해한 여인경은 가슴을 쓸어내렸

다. 이원하와 통화했다는 사실을 말할 때만 해도 민철이 걱정할 건 생각하지 못했다.

"불안해서 그런 거 아니에요. 밖에 두진 씨도 있었는데 불안할 게 뭐 있겠어요. 이건 그냥, 그냥 습관 같은 거예요."

실은 외로움을 견딜 수 없어 2층에 올라갔다고는 말할 수 없었다.

"그럼 묶어 놔야 하는 겁니까?"

"네?"

"습관이라는 건 무의식이잖습니까. 전 독수공방하고 싶지 않습니다."

"푸흡!"

여인경이 참지 못하고 웃음을 터트리자, 민철은 농담이 아니라며 진지하게 대꾸했다.

"침대에서 기다릴 여인경 씨를 상상했습니다."

"그런 것도 상상하세요?"

"더한 것도 상상합니다."

점잖기만 한 줄 알았던 민철의 열기를 알고 있는 그녀로서는 '더한 것'이 무엇을 의미하는지 모를 수가 없었다. 민철은 안경을 벗어 콘솔 위에 올려 두더니 기습적으로 입을 맞추었다. 격렬하지는 않았어도 명백한 의도를 담아 농밀하게 혀를 얽었다.

오스스 소름이 돋을 만큼 저릿한 감각이 등줄기를 훑었다. 여인경의 갈 곳 없는 손이 옷자락을 움켜쥐었다. 민철이 입술을 떼고 물러나자 얼굴을 발갛게 물들인 여인경이 밭은 숨을 몰아쉬었다.

"몸은, 괜찮습니까?"

여인경은 단순한 안부가 아님을 직감했다. 자정이 지났으니 벌써 어제였다. 위태로워 보이는 민철을 차마 거절하지 못했던 것이. 그러나 지금의 민철은 위태로워 보이지 않았다. 어딘지 모르게 연약하고 애처로워 안아 주고 싶던 그때와는 분명 달랐다.

"괜찮습니까?"

더욱 깊어진 음성으로 재차 확인하는 그에게 여인경은 고개를 주억거릴 수밖에 없었다. 몸을 일으킨 민철이 돌이킬 틈을 주지 않겠다는 의지를 담아 입술을 훔쳤다. 매사 느긋하고 우아한 그가 유일하게 다급해지는 순간이었다. 여인경은 자신 앞에서 욕망을 드러내는 민철의 변화가 몸서리쳐지게 좋았다.

민철이 여인경의 입술을 벌리고 집요하게 파고들었다. 외투를 벗느라 몸은 멀어졌어도 맞물린 입술만은 떨어지지 않았다. 가슴 밑바닥에 고인 숨이 차올라 목구멍을 뚫고 나올 지경이 되어서야 입술을 물렸다. 한층 뜨겁게 달궈진 공기가 폐부를 가득 채웠다. 하아. 하아. 질끈 감은 눈꺼풀 위로 환한 빛의 잔상이 산발적으로 터졌다. 머리가 어지러웠다.

첫 관계 때에는 이른 아침인 터라 대체로 어둑했는데 지금은 훤히 밝힌 전등 탓에 도무지 몸을 숨길 개재介在가 없었다.

머리만 감춘 타조처럼 눈만 감는다고 능사가 아니었다. 제 모습을 낱낱이 살피는 민철의 예리한 시선은 눈을 감고도 느껴졌다. 여인경은 용기를 긁어모아 질끈 감았던 눈을 떴다. 차마 민철과 맞추지 못한 시선은 단단하게 튀어나온 울대 부근에 머물러 있었다.

"……불 좀 꺼 주세요."

"내외할 생각이 없다고 했던 제 말, 기억하십니까?"

"하지만……."

"섹스는 부끄러워할 일이 아닙니다."

원론만 따지자면 여인경도 민철의 말에 백번 동의했다. 그러나 기분까지는 여인경도 어쩔 수 없는 일이었다. 비록 사회생활을 남들보다 일찍 시작했어도 여인경에게 성性은 보수적 가치관 중 최상위에 있었고, 그것은 공론화하는 것조차 껄끄러운 주제였다.

해가 지기 전에 귀가한다거나, 보충수업 탓에 귀가가 늦어질 경우 부모님이 학교 앞까지 마중 나오는 일은 일상이었다. 수련회나 수학여행처럼 공식 행사가 아니면 외박은 불가능했다. 여인경도 부모님의 보호가 과하다고 생각하지 않았다. 세상은 날이 갈수록 흉흉해졌고, 당시 그녀는 미성년자였으며, 성별이 가지는 한계를 충분히 이해하고 있었다. 보편적인 개념에 익숙한 탓도 있었지만, 유난히 가족애가 컸던 것도 순응하는 성격에 한몫했다. 가족이 뿔뿔이 흩어지고 성인이 되어서도 뿌리 깊게 내재한 헤게모니[5]가 흔들린 적은 없었다.

---

5. 헤게모니(Hegemony) : 통상적인 의미에서 하나의 집단이나 국가, 혹은 문화가 다른 집단, 국가, 문화를 지배하는 것.

그런데 불빛 아래 드러난 욕망을 마주한 지금은 팽팽하게 갈린 통념이 혼란을 야기했다. 처음이야 정신없이 휘몰아친 통에 인식하지 못했지만, 지금은 모든 감각이 적나라하게 인지되었다. 민철이 주는 쾌감에 사지를 비틀고 달뜬 숨을 몰아쉬는 동안 내재된 욕구가 걷잡을 수 없이 팽창하면서 여인경을 짓눌렀다.

아는 만큼 보인다고 했다. 그 말이 꼭 맞았다. 곧 다가올 쾌락을 기대하는 자신이 세상에서 가장 음탕한 사람처럼 느껴졌다. 한마디로 부끄러워 미칠 것 같았다.

"저를 알고 싶다고 한 건 여인경 씨였습니다."

민철은 은밀하게 속삭이면서 여인경의 귓불을 잘근잘근 깨물었다.

"아흣……!"

"그러니 피하지 말고 보십시오. 보셔야 합니다."

상체를 일으켜 넥타이를 풀어 던지는 손길이 사나웠다. 여인경은 풀려 나가는 민철의 셔츠 단추를 훔쳐보다 빛 아래 드러난 육체에 숨을 삼켰다. 일절 군더더기라고는 찾아볼 수 없는 단단한 몸에 얼룩처럼 빼곡한 오래된 흉터들. 팔과 어깨에서 느꼈던 것은 빙산의 일각이었다. 쇄골 아래부터 바지가 걸쳐진 골반 바로 위에까지 흉터가 없는 곳이 없었다. 특히 옆구리에 보이는 긴 상흔이 유독 눈에 띄었다.

"보기 불편하시다면 불을 끄겠습니다."

"아니요. 끄지 마세요."

입 안에 자글자글한 모래를 머금은 기분이었다. 처참한 광경에 눈을 감고 싶었지만, 시선을 피하는 대신 똑바로 마주하기 위해 몸을 일으켰다. 물러나지 않을 것 같던 민철이 자리를 내주었다.

손톱 아래 가시가 박힌 것처럼 따끔거렸다. 그래도 피하면 안 된다. 민철은 피하지 말라고 했다. 봐야 한다고 했다. 알려 달라고 한 것은 누구도 아닌, 그녀 본인이었다. 질문을 해야 할 차례였다. 떨리는 손을 들어 어깨에 걸쳐진 와이셔츠를 민철의 몸에서 완전히 벗겨 냈다. 여인경은 몇 번인가 입술을 달싹인 후에야 옆구리의 상흔을 가리켜 물었다.

"……어쩌다 이런 거예요?"

"칼에 찔렸습니다."

까맣게 정전된 듯 머릿속에 아무것도 입력되지 않았다.

'지금 무슨 말을 들었지? 칼? 칼이라고?'

여인경은 충격으로 약탈당하기 직전인 의식을 가까스로 붙잡았다. 눈꺼풀이 빠르게 여닫힌다.

"누가……, 대체 누가 그런 짓을 한 거죠?"

"알아보는 중입니다."

"범인을 모른다는 말씀이세요?"

음절이 뚝뚝 끊길 만큼 심한 떨림 속에 내포된 것은 후환이었다. 범인이 잡혔다고 해도 무서운데 누군지 모른다면 언제고 다시 같은 일이 반복될 수도 있었다. 여인경의 얼굴이 하얗게 질리는 데 반해 민철은 의연했다.

철의 여인

"주변이 어둡기도 했고 제대로 판단할 수 없을 만큼 심신이 미약한 상태였습니다."

"심신 미약⋯⋯."

"폭행이 있었습니다."

내색하지 않으려 했으나 도무지 초연해질 수가 없었다. 입술은 떨렸고 혀는 메말라 쩍쩍 달라붙었다. 여인경은 눈을 감지도 못한 채 입술을 짓씹었다. 아직 해야 할 질문이 남아 있었다. 혀를 깨물어서라도 움직여야 했다.

"면식범이었나요?"

"그쪽에서는 저에 대해 알고 있었습니다."

"⋯⋯단순 강도가 아니군요."

민철을 괴롭히는 악몽의 정체를 어렴풋이 알 것도 같았다. 그러나 섣부른 짐작은 금물이었다.

"대체 왜⋯⋯."

"글쎄요. 저도 그것이 궁금합니다."

"짐작 가는 일은요?"

"짐작만으로는 해결하기 어려운 일이라 확실한 증거를 찾고 있습니다."

민철의 논조에서 단서 하나를 발견한 여인경은 일말의 가능성을 두고 질문했다.

"혹시 찾는다는 그분이 범인⋯⋯."

"아니요. 그 아이 덕에 목숨을 부지했습니다. 지금까지 살아 있다면 스물다섯이 되었겠군요."

스물다섯, 자신과 같은 나이였다. 여인경은 흉터를 재차 살폈다. 봉합된 흔적이 여실한 살갗은 한두 해 된 것이 아니었다. 또 하나, 민철은 최봉현을 가리켜 '아이'라고 표현했다. 여인경은 마지막이 될 질문을 던졌다.

"언제, 다친 건데요?"

"17년 전, 열여덟이 되던 해 2월이었습니다."

어째선지 민철의 말을 들으면 들을수록 더 혼란만 가중되었다. 상황을 좀 더 분명하게, 제대로 알고 싶었다. 심장이 떨리고 비명을 참기 위해 혀를 깨물어야 했지만, 그래도 들어야 했다. 온갖 감정을 꽉 눌러 담은 목구멍이 찢어질 듯 아팠다.

"자세히, 알고 싶어요."

"단순한 호기심이라면 사양하겠습니다."

"그런 거 아니에요."

"신중하게 생각하십시오. 후회할지도 모릅니다."

민철을 응시하던 여인경의 머릿속에 여러 생각들이 스쳐갔다.

"무엇을요?"

"돌이킬 마지막 기회를 놓치게 될 테니까요."

"이미 그럴 수 없다는 거 아시잖아요."

왜냐하면.

"좋아해요."

순수한 고백.

맑고 투명한 눈동자에 눈물이 방울방울 샘솟더니 이내 툭,

툭, 툭 떨어졌다. 고백과 동시에 봇물 터지듯 감정이 북받쳤다.

"……좋아해요."

반복되는 고백에 화답은 없었다. 민철은 그저 나직한 음성으로 속삭였다.

"진실은 혹독한 법입니다. 그래도 감당하시겠습니까?"

"할게요. 할 수 있어요."

"저는 경고했습니다. 그래도 괜찮겠습니까?"

"괜찮아요."

검은 이무기를 등에 얹은 민철이 미소를 머금었다.

"당신은 무모하군요."

"……."

"하지만 다정하지."

민철은 여인경의 어깨를 천천히 밀어 그녀를 침대에 눕혔다. 시선은 서로에게 고정되어 있었다. 느긋하게 여인경의 옷을 벗기며 민철은 오래된 이야기를 시작했다.

"이 집에서 두 사람이 칼에 찔렸습니다."

단추가 모두 풀리고 옷깃이 피부를 스치며 벗겨졌다. 여인경은 부들부들 떨면서도 민철에게서 시선을 떼지 않았다.

"한 사람은 살았고, 또 한 사람은 죽었습니다."

산 사람은 민철이었다.

'죽은 사람이 있다고?'

여인경의 생각이 거기까지 미쳤을 때 브래지어 호크가 풀리고 봉긋한 가슴이 빛 아래 드러났다. 애처롭게 솟아난 둥근 유실을 내려다보던 민철은 신성한 의식을 치르듯 입술을 내려 낙인을 찍었다.

"아훗!"

민철은 허리를 들썩이는 여인경의 몸을 체중으로 눌렀다. 짙은 탐욕으로 물든 그의 혀끝이 모체의 근원을 연신 희롱하고서야 물러났다. 그리고……

"그날, 저는 사람을 죽였습니다."

그렇게 말하며 민철은 여인경의 하의를 벗겨 냈다. 하얀 속옷은 여전히 순결하기만 한 여체를 지키기에 터무니없이 무력했다. 그마저도 못이 박이고 큰 손에 벗겨졌다. 여인경이 다급하게 시트를 움켜쥐었다.

민철이 허벅지를 잡아 벌려 음부가 드러나게 했다. 다리를 오므리고 싶어도 그럴 수 없었다. 무례하고 거침없는 그의 손은 허벅지 안쪽의 여린 살을 쓸며 목적지를 향해 올라왔다. 여인경이 민철의 의도를 파악하기도 전에 음부가 드러난 것도 모자라 허리까지 들려 올라갔다. 골반 아래 주먹 하나가 충분히 들어가고도 남을 만큼 허리가 들리고 무릎을 굽힌 채 버티고 있던 발도 공중으로 떠올랐다. 아찔한 감각에 입술을 깨물었음에도 탄성이 터졌다.

"읏……!"

"아픕니까?"

여인경은 급하게 도리질 쳤다. 그렇다고 괜찮은 것도 아니었다. 민철의 입술은 숨겨진 과육을 집어삼키기 위해 여체로 파고들었다.

한 번 경험한 일인데도, 아니 몇 번을 해도 익숙해질 수 없을 것 같았다. 회음부터 음핵까지 민철의 입술과 혀가 닿지 않은 곳이 없었다. 수치심과 쾌감 사이에서 방황하던 여인경은 단번에 나락으로 고꾸라졌다.

기어이 여인경의 눈물이 관자놀이를 타고 흘러내렸다. 반듯하고 단정한 남자가 선사한 퇴폐적인 욕망은 아무것도 모르는 여자가 감당하기에는 버거웠다.

이런 쪽으로는 문외한인 여인경이라도 잠자리 순서에 대한 개념은 있었다. 키스나 포옹은 전희의 기본이었다. 민철처럼 앞뒤 과정을 완전히 생략하고 무작정 음부를 애무하는 건 상상조차 하지 못한 일이었다. 그러나 불만을 토로하지도, 문제를 인지하지도 못했다. 충격적인 고해로 이미 그녀의 정신은 임계점을 넘어선 지 오래였다.

보편적 개념은 파괴되었다. 파괴는 종말이 아니라 새로운 질서의 시작이었다. 민철은 기초를 다시 세우고 있었다. 치욕이나 모욕으로 여겨질 법한 행위가 묵인되는 까닭은 여인경이 민철을 믿고 있기에 가능한 일이었다.

여인경의 사타구니를 흠뻑 적시고도 만족을 모르는 그의 입술이 허벅지를 깨물고 빨아들여 붉은 흔적을 만들었다. 자신의 영역을 확장해 나가는 민철에게 여인경은 속수무책으로 제 몸을 내주었다. 그의 입술이 닿지 않은 곳은 손이 점령했고 그녀의 사지는 쾌감에 감전되어 연신 들썩거렸다. 행위가 급하게 이뤄지는 것도 아닌데 음미할 겨를은 주어지지 않았다.

판판한 배를 지나 가슴으로 올라와 낙인을 찍어 대던 민철이 예고 없이 멀어졌다. 고통을 닮은 쾌락은 쉬이 이성을 놓아주지 않았다. 턱까지 차오른 숨을 채 고르기도 전에 민철의 고해가 이어졌다.

"어떻게 어디를 찔렀는지는 모릅니다."

"하아, 하아, 하아……."

"기억나는 건 도망치라는 아이의 외침뿐이었습니다."

손가락 마디가 부러져 칼을 자력으로 들고 있을 수 없었던 것과 누군가 민철의 손을 이용해 살인을 저질렀음은 에누리 없는 사실이었다.

단단해진 해면체가 움찔거리는 좁은 내벽을 비집고 들어갔다. 민철이 제가 들어가 있는 곳의 위치를 가늠이라도 하려는 듯 여인경의 아랫배를 뭉근하게 문질렀다. 처음처럼 아프지는 않았지만, 내부의 변화는 일전보다 더 명확하고 분명했다.

잠시 말을 멈춘 채 삽입을 마친 민철이 다시 느리게 후퇴하고는 단숨에 허리를 짓치며 들어왔다. 번쩍! 불이 튀는 감각에 여인경의 목구멍이 열렸다.

"아앗!"

"……사경을 헤매다 깨어나 보니 용의자가 되어 있더군요."

그렇게 말을 마친 민철이 여인경의 입술을 핥았다. 허리를 짓칠 때마다 터지는 교성은 민철의 입 안으로 사라졌다. 아아

철의 여인

아아! 그때까지 시트를 움켜쥐고 있던 손이 민철에게 매달렸다. 치열을 훑고 혀를 얽는 사이 규칙적이던 움직임에 가속이 붙었다. 포개졌다가 멀어지는 접합 부위에서 피부가 부딪쳐 발생하는 음습한 소리가 더운 공기와 뒤엉켰다.

격렬해지는 몸짓에 타액으로 젖은 입술이 떨어졌다. 목이 졸린 사람처럼 성대를 돌아 막을 틈도 없이 입 밖으로 튀어나오는 교성은 발정기에 접어든 고양이의 그것과 흡사했다. 민철은 소리를 내지 않기 위해 입을 틀어막으려는 여인경의 두 팔을 잡아 눌렀다.

"참지 마."

"하으읏!"

맹금류의 날카로운 발톱에 낚인 초식동물처럼 여인경은 옴짝달싹하지 못했다. 광기 어린 민철은 형형한 눈동자에 여인경을 새겨 넣었다. 인간보다 시력이 뛰어난 매처럼 여인경이 어디에 있든 찾아낼 수 있도록.

앞뒤로만 사납게 드나들던 민철이 나른하게 허리를 돌렸다. 양껏 자극당한 점막이 휘저어지자 산발적으로 간지럽기 시작했다. 명치가 딱딱하게 굳을 정도로 안간힘을 썼으나 절정으로 내달리던 육체는 의지를 배반했다. 여인경은 울며 자지러졌다. 극한의 쾌감은 고통의 다른 이름일지도 모른다는 생각이 들 만큼 괴로웠다.

"아! 으읏……!"

"아직도 내가…… 윽! 좋습니까?"

"좋아…… 좋아해요!"

온몸에 힘이 들어간 여인경의 내부가 민철을 아프게 조였다. 그나마 남아 있던 이성이 툭 끊어졌다. 민철은 여인경의 등 아래 손을 넣고 완전히 감싸안아 교합의 깊이를 더했다. 여인경은 눈을 질끈 감고 민철에게 팔을 둘러 촘촘하게 틈을 메웠다. 태풍의 눈 속으로 들어온 듯 숨소리마저 멈춘 고요가 내려앉았다. 이윽고 치열하고 절박한 몸짓이 두 사람을 뒤덮었다.

"아아아앗!"

"으윽……!"

사랑을 나누는 달콤한 행위와는 거리가 멀었다. 절정이 닿을 듯 말 듯 아른거렸다. 조금만 더, 조금만. 여인경은 이를 악물었고 민철은 여인경의 목덜미를 물었다. 비릿해야 할 피 맛이 미치도록 달콤했다. 단 몇 방울뿐이었음에도 그녀의 순결한 피가 민철의 차가운 피를 붉게 물들였다. 곧이어 여인경의 배 속도 민철로 인해 하얗게 물들었다.

나락이었다.

몸을 데우던 체온이 멀어지고 짓누르던 무게도 사라졌다. 빼앗긴 온기에 허전해질 찰나 이불을 끌어 덮어 주는 다정한 손길이 그녀를 다독였다. 눈을 감은 채 누워 있지만, 처음처럼 의식을 잃거나 잠든 건 아니었다.

감았던 눈을 뜨고 자신을 등지고 앉아 있는 민철을 바라보앉다. 넓은 등 절반, 양쪽 날개 뼈를 아우르는 검은 이무기 문신이 그녀를 노려보고 있었다. 몸을 일으켜 앉아 예상을 빗나가지 않은 현실을 마주했다.

민철에게 진실은 늘 무겁고 혹독했다. 그러나 살아남기 위해서는 알아야 했다. 여인경은 어떨까. 이원하와의 통화는 실시간으로 민철에게 전달되었다. 멀찍이 감시를 붙인 대신 집안 곳곳에 도청 장치를 설치해 놓았다. 이원하는 민철이 공개하지 않은 정보를 입수했다. 정보는 사호파 내부에서 흘러나갔다. 흘러나가게 두었다는 말이 맞았다.

민철은 덫을 놓고 기다리고 있었다. 그의 주특기였다. 오늘 외출했던 것은 반쯤 꼬리를 잘라 낸 약삭빠른 놈을 잡기 위해서였다.

박기춘.

이원하와 더불어 그가 이용하는 용역업체에 대한 조사가 동시에 진행되었다. 겉으로 드러난 용역업체와 사장인 박기춘은 문제 될 것이 없어 보였다. 조직과 연루되지도 않았고 고용인의 지시가 아닌 이상 자력으로 불법을 저지른 전력도 없었다. 심부름센터와 경호업체를 섞어 놓은 형태로 최근에는 이원하에게만 일을 받고 있었다.

그러나 꼬리가 길면 잡히는 법이다. 박기춘이 사호파와 내통하면서 숨기고 있던 몸통을 낚아채는 데 성공했다. 이원하 덕에 뜻밖의 수확을 얻은 셈이었다.

박기춘이 운영하던 용역업체의 사장 자리를 꿰차고 있는

자는 다른 이였다. 당뇨가 심했던 박기춘은 5년 전 뇌경색으로 쓰러져 사지가 마비된 채 요양원에 누워 겨우 숨만 쉬고 있었다. 자기 팔자에 자식은 없다며 가정을 일구지 않은 그를 돌봐 줄 사람은 아무도 없었다. 거동은 물론이거니와 말도 못하게 된 박기춘을 요양원에 입원시킨 자는 그의 밑에서 수족처럼 일하던 자였다. 그리고 바로 그가 박기춘의 인생을 훔쳐 살고 있었다.

정규신.

17년 전이나 지금이나 간사하고 계산이 빠른 자였다. 민철의 움직임을 간파하고 사업을 정리해 도주하려던 정규신은 박기춘이 있는 요양원에서 덜미를 잡혔다. 정규신이 박기춘을 죽게 내버려 두지 않은 까닭은 살아 있는 편이 여러 면에서 편리했기 때문이었다. 박기춘의 이름으로 사는 것이 불가능해진 이상 원흉을 제거해야 했으리라.

민철을 보고 심장이 멎어 버릴 정도로 놀란 김익주와는 달리, 정규신은 찰나의 경악을 가느다란 눈매 뒤로 재빨리 숨겼다. 임기응변과 간계에 능한 정규신은 필리핀으로 도주했다가 죽을 자리를 찾아 한국으로 돌아온 김익주와는 확실히 달랐다.

그래, 이런 얼굴이었다. 기억이란 참으로 오묘했다. 無에 가깝던 기억이 하회탈 같은 그 눈을 보는 순간 되살아났다. 그 오랜 시간이 지났어도 민철을 내려다보며 소름 끼치게 웃던 야비한 얼굴은 그대로였다.

철의 여인

"누가 아냐? 네가 예쁘게 빌면 그때까지 살려 줄지."

"예쁘게 빌라니까? 그런 낯짝으로 빌면 씨발, 내가 비위가 상하잖아."

주동자는 김익주였으나 악행의 중심에서 선동한 이는 정규신이었다. 벌레 같다며 민철을 비웃고 폭행의 강도가 높아지도록 동료를 자극한 것도, 민철의 손으로 최명철을 제거하자는 제안을 했던 것도 모두 정규신의 작품이었다.

"형님. 벌레는 벌레끼리 한꺼번에 처리하시는 것이 어떻겠습니까?"

"한꺼번에?"

"예, 형님. 벌레 처리하는 데 손을 더럽힐 필요는 없지 않겠습니까."

정규신을 잡아 둔 것은 그날의 진실을 듣고 싶어서가 아니었다. 다른 사람은 몰라도 그자의 입을 통해서만큼은 듣고 싶지 않았다. 정규신에 의해서 태어나 처음으로 모멸감과 치욕을 배웠다.

민철은 덫에 걸렸고 선택을 강요당했다. 그들이 아니었다면 비교적 평범하게 살았을 것이다. 그러나 타의든 자의든, 싫든 좋든 이미 꼬여 버린 인생이었다. 더군다나 그의 인생을 대신 살아 줄 사람은 없었다. 여기서 책임마저 회피한다면 자신의 인생은 온통 타인에 의해 좌우되는 꼴이었다.

그래서 문신을 새겼다. 어쩌면 생이 끝날 때까지 벗어나지 못할 길로 접어든 선택에 적어도 자신의 지분이 하나 정도는 있어야 한다고 생각했다. 그래야 엉망이 된 인생이라도 포기하지 않을 테니까. 그에게 문신은 목적을 위해 수단을 가리지 않겠다는 집념의 산물이자, 되돌아갈 수 없음에 대한 증거였다. 아무리 의지가 강해도 시간이 지나고 타성에 젖으면 다른 마음을 품게 되는 것이 인간이었다. 스스로 문신이라는 폭력배의 낙인을 찍음으로써 알량한 기대를 꺾어 버린 동시에 이 따위 빌어먹을 인생이라도 살아야 한다는 나름의 의미를 부여했다.

'그래 봤자 조폭이지.'

민철은 그 사실을 단 한 번도 잊은 적이 없었다. 이원하가 던진 미끼에 문신까지 봤으니 여인경의 짐작은 확신으로 굳어졌을 터였다. 번듯하고 다정한 남자인 줄 알았는데 사실은 조폭이더라. 그것도 살인을 저지른.

막장도 이런 막장이 없었다. 민철 본인이 생각하기에도 참으로 고약한 진실이었다. 그러나 여인경은 돌이킬 기회를 영영 잃어버렸다. 민철이 놓아주지 않고서야 그녀가 떠날 방법은 없었다. 등을 돌린 채라 여인경의 표정을 살필 수 없는 것이 아쉬웠다.

"이무기…… 맞죠?"

"맞습니다."

"이유가 있나요?"

"목표가 필요했습니다."

조직 내 위아래가 존재하듯 문신에도 서열이 있었다. 제왕을 뜻하는 용은 사호파의 우두머리이자 강범영의 조부인 강호원이었다. 용호상박. 그와 유일하게 대적할 수 있는 호랑이가 바로 강범영이었다.

그러나 개천에서 태어난 민철은 스스로를 증명해야 했다. 이무기는 시궁창에 몸을 던졌다는 증명이자, 목표였다. 그는 용이 되지 못한 이무기가 아니라 5백 년을 차디찬 물속에서 인내한 뱀이었다. 배로 땅을 기어 흙을 파먹고 살아야 하는 뱀.

"그럼 비서실장이라던 말은 거짓이었나요?"

"비서실장 맞습니다."

"이런 표현이 맞는지 모르겠지만, 기업형 조직인가요?"

"진영 그룹은 아닙니다."

"……조직에서 나왔다는 말씀이세요?"

"조직의 뿌리가 되는 회사를 분해해 환원했으나 조직을 완벽히 해체한 것은 아닙니다."

어려웠다. 굉장히 얽히고 복잡한 수수께끼를 푸는 기분이었다. 핵심을 간파할 필요가 있었다. 조직, 분해, 환원, 해체. 그가 사용한 단어에서 조직을 와해시키기 위해 잠입했다는 뉘앙스가 풍겼다.

"실장님이 당하신 일이 그, 조직과 관련이 있는 건가요?"

"그렇습니다."

칼에 찔리고 손가락 마디가 부러져 의식이 온전치 않았던 열여덟의 민철이 누군가를 찌르고 죽음에 이르게 하는 것이

가능한 일일까? 초인적인 힘을 발휘했다 해도 가능성은 희박했다. 여인경은 신중하게 말을 골랐다.

"저 혹시, 그날 돌아가신 분이……, 그러니까……."

"제 후견인이었습니다."

"아……."

탄식은 침묵으로 이어졌다. 여인경은 생각에 잠겼고 민철은 생각이 끝나기를 기다렸다. 마침내 여인경이 민철의 등으로 손을 가져다 댔다.

"인제 그만 얼굴 좀 보여 주세요. 보고 싶어요."

민철이 돌아앉았다. 안경을 거의 빼지 않는 민철의 오뚝한 콧대에 희미한 자국이 남아 있었다. 자신은 이토록 선명하게 보이는데 그는 아닐 것 같았다.

"제가 잘 보이세요?"

"눈이 그렇게 나쁜 편은 아닙니다."

"고마워요."

"……무엇이 말입니까?"

"제 마음을 믿어 주셨잖아요."

헛소리다. 민철은 누구도 믿지 않았다. 그러나 고집스럽게 꽉 다문 입술은 여인경의 말을 바로잡기 위해 열리는 대신 침묵을 고수했다.

"좋아합니다."

여인경은 진심으로 고백했다. 고백하기를 잘했다는 생각이 들었다. 진심을 보인 덕에 진실을 얻었다. 물론 민철의 말처럼 혹독하기는 했지만, 그를 향한 마음이 손바닥 뒤집듯 뒤집히지는 않았다. 여전히 그가 좋았고 실은 더 좋아졌다. 관계가 어그러질 위험을 감수하면서 허물을 드러내고 진실을 밝힌 그의 심정이 가슴에 사무쳤다.

"저와 만난 걸 후회하지 않으십니까?"

"후회하지 않아요. 중요한 건 현재니까요."

"과거를 건너뛸 수는 없습니다. 저는 폭력조직에 몸담았고 수뇌부까지 올라가기 위해 수없이 손을 더럽혔습니다."

"하지만 사정이 있었잖아요."

"열여덟에는 저 역시 그렇게 생각했었습니다. 하지만 곧 깨닫게 되더군요. 살갗이 벗겨지도록 닦아도 문신이 지워지지 않는다는 사실을 말입니다. 값비싼 옷으로 감싸고 정중한 언변으로 포장했어도……."

민철은 여인경이 가엽다는 표정을 지으며 쐐기를 박았다.

"저는 조폭입니다."

사호파가 사분오열되더라도 강범영과 민철, 그리고 조직에 몸담았던 조직원이 존재하는 한 완전한 해체란 불가능했다. 조직을 이루는 구성원 하나하나가 조직인 셈이었다. 그래서 강범영은 새 그릇과 새 술을 준비하기 위해 기꺼이 후계자라는 족쇄를 찼다. 시궁창에 뛰어든 강범영은 강호원의 세대가 지고, 피 묻은 돈으로 기반을 닦으며 성장한 자신과 같은 세대가 사라진 후, 자신의 아들 대에 이르러서야 완성될 숙원을 계획했다. 강호원과 사호파 간부들이 세운 금융회사에 소속

된 조직원들을 걸러 내고 전문경영인과 일반인으로 그 자리를 채운 것은 시작에 불과했다. 시간이 오래 걸리는 만큼 결과는 확실했다. 그러나 썩은 물을 계속 퍼내지 않으면 안 되었다.

강범영과 달리 민철은 고매한 목적이 있어서 시궁창에 몸을 날린 것이 아니었다. 내막을 소상히 알기 위해서는 조직 내부로 들어가는 편이 유리했다. 사건 전말을 모두 아는 강호원에게 진실을 듣는 것이 가장 빠르겠지만, 원로로 물러났어도 용은 용이었다. 한낱 이무기가 진실을 요구할 자격은 없었다.

"빠져나가기 어려울 거다. 힘이 없다는 건 그런 거지."

구사일생 목숨을 부지하고 겨우 깨어난 민철은 진실을 말해 주던 강범영에게 빠져나가지 않겠노라 대답했었다. 힘을 키우리라. 그래서 복수하자. 그렇게 다짐했다. 강범영은 민철에게 힘을 실어 주는 대가로 조직을 무너뜨리는 일에 동참시켰다. 그들은 한 배를 타고 여기까지 왔다. 믿음? 동지? 그딴 숭고한 것과는 거리가 멀었다.

"너는 나를 감시해야 한다. 내가 흔들리면 가차없이 내 목을 쳐내라. 그러려면 나를 쳐낼 수 있을 만큼 힘을 키워야겠지."

"그렇게까지 해야 하는 겁니까?"

"그렇게 하지 않으면 우리가 잡아먹힐 테니까."

강호원에게 민철은 쓰다 버릴 소모품에 지나지 않았다. 민철의 떡잎을 좋게 보았을지 모르지만, 강호원은 민철을 조직 내 불순분자를 제거하기 위한 미끼로 사용했고 조직생활을 청산하길 원했던 최명철을 손가락 하나 까딱하지 않고 처리했다. 제 손자에게 조직을 빠져나가지 못하도록 족쇄까지 채운 무서운 사람이었다.

"못하겠다면 지금이라도……."

"하겠습니다."

스스로의 쓸모를 증명하겠다고 호언했던 것은 민철이 먼저였다.

"할 수 있습니다."

민철은 힘을 얻었다. 강범영 옆이기에 더 호된 과정을 겪었다. 열여덟에 겪었던 사건보다 더 큰 사고를 당한 일도 부지기수였다. 쉽게 얻은 힘은 쉽게 잃을 위험이 있기도 했고 강범영이 수시로 민철을 시험했기 때문이었다. 덕분에 밑바닥부터 올라온 민철의 힘은 기반이 튼튼했다. 그만큼 더럽다는 의미였다. 그러나 그것까지 여인경에게 알려 줄 생각은 없었다.

민철은 혼란에 잠식되어 말을 잃은 여인경을 안아 욕실로 옮겨 씻겼다. 기겁하거나 거부하지 않고 순순히 민철의 손길을 받아들였다. 그녀의 반응은 그가 깨물어 상처 난 목덜미에 물이 닿자 어깨를 움츠리는 정도였다. 축축하게 젖은 시트를 걷어 내는 동안 여인경은 알몸으로 서 있었다. 민철도 실오라기 하나 걸치지 않은 채였다. 그러나 불을 꺼 달라거나 옷을 달라는 요구는 없었다. 여인경의 의식은 생각의 늪으로 깊이 빠져들어 육신만 덩그러니 남아 있었다.

민철이 불을 끄고 그녀를 침대로 이끌었다. 목덜미의 상처는 일부러 치료해 주지 않았다. 새하얀 피부 위에 흉터가 남길 바랐다. 민철은 여인경의 따뜻한 몸을 끌어안고 눈을 감았다. 무언無言의 밤이 지나고 있었다.

    5월의 둘째 날을 밝히는 새벽빛은 비구름에 가려져 희미했다. 어제 아침부터 내리던 비는 이틀 연속 쉴 틈 없이 쏟아졌고 민철의 외출도 마찬가지였다. 여인경은 민철이 집을 비우면 대부분 2층에서 시간을 보냈다. 그 외에 두 사람의 관계에 있어 큰 변화는 없었다. 함께 아침을 먹고 민철이 외출했다 돌아오면 저녁을 먹고 잠자리에 들었다. 내외하지 않겠다던 그의 말처럼 그 밤 이후에도 두 사람은 몸을 섞었다.
    여인경은 민철이 자신에게 원하는 바가 무엇인지 생각했다. 구태여 진실을 드러낸 데에는 그만한 이유가 있지 않을까. 며칠 동안 그가 보여 준 태도는 관계의 지속을 의미했다. 민철은 확고했다. 그렇다면······.
    '나만 결정하면 되는 거네.'
    장맛비처럼 내리던 비가 그친 것은 오후 5시께였다. 젖은 길을 걸어 돌아올 고양이를 위해 수건을 준비해 두었으나 6시가 지나도록 마른 수건을 사용할 일은 생기지 않았다. 민철에게 전화가 걸려 온 것은 걱정이 두려움으로 변질되기 직전이었다.
    "실장님, 고양이가······."
    — 저도 남도운 씨로부터 지금 막 연락을 받았습니다.
    "무슨 일이 있는 거예요? 지금 어디에 있대요?"

― 남도운 씨 댁에 있다고 합니다.

고양이는 비가 오는 중에도 흠뻑 젖은 채 돌아왔었다. 수건으로 잘 닦아 주긴 했지만, 이틀 내리 비를 맞았다면 감기에 걸렸을 수도 있었다.

― 집 앞입니다. 들어가서 얘기하죠.

"아, 네."

전화를 끊고 1층으로 뛰어내려오니 현관문이 열렸다. 탁탁. 빗물에 젖은 우산을 털어 문 밖에 세워 둔 민철이 안으로 들어왔다.

"다녀오셨어요."

"……네."

매사 의연한 민철이 감정을 드러내는 경우는 극히 드물었는데 다녀오셨느냐는 인사에는 늘 당황하는 모습을 보였다. 그마저도 짧게 드러나고 말았지만, 여인경은 그가 감정을 보여 줄 때마다 가슴이 아렸다. 누군가 자신을 기다리는 것이 낯선 것이다. 그래서 여인경은 민철이 외출할 때나 돌아올 때, 문 앞에서 배웅하고 마중했다.

방으로 들어와 옷을 갈아입으면서 민철은 남도운과 통화한 내용을 전해 주었다.

"어미를 잃고 길에 버려진 강아지 두 마리를 봉현이가 품고 있었다더군요. 구조된 사연까지는 자세히 듣지 못했지만, 강아지들을 병원에 데려가기 위해 잠깐 떨어져 있는 시간도 불안해한다고 합니다."

민철은 남도운이 보내 온 사진을 여인경에게 보여 주었다. 사진 속에는 익히 알고 있는 검은 고양이가 눈도 제대로 뜨지 못한 강아지들을 품은 채 노란 눈을 반짝이고 있었다. 사진인데도 고양이의 경계가 전해졌다. 잠든 여인경 곁에서 민철을 경계하던 바로 그 눈이었다.

애틋한 사진이었다. 여인경 눈에 눈물이 고였다. 고양이는 다시 돌아오지 않을 것이다. 강아지가 건강해지고, 성장하더라도. 그런 예감이 들었다.

"작별 인사도 못했는데……."

눈물을 빠르게 훔쳐 낸 여인경은 작게 미소지었다. 그리고 민철을 올려다보았다. 올바르게 잘 자란 사람만이 가질 수 있는 눈이었다. 이원하나 고단한 환경은 그녀에게 어떤 영향도 미치지 못했다. 그녀는 그녀 자신을 지켜 냈다. 아버지가 전과자가 되어 옥살이를 하게 되었어도, 미쳐 버린 어머니가 딸조차 알아보지 못했을 때도, 이원하를 피해 도망쳤을 때도 여인경은 파괴되지 않았다. 위기는 결코 그녀를 몰락시킬 수 없었다.

"실장님."

"말씀하십시오."

"좋아해요."

안경 너머 민철의 눈동자가 굳었다. 그래서 여인경은 더욱 활짝 웃었다.

"정말 좋아합니다."

철의 여인

"진창을 뒹굴어야 할지도 모릅니다."

"그래도 좋아해요."

"그럼 저와 결혼하시겠습니까?"

"⋯⋯진심이세요?"

전세는 역전되었다. 활짝 웃던 여인경은 놀라움에 화등잔만 하게 커진 눈으로 진의를 되묻고 있었다.

"거짓말 같습니까?"

"그게 아니라, 너무 갑작스러워서요."

"결혼할 만큼 제가 좋은 건 아니었군요."

"아니요! 절대, 그런 건 아니에요."

"그렇다면 하시겠습니까?"

결혼.

여인경에게 결혼하기 적당한 나이는 스물여덟이었다. 서른을 넘기고 싶지는 않았고 스물아홉은 너무 꽉 찬 것 같았기 때문이었다. 스물여덟에서 3년을 앞당긴다고 해서 빠르다고 생각하지 않았다. 스물여덟이 적당하다고 생각했을 뿐 반드시 그렇게 하겠다는 뜻은 아니었다. 그러나 만난 지 한 달도 안 되어 결혼을 결정하는 건 전혀 다른 일이었다.

"실장님하고 같이 있고 싶어요."

"그건 제가 듣고 싶은 대답이 아닌데요."

"제가 거절 못하는 거 아시잖아요."

"그건 듣기에 나쁘지 않군요."

그러나 이마저도 민철이 원하는 정답은 아니었다.

"저 정말 실장님 좋아해요."

"알고 있습니다."

무모하지만 다정하다는 것도 알고 있었다. 그래서 그녀가 자신을 위해 얼마나 더 무모해질 수 있는지 확인하고 싶었다. 여인경이 고심 끝에 타협안을 내놓았다.

"1년만 기다려 주시면 안 될까요?"

"기한이 꽤 구체적이군요."

"아버지 출소일이 그 정도 남았거든요."

"결혼하겠다는 뜻으로 받아들여도 되겠습니까?"

"1년 후라면……."

"어른이 계시는데 마음대로 결혼 날짜를 잡을 수는 없죠."

그제야 여인경의 얼굴에 화색이 돌았다. 그러고는 제가 먼저 팔 벌려 민철을 끌어안았다. 민철은 마주 안지 않고 그녀의 어깨를 잡아 밀어낸 뒤 시선을 맞췄다.

"아직 대답 안 했잖습니까."

"결혼할게요."

흔들림 없는 대답에 그가 응했다.

"환영합니다."

여인경은 잠시 고개를 갸웃거렸으나 이내 환하게 웃었다. 민철의 얼굴에도 잔잔한 미소가 걸렸다.

"진심으로 환영합니다."

나의 세계에 오신 것을.

철의 여인

Track 6. 원하고 원망하죠
- As One

 민철은 접견실로 들어가기 직전 10년 넘게 끊었던 담배를 한 개비 피워 물었다. 훅, 숨을 들이쉬자 손끝이 저릿저릿하고 머리가 아찔해졌다. 몇 번이고 유해한 연기를 흡입하니 어깨가 나른하게 풀렸다. 느슨해지는 이 기분 때문에 담배를 끊었었다. 그는 다 태우지 않은 담배를 비벼 끄고 접견실로 자리를 옮겼다. 느슨해졌던 어깨에는 다시 힘이 실렸다.
 조사의 일환으로 두진에게 여인경의 가족사진을 찾아오라 지시했고, 그것이 민철을 여기까지 오게 만들었다. 집이고 짐이고 처분한 지 오래라 사진을 찾는 일은 그리 쉽지 않았다. 다행히 필름을 소장하고 있던 사진관을 수소문 끝에 찾아냈고 그곳에서 여인경의 고등학교 입학을 기념해 찍은 가족사진을 입수할 수 있었다.

"……."

이런 것을 두고 운명이라고 하는 걸까. 민철의 세상에는 오로지 확률뿐이었다. 운명이나 우연은 믿지 않았다. 하지만 지금 같은 상황은 그 어떤 논리로도 설명할 길이 없었다. 운명의 장난이 아니고서야 누가, 대체 왜, 무엇을 목적으로 이런 일을 꾸몄겠는가.

탈칵.

접견실 문이 열리고 초로初老의 남자가 들어섰다. 두꺼운 안경을 쓴 여석태는 자세가 구부정한 탓에 안 그래도 왜소한 몸이 금방이라도 꺼져 버릴 촛불처럼 위태로워 보였다. 바짝 마른 장작 같은 손가락으로 연신 안경을 추켜올리는 행동은 그가 느끼고 있는 불안을 여실히 드러내고 있었다.

의자에 앉아 있던 민철은 자리에서 일어나 상대를 향해 허리를 굽혀 인사했다. 어정쩡하게 맞절한 여석태가 유리벽 가까이 다가왔다. 낯선 접견 신청자의 얼굴을 확인하기 위해 앞으로 상체를 기울였던 여석태는 민철의 얼굴을 확인하자마자 귀신이라도 본 사람처럼 눈을 크게 떴다.

우당탕탕!

사색이 되어 황급히 뒤로 물러나던 그는 의자와 함께 나자빠지고 말았다. 하지만 민철은 이런 천편일률적인 반응이 더 이상 놀랍지도 않았다.

"괜찮으십니까?"

철의 여인

민철은 짐짓 아무것도 모르는 사람처럼 행동했고, 평소에도 여석태는 좁은 시야 탓에 부지기수로 넘어지고 부딪치기에 교도관 역시 대수롭지 않게 여겼다.

"이렇게 인사 여쭙게 되어 송구스럽습니다. 민철이라고 합니다."

"미, 민철……?"

"예. 어디 다친 곳은 없으십니까?"

민철은 으레 그랬듯 친절하고 예의바른 사람의 탈을 쓰고 여석태를 대했다. 덜덜 떨리는 몸을 의자에 간신히 의탁한 여석태는 무례를 무릅쓰고 인사드리러 왔다며 정중하게 고개 숙이는 민철과 눈도 마주치지 못했다. 자신은 진영 그룹 사장실의 비서실장이며 여인경과의 교제를 허락받고 싶다는 말을 전했을 때에야 비로소 번민이 치덕치덕 달라붙은 여석태의 시선이 민철을 향했다.

"우리 딸아이와…… 만난다고요?"

"예. 말씀 편하게 하십시오. 건강은 어떠십니까?"

"뭐 그럭저럭……."

"어머님은 야외 산책을 하실 만큼 건강히 잘 계십니다."

"그, 그래요?"

혼란스러워하는 여석태에게 넌지시 입원해 있는 신진숙과도 만났음을 흘렸다. 여석태가 생각하는 것보다 훨씬 관계가 깊다는 의미였다. 완전히 의심을 지우지 못했으나 문제 삼을 만한 거리가 마땅치 않았던 여석태는 하얗게 튼 입술만 달싹거리다 여인경의 안부를 물었다.

"딸아이는…… 경이는 잘 지냅니까?"

"물론입니다. 건강하게 잘 지내고 있습니다."

12분 남짓의 짧은 시간 동안 많은 대화를 주고받기는 어려웠다. 거의 민철이 말을 전하고 여석태가 듣는 식이었다. 마지막 인사를 하고 돌아서던 민철은 마치 급하게 떠오른 것처럼 말을 이었다.

"그런데요, 아버님."

문 앞에서 여석태가 민철을 돌아보았다.

"혹시 예전에 만나 뵌 적이……."

"예? 그, 그게 무슨."

"굉장히 익숙한 기분이 들어서요."

낯이 익다는 말에 넋을 완전히 놓은 여석태는 교도관이 이끄는 대로 접견실을 빠져나갔다. 액면 그대로만 보면 별 의미 없는 말에 불과한데 여석태에게는 그렇지 못한 모양이었다. 신진숙과의 대면에서도 느꼈지만, 참 닮은 구석이 없는 부녀였다. 오히려 신진숙과 여석태가 닮았으면 모를까…….

탁!

접견실 문이 닫히고 여석태가 사라지자, 내내 사람 좋은 미소를 짓고 있던 민철의 낯이 금세 황량하게 변했다.

얄궂다. 이것이 운명의 장난이라면 얄궂기 그지없었다.

종일 내리던 비는 접견실을 나올 즈음 가늘어져 있었다. 대기하고 있던 두진이 미처 뒷문을 열어 주기 전에 민철은 차에

철의 여인

올랐다. 차체를 두드리던 빗소리도 잦아들고 사위는 적막에 휩싸였다. 민철의 휴대전화가 두 번 진동했으나 숨 막히는 고요를 거둬 내지는 못했다.

예상했던 일이다. 그러나 예상과 다르기를 바랐던 일이기도 했다. 그가 17년 동안 찾았던 최봉현의 이름을 잘못 알고 있었다는 것도, 실은 남자가 아니라 여자라는 것도 놀랍지 않았다. 돌이켜보면 그는 아이에게 이름을 물어본 적이 없었다.

'이름을 물어볼 필요가 없다고 생각했었으니까.'

강범영과 어울려 다니면서 듣고 싶지 않아도 들리는 소리가 있었다. 그 소리 속에는 최명철의 아들 이름도 있었다. 그 집에 있는 아이를 보는 순간 깨달았다.

아, 이 아이가 그 남자의 아들이구나. 그 남자에게 가족이 있었구나. 그래서 난 강범영에게 떠넘기고 자기 아들은 사람을 시켜 돌봐 주도록 했구나. 나는 그 남자의 귀찮은 짐일 뿐이었구나. 이럴 거면 데려오지를 말지. 이렇게 방치할 거라면 함께 가자고 하지를 말지.

민철은 최명철을 원망했다. 그리고 아이를 질투했었다. 성인이 되어 자립할 나이가 되면 뒤도 돌아보지 않고 떠나겠노라 하루에도 수십 번 다짐했었다. 그러나 아이는 벽을 둘러치고 밀어내기만 하는 민철에게 먼저 손을 내밀어 다가왔고, 민철은 아이에게 정을 주지 않기 위해 무던히 애를 썼더랬다. 아이에게 정을 주면 떠나지 못할 것 같았다. 그래서 정이 많고 따뜻한 아이에게 기우는 자신의 마음을 외면했다.

그렇게 세월은 흘렀고 외로운 열다섯의 소년은 열여덟이 되었다. 어른이고 싶었으나 여전히 외로운 열여덟이었다. 한 번이라도, 단 한 번만이라도 입 안에서 맴돌던 아이의 이름을 불러 주었더라면…….

'너는 솔직하게 말해 주었겠지.'

자신의 이름이 '여인경'이라는 사실을.

두진은 룸미러로 민철을 살폈다. 그의 곁에서 17년이었다. 그런데도 민철의 의중을 완전히 파악해 내는 일은 쉽지 않았다. 일절 감정을 드러내지 않을 때는 예상조차 불가능했다. 그렇게 오랫동안 곁에 있었지만 처음보다 지금이 더 어려웠다. 이쯤 되면 지시가 내려와야 하는데 어째서인지 민철은 침묵을 고수하고 있었다. 궁금했지만, 두진은 의문을 드러내지 않았다. 모든 것은 민철의 뜻대로 이뤄져야 했다. 두진에게는 질문할 자격이 없었다. 침묵은 골목 어귀에 차가 멈춘 후에야 깨졌다.

"남도운과 남우형에 대한 조사는 여기서 접는다."

"완전히 말입니까?"

"불필요한 조사였으니까."

민철이 그렇다면 그런 것이다. 두진은 토를 달지 않았다.

"알겠습니다."

"그리고 내일 서교동으로 돌아간다. 집안일을 맡아 할 사람을 알아봐. 입이 가볍지 않은 사람이 좋겠지."

그동안 민철은 집에 사람을 들이지 않았다. 집에서 지내는 시간이 거의 없기도 했고 혼자 사는 집에 고용인을 둘 만큼 집안일이 많지도 않았다. 그러나 식구가 늘면 사정은 달라지게 마련이었다.

"준비하겠습니다."

"정규신의 처분은 합법적으로 진행한다."

"……실장님은 괜찮으십니까?"

엔진이 꺼지고 진동이 완전히 멈춘 차 안에서 기이한 열기가 스멀스멀 흘러나왔다. 단정하고 정적이던 두진의 눈이 붉게 변했다. 핸들을 쥔 손에 잔뜩 힘이 들어가 있었다. 민철은 속으로 혀를 찼다.

"정규신 하나 잡자고 이 일에 뛰어든 게 아니야."

"받은 만큼 돌려주는 것도 안 되는 겁니까?"

받은 만큼 되돌려준다는 건 불가능하다. 적어도 원한에 있어서는 그렇다. 각자 처한 상황이 다르고 입장을 바꾼다는 것이 불가능하기에 받은 만큼 되돌려주는 것 또한 불가능하다. 더하거나, 혹은 덜하거나. 둘 중 하나를 선택해야 한다면 누구나 전자를 택할 것이다. 내가 받은 것보다 더 고통스럽기를 바라면서.

정규신 탓에 많은 걸 잃었지만 가족도, 지킬 재산도 얼마 없는 정규신에게서 빼앗을 수 있는 건 그의 몸뚱이가 전부였다.

'몸뚱이를 앗아 가 버리면 조금이나마 속이 후련해질까? 하지만 그 후에는?'

살아 있는 정규신을 생각할 때마다 걷잡을 수 없이 커지는 원한 때문에 결국 더 많은 것을 되돌려주고 싶어질 것이다. 그렇다면 무엇을 빼앗아야 받은 만큼 고통을 되돌려줄 수 있을까. 애석하게도 원한은 숙주를 놓아주지 않는다. 대를 이어서까지 이어지는 것이 원한이었다. 물귀신처럼 끈질기고 거머리처럼 피를 빨아먹는다. 그러므로 원한을 푸는 데 적당한 선이란 건 존재할 수 없었다. 가해자도, 피해자도 없는 완벽한 무無의 상태로 돌아가야 원한은 끝난다.

두진도 민철처럼 처음부터 망가진 채로 시작했다. 어차피 자신들의 끝은 파멸이었다. 그렇다면 좀 더 오래 버티는 것만이 살아 내는 가장 효율적인 방법일 터였다. 그러나 이마저도 선택은 오롯이 두진의 몫이었다. 괜찮은 수하 하나를 잃게 되더라도 침해할 수 없는 영역이었다.

"가능하다면 그렇게 해."

"……죄송합니다. 실언을 했습니다."

"가라."

민철이 좁은 골목으로 들어서고 10분이 지나서야 두진은 정규신이 있는 양평으로 차를 몰았다.

지난 사흘간 고양이는 돌아오지 않았다. 서운함을 감추지 못하던 여인경에게 민철은 거처를 옮길 것을 제안했다. 거주지를 명확히 하자는 것이었다. 서류상 여인경의 거주지는 미용실이었다. 스승 된 자의 마지막 배려였을까. 원장은 여인경이 이원하를 피해 도망치듯 떠난 후로도 주소 변경 신청을 요구하지 않았다. 그 덕에 여러 곳을 전전하면서도 주민등록이 말소되지 않을 수 있었다. 슬슬 일자리를 찾아보려던 여인경에게는 어느 모로 보나 나쁘지 않은 제안이었다. 고양이마저 돌아오지 않는 상황이기에 민철과 함께 집을 떠나는 데에 망설일 이유는 없었다. 그러나 선뜻 동의하지 못했다. 바로 민철 때문이었다.

'그 사람은 찾은 걸까?'

17년 전의 일로 지금까지 악몽에 시달리는 것도 모자라 사건이 발생했던 집으로 돌아올 수밖에 없었던 민철을 생각하면 유리조각을 삼킨 것처럼 가슴이 따끔거렸다. 이 집에 돌아온다고 해서 그 사람을 찾을 수 있다는 보장은 없지 않은가. 이름이 같은 고양이에게 관심을 보일 정도로 절박했던 그의 입에서 이 집을 떠나자는 말이 나왔다. 그건 어떤 의미일까. 휴가 중이라면서 유독 외출이 잦았던 건 어째서였을까.

"지금까지 살아 있다면 스물다섯이 되었겠군요."

민철은 분명 그렇게 말했었다. '살아 있다면'이라는 전제가 마음에 걸려 섣불리 묻지 못하고 있었다. 짐은 따로 사람을 시켜 챙겨 오기로 하고 먼저 집을 나선 여인경의 신경은 온통 민철에게 집중되어 있었다. 차를 타고 10분쯤 지나서였다. 민철은 여인경을 대신해 난관 하나를 치워 주었다.

"할 말이 있으십니까?"

"네? 그게······."

"궁금한 것이 있으면 물어보십시오."

여인경은 어색한 미소를 지으며 민철의 안색을 살폈다.

"왜 어려워하십니까?"

"어떻게 물어봐야 할지 확신이 서지 않아서요."

"무서워진 게 아니라?"

"아니에요, 절대!"

제법 엄한 표정으로 강조하는 여인경의 새로운 모습에 민철은 순순히 고개를 주억거렸다. 여인경이 자신을 두려워하지 않는다는 것 정도는 이미 알고 있었다.

"그럼 주저하지 마십시오. 저에게 여인경 씨는 그래도 되는 사람입니다."

민철을 바라보는 촉촉한 시선에 여러 감정이 너울졌다. 낯설고 이상한 기분이 들었다. 눈길이 머문 곳과 그렇지 않은 곳까지 온통 간질거렸다. 낯선 것을 불쾌함으로 인식하는 신경이 자극받을 즈음 여인경이 침묵을 갈랐다.

"그분은 괜찮으신 거죠?"

"그분이라면, 그 아이 말입니까?"

"네."

집을 떠나는 민철을 나름의 방식으로 해석하느라 머리깨나 아팠을 텐데 그래서인지 질문에서 현명함이 돋보였다. 충격을 최소화하고자 애쓴 흔적이 여실했다.

"더 이상 찾지 않을 생각입니다."

"……"

철의 여인

"하지만 잊지도 않을 겁니다."

더 물어볼 것도 없었다. 여인경은 가만히 민철의 어깨에 머리를 기댔다. 17년. 결코 짧은 시간이 아니었다. 생명의 은인이기는 하지만, 혈육도 아닌 사람을 찾기 위해 이렇게 긴 세월 애쓴 민철은 할 만큼 했다고 생각했다. 안 그래도 고단한 사람이니 쉬어 가도 되지 않을까. 최근 악몽에 시달리는 모습도 보지 못했다. 그렇다면 되었다. 포기하지 말라거나 계속 찾아야 하는 것 아니냐고 어설픈 조언 따위 하고 싶지 않았다. 다른 사람은 몰라도 자신만은 이 사람 편에 있어 주고 싶었.

진동이 거의 느껴지지 않던 차체가 과속방지턱을 지나느라 덜커덩, 흔들렸다. 머리만 살짝 어깨에 기대고 있던 여인경의 몸이 기우뚱하더니 기어이 자세가 흐트러지고 말았다. 민철은 여인경의 머리가 어깨에 부딪히지 않도록 손으로 받쳐 주었지만, 마주 안아 주지는 않았다. 평소의 그는 철저히 신사적이고 정중했다.

거리는 비가 그치고 쾌청한 5월의 맑은 하늘을 만끽하는 사람들로 활기찼다. 가벼워진 옷차림과 간간이 아이스크림을 들고 지나가는 아이들이 눈에 띄었다. 따뜻한 풍경 속에서 오직 민철만이 시린 겨울의 한복판에 있는 것 같았다.

여인경은 민철과의 거리를 좁혀 그의 팔에 제 팔을 꿰었다. 밀착된 몸 사이로 옷깃 너머 피부가 전하는 따스함이 몰려들었다. 이 다정한 온기가 민철에게 전해지기를 바랐다. 그래서 언젠가는 마주 안아 주기를……. 여인경은 그렇게 바라며 살포시 머리를 기댔다.

'이런 집에 살았구나.'
 여인경은 집 안으로 들어가기 전 주춤거리지 않도록 유의했다. 그녀도 꽤 부유하게 살았었지만, 이 정도는 아니었다. 분명 아파트 단지로 들어왔는데 실내는 저택을 방불케 하는 규모였다.
 민철을 따라 집 안 곳곳을 둘러보다 깨달은 사실은 평범한 주택과는 구조가 사뭇 다르다는 점이었다. 시야를 교란하는 여러 개의 간이 벽과 수납공간은 과장을 조금 보태 숨바꼭질하다 길을 잃기 십상인 구조였다. 다섯 개의 방과 네 개의 욕실, 하나의 드레스 룸이 각각 멀찍이 떨어져 있는 것도 특이했다. 테라스는 없지만 조망이 좋아 창밖을 내다보면 마치 구름 위에 떠 있는 것 같은 착각이 들었다. 고소공포증이 없는 여인경도 순간 아찔해져 슬쩍 뒷걸음질쳤다.
 "아이들이 좋아하겠어요."
 "어떤 점이 말입니까?"
 "숨바꼭질하기 딱 좋은 구조잖아요. 자칫 길 잃어버릴지도 모르겠어요."
 "숨바꼭질……. 오랜만에 들어 보는 말이군요."
 "어렸을 때는 숨바꼭질하면서 노는 걸 제일 좋아했대요."
 남 얘기 하듯 꺼낸 말에 창밖을 보며 나란히 서 있던 민철이 여인경을 돌아보았다.

철의 여인

"초등학교 5학년? 그때도 좀 가물가물하지만, 그래도 그나마 기억이 드문드문 남아 있는데 그보다 더 어린 시절은 부모님께서 그렇다고 하시니까 그런 줄 알지, 사실은 기억이 안 나거든요."

"어릴 때이지 않습니까."

"다들 조금씩은 기억하던데 전 완전히 백지라서 남의 얘기 듣는 기분이에요. 실장님도 어릴 때 얘기 들으면 남의 얘기 듣는 거 같으세요?"

"신이 나서 춤을 추다 문간에 걸려 뒤로 넘어진 일이 있었습니다."

"네?"

"아버지 말씀으로는 네 살 때 일이라고 하더군요."

"그때 일이 기억나세요?"

"단편적이고 흐릿하지만, 납니다."

장성한 모습만 본 여인경은 민철의 유아기를 상상할 수가 없었다. 아이 시절의 민철이라……. 여인경이 눈을 반짝이며 민철을 올려다보았다.

"더 얘기해 주세요."

"우선 좀 앉을까요?"

민철은 그녀를 거실로 안내했다. 오른 길을 따라 드레스 룸으로 왔는데 거실로 돌아갈 때는 왼쪽 길로 나왔다. 구조에 익숙해지려면 시간이 걸릴 것 같았다.

"진짜로 길 잃어버리지 않도록 조심해야겠어요."

"구조가 마음에 안 드십니까?"

"아뇨. 그런 건 아니고, 좀 신기해요. 마치 요새 같아요."

"제대로 보셨습니다. 침입자가 침실을 찾기 어렵게 하는 동시에 퇴로를 방해하기 위한 구조니까요."

문신을 보고서야 실감했던 현실은 이런 부분에서 되살아났다. 민철 한 사람만 보고서 그의 직업을 유추할 사람이 있기는 할까. 난처해지려는 찰나 민철이 어색한 공기의 흐름을 잘라 냈다.

"커피, 어떠십니까?"

"아, 좋아요."

"잠시만 기다려 주십시오."

여인경은 소파 앞에 서서 숨을 삼켰다. 처음에는 규모에 놀랐지만, 지금은 삭막함에 놀라고 있었다. 민철의 말로는 한국에 들어와 내도록 지낸 집이라는데 사람 사는 냄새가 조금도 나지 않았다. 낡고 보잘것없던 그 붉은 벽돌집과 비교하자니 더욱 그러했다. 한 달 동안 집을 비운 탓이라고 하기엔 지나친 감이 있었다. 깔끔하고 세련되기는 해도 손때 묻은 흔적이 없었다. 가죽 소파는 주름 하나 없이 팽팽해 감히 앉을 생각도 못할 정도였다.

"앉지 않고 왜 서 계십니까?"

"겁이 좀 나서요."

"소파가, 말입니까?"

"네."

철의 여인

민철은 테이블 위에 커피 두 잔을 내려놓았다.

"소파에 문제라도 있습니까?"

"아니요. 그건 아닌데, 실장님 먼저 앉으세요."

여인경은 소파가 너무 새것 같아 덜컥 먼저 앉는 게 양심에 걸린다고 말하려다 거기까지는 지나친 것 같아 적당한 수준에서 멈췄다. 실제로 침대와 붙박이장을 제외하고는 모두 새롭게 들인 가구들이었다.

"소파는 소파일 뿐입니다."

"......그렇죠."

여인경은 엉덩이만 살짝 걸치고는 "그래도 더러워질까 봐 앉기 겁나요"라며 농담과 진담을 반반 섞어 말했다. 그러나 민철은 진지하게 대꾸했다.

"그럼 더럽히죠."

"네?"

여인경을 널찍한 소파에 눕힌 민철은 순식간에 여인경 위로 올라와 그녀를 지그시 내려다보았다. 덜컥. 심장이 명치까지 떨어졌다가 올라온 것 같은 아찔함에 여인경은 숨을 삼켰다. 경험을 등에 업은 직감은 꽤 정확한 확률로 정답을 도출하고는 하는데 지금이 꼭 그러했다. 서서히 가까워지는 매혹적인 입술을 보며 여인경은 직감했다. 단순히 키스만으로 끝나지 않겠구나, 하고.

첫 키스를 제외하고 모든 키스는 섹스로 이어졌다. 노골적으로 표현하자면 대부분의 스킨십이 섹스로 귀결되고 있었다.

민철과의 관계가 싫은 건 아니지만, 소소하게 오가는 다감한 대화를 조금 더 나누고 싶었다. 숨결이 닿을 만큼 가까워졌을 때 여인경은 입술을 달싹거렸다.

"키스, 만요."

안경 너머 민철의 눈이 가늘게 변했다.

"……커피가 식을 거예요."

완곡한 거절이었다. 그러나 키스는 좋았다. 키스가 섹스보다 교감에 있어 부족하다고 생각하지 않았다. 그런데 민철이 여인경을 일으켜 앉힌 뒤 커피를 손에 들려 주고는 물러났다. 여인경은 자신이 거절하고도 거절당한 기분이었다. 여인경은 잔을 두 손으로 잡고 잔물결이 일어난 커피에 시선을 묶어 두었다. 뭐라고 말 한 마디 잘못했다가 그대로 낭떠러지에 떨어질 것처럼 위태로웠다.

"키스에서 멈출 자신이 없습니다."

여인경은 멀지 않은 곳에서 들리는 민철의 음성을 따라 고개를 들었다. 민철은 난처하고 쓸쓸한 낯으로 미소지으며 말을 맺었다.

"자제가 안 되는군요. 어른스럽지 못해서 실망스러우십니까?"

눈을 한 번씩 깜빡거릴 때마다 여인경의 감정이 또렷하게 눈동자 위로 드러났다. 말하지 않아도 알지만, 그래도 민철은 대답을 들어야 했다.

"……떨려요."

"그런 말, 함부로 하면 안 됩니다."

"함부로 하는 거 아닌데요."

"남자는 때로 짐승으로 비견됩니다. 그 이유를 아십니까?"

미지근한 커피를 마시는 것처럼 고역은 없었다. 아주 차갑거나, 아주 뜨겁거나. 여인경은 미지근하게 식어 버린 커피잔을 테이블 위에 내려놓았다.

"실장님은요?"

"저도 남자입니다."

"그래서 떨린다고요."

"출출하지 않으십니까? 괜찮은 브런치 카페를 알고 있습니다."

"배 안 고파요."

"그럼 짐이 도착할 때까지 잠깐 산책이라도 다녀오죠."

"피하지 마세요."

민철은 일어서 있고, 여인경은 앉아 있었다. 이 정도 했으면 못 이기는 척 넘어가 줄 만도 한데 민철은 쉽게 넘어가지 않았다.

"멈추길 바라셨잖습니까? 무리하지 마십시오. 그러다 지칩니다."

"제가 지칠까 봐 걱정되세요?"

민철은 대답하지 않았다. 지쳐도 놓아주지 않을 텐데 걱정은 해서 뭐 하겠는가. 그는 초조해하는 여인경을 보며 그들의 거리를 가늠했다. 여인경은 민철을 원하지만, 그보다 우선되는 것이 분명 존재했다. 그것을 뛰어넘기 위해서는 여인경이 스스로 민철에게 묶여 있기를 원해야 했다. 속박은 자의에 의해서만 완전해질 수 있었다. 좀 더 원하고 갈망하기를……. 민철은 여인경이 손을 뻗으면 닿을 법한 거리를 유지한 채 달콤한 혀로 꾀어냈다.

"사람은 누구나 지칩니다."

"맞아요. 누구나 지쳐요. 하지만 다시 힘을 내서 일어나면 돼요. 서로 지칠 때 곁에 있어 주면 힘이 나는 거잖아요."

"제가 여인경 씨에게 힘이 됩니까? 힘들게 하는 것이 아니라?"

"전혀요. 떨린다고 말씀드렸잖아요."

"그 떨림이 계속되기만을 바라야겠군요."

서서히 분위기가 무르익어 갈 즈음 여인경의 휴대전화가 울리며 맥을 끊어 놓았다.

"아! 어, 잠깐만요."

"커피가 식었습니다. 다시 가져다드리겠습니다."

민철은 커피가 고스란히 남은 잔들을 들고 주방으로 자리를 피해 주었다. 여인경은 황급히 전화를 받았다.

"여보세요?"

— 겨, 경이냐?

"아빠!"

— 왜 이렇게 통화가 안 돼? 아빠가 얼마나 걱정했는지 알아?

"죄송해요. 조만간 찾아뵐게요. 건강은 좀 어때요?"

철의 여인

― 너는? 너는 잘 지내? 괜찮은 거지?

"그럼요. 잘 지내죠."

― 혹시 요즘 만나는 사람 있냐?

그동안 아무리 바빠도 쉬는 날이면 격주로 한 주는 병원, 한 주는 교도소로 면회를 가고는 했었다. 한 달간 소식이 없었으니 여석태 딴에는 원인을 생각했을 테고 나름의 결론을 내린 모양이었다. 일부러 그런 건 아닌데 여석태의 예상이 아주 틀린 건 아니라서 여인경은 쉬 대답하지 못했다.

― 경아, 미안하다. 아빠가 미안해.

"아빠가 왜……."

― 한 번만 아빠가 하는 말, 아무 이유도 묻지 말고 들어주렴.

"왜 그러세요. 무슨 일 있으세요?"

― 대답해, 그러겠다고!

여석태가 강압을 더해 귀가 저릿할 정도로 소리를 높였다. 그러고는 이내 "미안하다. 아빠 부탁이야"라며 애원했다. 영문도 모른 채 알았다고 대답한 여인경은 이어진 여석태의 말에 휴대전화를 놓칠 뻔했다.

― 만나지 마라.

"네?"

― 그 남자하고 헤어져. 만나지 마.

"그 남자라니……. 갑자기 무슨 말씀이세요?"

― 약속 꼭 지켜야 한다. 끊어야겠구나.

"여보세요? 아빠!"

여인경의 외침은 먹통이 된 전화 속에 파묻혔다. 전화가 끊어졌음을 알리는 통화종료 화면이 곧 암전되었다. 앞뒤 맥락도 살피지 않은 채 대뜸 헤어지라니……. 도무지 현실감각이 되돌아오지 않아 최근 통화 기록을 확인했을 정도였다. 그녀가 처한 특수한 상황을 고려하면 여석태의 과한 처사를 이해하지 못할 것도 없지만, 딸 가진 부모가 가질 법한 평범한 걱정이라고 단정짓기에는 그의 음성이 예사롭지 않았다. 게다가 그의 행동에는 명백한 오류가 있었다.

'아빠가 실장님을 어떻게 아시고…….'

그 남자. 여인경은 여석태가 지칭한 사람이 불특정 다수 중 하나를 뜻하는지, 아니면 민철을 의미하는지 고민에 빠졌다. 연락을 못한 지 한 달이었다. 그동안 안부조차 묻지 못했는데 민철을 소개할 여유가 있었을 리 만무했다.

여인경은 민철이 있는 주방 쪽으로 시선을 돌렸다. 미로 같은 구조 탓에 그의 모습은 보이지 않았다. 여인경은 진실을 알게 된 이후 처음으로 민철의 말을 절감했다. 조직 폭력배. 진실이 이렇게 무거운 것이구나. 내가 괜찮다고 부모님도 괜찮은 건 아닌데, 무모한 선택이었을지도 모르겠구나. 예상보다 빨리 난관에 부딪히고 말았다.

'그렇다면 내가 저 사람 없이 살 수 있을까.'

생각만으로도 가슴에 생채기가 생겼다. 여인경은 따끔거리는 심장을 손으로 문지르고 두드렸다. 그래도 통증은 잦아들지 않았다. 아팠다. 눈물을 참기 어려울 만큼. 사랑은 사람을 강하게도, 더없이 약하게도 만들었다. 여인경은 눈물을 훔쳐 내고 숨을 가다듬었다. 아직 일어나지도 않은 일로 감정을 낭비하고 싶지 않았다.

상처받지 않으며 사는 건 불가능하다. 사는 게 본래 그렇다. 그렇다면 조금이라도 상처를 덜 받는 길을 택해야 한다. 그마저도 어렵고 힘든 길이다. 알고 있다. 민철과 함께한다면 부모님은 상처받을 것이고 상처받은 부모님은 여인경을 상처 줄 것이다. 그러나 그녀의 아버지와 어머니가 서로가 아니면 안 되는 사람들인 것처럼 여인경도 민철이 아니면 모든 것이 무의미했다. 힘들어도 가야 할 길이라면 가야 하지 않겠는가. 결정은 이미 내렸고 시간은 되돌릴 수 없었다. 뚫고 가든, 넘어서 가든 방법을 찾을 작정이었다. 언제나 그래 왔듯이.

여인경은 거실로 돌아오지 않는 민철을 찾아 주방으로 향하다 말고 발밑으로 눈길을 주었다. 발목에 추가 달린 것도 아닌데 한 걸음 내디딜 때마다 발바닥 아래가 푹푹 파이는 기분이었다. 한 걸음에 아버지가, 두 걸음에 어머니가, 세 걸음에 세상의 이목이, 네 걸음에 평판이 여인경을 붙잡아 두려 했으나 그녀는 기어이 민철을 찾아 걸었다. 민철은 기다렸다는 듯 새로운 머그잔에 갓 내린 커피를 따라 그녀 앞에 놓아 주었다.

"시럽이 필요할지도 모르겠군요."
"가끔은 진하게 마시는 것도 괜찮은 것 같아요. 향이 굉장히 좋네요."

그렇게 말하며 커피를 한 모금 들이켰다. 씁쓸하고 약간은 시큼하면서 매끄러운 액체가 목을 타고 내려간다. 잔향이 오래도록 혀끝에 매달려 있었다.

"안색이 어둡습니다. 안 좋은 전화였습니까?"

민철을 소개하기도 전에 무작정 헤어지라는 말을 들었으니 기분이 좋을 리 없었다. 세상살이가 팍팍해 조금 엇나가긴 했어도 본래 인자한 아버지였던 여석태의 강압적인 말투에 여인경은 적잖이 충격을 받은 상태였다.

아빠가 왜 그러셨을까, 왜 그렇게까지 격앙된 반응을 보이신 걸까.

직접 만나지 않고는 해답을 얻기 어려운 의문이 충돌했다.

"아빠한테 너무 소홀했던 것 같아서요."

"아버님 전화였습니까?"

"네. 한 달 동안 연락을 한 번도 못 드렸거든요. 걱정 많이 하셨나 봐요."

"오늘이라도 찾아뵙는 건 어떻겠습니까?"

"그러려고요. 그런데…… 이번에는 저 혼자 갔다 왔으면 해요."

"그렇게 하십시오. 아버님도 갑자기 제가 나타나면 놀라실 겁니다."

"다음에는 꼭 같이 가요."

민철은 은은하게 미소지으며 대답을 대신했다. 여석태가 민철을 만나러 오면 몰라도 그가 다시 여석태를 만나러 갈 일은 없을 것이다. 여석태도 여인경에게 민철과 만났다는 말은 죽어도 못할 사람이었다. 그 말을 하지 않기 위해 여인경을 피할지도 모를 일이고 말이다.

"이르긴 하지만 점심을 먹고 출발하는 게 어떻겠습니까?"

민철이 이해해 주리라 믿고 있었지만, 그래도 고마웠다. 이런 어른스러운 부분이 여인경을 안심시켰다. 이 사람만 보고, 이 사람만 믿고 가도 되겠구나. 다행이다. 그렇게 생각했다. 그 생각은 곧 진심 어린 고백이 되어 나왔다.

"사랑해요."

"점심값으로는 대단히 과분하군요."

무겁고 어둡던 여인경의 낯에 여린 미소가 어린다.

"그래서 돌려주실 건가요?"

"아니요. 전 다른 걸 드리겠습니다."

아일랜드를 돌아 여인경 앞으로 다가온 민철이 그녀 손에 들린 머그잔을 가져다 내려놓고는 두 손으로 얼굴을 감쌌다. 그의 키스에는 예고가 없었다. 늘 즉흥적이고 다급했다. 그래서 몸서리쳐지게 사랑스러웠다. 그러하기에 거부하지 못했다. 턱이 들리자 입술이 살짝 벌어졌다. 그 사이를 격정에 휩싸인 뜨거운 혀가 매서운 기세로 침투했다. 여인경은 황급히 민철의 옷깃을 부여잡았다. 그런데 두 사람 사이에 낀 안경이 방해가 되었다. 민철은 입술을 잔뜩 머금었다가 놓아주며 입술을 떼어 냈다. 여인경이 입술을 오물거리며 눈을 떴다.

"안경을 벗겨 주십시오."

"……제가요?"

"전 여인경 씨 얼굴을 놓고 싶지 않습니다."

이 남자를 어떻게 거역할 수 있을까. 부드럽게 볼을 쓰다듬는 손길은 농염하고 그의 입술은 달콤했으며 붉은 혀는 야했다. 여인경은 떨리는 손을 들어 그의 안경을 벗겨 냈다. 옷을 벗기는 것도 아닌데 왜 이렇게 떨리는지 모르겠다. 렌즈를 만지지 않으려 조심하느라 손끝이 마구 흔들렸다. 테를 갈무리해 들고 민철을 올려다보았다. 이제 됐느냐는 신호였으나 민철은 그대로 다시 입을 맞췄다. 축축하고 뜨거운, 부드러울 것 같지만 약간은 까칠한 혓바닥이 여인경의 입 안으로 들어와 양껏 유영했다. 입천장을 거침없이 훑고 물러난 민철은 도톰한 여인경의 아랫입술을 약하게 잘근잘근 깨물었다. 하지만 여인경은 통째로 잡아먹히고 있는 착각이 들었다. 다리에 힘이 빠져 주저앉기 직전, 민철의 입술이 멀어졌다.

"젖었습니다."

민철이 은밀하게 속삭이며 여인경의 입술을 손가락으로 더듬었다. 입술이 젖고 눈이 젖고 마음이 젖었다. 온통 민철로 젖어 갔다.

"놓아주기 힘들군요."

"저도……."

여인경은 서둘러 말을 자르고 입술에 힘을 주어 닫았다. 하마터면 저도 그렇다며 동의할 뻔했다. 말의 뉘앙스를 파악했을 텐데도 민철은 짓궂게 굴지 않고 그녀를 놓아주었다. 몹시 깔끔하게. 여인경은 어째서인지 조금 억울한 생각이 들었다. 분명 자제가 안 된다며 여인경을 들었다 놓은 것은 민철인데 자제가 되지 않는 건 오히려 자신 같지 않은가. 심지어 그녀만 자제가 안 되는 것 같았다. 질척거리고 싶지 않은데 도저히 묻지 않을 수가 없었다. 여인경은 스물다섯이었고, 이제 막 첫사랑을 시작했다. 밀고 당기거나 재고 따지는 것이 불가능했다.

"거짓말쟁이."

"제가 말입니까?"

"자제가 되시는 거 같아서요."

"보이는 것이 전부는 아니지 않습니까."

"충분히 괜찮아 보이시는데요."

"괜찮지 않습니다. 증명을 원하십니까?"

민철이 본격적으로 작정했다면 여인경은 그를 거부하지 못했을 터였다. 어설픈 도발에 맞선 능숙한 유혹을 당해 낼 재간이 없었다. 여인경은 두 볼을 발갛게 붉히며 떨리는 시선을 갈무리하지 못했다.

"곤란하게 하지 않을 테니 안심하십시오. 이후는 돌아오실 때까지 킵해 놓겠습니다."

민철은 손목시계로 시간을 확인했다. 예약을 못한 탓에 시간이 촉박했다. 면회 시간에 맞춰 도착하려면 빨리 출발해야 했다.

"아무래도 점심은 함께 하지 못할 것 같습니다."

"저녁은, 같이 먹어요."

"기다리겠습니다. 차를 준비시킬 테니 타고 가십시오."

"그러지 않으셔도……."

"사양하지 마십시오. 더 늦으면 헛걸음하게 될지도 모릅니다…… 라는 건, 허울 좋은 핑계고. 여인경 씨가 편하게 다녀오길 바랍니다. 그러니 생색내는 것으로 생각하지 않았으면 좋겠습니다."

여인경은 민철의 허리를 끌어안았다.

"정말 좋아요. 이렇게 좋아도 되나 싶을 정도로."

이번에도 민철은 여인경을 마주 안아 주지 않았다. 그러나 여인경은 가슴이 허할 틈이 없었다. 민철의 가슴에 얼굴을 기대고 있던 여인경이 고개를 들었다.

"다녀올게요."

"아버님께 안부 전해 주십시오."

그녀가 촉촉하게 젖은 눈으로 미소지었다. 왜 이렇게 아이를 떼어 놓고 나가는 엄마의 마음인 걸까.

"네."

여인경은 민철을 안았던 손을 내리고 나갈 준비를 했다.

민철의 배웅을 받고 나선 여인경은 안부를 전하겠다던 민철과의 약속을 지키지 못했다. 여석태가 여인경의 면회를 거부했기 때문이었다. 여인경은 면회를 거부했다는 전언이 믿기지 않아 다시 한 번 확인해 주길 요청했다.

"네? 그럴 리가 없어요. 아빠가 왜……."

"나도 놀랐다. 그럴 사람이 아닌데 안 만난다고 해서. 아빠한테 뭐 섭섭하게 한 일이 있는 건 아니고?"

여인경은 아침의 통화 내용을 떠올렸다. 급격하게 안색을 굳힌 여인경을 보며 눈치 빠른 교도관은 머리를 가로저었다. 한결같이 품행이 단정하고 모범적인데다 온순한 성품의 여석태는 교도소 안에서도 적이 없었다. 딸이라면 죽는 시늉까지 하는 사람이 면회를 거절할 정도라면 뭔가 사정이 있겠지만, 여인경의 헌신도 지켜본 사람으로서 진심으로 안타까웠다.

"무슨 일인지 모르겠지만, 오늘은 날이 아닌 것 같다."

"아빠는 괜찮으시죠?"

"눈이 더 나빠진 것 말고는 건강해."

어차피 여석태의 눈은 실명을 피해 갈 수 없는 상황이었다. 특별하거나 안 좋은 소식은 아니었다. 여인경은 다시 오겠다며 교도관에게 인사를 하고 돌아섰다. 재소자가 거절한 이상 가족이라고 해도 면회를 강제할 수는 없었다.

도무지 여석태의 행동이 이해되지 않았다. 이유를 모르기에 해결책도 보이지 않았다. 석연치 않은 기분으로 밖으로 나온 여인경은 자신을 기다리고 있던 두진에게 잠시 망설이다 말을 꺼냈다. 민철이 두진을 동행자로 붙여 주었을 때는 경호의 목적도 있다는 것을 알고 있었다. 민철과 함께하는 동안은 늘 이렇게 조심해야 하리라.

"저, 두진 씨."

"네."

"부탁을 좀 하고 싶은데, 괜찮을까요?"

"말씀만 하십시오. 저에게 허락을 구하실 필요는 없으십니다."

"마치 제 말은 무엇이든 들어주실 것처럼 말씀하시네요."

"실장님께 해가 되는 일이 아니라면, 불편 없이 모시도록 노력하겠습니다."

민철의 수족으로 가장 가까운 곳에 있는 두진도 조직의 사람일까. 그렇다면 두진은 믿을 만한 사람일까. 민철이 위험한 세계의 일원이라는 것을 알게 된 후로 두진을 예전과 같은 눈으로 볼 수가 없었다. 그래서 한 번쯤은 짚고 넘어가고 싶었다.

"저는 두진 씨를 경계하고 있어요."

"저 역시 그렇습니다."

"그런가요? 이유가 궁금하네요."

두진이 처음으로 여인경의 눈을 직시했다. 그의 눈빛은 강직했다.

"실장님께서 여인경 씨를 지키고 싶어하시기 때문입니다."

여인경은 그게 무슨 문제가 되느냐고 되묻기 전, 누군가를 지킨다는 것에 대해 한 번 더 생각했다. 보호에는 그 대상이 약하다는 전제가 따르기 마련이었다. 그렇다는 건……

"제가, 약점이 된다는 말씀이신가요?"

두진은 대답하지 않았다. 그러나 그것으로 충분했다. 여인경은 둔기로 머리를 맞은 것처럼 얼얼했다. 두진의 말을 종합

하자면 약점을 경계할 만큼 민철에게 적이 많다는 의미였다. 인정하고 싶지 않았던 진실의 무게가 날로 더해졌다.

처음 민철이 그와 조직의 관계를 설명해 주었을 때 여인경은 크게 안심했었다. 그건 이미 과거니까, 현재와 미래를 더 중요하게 생각하는 게 옳다며 합리화했다. 민철이 자신의 처지를 짓밟듯 까발리며 경고했을 때도 과한 자기 비하라고만 생각했었다. 그는 진영 그룹 사장실의 비서실장이었다. 과거야 어찌 되었든 현재 그의 소속이 조직 폭력 단체가 아니라는 것에만 집중했다. 의식적으로 거기에 초점을 맞추고 보고 싶은 것만 보고 듣고 싶은 것만 들었다.

사호파 입장에서 민철은 변명의 여지가 없는 변절자였다. 조직을 와해시킨 핵심 인물이었다. 정식 후계자가 나섰다는 명분으로 버틸 뿐 언제 척결될지 모를 위치에 있었다. 여인경은 한없이 초라해지는 기분이 들었다. 강하지 않으면 잡아먹힌다. 지금이야 민철이 상승세를 타고 있지만, 권불십년이라고 했다. 여인경은 희게 질린 낯으로 두진을 바라보았다.

"그분, 강범영이라는 그분은 믿을 만한 사람인가요?"

"판단은 제기 할 수 있는 것이 아닙니다."

여인경은 17년 전 사건에 대해 알게 되고도 민철을 떠나지 않았다. 오히려 관계가 그전보다 돈독해졌다. 세상을 빨리 알게 된 사람들의 특징이 그러하듯, 짧은 시간 지켜본 여인경은 꽤 명민하고 이해가 빨랐다. 그런데도 민철을 떠나지 않는 그녀의 심리가 두진은 이해되지 않았다.

사랑이라는 건가. 무모한 건지, 용감한 건지. 다만 여인경이 두 마음을 품지 않았다는 것만은 분명해 보였다. 그래서 두진은 불안해하는 그녀에게 자신의 진실 하나를 털어놓았다. 이 말을 듣고 믿을지, 말지는 여인경의 선택이었다.

"저의 아버지는 17년 전 그 사건의 가담자였습니다."

당시 열두 살이던 두진은 아픈 할머니 곁에서 며칠째 귀가하지 않는 아버지를 기다리고 있었다. 평소에도 자주 있던 일이라 대수롭지 않게 여겼지만, 할머니가 아프셔서 아버지가 빨리 돌아오시길 바라고 있었다. 그러나 기다리던 아버지는 끝내 돌아오지 않았다. 대신 두진을 찾아온 쪽은 사호파였다. 사호파는 배신자에 대해 가족에게까지 그 책임을 물었다. 무슨 고릿적 얘기냐 하겠지만, 실제로 그러했다. 불온한 싹을 잘라 내고 본보기도 필요했기 때문이었다. 두진은 그렇게 죽을 운명이었다.

"미국으로 떠나기 직전, 실장님께서는 회장님과 거래를 하셨습니다."

민철이 밀실에서 살아 돌아온다면 두진의 처분권을 달라는 거래였다. 손해 볼 것이 없는 강호원은 그리마 했으나 민철에게는 목숨을 건 사투였다.

"밀실이란 게 뭐죠?"

"저도 모릅니다."

밀실에 대해 아는 사람은 그것을 만들어 강범영을 길들이려 했던 강호원과 그곳에서 살아 돌아온 대가로 민철을 구명한 강범영, 그리고 민철뿐이었다. 대개는 돌아오지 못했고 돌아왔으나 겨우 목숨만 건져 산송장이 되었기 때문에 자세히 아는 자가 없었다. 언제부턴가 조직 내에서는 밀실이 후계자 등용의 최종 관문처럼 여겨졌다. 그래서 호기롭게 도전했다가 낭패를 본 자들이 허다했다. 민철이 꼬박 열흘을 밀실에 갇혀 있는 동안 두진 역시 밀실 앞에서 열흘을 굶주림과 두려움에 떨며 민철을 기다렸다. 민철이 돌아온다고 해도 두진이 살아날 수 있을지는 모를 일이었다. 그래도 기다렸다. 적어도 열흘은 살아 있을 수 있을 테니까. 열흘 만에 돌아온 민철은 수술 부위가 다시 터지고 온몸이 피로 물들어 있었다. 두진은 그 모습을 똑똑히 기억했다.

"실장님께서는 아직 저를 어떻게 처분하실지 결정하지 않으셨습니다."

"……"

"그날 이후 저는 아버지도, 성姓도 모두 버렸습니다."

더 이상 할 말이 없었다. 들을 말도 없었다. 차에 오른 여인경은 민철에게 병원에 들렀다 가겠노라 짧은 메시지를 보냈다. 혼자서 괜찮겠느냐는 민철에게 여인경은 걱정하지 말라는 답문을 보내고 막 시동을 건 두진에게 행선지를 알렸다.

"엄마 병원에 좀 들렀으면 해요."

"모시겠습니다."

변해 가는 차창 너머의 풍경을 보며 여인경은 작게 한숨을 내쉬었다. 민철이 두진을 옆에 두고 있다면 그만한 판단이 섰기 때문이라고 받아들였지만, 머리와 마음의 괴리가 쉽게 좁혀지지 않았다.

'오늘은 거절당하는 날인가.'

여인경은 아버지에 이어 어머니까지 면회를 허락받지 못했다. 입원 초기에는 신진숙의 상태에 따라 종종 거절당했지만, 최근에는 없던 일이었다. 마지막으로 찾아왔던 날 이후로 신진숙의 상태가 더 안 좋아졌다며 주치의는 심각한 낯을 했다.

"혹시 오빠나 남동생이 계십니까?"

"네? 아니요. 저 혼자인데…… 무슨 문제라도 있나요?"

"어머니께서 자신에게 아이가 있다고 생각하십니다."

"아, 아이요?"

"네. 상상임신이라고 아십니까?"

"들어 본 적은 있어요. 그런데 갑자기 상상임신은 왜……."

"저도 그게 의문입니다. 지금까지 어머니께는 한 번도 나타나지 않았던 증상이고 무엇보다 문제는 상상임신이 유산으로 끝난다는 데 있습니다."

"많이 안 좋은 건가요?"

"현재로서는, 그렇습니다."

의사는 상상임신으로도 임신과 같은 변화가 생긴다는 것과 신진숙의 몸이 어떻게 변했는지를 자세히 설명했다. 여인경은 듣고도 믿기지 않는 현실에 정신이 아찔해졌다.

"과거 유산의 주된 원인인 폭행에 대한 충격이 되살아났는데 이때 잠재되었던 기억을 끌어낼 만한 기폭제가 있어야 합니다. 비슷한 경험을 한다거나, 하는. 우선 이걸 보십시오."

의사는 신진숙이 자해하면서 중얼거리는 모습이 찍힌 영상을 보여 주었다. 자해하는 신진숙을 제압하는 보호사를 향해 그녀는 필사적으로 목숨을 구걸했다.

─ 자, 잘못했어요. 흐흑! 제발……. 제발 아이만은……! 아악! 살려 주세요……. 안 돼! 아아악!

영상을 정지시킨 의사가 충격에 휩싸인 여인경을 위해 잠시 침묵을 지켰다. 여인경은 신진숙의 태도에서 분명한 기시감을 느꼈다. 민철 앞에서 머리를 땅에 박고는 살려 달라며 울부짖던 신진숙의 모습이 오버랩되었던 것이다.

"보호자분, 괜찮으십니까?"

"아…… 네. 저는, 저는 괜찮아요."

하얗게 질린 얼굴로 괜찮다고 말하는 여인경은 조금도 괜찮아 보이지 않았다.

"증상이 언제부터 시작됐는지 알 수 있을까요?"

"그게……. 보호자분께서 마지막으로 면회 오셨던 그날 밤부터 시작되었습니다."

민철과 여인경이 돌아간 직후 신진숙의 가슴에는 멍울이 지고 배가 부풀어 올랐다. 명백한 임신 징후였다. 다음 단계는 자해로 보호사나 의사가 나타나 그녀를 제지할 때까지 계속되었으며 영상에서처럼 발작을 일으킨 뒤 혼절하고 나면 임신 징후가 사라졌다. 유산이었다. 신진숙은 의식이 돌아올 때마다 같은 증상을 반복했고 현재는 약물을 투약하지 않으면 자해 탓에 목숨이 위험할 지경이었다.

"정신적으로 불안한 적은 많았지만 이런 증상은 처음이에요."

"계류유산이라고 아십니까?"

"……아니요."

"태아가 사망 후 체외로 나오지 않고 자궁 속에 남아 있는 것을 계류유산이라고 합니다. 좀 더 자세히 말씀드리면 임신 초기, 일반적으로는 20주를 넘기지 않은 상태에서 자연유산이 되거나, 외부충격으로 인한 유산 후 사망한 태아가 잔류하는 경우가 있습니다. 어머님께서는 계류유산으로 인한 자궁의 이상으로 불임까지 된 케이스입니다. 계류유산 자체는 문제가 되지 않는데 사망한 태아가 자궁 내에 오래 머물게 되면 부패로 인한 문제가 발생합니다."

"제, 제가 어렸을 때 교통사고를 크게 당하셨다고 하셨어요. 혹시 그것 때문이라면……."

"물론 교통사고로도 계류유산이 있을 수 있습니다. 하지만 단순한 교통사고로 인한 충격이라 하기에는 현재 어머님의 상태를 설명하기가 어렵습니다. 혹시 그때 일을 정확히 기억하는 다른 가족은 없습니까?"

"아빠가, 아빠가 기억하세요. 그때…… 사고를 같이 당하셨거든요."

분명 교통사고를 당한 후 약해진 몸으로는 아이를 낳기 어려워 자신 하나만 낳았다고 했었다. 사고 현장에 없었던 여인경으로서는 부모님이 해 준 말을 그대로 믿을 수밖에 없었다. 혀가 마르고 눈이 핫핫했다. 일리 있는 의사 말에 동의하자니 부모님 말씀을 의심하게 되고, 무작정 부모님 말씀만 믿자니 괴로움에 몸부림치던 엄마의 잔상이 심장을 파고들어 짓이겼다.

"모든 병증은 원인을 바로 알아야 합니다."

"교통사고가 아닐 수도 있다는 말씀이세요?"

"가능성을 모두 열어 두고 있습니다. 아버님 말씀을 들어 보고 싶은데, 내원이 가능하실까요?"

"그건 좀…… 어려울 것 같아요."

"그렇군요. 알겠습니다."

여인경은 참담함을 견디지 못한 채 손으로 눈을 감추고 말았다. 눈물을 참을 수 없어 입술을 깨물었다. 의사는 조용히 휴지를 여인경 쪽으로 밀어 주었다. 여인경은 휴지로 눈물을 찍어 낸 뒤 내일 다시 오겠다는 말을 남기고 진료실을 나섰다.

머릿속이 뒤죽박죽 엉망진창이었다. 느닷없이 헤어지라며 윽박지르더니 면회마저 거절한 아버지, 상상임신과 유산을 반복하며 자해하는 어머니, 그리고 그 사이의 연결고리일 리 없는 한 사람, 민철.

'아니야. 무슨 생각을 하는 건데.'

민철을 만나서, 그에게 물어보면 될 일이었다. 아니, 무얼 어떻게 물어본단 말인가. 그래도 민철을 봐야 했다. 그가 보고 싶었다. 여인경은 주머니에서 휴대전화를 꺼내 떨리는 손으로 민철에게 전화를 걸었다. 길게 이어지는 연결음에 조바심이 치밀었다. 전화를 귀에 댄 채 병원 로비를 빠르게 걸어 나오던 여인경은 우뚝 멈춰 섰다. 전화가 연결된 동시에 눈앞에 그가 나타났기 때문이었다. 석양을 등지고 선 민철은 신성해 보였다.

"어떻게, 여길……."

다정한 민철이었다. 그가 다가와 여인경의 붉어진 눈가를 어루만져 주었다. 뭔가 울컥 터져 나올 것 같아 여인경은 말을 끝까지 잇지 못하고 눈을 연신 껌뻑거렸다.

"이럴까 봐."

"……."

"혼자서는 울지 못할 테니까."

"흐흡……!"

참았던 눈물이 기어코 차올라 주르륵 흘러내렸다. 여인경은 민철에게 팔을 뻗어 그를 안았다. 이 순간만큼은 그가 마주 안아 주기를 바라며.

그때였다. 단단하고 긴 팔이 그녀를 마주 안아 준 것은.

처음으로 마주 안아 준 민철의 팔은 그 어느 때보다 든든했다. 여인경은 아이처럼 서러움에 겨워 엉엉 소리 내어 울었다. 장소가 병원인 덕에 두 사람을 이상하게 보는 시선은 없었다. 한동안 그렇게 울며 격동하던 마음을 다독였다.

여인경은 이제 스물다섯이었고 짐을 짊어진 때는 그보다

더 어렸던 열여덟이었다. 힘들면 이렇게 울었어야 했다. 아프면 이렇게 울었어야 했다. 괴로우면 이렇게 울었어야 했다. 울기라도 했어야 했다. 그동안 너무 참기만 했다. 민철을 만나고 난 후 여인경은 자주 웃고, 또 울었다.

눈물은 멎었고 서러움도 한풀 꺾였다. 덕분에 머릿속은 맑아졌는데 여인경은 여전히 민철에게 안겨 있었다.

스트레스가 극에 달해 잠시나마 무고한 그를 의심했지만, 이제는 확고해졌다. 자신이 돌아갈 곳은 민철의 곁뿐이라는 것이……. 물기 어린 음성이 민철의 가슴에 폭 안긴 여인경의 입술 사이에서 흘러나왔다.

"……다녀왔어요."

이튿날 여석태에게서 두 번째 전화가 걸려 왔다. 여석태는 요전번에도 그러더니 다짜고짜 그 남자와 헤어졌느냐고 물었다. 지금까지 일절 보여 준 적 없는 모습이었다. 그래서 낯설고, 그래서 어떻게 해야 할지 감이 잡히지 않았다.

"면회 갔었는데 왜 거절하셨어요?"

― 아빠 말내로 헤어졌지? 그렇지?

동문서답이었다. 이런 상태라면 이유는 듣지 못할 것 같았다.

"엄마가 많이 편찮으세요."

그제야 여석태는 입을 다물었다. 여인경은 한숨을 삼키고 신진숙의 상태를 알렸다. 그러자 여석태가 불같이 화를 냈다.

불똥이 이상한 곳에 튀었다.

— 이게 다 그놈 때문이야! 그놈 탓이라고!

"그놈이 대체 누군데요!"

— 헤어져.

"아빠, 제발요."

— 헤어지기 전에는 내 얼굴 볼 생각 하지 마라.

여석태는 일방적으로 전화를 끊어 버렸다. 탄식을 터트린 여인경에게 옆에서 듣고 있던 민철이 넌지시 물었다.

"여전하십니까?"

"……네."

"앞으로 더 힘들어질 겁니다, 저 때문에."

자신이 민철에 대해 궁금한 만큼 그도 그럴 것이라 생각했다. 그래서 병원에서 돌아오는 길에 그간의 일을 소상히 말해 주었다. 모른다는 건 너무 외로운 일이었다. 각자의 상황에 갇혀 서로를 외롭게 만들고 싶지 않았다. 민철도 그런 마음으로 진실을 열어 보여 주지 않았겠는가. 뾰족한 수가 있는 것도, 그에게 도움을 바란 것도 아니지만 함께 있는 것만으로 위로가 되었다.

"그런 말씀 마세요. 제가 얼마나 든든한데요. 아빠도 실장님을 직접 만나 보시면 분명 생각이 달라지실 거예요."

"그렇지 않을 수도 있습니다. 제가 조폭이었다는 사실을 잊지 마십시오. 부모님께서 반대하시는 건 지극히 당연한 일입니다."

철의 여인

"그건 어쩔 수 없는 일이었잖아요."

"선택은 제가 했습니다."

"그렇게 말씀하실 줄 알았어요. 그래서 좋아요. 자신의 선택에 책임을 지는 분이시잖아요, 실장님은."

"그렇게 생각하는 사람은 여인경 씨뿐일 겁니다."

"그러니까 결혼해요, 우리."

여인경은 그 어느 때보다 진지하고 안정된 상태였다. 헛된 바람이나 기대 대신 현실을 직시했다. 민철과 함께하는 대가로 평생을 불안해하며 살 것을 각오했다. 진실에 가까워지면 가까워질수록 민철에 대한 확신은 공고해졌다.

"1년의 유예기간은 어떻게 되는 겁니까?"

"철회해야죠. 안 되겠어요. 실장님처럼 책임감 강한 남자를 놓치면 정말 후회할 것 같거든요."

"책임감만, 입니까?"

"책임감도, 인 거죠. 이제 대답해 주세요."

"잊으셨습니까? 청혼은 제가 먼저 했습니다."

그렇게 말한 민철이 서재로 들어가더니 곧 작은 상자 하나를 들고 나왔다. 상자 안에는 한 쌍의 반지가 나란히 꽂혀 있었다. 예상하지 못한 듯 여인경의 눈이 커졌다.

바닥에 무릎을 대고 앉은 민철이 여인경의 손을 끌어다 반지를 끼워 주었다. 손가락을 감싸는 낯선 감촉에 여인경의 얼굴에 두 가지 감정이 너울거렸다. 그녀는 울고 싶은 만큼 더 환하게 미소했다. 같은 반지를 나눠 낀 두 사람은 손을 마주

잡았다.

그날 밤은 특별했다.

매번 민철이 이끄는 대로만 따르던 여인경은 행위를 주도하지는 못할지언정 자신이 원하는 만큼 민철을 만지고 입을 맞추며 사랑을 속삭였다. 민철의 머리카락을 쓸어 올리고 손가락 사이로 빠져나가는 간지러운 감촉을 느끼기에 주저하지 않았다.

민철이 자신의 몸을 어루만지면 여인경도 똑같이 그의 몸을 매만졌다. 그의 얼굴과 목, 단단한 어깨와 팔, 심장이 뛰는 가슴과 강인한 복부까지 그녀의 손이 닿지 않은 곳이 없었다. 자신의 손길을 따라 민철이 반응할 때마다 여인경의 손길 또한 대담해졌다. 이윽고 사나운 열기를 품은 성기로 손이 내려오자 민철이 여인경의 손목을 붙잡았다.

"도발은 아직 이릅니다."

"지금이 이르면 언제 가능한데요?"

온몸을 발그스레하게 물들여 놓고 말은 잘했다. 민철은 당돌한 여인경에게 재차 경고했다.

"이렇게 자극해서 좋을 것 없습니다."

"전 지금도 충분히 좋아요. 사람을 만지는 게, 피부 감촉이 이렇게 좋은 줄 몰랐어요."

'이래서 실장님이 저를 그렇게 만졌던 건가요?' 하고 물어보려는 여인경을 민철이 훌쩍 안아 제 위에 앉혔다. 잔뜩 성난

남성이 가랑이 사이를 찔러 몸이 움찔했다.

"앗!"

"하려거든 제대로 하십시오."

민철은 여인경이 도망가지 못하도록 허리를 잡아 내렸다. 그러고는 이내 두 손을 들어 자신의 머리 뒤에 포개어 받쳤다. 마음대로 해 보라는 제스처였다.

위에서 민철을 내려다보는 여인경이 묘한 표정을 지었다. 쿵쿵. 사타구니에 전해지는 뜨거운 맥박이 당장에라도 뚫고 들어올 듯 흉흉한 기세를 내뿜었다. 그렇게 잠시 뜸을 들이자 민철이 짓궂게 허리를 튕겨 재촉했다.

"아앗!"

"못하겠으면 포기하십시오."

"……싫어요. 움직이지, 마세요. 후우……."

여인경은 가쁜 숨을 몰아쉬며 살짝 허리를 들어 성기의 끝을 맞춰 몸을 내렸다. 뻐근하고 살이 벌어지는 선뜩한 감각에 소름이 돋았다. 끝도 없이 몸을 가르고 들어오는 기분이었다.

"으응."

기나긴 삽입은 민철에게도 눈앞이 번쩍일 만큼 강한 인내를 요구했다. 마치 전신이 빨려들어갈 것 같은 착각이 일었다. 머리 뒤에 괸 두 손을 깍지껴 움직이지 못하도록 스스로 옭아매지 않았다면 여인경의 허리를 잡고 욕심을 채웠을지도 모를 일이었다. 지금도 허리가 제멋대로 들썩이려는 것을 간신히 참고 있었다.

"하아."

겨우 허리를 내리는 것까지 성공한 여인경의 이마에는 땀이 송골송골 맺혀 있었고 가만히 있는 민철의 몸에도 땀이 흥건했다. 한동안 다시 정체한 시간에 두 사람의 인내는 야금야금 타들어 갔다. 여인경은 마음대로 움직여 주지 않는 몸이 야속하기만 했다. 아롱아롱 눈물을 달고 민철을 바라보는 여인경의 얼굴이 애처로웠다.

"원한다고 말해."

"흐훗."

"여인경."

"……원해요."

민철은 스스로 결박했던 손을 자유롭게 풀었다. 커다란 손이 그녀의 골반을 잡고 뭉근하게 허리를 짓쳤다.

"읏!"

흔들린 중심을 잡기 위해 여인경은 민철의 복부를 짚고 버텼지만, 오래가지는 못했다. 어설픈 도발이 어떤 식으로 돌아오는지 그 밤, 여인경은 뼈저리게 깨달았.

정말 저릿저릿했다. 그동안은 그녀의 체력을 고려해 적당히 물러나 주고는 했는데 이번에는 그러지 않았다. 결국 여인경을 혼절하게 만들고서야 민철은 몸을 물렸.

민철의 손이 여인경을 끌어다 품에 안았다. 17년 전부터 붉게 물들어 있던 손이 이제는 까맣게 변했다. 하얀 몸을 시꺼멓게 변한 손으로 몇 번이고 매만졌지만, 여인경의 몸은 여전히

철의 여인

하얗고 투명했다.

더럽힐 수 없다. 더럽혀지지 않는다. 더럽히고 싶다. 동시에 더럽혀지지 않길 바랐다. 미쳤구나.

민철은 인정했다. 자신은 제정신이 아니었다. 그리고 언제나 진실은 잔혹한 법이었다.

'원한 건 너였어.'

아, 이 얼마나 비겁한 위선자인가.

민철은 비릿한 미소를 지으며 눈을 감았다. 온통 검게 변한 세상 속에 그가 있었다. 어차피 그의 세상이 그러했다. 그리고 그 세상 속에 여인경이 있었다. 그의 검은 심장에는 결코 지울 수 없는 주홍글씨가 새겨졌다.

까무룩 정신을 놓은 채로 잠이 들었던 여인경이 깬 것은 아랫배가 몹시 아팠기 때문이었다. 날짜를 계산해 보니 월경이 시작할 시기였다. 아니나 다를까, 약간 혈이 비쳤다.

비몽사몽간에 화장실에서 나온 여인경은 그제야 민철이 침실에 없다는 사실을 인지했다. 시계를 보니 새벽 3시 19분이었다. 여인경은 민철을 찾아 침실을 나왔다. 거실을 기점으로 부엌을 지나 드레스 룸을 거쳐 서재로 이동했다. 복잡한 집 구조에 익숙해지기 위해 나름의 패턴을 만들어 둔 덕에 어둠 속에서도 길을 잃지 않았다. 아무리 생각해도 구석구석 참 신기하게 생긴 집이었다.

'그러고 보니 거울도 없네.'

안전을 위한 구조라는 건 민철에게 들어 알게 되었지만, 붉은 벽돌집에 이어 이곳에도 거울이 없었다. 그녀의 편의를 위해 마련된 화장대 거울을 제외하고는 대체로 집 안 전체가 불투명한 재질로 되어 있었다. 그나마도 창문이 형체를 어렴풋이 비춰 볼 수 있는 유일한 도구였다.
　'이것도 안전을 위한 걸까?'
　대수롭지 않은 의문 하나를 품고 서재 앞에 섰을 때 두진의 음성이 들렸다.
　"여석태와 신진숙의 머리카락은 확보했습니다."
　두진이 왜 부모님 이름을 거론하는 것이며, 머리카락은 대체 무슨 말인가. 여인경은 어둠 속에 몸을 숨기고 숨을 죽였다. 그리고 뒤이어 들려온 음성에 온 신경을 집중했다.
　"폐기해."
　"……확신하셨던 것 아니었습니까? 그래서 유전자 검사를 지시하셨다고 생각했습니다. 최종 증거가 필요하신 거라고 생각했는데, 틀렸습니까?"
　"너는 내가 그 아이를 찾는 이유가 뭐라고 생각하지?"
　"생명의 은인이라서가 아닙니까?"
　민철은 정말 유쾌하다는 듯 웃었다. 그러나 그 웃음 속에는 섬뜩한 예기(銳氣)가 숨어 있었다.
　"그렇다고 하기엔 17년이란 세월은 너무 길지 않나?"
　"다른 목적이 있으셨습니까?"
　민철에게서 대답을 들을 수는 없었다.

철의 여인

침실로 돌아온 여인경은 우두커니 앉아 있었다. 여인경도 민철이 최봉현을 찾는 이유에 대해 두진처럼 생각했었다. 생명의 은인이니까, 고마워서. 그런데 다른 이유가 있었다고? 아니, 그보다 더 이해할 수 없는 것은 따로 있었다. 머리카락과 유전자 검사로 친자확인을 유추해 냈으나 그것이 최봉현과 무슨 상관이 있는 건지 도무지 이해할 수가 없었다.

'만약 엄마가 유산이 아니라, 아이를 낳았다면? 나한테 동생이?'

아니다. 그건 아니었다. 나이가 맞지 않았다. 최봉현은 자신과 동갑인 스물다섯이었다. 여인경은 거기에서 다시 생각을 멈췄다. 그리고 그 순간 이원하가 했던 말이 뇌리를 강타했다.

— 그 남자에게서 떨어져. 널 위해 하는 말이야. 조만간 내가 하는 말을 뼈저리게 이해하는 순간이 올 거야. 그때 가서 후회하지 말고 내 말 들어. 내 도움이 필요한 순간이 올 테니까.

설마 아닐 것이다. 최봉현은 남자였다. 성도 최씨이지 않은가. 그런데 어째서 부모님의 유전자 검사를 하려고 했던 것일까. 도대체 누구와. ……설마 나를?

"왜 일어나 계십니까?"

흠칫.

여인경은 문 앞에 서 있는 민철을 돌아보았다. 넓은 침실은 간접 조명뿐이라 얼굴이 또렷하게 보이지 않았다. 이전에도 이와 비슷한 경험을 했었다. 그때는 잠이 덜 깬 탓인 줄 알았는데 정신이 뾰족하게 일어난 지금도 그의 모습이 그림자가 뭉쳐져 있는 것처럼 보였다.

"여인경 씨?"

"……배가, 좀 아파요."

"역시 무리가 됐군요."

가까이 다가온 민철이 침대에 걸터앉아 여인경과 마주 보았다. 여인경은 민철과 전처럼 대화할 수 있음에 안도했다. 머릿속이 복잡했지만 아직 마음속 민철은 변한 것이 없었다. 하지만 여석태는 꼭 만나 봐야겠다고 생각했다.

"그게 아니라, 그날…… 이거든요."

"아, 그렇습니까. 약이 필요하지는 않습니까?"

"첫날이라 그 정도는 아니에요. 더 심해지면 먹을게요."

"그래도 배를 따뜻하게 하는 편이 좋을 겁니다. 탕파를 준비해 오겠습니다."

곧이어 민철이 수건과 탕파를 들고 돌아왔다. 여인경을 눕히고 아랫배 위에 수건을 덧댄 후 탕파를 올려 주는 손길은 세심했다. 그는 조명등을 끄고 이불을 끌어다 꼼꼼하게 덮어 주었다.

"더 주무십시오."

"실장님이 안 보여요."

"옆에 있습니다."

나란히 누운 민철의 기척이 느껴졌지만, 그가 보이지는 않았다. 여인경은 배 위에 올려진 탕파를 두 손으로 꾹 붙잡고 눈을 질끈 감았다. 차라리 깨어나지 말 것을. 이대로 자고 나면 머릿속이 말끔해져 있기를 바라며 의식을 수마로 꾹꾹 밀어넣었다.

민철은 여인경의 얼굴을 물끄러미 내려다보았다. 억지로 잠을 청하느라 짓눌린 미간에서 그녀의 고뇌가 읽혔다. 민철은 끊임없이 여인경에게 자신을 각인시켰고 절호의 기회가 찾아왔다.

두진이 최봉현에 관하여 물었을 때 그는 이미 문 밖에 여인경이 있음을 눈치 채고 있었다. 그래서 그녀를 완벽히 자신 안에 고립시킬 수 있는 첫 단추를 끼웠다. 여인경은 스스로 선택해 얻은 책임을 기필코 지켜 낼 터였다.

"너는 강한 사람이니까."

처음부터 그랬었다. 민철은 여인경의 이마에 흐트러진 머리카락을 아이에게 하듯 쓸어 주고는 그 위에 입을 맞췄다. 섹스를 위한 행위가 아닌 순전한 친애를 담은 입맞춤이었다. 그가 그로서 살기 위해 여기까지 왔지만, 여인경에 의한 민철도 나쁘지 않았다.

"이렇게 사는 것도 나쁘지 않겠지."

다음날, 그 다음날도 여인경은 여석태를 찾아갔다. 그때마다 면회는 거절당했고 나흘째 되는 날부터는 전화도 걸려 오지 않았다.

여인경은 버릇처럼 반지를 빙글빙글 돌렸다. 손에 액세서리를 착용해 본 적이 드물어 반지의 존재감이 유난했지만 빼고 싶은 마음은 없었다. 신경이 쓰이고 불편해도 민철과의 연결고리였다. 소중했다. 언젠가 반지가 익숙해져서 한 몸처럼 느껴질 날도 오리라. 그때까지 인내는 여인경의 몫이었다.

여인경은 차창 밖으로 해가 지는 하늘을 바라보다 반지 낀 손으로 소파를 쓸었다. 처음 이 집에 와서 고가의 소파를 불편해하는 여인경에게 소파를 더럽히자던 민철이 떠올라 저도 모르게 웃고 말았다.

'보고 싶어.'

그때 휴대전화가 진동했다. 민철이었다.

"여보세요."

― 몸은 좀 어떠십니까?

"이제 괜찮아요."

월경 중에 교도소까지 먼 길을 오간 탓에 여인경의 안색은 그녀 자신이 보기에도 엉망이었다. 17년 전 사건에 가담했던 정규신의 처분으로 외출이 불가피한 민철은 수시로 전화를 걸어 그녀의 상태를 확인했다.

― 특별히 먹고 싶은 건 없습니까?

"없어요."

― 좀 더 생각해 보고 말씀하십시오.

"진짜 없어요. 그리고 지금 그거, 꼭 임신한 부인한테 하는 말 같았어요."

― 그렇다면 아이는 여인경 씨를 닮았으면 좋겠습니다.

"이야기가 갑자기 왜 그쪽으로 튀어요?"

― 아이 이야기는 싫으십니까?

"그건 아닌데……."

여인경은 가슴이 저릿했다. 민철과 함께 미래를 꿈꾸는 것이 자연스러운 일상이 되었다. 그러나 가장된 일상이었다. 적어도 여인경에게는 그러했다. 진실은 멀고 거짓은 가까웠다. 이렇게는 아니었다. 의문과 의심을 품고 미래로 나아갈 수는 없었다. 진실의 무게가 아무리 무겁고 버거워도 함께하기 위해서는 알아야 했다.

"……전 키가 작아서 안 돼요. 아들이 절 닮아서 원망하면 어떡해요."

― 원망하지 않을 겁니다. 여인경 씨를 닮았다면 말입니다.

"실장님은 저를 너무 과대평가하세요."

― 여인경 씨야말로 스스로를 지나치게 과소평가하시는 겁니다.

그녀가 작게 웃으며 결론을 내려주었다.

"그냥 우리 좋은 점만 닮는 게 제일 좋을 것 같아요."

― 마흔 전에는 저도 아버지가 될 수 있겠군요. 세대 차이가 나지 않도록 노력하겠습니다.

"남자 나이는 서른부터랬어요. 나이에 너무 연연하지 마세요."

― 그래도 도둑놈 소리 듣는 게 그리 나쁜 기분은 아닙니다.

"누가 실장님더러 도둑놈이래요? 누가요?"

― 대신 혼내 주시려고요?

"당연하죠."

여인경의 대답은 단호했다. 민철은 유쾌하게 웃었다. 서슬이 퍼렇게 웃던 그날 밤과는 전혀 다른 웃음이었다. 여인경은 그가 이렇게만 웃어 주길 바랐다.

"언제 오세요?"

- 1분 후.

"네?"

이때 도어벨이 울렸다. 여인경은 현관으로 달려가 도어스크린을 켰다. 그의 한 손에는 전화기, 다른 한 손에는 케이크 상자가 들려 있었다. 며칠 전 흘리듯 생크림 케이크가 먹고 싶다던 여인경의 말을 기억해 둔 것이다. 문을 열어 주던 여인경은 민철의 등 너머로 스치는 인영을 목격했다. 보안상 닫힌 유리문 안쪽에 있는 민철과 달리 인영은 아주 작게 보여 생김새를 파악하기 어려웠지만, 분명 사람이 맞았다. 그것도 남자.

'왜 저기에 저러고 있지?'

움직이지도 않고 반쯤 몸을 숨긴 채 민철을 향해 서 있었다. 마치 그를 감시하는 것처럼. 여인경은 서둘러 문을 열어 주고 현관 앞으로 달려 나갔다. 이원하 때문에 주변을 관찰하는 습관이 생긴 여인경의 예감은 꽤 예리했다.

'이상해.'

민철이 올라올 때까지 발을 동동 구르던 여인경은 현관문을 열고 들어오는 그의 팔을 덥석 붙잡아 집 안으로 끌어당겼다. 문 밖에는 아무도 없었다. 그래도 불안했다. 거실까지 와서야 여인경은 민철의 손목을 놓아주었다.

"실장님 뒤에 누군가 있었어요. 제가 봤어요."

"진정하십시오."

민철은 케이크 상자를 테이블 위에 올리고 여인경의 어깨를 감싸 나란히 앉았다. 여인경은 초연한 민철에게 재차 위험을 경고했다.

"착각한 거 아니에요. 제가 봤다니까요."

"그러셨습니까. 이번 감시자의 능력은 형편없군요."

"알고, 계셨어요?"

"물론입니다."

그녀의 눈이 불안하게 흔들렸다.

"위험한 거 아닌가요?"

"감시자는 늘 있었습니다."

"왜 감시하는 건데요?"

"두렵기 때문이겠지요."

"그래도 혼자 다니지 마세요."

"그러겠습니다."

미친 듯이 뛰던 심장이 진정되고 나자 '오늘 일은 예고편에 지나지 않겠구나' 하는 깨달음을 얻었다. 진실의 무게를 안다고 자만했었는데 제대로 아는 것이 아니었다. 경험만큼 훌륭한 스승은 없었다. 이 정도는 레벨이 몇이나 될까. 여인경은 입술을 깨물었다.

"다칩니다. 그러지 마십시오."

민철이 여인경의 아랫입술을 손으로 살살 문질렀다. 크게 숨을 들이쉰 여인경은 자세를 바로잡았다. 직구가 아니면 진실에 가까워질 수 없었다.

"며칠 전 밤에 두진 씨하고 하시는 얘기를 들었어요."

우연이라거나, 엿들을 생각은 없었다는 식의 핑계는 대지 않았다.

"제가 이원하와 다를 바 없는 인간이라 실망하셨습니까?"

"아니요. 실망하지 않았어요. 실장님과 이원하는 시작점부터가 다르니까. 저는 이원하를 안 믿지만, 실장님은 믿어요. 믿는다고 약속했잖아요. 전 제가 한 약속은 반드시 지켜요."

"거짓말을 한다 해도?"

"그렇다면 그게 진실인 거죠."

"역시 넌 무모하지만, 다정해."

모든 가치관과 이해관계를 무시하고 싶을 만큼 여인경은 무모했고 다정했다. 민철을 여기까지 오게 만든 건 순전히 여인경이었다. 처음부터 지금까지, 그리고 앞으로도 영원토록 그러하리라.

"알고 싶은 만큼 질문해 주십시오."

다시 말해 알고 싶지 않은 것까지는 말하지 않겠다는 의미였다. 눈을 질끈 감았다가 뜬 여인경은 민철의 눈을 곧게 응시했다.

"저희……, 부모님이 17년 전 그 사건과 관련 있는지 알고 싶어요."

"어머님은 무고하십니다."

부모님 중 어머니가 무고하다면 아버지, 여석태는 관련이 있다는 뜻이었다. 진실 하나가 심장에 못이 되어 박혔다. 울컥 피가 솟구치지만 여인경은 멈추지 않았다.

"가해자였나요?"

"감시자였습니다."

"아버지도 조직원이셨다는 말씀이세요?"

"그건 아닙니다."

조직원도 아닌데 감시자의 역할을 맡았다? 앞뒤 맥락이 맞지 않았다. 평범한 소시민이 조직과 연루가 되려면 접점이 필요했다. 아무것도 모르는 사람을 감시자로 세웠을 리 만무했다. 사건은 민철이 후원자를 따라 붉은 벽돌집으로 온 후에 벌어졌다. 여인경은 쏟아지는 의문을 가까스로 정리해 하나로 축약했다.

"후견인이라던 그분이, 조직원이셨군요."

"맞습니다."

"그리고 그분과 저희 아버지가 연관된 거고요."

"아버님을 협박한 건 다른 자들입니다."

협박한 자들이 누구인지는 굳이 묻지 않아도 어느 정도 짐작할 수 있었다.

여인경은 여기서 간과한 진실 하나를 발견했다. 무언가가 조금씩 선명해지고 있었다.

그녀의 기억 속에 없는 진실. 여인경은 입술을 덜덜 떨었다. 마치 혀가 마비되는 기분이었다.

17년 전, 민철과 여인경은 만난 적이 있었다. 정황이 그렇게 말하고 있었다. 하지만······.

"저는······ 기억이······, 기억이 나지 않아요."

"어렸으니까요."

여인경은 활짝 열린 판도라의 상자를 닫아 버리고 싶었다. 상자 안에는 온통 재앙뿐이었다. 절대 열어서는 안 될 상자였다. 몰라서 열었던가. 아니, 예상했었다. 끔찍하고 슬프더라도 민철과 극복하자고 다짐하고 열었다. 그런데 인제는 닫고 싶었다. 마지막으로 남은 희망마저 재앙이 될 것 같아서.

"그만 하시겠습니까?"

격렬하게 도리질 친 여인경의 얼굴은 짙은 참혹함으로 검게 물들어 있었다. 여기까지 와서 멈출 수는 없었다. 멈춘다고 멈춰지는 것도 아니었다.

"제 이름은 여인경이에요. 저는······ 저는 최봉현이, 아니에요."

민철은 대답하지 않았다. 대신 그 밤, 민철과 두진이 나눴던 대화가 귓가를 파고들어 되살아났다.

"너는 내가 그 아이를 찾는 이유가 뭐라고 생각하지?"

"······아니야. 아니야. 그럴 리 없어."

"다른 목적이 있으셨습니까?"

여석태와 신진숙의 머리카락과 유전자 검사, 그리고 최봉현. 민철을 보고 발작을 일으킨 어머니와 무작정 민철과 헤어지라는 아버지. 상상임신과 유산을 반복하는 어머니와 시력을 잃어 가는 아버지. 그리고 민철의 후견인. 또 그의 아들 최봉현과 후견인을 죽였을지 모르는 민철.

그리고 최봉현과 민철.

여기서 최봉현이 아들이 아니라 딸이라고만 바꾸면 퍼즐은 각각 제자리를 찾아 정확히 맞아 떨어졌다. 그리고 완성 직전의 퍼즐에는 마지막 빈자리 하나만 남겨 두고 있었다.

"17년 전, 제가…… 실장님을 구했나요?"

민철은 차분히 여인경과 눈을 맞추었다.

"네."

그 한 음절이 25년 여인경의 인생을 송두리째 뒤흔들어 놓았다.

Outro. 해 줄 수 없는 일
- 박효신

 아들 없이 딸만 하나인 강호원은 데릴사위를 들여 손자를 보았으나 후계 계도의 공백은 피할 수 없게 되었다. 집이 빌 때를 호시탐탐 노리는 가소로운 것들로부터 어린 후계자를 지키고 조직을 이끌기 위해서는 공백을 메워 줄 대리자가 필요했다.
 대리자를 물색하던 강호원의 눈에 최명철이 들어온 것은 지극히 당연한 일이었다. 매사 권력에는 관심이 없고 오로지 강호원에 대한 신의만 지키던 우직한 남자가 조직을 떠나겠노라 말했기 때문이었다.
 강호원은 그때 직감했다. 최명철에게 지켜야 할 것이 생겼음을. 그래서 강호원은 최명철에게 제안했다. 강범영이 성인이 될 때까지 후계자 자리를 지키는 대신, 그가 원하는 대로 조직에서 자유롭게 놓아줄 것을. 권력에 관심이 없고 강호원의 힘을 자신의 힘인 양 나대는 멍청한 놈들과 달랐던 최명철은 대리자로서 적격이었다.

자본주의 사회에 발맞춰 조직도 진화해 왔다. 고루한 예전 방식을 고수해서는 살아남기 어려웠다. 손가락 하나 달랑 자르는 것으로 조직을 벗어날 수는 없었다. 조직은 더 잔인해졌고 교활해졌으며 이익창출을 위해 자본이 되는 사람, 즉 조직원의 활용도는 더 극악해졌다. 다시 말해 죽음이 아니고서야 완벽하게 조직에서 벗어났다고 할 수 없어졌다는 의미였다. 조직에 발을 들인 이상 백골이 되어서도 벗어나기 어려웠다. 특히 최명철처럼 조직 수뇌부까지 진출한 자는 대를 이어 조직의 일원으로 만들었다.

죽음을 불사하겠다는 각오로 조직을 벗어나려 했던 최명철은 강호원의 제안을 받아들였고 그때부터 묵묵히 방패의 역할을 수행했다. 최명철의 존재는 조직을 찬탈하려는 내부 불순분자들과 타 조직을 효과적으로 견제해 주었다. 강호원이 보란 듯이 권력의 일부를 최명철에게 떼어 준 것도 그 즈음이었다.

권력의 달콤함을 맛보고도 최명철은 변하지 않았다. 권력보다 지켜야 할 게 우선이기 때문이었다. 강호원 입장에서는 썩 유용하고 쓸모 있는 자였으리라. 이러한 모종의 거래 사실을 아는 건 거래 당사자들을 제외하면 강범영이 유일했다.

조직 내에서 최봉현이 거론되기 시작한 것은 최명철이 후계자로 낙점될 것이라는 소문이 암묵적으로 퍼지면서였다. 약육강식의 살벌한 법칙이 핏줄보다 강하다며 조직원들은 강호원의 선택을 칭송하는 한편, 최명철을 시기하는 세력 또한 기하급수로 늘어났다.

소문은 소문을 만들고 거짓을 진실처럼 포장해 퍼트렸다. 최명철이 강호원의 숨겨진 자식이라는 둥, 그래서 딸의 자식인 강범영을 버렸다는 둥, 최명철에게 이미 숨겨 둔 아들이 있다는 둥. 별별 소문이 다 돌았다. 어쨌거나 최명철이 태풍의 눈이 된 것만은 사실이었다.

최명철 옆에 붙어 강범영의 존재를 파헤치던 김익주에게는 날벼락인 셈이었다. 강범영을 경쟁 조직에 넘겨 사호파를 무너뜨려야 하는데 권력욕이라고는 요만큼도 없던 최명철이 전면에 나서 강호원을 도와 사호파를 이끌고 있으니 속이 타지 않았겠는가. 게다가 후계자가 정확히 누구인지도 알지 못하는 상황이었다.

강범영의 존재는 베일에 싸여 있었고 강호원은 최명철을 옆에 두면서 후계자의 권한을 부여했으나 정식으로 공표하지는 않았다. 그렇다고 강범영을 완전히 버렸느냐면 그것도 아니었다. 전보다 더 철저히 통제하고 지켰다. 강범영 또래의 아이가 하나 더 늘어 혼선을 야기한 것만 봐도 강호원이 강범영을 포기하지 않았음을 알 수 있었다.

김익주가 더 화가 났던 것은 최명철의 태도였다. 모든 걸 알면서 오른손인 김익주에게 아무 말도 해 주지 않았던 것이다. 사호파를 무너뜨려도 최명철만은 구제하려 했던 김익주의 계획은 그렇게 조금씩 틀어져 처음과는 다른 방향으로 흘러갔다.

김익주는 정규신과 최우창, 연광민을 끌어들여 최명철의 뒷조사를 시작으로 배신의 시나리오를 다시 썼다. 그들이 상대하기에 최명철은 너무 강했다. 약점이 필요했다. 그것이 바로 그의 아들이라고 소문난 '최봉현'이었다.

김익주는 최봉현을 찾기 위해 무엇을 먼저 했을까. 집이었다. 최명철의 진짜 집. 최명철이 집 없이 지낸다는 건 누구나 아는 사실이었다. 당시 최명철은 강호원의 본가에서 지냈던 탓에 알아내는 데 꽤 애를 먹었다. 그러나 어린아이를 키우려면 반드시 지낼 집이 있어야 했다. 최명철과 강호원의 눈을 피해 알아내야 했으니 더 어려웠으리라. 그러다 뒤가 밟혔다. 조직밖에 모르던 최명철이 외부인과 접촉한 현장이 포착된 것이다. 궁지에 몰릴 대로 몰렸던 김익주에게 여석태는 놓쳐서는 안 될 미끼였다. 그들은 여석태를 이용해 최봉현이 사는 집을 알아냈다. 여석태는 감시자이며 밀고자였다.

"당시 아버님은 거의 돌아오지 않던 최명철을 대신해 최봉현을 돌봐 주셨고 저와도 가끔 마주쳤지만, 데면데면했었습니다. 아버님이 오시면 저는 2층으로 올라가 내려오지 않았었거든요."

민철은 여인경이 최봉현이었음이 드러났음에도 여인경과

최봉현을 분리해 말했다. 그래서 여인경 역시 여석태를 아버지라고 부를 수 있었다.

"아빠……. 아버지가 그 사람이었다는 걸 어떻게 알게 되셨어요?"

"가족사진을 보고 알았습니다. 아버님 성함도 몰랐고 17년 동안 기억나지 않던 얼굴이었는데, 알아보겠더군요."

김익주의 계획은 실패했다. 어차피 실패할 일이었다. 실패하라고 놓은 덫이었다. 그러나 그 일로 최명철이 죽게 된 것은 강호원의 계획에도 없던 일이었다. 그렇다고 굴러 들어온 기회를 놓칠 위인이 아니었다. 강호원은 강범영을 후계자로 정식 공표했다.

"그 일에 가담한 사람 중에 살아 있는 사람은 누구인가요?"

"정규신과……."

"……아버지군요."

민철은 조용히 고개만 끄덕였다. 죽은 사람은 말이 없고 정규신의 말은 믿을 수 없었다. 여석태 또한 절대 진실을 말하지 않을 터였다. 여기까지가 민철이 사호파 조직으로 들어가서 얻어 낸 정보였다.

이후로는 증거가 아니면 사실을 판단할 길이 없었다. 여인경의 유전자는 민철에게 진실을 밝혀 줄 분명한 증거 중 하나였다. 그가 친자확인을 하려고 했던 이유가 충분히 이해되었다. 하지만 덮으려고 한 이유는 아무리 생각해도 이해되지 않앉다.

"왜, 대체 왜……. 진실을 찾아 여기까지 오셨으면서 왜 묻으려고 하셨어요?"

수없이 많은 오늘이 축적되어 흐릿해진 과거의 기억을 더듬어 가며 여기까지 왔다. 어렴풋한 정황을 확증해 줄 기록을 찾아 헤맨 것은, 그것만이 진실을 밝힐 유일한 열쇠라고 생각했기 때문이었다.

그러나 기록은 시작부터 오류투성이인 기억의 빈자리를 채워 주지 못했다. 오히려 혼선만 더할 뿐이었다. 어린 여인경이 어떻게 강범영에게 연락을 취했는지, 여인경과 같은 집에 살았던 게 맞기는 한 건지…… 기록은 그것까지는 알려 주지 않았다.

잡은 듯 잡히지 않는 과거의 실마리. 기록은 딱 그만큼의 역할만 해 주었다. 지금은 실마리를 풀어낼 기억을 가진 사람이 없었다. 여인경은 그때의 일을 조금도 기억하지 못했고, 민철은 억지로 관심을 꺾어 내며 외면했었다. 기억이 온전하길 바라는 것 자체가 무리였다.

기억이라는 것이 결코 객관적이 될 수 없다는 사실도, 그것이 언제고 지워지거나 퇴색되거나 각색되어 달리 저장될 수 있다는 사실도, 줄곧 진실이라 믿었던 기억이 실은 거짓이었다는 것도 모두 여기까지 와서야 깨달았다.

최명철이 살아 있었다면 기록이 밝혀 내지 못한 과거의 진실을 시원하게 알려 주었을까. 이보다 더 덧없는 바람이 또 있을까.

민철은 여인경의 볼을 한 손으로 쓸며 지그시 응시했다. 그 시선이 의미하는 것을 여인경은 알 것 같았다. 그러나 민철의 대답을 듣고 싶었다.

"내 앞에 있는 사람은 여인경이니까."

아버지 여석태와 어머니 신진숙의 소중한 딸 여인경. 여인경은 자신을 그렇게 기억했고 그렇게 믿으며 살아왔다. 적어도 여인경에게 여석태와 신진숙은 좋은 아버지, 좋은 어머니, 좋은 가족이 되어 주었다.

"네가 여인경이기를 바라니까."

어쩌면 민철은 최명철을 죽였을지도 몰랐다. 죽이지 않은 정황이 있는 만큼 죽였을지도 모를 정황도 있었다.

확률은 반반.

당시 법은 최명철을 살해한 용의자로 민철을 지목했다. 강범영이 아니었다면 그는 미국이 아니라 교도소에 갔을 운명이었다. 만약 여인경이 최봉현이었다면 민철은 여인경의 친부를 죽인 것이 되었다. 비록 자의는 아니었다 해도 말이다.

"그리고 내가 원하니까."

여인경이 여인경으로 있어야만 두 사람은 함께할 수 있었다. 최봉현의 기억이 없는 여인경은 최봉현이 아니었다. 여인경은 이런 이야기를 듣고도 아무런 기억이 떠오르지 않는 머릿속이 원망스럽기보다 안심되었다. 이기적이게도 영영 기억나지 않기를 바랐다. 기억이 없으니 모르는 일이라며 우기기라도 할 수 있을 테니까. 그런데 이상했다. 민철의 말 속에는 오류가 있었다.

"제 아버지, 이름을 몰랐다고요?"

"사진을 보고서야 얼굴이 겨우 기억났는데 이름을 알았을 리가."

그랬다. 민철은 분명히 '최봉현'을 찾기 위해 그 집으로 돌아왔다고 말했었다.

"찾을 생각이 없었던 거였어. 그렇죠? 실장님은 아빠를 찾을 생각이 없었어요."

민철은 고개를 가로저었다. 그리고 여석태 자체가 목적이 된 적은 없다며 쐐기를 박았다.

"한때 당신 아버지를 찾으면 최봉현에 대한 단서를 알 수 있을까, 기대한 적은 있지만."

여석태는 그날 그 집에서 벌어진 일에 대해서는 모른다. 그 시각에 그는 병원에 있었다.

"당신 아버지는 살기 위해 어쩔 수 없는 선택을 했을 뿐이야."

교통사고가 아니었다. 그때 여인경은 집에 있어서 사고를 당하지 않은 줄 알았는데 그게 아니었다.

그때였다. 날 선 진실이 머릿속에 꽂혔다. 여인경은 제 손으로 입을 틀어막고 숨을 삼켰다. 경악으로 물든 얼굴을 보니 그녀가 진실을 찾아낸 모양이었다. 입을 가렸던 벌벌 떨리는 손을 천천히 내린 여인경이 말을 더듬거리며 물었다.

"아빠, 아빠가 거짓말을……. 하! 하아. 내가 아니라, 실장님이 최봉현이라고…….."

여인경이 그날 무사했던 건 민철이 그녀를 숨겨 주었기 때문이 아니라 김익주가 민철을 최봉현으로 알고 있었기 때문이었다.

"정말 최명철, 그분이 제, 제 친아버지인가요?"

"얼굴이 창백해. 오늘은 여기까지 하지."

"대답해 주세요!"

"너도 알잖아. 내가 모르고 있다는 걸."

그래, 알고 있었다. 민철이 그 사실을 알았다면 유전자 검사가 필요하지도 않았을 것이다. 다시 원점이었다. 여인경은 누군가 가슴에 불을 지르고 다시 삭풍 한가운데로 질질 끌려가 내동댕이쳐졌다가 불벼락을 맞아 온몸이 불타는 것처럼 미칠 것 같은 기분이었다.

"복수, 하실 건가요?"

"아니."

"왜요?"

"여인경이 여인경으로 있기 위해서는 당신 아버지가 필요하니까."

"전 잘 모르겠어요. 정말…… 모르겠어요. ……용서가 되세요?"

"몰라도 돼. 나도 내가 이해가 안 되니까 굳이 이해하려고 하지 마. 여태까지 그랬듯 여인경으로 살면 돼."

"어떻게 그래요, 이제 알았는데. 아빠 때문에…… 실장님이 저 대신에 그런 일을……."

"그럼 어떻게 하길 원하지? 나니까 살았어. 너였으면 죽었다고. 그걸 아는데 내가 복수라도 해야 하나? 그러길 원해? 그럼 우리는 어떻게 되는 거지? 내가 복수랍시고 들쑤시면 내가 네 옆에, 네가 내 옆에 있을 수 있을까?"

민철이 다소 격앙된 채 숨을 몰아쉬며 말했다.

"나는 덮기로 결정했고, 무슨 말을 해도 번복하지 않아."

아픈 눈으로 민철을 바라보던 여인경은 그 집을 떠나오던 날 민철이 했던 말을 떠올렸다. 최봉현의 생사를 묻는 말에 그는 이렇게 말했었다. 더 이상 찾지 않겠지만, 잊지도 않겠다고. 그 말을 하기까지 민철은 얼마나 힘들었을까. 여인경은 감히 짐작조차 할 수가 없었다. 머리가 아팠다. 관자놀이에 뜨겁게 달군 쇠꼬챙이를 쑤셔 넣은 것 같았다.

"윽! 머리, 머리가…… 아파요."

"고개 들어 봐. 여인경, 내 말 들려?"

"……아파."

"여인경!"

눈도 제대로 뜨지 못한 채 머리를 부여잡은 여인경의 몸이 풀썩 소파로 무너져 내렸다. 의식을 놓치기 직전 본 민철은 그녀만큼 아파하는 얼굴을 하고 있었다.

숙고 끝에 두 번 노크한 두진이 문을 열고 들어갔다. 여인경이 지내는 방에는 누구도 들어오지 말라던 민철의 명령이 있었지만, 지금은 비상사태였다.

"실장님."

두진의 부름에도 민철은 여인경에게 고정된 시선을 돌리지 않았다. 열이 내린 덕에 살짝 벌어진 입술 사이에서는 안정된 숨이 흩어졌다.

고르게 오르내리는 가슴 위로 이불을 보듬어 준 민철이 자리에서 일어났다. 두진은 침울한 낯으로 민철의 뒤를 따랐다. 방문을 닫은 그가 무심하게 용건을 물었다.

"보고해."

"정규신을 놓쳤습니다."

"그딴 이유로 명령을 어겼다고 하는 건가, 지금?"

놓쳤으면 다시 잡으면 된다. 아무런 대비도 없이 정규신을 잡아 둔 것이 아니었다. 이미 각 지역구에 정규신의 신상이 뿌려졌다. 어딜 가든 정규신은 자유롭지 못했다.

"여인경 씨 부친의 움직임이 심상치 않습니다."

교도소는 제한된 공간이었다. 그 안에서 여석태가 할 수 있는 일은 한정될 수밖에 없었다.

"아무래도 이원하 쪽에서 손을 쓴 듯합니다."

그때였다. 극히 일부만 알고 있는 민철의 개인번호로 전화가 걸려 왔다.

"나다. 그래. ……곧 가지."

"무슨 일이 있는 겁니까?"

철의 여인

"넌 여기 남는다."

"저도 가게 해 주십시오. 저도 가겠습니다."

"안 돼."

"제 아버지 때문입니까? 저는 성을 버렸습니다."

두진은 열변을 토했지만, 민철의 시선은 처음과 달라진 것이 없었다.

"정말 버렸다고 생각하나?"

"……이미 17년 전에 버렸습니다."

"그렇게 믿고 싶은 것이 아니라?"

"아닙니다! 제가 아버지를 얼마나 원망하는지 아시지 않습니까!"

"원망이라……."

민철은 방문 너머 잠든 여인경의 모습을 그리듯 닫힌 문으로 시선을 돌렸다. 그리고는 곧 감정을 지운 채 두진의 심연을 두드렸다.

"너를 그렇게 만든 네 아버지에게 복수하고 싶었나? 그렇다면 너 자신을 이용하지 말았어야지. 복수는 그렇게 하는 것이 아니야."

명치가 딱딱하게 굳을 만큼 싸늘한 통증이 두진을 휘감았다.

"여인경의 곁을 지켜. 이건 명령이다."

민철은 두진의 두 발을 여인경의 방문 앞에 묶어 둔 채 집을 나섰다. 여인경이 깨어나 방문을 열고 나올 때까지 두진은 꼼짝도 할 수 없었다.

여인경은 머리가 깨질 것처럼 아파 쓰러진 뒤 이틀 내내 호된 고열에 시달렸다. 그 와중에 잠깐씩 의식이 돌아올 때마다 시야를 스친 건 민철이었다.

언제나 반듯하던 얼굴은 까칠했고 걱정을 매단 시선은 잠시도 그녀를 떠나지 않았다. 잠을 자긴 한 걸까. 꼬박 이틀을 앓고 사흘째 눈을 뜨기까지 민철이 잠든 모습은 한 번도 보지 못했다. 정신을 차리면 제일 먼저 민철을 쉬게 해 주고 싶었다. 그런데 밤낮 가리지 않고 곁을 지키던 민철은 어디에도 보이지 않았다.

여인경은 침대에서 일어나 슬리퍼에 발을 꿰어 신었다. 바스락거리는 소리가 유난히 도드라져 들렸다. 그녀 혼자 만들어 낸 잡음은 어디에도 닿지 못한 채 그녀에게로 돌아왔다. 여인경은 홀로 남은 넓은 침실을 찬찬히 둘러보았다. 민철과 함께일 때는 인식하지 못한 낯선 공기가 어깨를 서늘하게 했다. 욕실에서도 마찬가지였다. 넓은 욕실은 오히려 쓸쓸함만 더할 뿐이었다. 옷을 갖춰 입고 거실로 나오자 붙박이장처럼 서 있는 두진과 마주쳤다.

"실장님은요?"

"급한 용무가 있으셔서 외출하셨습니다."

"그래요? 알았어요."

여인경은 더 들을 것이 없어 현관으로 걸음을 옮겼다. 그

뒤를 따르던 두진이 한 걸음 앞으로 나와 앞을 가로막았다. 그녀는 무표정한 낯으로 두진을 물끄러미 바라보기만 했다.

민철은 어린 두진을 보면서 자기 자신을 봤던 걸지도 모른다. 자식은 부모를 선택할 수 없고 두진은 고작 열두 살이었다. 두진은 잘못한 것이 없었다. 그래도 원망스러웠다. 당신의 아버지가 나와 그 사람에게 무슨 짓을 저질렀는지 아느냐며 드잡이를 치고 싶기도 했다.

"······댁에 계셔야 합니다."

"제가 왜요?"

"실장님께서 그러라고 하셨습니다."

"나는 그런 말 들은 적 없어요."

휴대전화를 꺼낸 여인경이 민철에게 전화를 걸었다. 통화 연결음이 끝날 때까지 민철은 전화를 받지 않았다. 예상했던 일이었다. 아픈 자신을 두고 외출할 수밖에 없는 사정이 있었으리라고.

"그쪽은 왜 여기에 있죠?"

"곁을 지키라고 말씀하셨습니다."

여인경은 재차 민철에게 전화를 걸었다. 이번에도 받지 않았다. 두진도 자꾸만 끊기는 휴대전화에서 시선을 떼지 못했다.

"무슨 일 있는 거죠?"

"······."

"그 정도 알 자격, 나한테도 있는 거잖아요."

"누워 계시는 동안 아버님께서 귀휴[6]를 나오셨습니다."

귀휴를 나온 여석태는 신진숙을 퇴원시키고는 자취를 감추었다. 적법한 처벌을 위해 정규신의 도주를 감시하던 수하들로부터 연락을 받은 것도 비슷한 시각이었다. 정규신의 탈출은 혼자서는 불가능한 일이었다.

누군가 그를 도왔다면? 여인경에게도 연상되는 이름이 하나 있었다.

"……이원하."

두진은 고개를 짧게 주억거렸다. 여인경은 눈을 감았다. 부모님은 어디로 사라졌으며 이원하는 왜 정규신을 탈출시킨 걸까. 답은 어렵지 않게 나왔다. 자신이 필요해질 날이 올 거라며 장담했던 이원하의 말이 현실이 되었다. 그동안 이원하를 생각하면 분노보다 두려움이 앞섰더랬다. 그런데 이제는 눈앞이 분노로 벌겋게 달아올랐다. 이건 해도 해도 너무하지 않은가! 자신을 괴롭히는 것까지는 참을 수 있었다. 그러나 그들의 최종 목적이 민철이라면 얘기는 달라졌다. 더군다나 부모님을 미끼로 이용한 그들의 더럽고 추악한 술수에 온몸이 경직되었다.

"실장님을 믿으셔야 합니다. 실장님이라면 반드시 지켜 주실 겁니다."

"두진 씨가 말해 주지 않아도……! 알아요. 알고 있다고요."

비참했다. 이런 상황에서도 무능력한 자신의 나약함이 비

---

6. 귀휴: 교도소에 복역 중인 재소자가 사유에 따라 일정 기간의 휴가를 얻어 외출하는 제도.

수가 되어 그녀를 난도질했다.

"그 사람은 믿어요. 그 사람은 나를, 내 부모님을 지켜 줄 거예요. 분명히 그러겠죠. 하지만 그 사람은요? 그 사람은 누가 지키죠?"

민철은 여인경을 지키길 원했다. 두진이 그렇게 말해 주었기 때문이 아니었다. 여인경을 지키기 위해 과거를 덮겠다는 민철의 결정이 바로 그 증명이었다. 희생 없이는 보호라는 개념이 성립되지 않았다. 강범영은 자신을 희생해 민철을 구제했고 민철 역시 같은 방식으로 두진을 구해 냈다. 그리고 여인경이 기억하지 못하는 그날, 민철은 그녀를 대신해 죽음 앞에 서야 했었다. 그들은 각자 목숨 빚이 있었다. 생명은 생명으로밖에 구제할 수 없었다.

"가세요."

"그럴 수 없습니다."

"두진 씨가 빚을 진 건, 내가 아니라 그 사람이에요."

"하지만……."

"그 사람이 없으면 그쪽이 나를 지킨들 그게 무슨 소용이 있는데요!"

"그럼 댁에 계시겠다고 약속해 주십시오."

"……나는 내가 믿는 사람하고만 약속해요. 그리고 나는, 그 사람 곁에 있겠다고 약속했어요."

여인경은 제 손에 끼워진 반지에 두었던 시선을 두진에게 돌렸다. 두진은 여인경에게 고개를 깊이 숙여 인사하고는 집을 나섰다.

 현관문이 닫히고 혼자 남은 여인경은 잊고 싶어도 잊은 적 없는 번호 하나를 떠올렸다. 전화를 걸자 이원하가 기다렸다는 듯 전화를 받았다.

 ─ 이것 봐. 내가 장담하지 말라고 했었지?

 "대체 이러는 이유가 뭐야."

 ─ 알잖아. 내가 왜 이러는지.

 "……인간이기를 포기했구나."

 ─ 내가? 아닐걸? 진짜 인간이기를 포기한 게 누군지는 두고 보면 알게 될 거야.

 여인경은 빙빙 말을 돌리는 이원하에게 경고했다.

 "아무도 건드리지 마."

 ─ 그건 네가 어떻게 하느냐에 달렸지.

 "나쁜 새끼."

 ─ 인정. 그런데 나보다 더 나쁜 새끼는 그 남자야.

 "닥쳐."

 ─ 화가 많이 났나 보네. 그런데 나한테 이러면 안 될 텐데?

 "엄마, 아빠가 어디 계시는지 말해."

 ─ 나야 모르지.

 "이원하!"

 ─ 소리 지르지 마. 나도 이렇게까지 할 생각은 없었으니까.

 빈정거리던 이원하가 이를 갈았다. 박기춘인 줄만 알았던 용역회사 사장은 사실 정규신이었다. 그동안 까맣게 속았다는 것만으로도 분통이 터지는데, 그자가 여인경을 들먹이며 도움을 요청했다. 여인경을 원하지만, 이원하는 인생 자체가 거짓인 자의 말을 들을 만큼 어리석지 않았다. 그래서 무시하려고 했었다.

그런데 정규신이 차라리 거짓이었으면 하고 바랄 만큼 끔찍한 미끼를 던졌다. 사회 규범이고 준법이고 간에 상관없이 살아온 이원하에게도 넘지 못할 금기는 있었다. 정규신은 그것을 공략했고 끝내 여기까지 오고 말았다.

— 너, 그 남자가 최봉현을 찾은 진짜 이유가 뭔지 알아?

"……그쪽이 최봉현을…… 어떻게 알아?"

— 그보다 더한 것도 알고 있어. 자, 다시 묻지. 그 남자가 최봉현을 찾은 이유를 말해 주던가?

"……."

— 당연히 말해 주지 않았겠지. 그 남자는 죽었다 깨어나도 그 이유를 너한테 말해 줄 수 없어.

"무슨 말이 하고 싶은 거야."

— 날 찾아오면 말해 주지.

"웃기지 마. 말했을 텐데? 난 그쪽을 믿지 않아."

— 내 말을 못 믿겠으면 네가 직접 확인해 봐도 좋아.

"내가 왜 그래야 하는데?"

여인경이 꿈쩍하지 않자 이원하가 간단히 핵심을 짚어 냈다.

— 네가 그 남자를 정말 사랑한다면 반드시 알아야 할 일이니

까.

"그쪽이 참견할 일이 아니야."

― 이건 누구라도 참견해야 할 일이야!

적반하장도 유분수지 격앙된 이원하의 음성은 오히려 여인경의 이성을 되돌려놓았다.

"……지금이라도 그만둬. 우리 부모님은 그쪽한테 잘못한 게 없잖아."

― 세상에 공짜는 없어. 알잖아?

"하아……. 좋아, 말해."

― 난 이래서 네가 좋아. 상황 판단이 빠르거든.

"내가 뭘 어떻게 해야 하는지나 말하라고."

― 데리러 가지.

이원하는 여인경에게 지하철을 타고 지정해 준 역에 내려 다시 버스로 갈아탈 것을 지시했다. 연락은 휴대전화가 아닌 공중전화로 한정했고, 도착하면 여인경이 이원하에게 전화해 보고하는 식이었다.

"도착했어."

― 지금 도착하는 버스를 타고 조이마트에서 내려.

공중전화 박스에서 나온 여인경은 도로 이정표를 확인했다. 그녀는 어느새 서울을 벗어나 경기도에 와 있었다. 길을 건너 다시 버스를 타고 이동한 그녀는 오후 6시경 혼잡한 도심에서 멀찍이 떨어진 대형마트에 도착할 수 있었다.

"들어왔어."

철의 여인

─ 16번 보관함에 있는 옷으로 갈아입고, 입고 온 옷은 버리고 나와.

사람들로 붐비는 마트를 두리번거리다 보관함을 발견한 여인경은 곧장 16번 보관함 앞으로 갔다. 잠겨 있지 않은 보관함 안에서 옷이 든 종이 가방을 꺼냈다. 여인경이 도착한 것을 알고 미리 넣어 둔 것이 분명했다. 추적을 피하려는 이원하의 의도는 버스를 갈아타면서 이미 예상했던 일이었다. 이제 와 왜 이런 귀찮은 짓을 하느냐 되묻기에는 늦은 일이었다.

화장실에서 옷을 모두 갈아입고 나오자 차 한 대가 그녀 앞에 멈춰 섰다. 이원하였다. 차창이 짙게 선팅된 차에 올라탄 그녀에게 이원하가 손을 내밀었다.

"전화."

한숨을 삼키며 여인경이 휴대전화를 꺼냈다. 그녀 손에서 휴대전화를 낚아챈 이원하는 전원을 끄고 그것을 운전석의 남자에게 넘겼다. 운전자는 꺼진 휴대전화를 콘솔 박스에 넣고는 차를 출발시켰다.

"부모님이 안전하신지 확인하고 싶어."

"털끝 하나 안 건드렸으니까 걱정하지 마."

여인경은 지금 그걸 말이라고 하느냐는 표정으로 이원하를 노려보았다. 이원하는 주머니에서 휴대전화를 꺼내 누군가에게 전화를 걸었다. 액정에 뜬 번호를 스치듯 본 여인경은 곧 시선을 돌렸다. 의연한 낯을 꾸미고 있었지만, 움켜쥔 주먹 안은 땀으로 축축했다. 전화번호는 민철의 것이었다.

"나야. 그래. 바꿔."

누군가와 짧게 통화를 한 이원하가 여인경에게 전화를 넘겼다.

"자, 받아. 확인하고 싶다며?"

"……여보세요?"

— 경아!

아무리 여인경이라 해도 울먹이는 아버지의 목소리를 듣고 평정을 유지하기는 어려웠다. 여인경은 울컥 치미는 울음을 참기 어려워 입술을 질끈 깨물었다. 울음을 삼킨 목구멍이 따가웠다. 겨우 감정을 짓누르고서야 여석태의 안위를 살필 수 있었다.

"아빠, 몸은요? 몸은 괜찮으세요?"

— 나는 괜찮다. 너는, 너는 괜찮은 거냐?

"저는 괜찮아요. 엄마는요?"

— 네 엄마는…….

여인경이 대답을 듣기 전에 이원하가 전화기를 빼앗아 가더니 멋대로 끊어 버렸다.

"뭐 하는 짓이야!"

"그렇게 조급해할 거 없어. 어차피 곧 만나게 될 거야."

비열하게 웃음을 띠고 있는 이원하에게는 욕도 아까웠다. 여인경은 더 이상 이원하에게 인간 대접을 해 주고 싶지 않았다. 도대체 어떻게 하면 인간이 이렇게 역겨워질 수 있는지, 여인경은 이원하의 숨소리조차도 듣기 싫었다. 만에 하나 부모님이 잘못되신다면, 민철에게 문제가 생긴다면 인간이기를 포기해서라도 되갚아 주고 말리라 이를 악물었다.

"역시 잘 어울려."

이원하는 만족스러운 눈으로 분을 삭이는 그녀를 훑어보았다. 여인경은 그 시선이 끔찍하게 싫어 고개를 차창 밖으로 돌려 버렸다.

"너를 다시 만나면 제일 먼저 옷부터 갈아입히고 싶었지."

이제야 조금이나마 이원하의 체증이 내려갔다. 그동안 얼마나 고통스러웠는지 모른다. 삼자대면 이후 민철이 사 준 옷을 입고 있던 여인경의 모습이 매일 떠올랐었다. 정신이 온전할 때나 그렇지 않을 때나 잔상은 각인되어 이원하를 괴롭혔다. 취할 때까지 술을 마셔도 소용이 없었다. 차라리 잠이 들면 낫지 않을까 싶었으나 오히려 꿈은 더 끔찍했다. 민철이 여인경에게 옷을 입히는 것에서 그치지 않았기 때문이었다. 꿈속에서 민철은 여인경의 옷을 벗겼다. 보란 듯이 자신을 비웃으며……. 잠을 자고 싶지 않아 억지로 깨어 있고부터는 눈을 뜬 채로 악몽에 시달렸다.

"정규신이 나한테 이런 말을 하더군."

마치 그녀의 반응을 살피려는 듯 그가 눈동자를 빛내며 여인경에게로 시선을 고정했다.

"그 남자를 본 순간 저승에서 최명철이 살아 돌아온 줄 알았다고 말이야. 안경 쓴 것만 빼면 판박이라던데?"

'뭐라고? 지금 내가 무슨 말을 들은 거지?'

철심이 박힌 것처럼 뻣뻣한 목은 그녀의 뜻대로 움직여 주지 않았다. 목만 굳은 것이 아니라 혀마저 굳은 듯 눈도 깜빡거리지 않고 이원하를 바라보는 여인경의 입에서는 아무 말도 나오지 않았다.

"그래, 몰랐을 거야. 네 성격에 그걸 알고도 그 남자 옆에 있지는 않았겠지."

"똑바로…… 말해. 지금 그게 무슨 소리야."

"정규신의 말을 듣고 나름대로 조사를 해 봤거든. 사호파 조직까지 손을 뻗느라 내가 얼마나 힘들었는지 알아?"

"말 돌리지 말고 똑바로 말하라니까!"

"최명철을 기억하는 사람에게 물어봤지. 그 남자가 정말 최명철이 살아 돌아온 것처럼 닮았느냐고. 내가 무슨 말을 들었을까? 자, 여기서 다시 질문. 그 남자가 최봉현을 찾았던 진짜 이유는 뭘까?"

민철이 모든 걸 덮겠다고 했을 때, 여인경은 아무것도 묻지 못했다. 그의 선택에는 그녀에게도 책임이 있었다. 민철은 그녀가 밀고자인 아버지를 두고서도 기억나지 않는 과거 때문에 가족을 버리지 못하리라는 것을 알고 있었다. 민철을 그렇게 만든 사람 중 하나가 자신의 아버지일지라도 말이다. 그것이 너무나 고통스러웠다. 그러나 여인경에게 덮으라고 말해야 했던 민철은 얼마나 더 힘들었을지 감히 상상조차 할 수 없었다.

"내 앞에 있는 사람은 여인경이니까."

철의 여인

참혹한 그의 말이 가슴에 사무쳤다. 여인경은 여인경이어야만 했다. 만에 하나 최명철이 그녀의 친부가 맞는다면 결과적으로 민철은 그녀의 친부를 살해한 사람이 되고 말았다. 타의에 의한 선택마저 책임을 지기 위해 스스로 조폭의 낙인을 찍은 그였다. 민철은 복수를 하기 위해서가 아니라, 복수의 대상이 되기 위해 돌아오고도 남을 사람이었다. 긴 세월이 지났어도 그날의 일을 잊은 듯 지우고 살 수는 없었으리라. 그러니 여인경은 최봉현이 되어서도, 될 수도 없었다.

그에게서 대가를 치르기 위해 최봉현을 찾았다는 말을 듣게 될까 봐 겁이 났다. 수십 년이 지난 지금도 악몽에 시달릴 만큼 그를 괴롭히는 것이 죄책감일까 봐, 가슴이 저미도록 아팠다. 민철을 과거에서 벗어나게 해 주고 싶었는데 그녀의 존재가 과거 그 자체였다. 그런데 어떻게 물어볼 수 있을까.

모든 걸 덮고 최봉현을 찾지 않겠다고 결심한 이유는 궁극적으로 그와 자신의 미래를 위해서였다고 생각했었다. 민철이 덮겠다고 했으니 덮어 두고 여인경으로만 살자, 그렇게 생각했다. 그래, 생각만 했다. 지레짐작하고 판단하면서.

고통이 몰아친다. 더는 이원하의 목소리가 들리지 않았다. 세상은 암흑. 모는 것이 까맣게 변했다. 눈을 떴지민 보이는 것이 없었다. 분명 정신을 잃지 않았는데 인지할 수 있는 감각은 오직 고통 하나뿐이었다.

"나한테 진심으로 감사해야 할 거야."

"……그럴 일, 없어."

확률은 완벽하게 어느 한쪽으로 기울지 않았다. 절반의 확률이라면 마지막에, 마지막까지 희망에 기대를 걸어 볼 작정이었다. 위험하고 위태로운 도박일지라도……. 여인경은 흔들림을 거두고 반듯하게 일어섰다.

"뭐야, 회복이 너무 빠른데? 너도 지금 그럴 법하다고 생각한 거 아니었나?"

"나한테는 남의 말보다 그 사람의 말이 더 중요해."

"언제까지 그럴 수 있나 두고 보자고."

해가 져 어둑한 도로를 한참 달린 차가 도착한 곳은 폐공장이었다. 차에서 내린 여인경의 팔을 이원하가 붙잡았다. 여인경은 신경질적으로 팔을 뿌리치며 반항했다.

"여기서 내가 어디로 도망칠 수 있는데? 강으로 뛰어들까? 산으로 숨어?"

"네가 그러고도 남을 여자라는 걸 예전에는 몰랐지만, 지금은 아니야. 허튼수작 부리지 말고 가만히 있어."

도무지 틈을 보이지 않는 여인경 때문에 신경이 예민해질 대로 예민해진 이원하는 여인경을 폐공장 부지에서 조금 떨어진 컨테이너로 거칠게 끌고 갔다. 입구를 지키던 남자들이 이원하를 알아보고는 고개를 숙였다.

"열어."

"네."

끼이이익.

심하게 녹이 슬고 칠이 벗겨진 문에서 제 몸을 할퀴어 대는 소음이 귀를 찢으려 달려들었다. 이원하가 미간을 잔뜩 일그러뜨리며 사나운 눈빛으로 사내들을 질책했다. 그러나 문이 닫힐 때까지 소음은 긴 꼬리를 매달고 그들 뒤에 바짝 따라붙었다.

"쓸모없는 물건들."

그보다 적으면 서넛에서 많게는 열 살이나 더 많은 이들에게 던진 이원하의 말은 가차없었다. 사람을 물건 취급 하는 이원하의 태도는 여전했다. 갱생의 여지가 조금이라도 보였다면 지금처럼 이원하가 징그럽지는 않았을지 모른다. 여인경은 애써 이원하에게서 신경을 끈 채 내부를 눈여겨보았다.

"그렇게 두리번거릴 필요 없어."

이원하가 여인경의 팔을 툭 당기며 턱끝으로 방향을 가리켰다. 건장한 사내들 사이에서 신진숙을 품에 안은 채 두려움에 떨고 있는 여석태가 보였다. 여인경은 본능적으로 발을 내디뎠지만, 이원하에게 팔이 잡혀 한 발도 나아가지 못했다.

"아빠!"

"경, 경아!"

여석태와 신진숙은 얼굴이 창백할 뿐 다치거나 상한 곳은 보이지 않았다. 여석태가 살짝 몸을 움직였을 뿐인데 그 곁을 지키던 남자들이 위협적으로 가만히 있으라며 을러댔다. 금세 기가 죽은 여석태는 신진숙을 끌어안은 손에 힘을 주며 어깨를 움츠렸다.

"대체 이렇게까지 하는 이유가 뭐야!"

"그건 곧 알게 된다니까."

이원하는 가장 눈에 익은 남자를 손가락을 까딱여 불러 세웠다.

"묶어."

"놔! 놓으라고!"

여인경은 힘껏 반항했으나 남자는 순식간에 그녀의 두 손을 뒤로 돌려 단단히 묶었다. 거친 끈 탓에 손목의 여린 살이 긁혔지만, 여인경은 몸부림을 멈추지 않았다.

"풀어 줘! 풀어 달라고!"

"괜한 일에 힘 빼지 마. 너 이렇게 어리석은 여자 아니잖아? 궁금한 건 내가 재미 좀 본 다음에 해결해 줄 테니까 기다려."

여인경은 형형한 살기를 내뿜는 이원하를 노려보며 이를 갈았다.

"……그 사람 건드리지 마."

이원하가 여인경 앞으로 다가가 코가 닿을 듯 허리를 숙였다. 화를 주체하지 못해 부들부들 떨리는 입가를 끌어올려 비소를 머금었다.

"그 말은 하지 말지 그랬어. 그 새끼를 진짜 죽여 버리고 싶어졌잖아. 살인자만큼은 되고 싶지 않았는데, 너 참 대단하다."

"안 돼. 그러지 마."

"그 새끼 때문에 우는 것도 오늘이 마지막이 될 거야."

철의 여인

제 할 말을 마친 이원하는 주변의 사내들에게 단단히 주의를 주었다.

"방심하지 말고 잘 감시해. 무슨 짓을 할지 모르는 여자니까."

이원하는 자신을 부르는 여인경을 뒤로하고 컨테이너를 나왔다. 이날만을 손꼽아 기다렸었다.

폐공장으로 들어가는 문을 열자 기분 나쁜 비릿한 냄새가 풍겨 왔다. 안으로 들어선 이원하를 가래 낀 텁텁한 음성이 반겼다.

"아, 오셨습니까?"

키가 작고 마른 체구의 남성은 지금껏 이원하가 막 대하던 자들과는 확연히 달랐다. 남자가 특유의 느긋한 걸음으로 다가왔다. 연륜이 묻어나는 얼굴인데도 초승달처럼 휘어 있는 눈매 때문에 막상 나이를 가늠하기는 어려웠다.

"그 새끼, 어디 있어."

"이쪽으로 오십시오."

어둑한 코너를 돌아 안쪽으로 들어가자 비루한 전등 하나가 위태롭게 매달려 내부를 간신히 비추고 있었다. 그 빛을 고스란히 받고 있는 자는 철제 의자에 포박된 민철이었다. 흐트러진 매무새를 보아 쉽게 잡혀 주진 않은 모양이었다.

"정말 혼자 온 건가?"

"그렇지만 일곱 명이나 반병신으로 만들어 놓았습니다."

"쓸모없는 것들이었겠지."

이원하는 민철 앞으로 다가가 무작정 주먹으로 얼굴을 갈겼다.

퍽! 뼈와 뼈가 부딪치는 섬뜩한 소리가 공기를 갈랐다. 주먹 쓰는 일이라고는 평생 해 본 적 없던 탓에 손목이 시큰거리는 자신과 달리 민철은 입술만 조금 터져 피가 날 뿐 아무렇지 않아 보였다. 그것이 또 이원하의 심기를 건드렸다.

"이 정도로는 꿈쩍도 안 한다, 이건가?"

"……."

"아니면 내 말이 우스워?"

"……."

"그래, 그렇단 말이지. 좋아."

민철 주변을 빙글빙글 돌던 이원하가 음험하게 읊조렸다.

"배틀로얄이라는 영화에서 말이야, 참 재미있는 게임을 하거든."

그렇게 말한 이원하는 팔짱을 낀 채 이쪽을 관망하던 남자에게 쓸모 있는 놈들을 추려 오라고 지시했다. 남자는 곧 이원하가 바라는 대로 장정 다섯을 데려왔다.

"게임 룰은 간단해. 한 놈만 살아남을 때까지 싸우는 거야. 어때, 쉽지?"

"재미있기는 하겠지만, 위험하지 않겠습니까?"

이원하를 말리는 것처럼 운을 뗀 남자가 줄에 묶여 피가 통하지 않아 파랗게 질린 민철의 손가락을 바라보며 덧붙였다.

"약간의 핸디캡이 있다면 훨씬 재미있는 게임이 될 겁니다."

그러고는 의자에 앉은 민철을 앞으로 밀어 넘어뜨렸다.

퍽! 무릎보다 먼저 시멘트 바닥에 처박힌 이마가 찢어져 붉은 피가 비어져 나왔다. 조금만 잘못했다가는 목이 부러졌으리라. 남자는 아랑곳하지 않고 바깥쪽으로 나와 있는 민철의 오른손 손가락을 하나씩 비틀어 꺾었다. 우드득! 뼈가 비틀리는 소리에 민철의 얼굴이 극심한 고통으로 일그러졌다.

"자, 됐습니다."

더한 것도 하고 싶었지만, 지금은 시간이 그리 넉넉하지 않았다. 남자는 이 정도면 되었지 않았느냐는 낯으로 웃으며 한 걸음 물러났다. 대기하고 있던 사내 둘이 민철을 의자와 함께 일으켰다. 실핏줄이 터져 충혈된 눈은 찢어진 이마에서 흘러들어간 피로 더욱 붉게 물들었다.

"손을 풀어 줘."

이원하의 명령이 떨어지자 민철의 의자를 일으켰던 남자들이 줄을 풀었다. 의자에 그를 묶어 두었던 줄이 풀려 나갔다. 발이 자유롭게 되고 손을 결박했던 줄까지 모두 풀렸다. 이원하가 장정 중 하나에게 쇠파이프를 던져 주었다.

"시작해."

"네!"

커다랗게 포물선을 그린 쇠파이프가 정확히 민철의 머리를 향해 날아갔다. 무릎을 굽혀 쇠파이프를 피한 민철의 동작은 복싱 선수처럼 날렵했다. 일격을 실패한 사내가 괴성을 지르며 발을 뻗었지만, 민철이 더 빨랐다. 사내의 등을 팔꿈치로 가격한 민철은 그대로 몸을 돌려 사내의 팔을 뒤로 꺾었다. 기괴한 모양으로 꺾인 오른팔을 움켜잡은 사내를 대신해 두 번째 사내가 민철에게 달려들었다. 그의 손에는 족히 15센티미터는 됨 직한 칼이 들려 있었다.

획획! 선뜩한 소리가 공기를 가르고 민철을 위협했다. 얼굴을 겨냥하던 칼의 방향이 순식간에 복부로 바뀌었고 민철은 그때를 놓치지 않았다. 사내가 가까이 오기도 전에 민철이 먼저 몸을 날려 상대의 팔을 잡아 제 쪽으로 당겨 무게 중심을 흐트러뜨리고 명치에 팔꿈치를 꽂아 넣었다.

"크훗!"

울컥 치미는 신물에 허리를 구부린 사내의 목 뒤를 가격해 넘어뜨린 민철은 숨을 가볍게 몰아쉬며 벌건 눈으로 자신을 향한 자들을 시선으로 하나씩 찍어 눌렀다. 분명 유리하게 시작했음에도 전세가 좀체 역전되지 않았다. 이원하는 버럭 짜증을 내며 드럼통을 걷어찼다.

"뭐야, 이게. 재미가 하나도 없잖아."

"그러게 말입니다. 한 손으로 싸우는 놈 하나 당해 내지 못하는 쓰레기들이었군요."

"쓸 만한 놈이 그렇게 없나?"

"저놈은 그래도 꽤 쓸 만합니다."

남자가 거구 하나를 가리켰다. 민머리의 거구는 흥분돼 죽겠다는 얼굴로 비실비실 웃고 있었다. 법적으로 사람을 죽이고 싶어 킥복싱을 시작했다가 실제로 경기 중에 사람을 죽여 파면을 당했다. 이후 우연찮게 정규신 눈에 들어 지금까지 데리고 있는 자였다. 민철 역시 꽤 큰 축에 속하는데도 거구와는 엄청난 중량의 차이를 보였다.

"죽여도 됩니까?"

"한 놈만 살아남으면 돼."

거구가 씨익 웃었다. 그러고는 앞선 둘보다 훨씬 빠르고 정확하게 민철을 공격했다. 주먹은 빠르고 정확했으며 발과 무릎을 어떻게 사용해야 상대에게 치명상을 입히는지 알고 있었다. 몇 번 거구를 피하기만 하던 민철은 왼손을 움켜쥐고는 여태 보여 주지 않던 기세로 거구를 공격했다.

"씨발, 저 새끼 뭐야!"

민철은 강했다. 오른손 손가락을 모두 부러뜨렸는데도 절대 거구에게 밀리지 않았다. 그들은 민철이 왼손잡이인 것도 몰랐지만, 민철의 능력 또한 알지 못했다. 그야말로 괴물 같은 움직임이었다.

이원하는 본능적인 두려움에 어깨를 떨었다. 그리고 자신이 민철을 두려워하며 떨었다는 사실이 치욕스러워 견딜 수가 없었다. 다른 방법이 필요했다. 저 괴물 같은 사내를 묶어 놓을 방법이.

"확실히 사호파 이인자답군요."

남자가 패색이 짙은 거구를 보며 그렇게 말했다.

"그걸 지금 말이라고 해!"

"그럼 어쩔까요?"

"불러와."

"그분을 말입니까?"

"그래."

이원하는 분노로 이글거리는 눈으로 거구가 쓰러지는 것을 보았다. 다음도, 그 다음도 쓰러졌다. 남자가 데려온 자들을 모두 쓰러뜨린 민철이 이원하와 그 옆에 선 남자에게로 고개를 돌렸다. 그때였다. 공장 문이 열리고 여인경과 그녀의 부모님이 끌려 들어왔다. 민철을 발견한 여인경의 눈이 놀라움으로 커졌다.

"시, 실장님!"

이원하가 바닥에 떨어져 있던 칼을 들고 여인경 앞으로 다가가 칼끝으로 그녀를 겨눴다. 시선은 여전히 민철에게 고정한 채로 말했다.

"움직이지 마. 네가 움직이면 이 여자의 몸에 예쁜 그림이 하나씩 그려질 테니까."

"손대지 마."

민철이 이곳에 와서 내뱉은 첫마디였다.

"너나 움직이지 마. 나는 경고했어."

민철은 쥐고 있던 주먹에서 서서히 힘을 뺐다.

"자, 그럼 제가 한번 나서 볼까요?"

정규신이 쇠파이프를 들고 느릿한 걸음으로 나섰다. 여인경은 흠칫 어깨가 굳었다. 웃는 얼굴이 저렇게 섬뜩한 사람은 처음이었다. 여인경은 이 남자가 누구인지 알 것 같았다.

"……정규신."

"호오, 저를 아십니까?"

샐쭉 웃는 낯으로 여인경에게 고개를 숙여 보인 정규신이 입술을 끌어올렸다. 흥미로운 시선으로 여인경을 바라보는 정규신의 눈빛이 번들거렸다. 그는 이 상황이 몹시 재미있는 눈치였다.

"당신들, 무슨 짓을 하려는 거야."

"그건 보면 아시게 될 겁니다. 메인이벤트가 남아 있으니 충분히 즐겨 주시길 바랍니다."

끼이익. 끼이익. 바닥에 끌리는 쇠파이프 소리가 오금을 저리게 했다.

퍽!

거칠게 시작된 난타는 민철을 피투성이로 만들었다. 여인경을 가만히 바라보던 민철은 반항 한번 하지 않고 폭격처럼 쏟아지는 쇠파이프를 고스란히 맞았다. 이미 찢어진 이마가 다시 터지고 어깨가 으스러지도록 내리쳐도 피하지 않았다. 팔이 부러지고, 등과 복부, 허벅지와 무릎까지 무차별 난사되었다.

이를 목도하게 된 여인경은 눈물을 그렁그렁 매단 채 고통스러운 얼굴로 목이 찢어져라 소리를 질렀다.

"그만! 안 돼, 그만!"

하지만 마지막 일격으로 가슴을 내리친 정규신은 민철의

뼈가 부러졌음을 직감하고 미소지었다.

"컥……."

울컥! 민철은 가슴을 움켜쥐며 각혈했다. 민철이 선 곳에 그의 몸에서 나온 피로 붉은 웅덩이가 만들어졌다. 그럼에도 민철은 반항하지 않았다.

"아, 안 돼……! 안 돼!"

마치 시간이 멈춘 것 같은 기분이 들었다.

털썩.

피투성이가 된 민철의 무릎이 꺾이고 무너져 내렸다. 여인경은 민철에게 가기 위해 미친 사람처럼 몸부림쳤다. 팔뚝을 부러져라 휘어잡는 힘에 대항해 이원하를 발로 차고 발악했지만, 완력으로 남자를 이기는 건 불가능했다.

"놔! 이거 놔!"

"가만히, 윽! 가만히 있어! 야!"

이원하는 여인경의 얼굴에 미세한 혈흔이 남자, 황급히 칼을 치웠다. 아주 살짝 베인 것뿐이지만, 자칫 빗나갔다면 눈을 찌를 뻔했던 위치였다. 힘으로 누르는 것에 한계를 느낀 이원하가 사내들에게 눈짓했고 그들은 곧 기술적으로 여인경을 제지했다.

눈물을 뚝뚝 흘리며 민철에게서 시선을 떼지 않던 여인경이 독하게 정규신을 노려보았다. 17년 전에도, 지금도 잘못은 민철이 하지 않았다.

"어떻게…… 사람이 어떻게……. 잘못은 네가 했잖아!"

민철은 정규신에게 개인적인 복수는 하지 않았다. 법의 심판마저 피해 가려는 정규신의 수단은 끝까지 고약했다. 정규신은 가볍게 어깨를 으쓱이며 사지를 늘어뜨리고 간신히 숨만 몰아쉬고 있는 민철에게 다가갔다. 그의 손에는 어느새 쇠파이프 대신 날이 퍼렇게 선 칼이 들려 있었다.

"제발, 제발……! 하지 마. 하지 마세요. 흐흑! 제발…… 그러지 마세요."

"이건 이 녀석과 나의 일이지, 아가씨가 상관할 일이 아니야."

하회탈처럼 눈을 휘며 웃는 정규신에게 여인경은 빌고 또 빌었으나 소용없었다. 그때까지 꿈쩍도 하지 않고 있던 민철이 고개를 들었다. 만신창이가 되어서도 그의 시선은 정확히 울고 있는 여인경을 찾아냈다.

"흐흐흑!"

"……여인경."

"이것 참, 애절해서 내 마음이 다 아프네. 걱정하지 마. 여자와 부모는 무사히 돌려보낼 테니까."

정규신이 칼끝으로 민철의 턱을 겨누고는 지껄였다. 잔인한 성품의 정규신은 민철을 확실하게 망가뜨린 뒤 도주할 예정이었다. 그런데 마침 이원하가 나타났고 제법 즐거움을 선사해 줬다. 이제는 대망의 마지막을 장식할 차례였다. 솔직히 죽이는 것이 후환을 없애는 데 가장 좋은 방법이었지만, 사체를 처리하기 성가신데다 강범영과 가까이 지내는 것이 영 꺼

림칙해 거동할 수 없는 상태로 만드는 것에 만족할 수밖에 없었다. 정규신의 칼이 민철의 다리로 막 향하는 찰나, 민철이 입을 열었다.

"……정, 규신."

"아직 말할 기운이 남아 있었나?"

"최명철…… 누가 죽였지?"

핏물을 뒤집어쓴 몰골을 하고도 민철은 또렷한 시선으로 정규신에게 물었다. 정규신은 뭐가 그리 즐거운지 낄낄거리며 배를 움켜잡았다.

"그게 그렇게 궁금했나? 그래서 단신으로 여길 기어들어 온 건가? 이거, 이거 대단한데? 왜? 네가 네 아버지를 죽였을까 봐, 겁이 나던가?"

민철의 귓가에 간악한 음성으로 속삭인 정규신이 흘깃 여석태 쪽을 돌아보았다. 흡! 두려움에 숨을 몰아쉰 여석태가 신진숙을 끌어안은 팔에 힘을 주고 몸을 움츠렸다. 눈물로 얼룩진 여인경의 얼굴이 고통스럽게 일그러진다.

"뭐, 어차피 이렇게 된 거 말해 줄까? 이미 공소시효[7]도 지났겠다. 너와도 오늘이 마지막이 될 테니 까짓것 알려 주지. 대신……."

푹!

"으윽!"

"안 돼!"

---

[7]. 형사소송법 살인죄에 해당하는 공소시효는 2007년 개정 후 25년이며, 2007년 이전 범죄는 개정 전 공소시효인 15년에 따른다.

17년 전 상처 위에 다시 한 번 칼이 내리꽂혔다. 내내 눈을 접고 웃던 정규신의 얼굴이 희열로 물들었다. 일종의 쾌감이었다. 이 기분을 여태 참았다니, 아까운 짓을 했구나 싶었다. 그는 민철의 옆구리에 칼을 찔러 넣은 채 말을 이었다.

"진실을 알기 위해서는 대가가 필요한 법이야. 안 그래?"

"……."

"확실히 어른이 되더니 재미가 없어졌네. 그때는 살려 달라며 울고불고 난리도 아니어서 볼 만했는데 말이야."

픽 웃으며 정규신이 어깨를 한 번 으쓱했다.

"어쨌든 좋아. 최명철을 누가 죽였느냐고?"

정규신이 칼을 쥔 채 손목을 비틀었다. 살이 헤집어지는 고통에도 민철은 이를 악물고 끝까지 정규신을 향한 시선을 놓지 않았다.

"으윽!"

"당연히 내가 그랬지."

그렇게 말하고 칼을 확 뽑아 들자 분수처럼 피가 튀었다. 피를 맞고도 비죽 웃는 정규신의 모습은 흡사 악귀 같았다.

"그 즐거움을 다른 사람한테 빼앗길 수는 없잖아? 네 손을 빌리려고 했는데 시원찮아서 어쩔 수 없었다고."

널찍한 공장 내부에 비릿한 피 냄새가 진동했다.

여인경은 숨을 멈추었다. 투두둑. 눈물이 바닥으로 떨어지고 그녀의 몸도 눈물을 따라 무너졌다. 민철을 부르고 싶은 바람은 목구멍 안쪽에 맺혀 공허하게 울렸다.

'안 돼. 안 돼. 안 돼.'

여인경의 비명이 다시 터지려는 찰나였다.

드드르륵!

공장 문이 열리고 경찰이 현장을 급습했다.

"아무도 움직이지 말고 그대로 있어!"

선두에는 김 경사가 있었다.

"뭐야!"

공장은 순식간에 아수라장이 되었고 정규신과 이원하는 흩어졌다. 그러나 정규신이 꼬리를 자르고 내빼기 전에 김 경사가 직접 그를 검거했다. 추적을 피하기 위한 방책은 완벽했다.

"꺼져! 이거 놔!"

그런데 어떻게…….

혼란스럽던 정규신의 눈에 이 아비규환의 한복판에서 보일 듯 말 듯 미소짓는 민철이 보였다. 정규신은 자신이 덫에 걸렸음을 깨달았다.

"너 이 새끼! 죽여 버리겠어!"

정규신의 악에 받친 외침은 민철에게 닿지 못했다.

진압된 현장에 구급요원들이 뒤이어 들어왔다. 여인경은 다리에 힘이 들어가지 않아 바닥을 기어서 민철에게 다가갔고 연신 달싹이는 입술 사이에서는 말이 되지 못한 바람이 연약하게 새어 나왔다. 눈물로 시야가 잔뜩 흐린데도 여인경은 울컥울컥 피를 토해 내는 그의 옆구리를 두 손으로 눌렀다.

"……울지, 마."

철의 여인

"흐흐흑!"

"다, 괜찮을…… 거야."

피는 뜨거운데 얼굴을 쓰다듬는 민철의 손은 몹시도 차가웠다. 잇따라 들어온 구급요원이 여인경을 민철에게서 떼어냈다. 여인경은 민철을 따라 구급차에 올랐다. 곧이어 경찰차, 승합차의 긴 행렬이 어두운 밤을 갈랐다.

병원에 도착해 수술하기까지 긴박한 시간이 흘렀다. 민철이 수술실로 들어가고 나서부터는 정신을 붙잡고 있을 기력도 남아 있지 않았다. 뭘 어떻게 해야 할지 몰라 넋을 반쯤 놓고 있을 때 강범영이 나타났다.

"여인경 씨 되십니까."

여인경은 자신을 부르는 소리에도 아무런 반응이 없었다. 그녀의 머릿속에는 온통 민철뿐이었다. 칼에 찔린 그가 흘린 피로 바닥이 붉게 물들어 가던 모습, 의식을 완전히 놓은 채 호흡기에 의지해 간신히 숨만 몰아쉬던 민철의 모습이 머릿속에 가득했다. 강범영이 재차 대화를 시도했으나 돌아오는 대답은 없었다.

결국 강범영이 간호사를 불러 겨우 벽에 등을 기대고 서 있던 그녀를 부축한 후에야 반응을 보였다. 여인경은 힘이라고는 하나도 없으면서 병실로 자리를 옮겨 주려는 간호사의 손길을 완강히 거부했다.

"……싫어요. 여기, 있을 거예요."

"이러다가 쓰러지십니다."

"그 사람이, 저기 있어요."

"여인경 씨."

"여기……, 여기 있어야 해요."

더 흘릴 눈물이 없을 만큼 흘리고서도 눈물은 다시 차올랐다. 온몸에서 수분이 모두 빠져나가야지만 멈출 것 같았다. 강범영은 주르륵 벽을 타고 주저앉아 흐느끼는 여인경 앞에 무릎을 굽혀 시선을 맞췄다.

"민철은 누구보다 강한 사람입니다."

위로를 위한 감언이설이 아니었다. 강범영은 사실을 있는 그대로 말하고 있었다. 탁하게 죽어 있던 눈동자에 조금씩 이채가 서렸다.

"저는 강범영이라고 합니다."

"……그 사람이, 그 사람이 많이 다쳤어요."

손과 옷에 묻은 민철의 피를 보자 여인경의 심장이 차갑게 식었다.

"민철을 믿으십니까?"

"믿어요. 믿지만……."

살아남기 위해서 자기 자신도 믿지 못했던 사람이 강범영이었다. 가까운 사람일수록 의심하고 경계하던 그에게도 민철은 특별했다.

"믿음에 대해 말하는 사람은 많습니다. 하지만 그것을 증명하는 사람은 극히 일부에 불과합니다."

철의 여인

민철은 수년간 강범영에게 믿음을 증명했다. 변명 한번 없이, 우직하게. 그렇게 증명한 믿음은 그들 관계에 목적 그 이상의 무언가를 만들어 냈다. 그들은 신뢰를 논하지 않지만, 그 사이에는 설명하기 어려운 교감이 존재했다. 강범영이 목숨 걸고 민철을 구제하면서 시작된 관계는 민철의 증명으로 유지되고 있었다.

"의심하지 마십시오."

"그 사람, 괜찮을까요?"

"절대 사랑하는 사람에게 상처 입힐 사람이 아닙니다."

그래. 민철은 여인경을 혼자 두고 떠날 사람이 아니었다.

여인경은 천천히 몸을 일으켰고 강범영에게 고개 숙여 민철을 부탁한 뒤 간호사를 따라 병실로 이동했다. 민철은 괜찮을 것이다. 그렇게 거듭 마음을 다잡았다. 그러나 마음이 안정될수록 생각은 깊어졌다. 확인해야 할 중요한 일이 남아 있었다. 몇 가지 검사를 받고 결과를 기다리는 동안 병원에 도착한 김 경사가 이원하에게 빼앗겼던 그녀의 휴대전화를 되찾아 주었다.

"아까 잠깐 뵜었는데, 김준서입니다."

"네. 알아요. 김 경사님이시죠. 부모님은 어디에 계세요?"

"안전한 곳으로 모셨습니다. 그런데, 하아. 이걸 어떻게 말씀드려야 할지."

"왜, 무슨 일인데요?"

"정규신이 사망했습니다."

"네?"

김 경사는 병원으로 오기 전의 일을 담담히 전했다. 민철과 여인경을 태운 구급차가 떠난 그 시각, 정규신의 숨결이 어둠 속으로 꺼져 가고 있었다. 일은 눈 깜짝할 사이에 벌어졌다. 누구도 예상하지 못한 일이었다. 죽은 듯이 눈을 감고 있던 신진숙이 여석태를 뿌리치고는 바닥에 떨어져 있던 칼을 주워 들었다. 그리고 정규신에게 달려들어 정확히 목에 꽂아 넣었다. 현장을 진압하느라 증거품을 아직 회수하기 전이었기에 가능한 일이었다.

"크헉!"

"죽어!"

대체 어디서 그런 힘이 난 걸까. 장정 여럿이 신진숙을 정규신에게서 떼어 내려 했으나 숨이 꺽꺽 넘어간 정규신이 하얗게 눈이 뒤집힐 때까지 신진숙은 칼을 놓지 않았다. 간신히 신진숙을 떼어 냈지만 이미 구급차는 떠난 후였다. 동맥이 끊어진 정규신은 죽음을 향해 빠르게 나아갔다.

두두둑! 정규신의 피가 신진숙 얼굴에 튀었다. 그녀는 흡사 피눈물을 흘리는 것처럼 보였다. 복수했다. 정규신 때문에 17년 전 빛도 보지 못하고 죽은 제 아이를 떠올리며 신진숙은 울고 또 웃었다.

아가, 아가. 불쌍한 내 아기.

어머니는 그렇게 미친 사람의 얼굴을 뒤집어쓰고서 복수에 성공했다. 잠시 후 정규신의 맥을 짚은 경찰이 고개를 가로저었다.

"괜찮으십니까?"

상황을 전하던 김 경사는 걱정스러운 듯 여인경의 표정을 살폈다.

"……어, 엄마는요? 지금 어디 계세요?"

"정밀 검사를 받고 계십니다."

"다치셨어요?"

"저체온증이 약간 보이는 것 외에는 달리 이상 소견은 없습니다만, 본인이 무슨 일을 저질렀는지 기억을 못하십니다."

신진숙은 오랜 정신병력에 심신이 미약한 상태였다. 심리적인 압박과 과거의 공포, 분노와 같은 복합적인 감정이 짓눌리다 폭발해 기억에 손상이 생겼다. 재판을 받아도 제대로 된 처벌을 받지 않을 공산이 컸다. 죽어 마땅한 악행을 서슴지 않던 정규신이지만, 법을 집행하는 사람으로서 이런 상황은 피하고 싶었던 일이기도 했다.

"아빠는……."

"정신적 충격을 심하게 받아 안정을 취한 후에 검사를 진행할 예정입니다. 교도소에는 저희 쪽에서 연락을 취했습니다."

"네. 감사합니다."

"여인경 씨."

그때 간호사가 여인경을 진찰실로 불렀다. 김 경사를 보낸 뒤 진찰실로 향한 그녀는 그 자리에서 뜻밖의 소식을 접했다.

"임신입니다."

"그럴 리가……. 얼마 전에 생리가 있었는데요."

"착상혈이 있었던 모양이군요. 드문 일이긴 한데 아주 없는 일은 아닙니다. 월경 주기와 겹쳐서 오해하시는 경우가 더러 있습니다. 임산부나 태아에게 문제가 있는 건 아니니까 걱정하지 않으셔도 됩니다. 피곤하실 테니 우선 좀 쉬십시오. 영양제를 놔 드리겠습니다."

볼과 손목에 난 상처에 간단한 치료를 받고 간호사를 따라 진찰실을 나왔다. 여인경은 병실 배정을 받기 위해 기다리는 동안 규칙적인 바닥 문양만 눈으로 덧그렸다. 그렇게 반쯤 넋을 놓은 채 간호사를 따라 들어온 병실은 호화스러운 1인실이었다. 도무지 현실감이 들지 않아 침대에 누운 채 천장을 무연히 바라보던 그녀는 주삿바늘이 들어오는 따끔한 감각에 시선을 내렸다.

현실이었다. 이렇게 아픈 것을 보면.

"한숨 푹 주무시면 괜찮을 거예요."

정말 괜찮을까요? 그럴 수 있을까요?

여인경은 간호사에게 그렇게 되묻고 싶었지만, 이 질문에 대답해 줄 사람은 간호사가 아니었다. 여인경은 입술을 굳게 닫고는 부은 눈을 감았다. 간호사는 조용히 불을 꺼 주고 병실을 나갔다.

홀로 남겨진 그녀는 너덜너덜 조각난 정신을 다독이며 평평한 배 위에 조심스럽게 손을 올렸다.

아이가 생겼다. 민철과 그녀의 아이였다. 어떻게 이런 일이 한꺼번에 일어날 수 있을까. 한 사람은 죽고, 한 사람은 죽음과 사투를 벌이고 있는데, 하나의 생명이 잉태되었다.

째깍, 째깍.

초침 소리를 따라 하나둘 숫자를 세었지만, 결국 잠들지 못한 채 새벽을 맞았다. 블라인드 사이로 푸른빛이 기웃거릴 즈음 다른 간호사가 들어와 주삿바늘을 뽑아 주었다. 간호사가 나간 즉시 눈을 뜬 여인경은 몸을 일으켜 병실을 나왔다. 병원을 벗어나는 그녀의 발걸음에 주저함은 없었다.

의식을 되찾은 민철이 제일 처음 본 사람은 17년 전에 그러했듯 이번에도 강범영이었다.

"무모한 짓을 저질렀더군."

"가르치신 대로 했을 뿐입니다."

적의 눈을 속이기 위해서는 아군부터 속여야 한다는 것이 강범영의 지론이었다. 민철은 혼자서 일을 꾸몄고 두진에게조차 계획을 발설하지 않았다.

현재 법률상 정규신을 사형이나 종신형에 처하는 건 사실상 불가능했다. 정규신이 최명철을 죽인 진범이라 고백했지만, 공소시효는 이미 지난 후였다. 더군다나 이번 일로 민철이 죽었다손 치더라도 정규신은 고작해야 15년 형을 선고받을 것이 분명했다. 미수로 그쳤으니 4, 5년 정도 살다가 나올 것은 불 보듯 뻔한 일이었다.

그래서 그를 살인미수 현행범으로 체포하는 것을 시작으

로, 형을 살다 나올 즈음 새로운 죄를 더하고, 또 더해 줄 생각이었다. 늙어 죽을 때까지 말이다. 그 시작을 알리는 일이니만큼 정규신이 희망을 잔뜩 부풀릴 수 있도록 장단에 맞춰 줄 참이었다. 그래야 번번이 희망이 꺾일 때마다 좌절 또한 커지지 않겠는가.

준비는 완벽했다. 정규신이 박기춘 이전에 명의를 훔쳐 사용한 피해자의 시신에서 정규신의 DNA가 발견됐다. 시신을 훼손하기까지 했으니 가중처벌로 17년은 족히 받아 낼 수 있었다. 중간중간 정규신이 심심하지 않도록 과거의 죄를 하나씩 까발리는 것으로 감형에 대한 원천을 봉쇄할 준비까지 모두 마친 상태였다. 일흔을 넘길 때까지 정규신이 결코 사회에 발을 들이지 못하도록 말이다. 그렇게 돈도 없고 힘도 없이 쓸쓸히 죽어 갈 그를 지켜보는 일도 썩 나쁘지 않을 것 같았다. 그런데…….

"정규신이 죽었다."

"……누가 죽였습니까?"

"신진숙."

뜻밖의 이름을 듣고 민철은 미간을 좁혔다.

"여인경도 알고 있습니까?"

"김 경사가 제일 먼저 알린 사람이 여인경 씨라더군."

"지금 어디 있습니까?"

"사라졌다."

강범영은 민철이 수술을 끝내고 회복실로 들어갈 즈음 여인경이 자취를 감추었다는 사실을 있는 그대로 전했다.

"지금, 뭐라고 하셨······."

민철이 몸을 일으키려 하자 강범영이 그를 막았다.

"진정해."

"사장님!"

"두진이 뒤따라갔으니까 별일 없을 거야."

그러나 민철은 주삿바늘을 뽑아내고 기어이 침대에서 몸을 일으켰다. 그 짧은 움직임에도 땀이 비처럼 쏟아졌다.

"그렇게 움직였다가는 쇼크로 죽을 수도 있어."

"괜찮습니다. 이보다 더한 것도······"

"답지 않은 행동을 하는군."

"······사장님도 그러셨습니다."

강범영은 반박하지 않았다. 대신 민철에게 차와 사람을 내주었다.

"어디 있는지 알고 움직이는 건가?"

"짐작 가는 곳이 있습니다."

"그래. 그렇다면······. 문주성."

한 걸음 뒤에 물러나 있던 문주성이 앞으로 걸어 나와 고개를 숙였다.

"예, 사장님."

"쓰러지면 둘러업고 와라."

"예!"

"운전은 하지 마. 너 혼자 죽고 끝날 일이 아니니까."

민철은 차 키를 문주성에게 넘기고 강범영을 향해 허리를 굽혔다. 수술 부위가 땅겼지만, 적당히 하지 않았다.

"다녀오겠습니다."

"융통성 없기로는 네놈이 최고일 거다."

"모두 배운 것입니다."

"가 봐."

지하 주차장으로 내려와 차에 올라탄 민철은 고개를 뒤로 젖힌 채 거친 숨을 몰아쉬었다. 생각보다 통증이 더 심했다. 눈앞이 노랗게 변했다가 까맣게 가라앉았다.

"실장님, 괜찮으십니까?"

"……출발해. 그 집으로 간다."

민철은 시트에 몸을 기대고 눈을 감았다.

머지않아 끝이었다. 그럼에도 최명철의 속내는 여전히 풀지 못한 숙제였다. 그는 무슨 생각으로 자신을 강호원에게 인사시켰으며 어째서 강범영과 동행하게 했을까. 어쩌면 최명철은 강호원이 강범영을 붙잡는 데 민철을 이용하리라는 걸 알고 있었는지도 모른다. 그래서 목숨이라도 부지하라고 강범영에게 민철을 붙여 둔 것이라면…….

그러나 이마저도 추측에 지나지 않았다. 죽은 사람은 말이 없는 법이기에. 그래서 최봉현을 찾고 싶었다. 진짜 최봉현을. 그렇다면 적어도 최명철이 자신을 이용하기만 했던 건 아니라고, 그렇게 믿을 수 있을 것 같았다. 그런데 세월을 거스르고 과거를 되짚을수록 진실의 방향은 뜻하지 않은 곳을 향해 뻗어 나갔다.

사호파 안팎으로 최명철을 기억하는 자들은 꽤 많았다. 그들은 민철이 성장할수록 그들이 세운 가설에 더욱 확신을 가졌고, 심지어 민철도 거울 속에서 최명철의 모습을 발견하기에 이르렀다. 빌어먹게도 자신은 최명철을 닮아 가고 있었다. 그때부터 거울을 피하기 시작했다. 그들의 말마따나 최명철이 살아 돌아온 것 같았기 때문이었다. 그럴수록 최봉현의 존재는 선택이 아니라 필수가 되어 있었다.

"도착했습니다."

민철은 감았던 눈을 뜨고 익숙한 골목 초입을 응시했다.

탈칵. 문을 열고 나오자 제법 공기가 훈훈했다. 부러지지 않은 쪽의 팔로 옆구리를 감싼 채 골목으로 걸음을 옮겼다.

"그 몸으로는 무립니다."

"……조용히 해. 머리 울린다."

"실장님!"

"조용히 하라니까."

묵묵히 골목을 거슬러 올라가는 민철의 발걸음이 위태롭게 흔들렸다. 문주성은 민철이 주춤거릴 때마다 그를 부축하기 위해 팔을 뻗었지만, 민철의 거부로 물러나야 했다. 몇 번의 고비를 넘기고 나흘 만에 깨어난 민철은 고작 물 한 모금으로 입을 적셨을 뿐이었다. 이렇게 움직이는 것 자체가 말도 안 되는 일이었다. 그러나 강범영이 허락한 일에 대해 문주성이 반대할 수 없는 노릇이었다.

"하아, 하아……."

가파른 골목을 휘돌아 계단을 밟아 올라갈 때는 그야말로 극한의 인내로 견뎌야 했지만, 민철은 끝까지 멈추지 않았다. 붉은 벽돌집이 보일 즈음에는 민철의 하얀 와이셔츠가 땀으로 흠뻑 젖어 있었다. 고장이 나 반쯤 열린 대문 앞에 서 있던 남자가 민철을 발견하고 한달음에 달려왔다. 그러고는 울퉁불퉁한 시멘트 바닥에 무릎을 꿇고 고개를 조아렸다. 17년 전 밀실에서 나왔을 때도 두진은 지금처럼 무릎을 꿇고 있었다.

"죄송합니다."

"뭐가 죄송하지?"

"어떤 벌이든 달게 받겠습니다."

두진은 민철을 구하기 위해 여인경을 사지로 몰아넣었다. 여인경에게는 민철에게 가는 것처럼 눈속임을 하고는 이원하와 접선하는 그녀의 뒤를 밟아 공장까지 따라갔다. 우리 쪽 사람이 잠입해 있다는 사실을 안 것은 그곳에 도착한 후였다. 두진은 민철의 계획을 간파하지 못한 채 민철만은 구하자는 생각에 사로잡혀 여인경의 곁을 지키라는 말을 어겼다. 민철은 부복한 두진을 지나쳐 집 앞으로 걸어갔다.

반쯤 열려 있는 문틈으로 화단이 보였다. 그리고 화단 턱에 여인경이 앉아 있었다. 그녀의 시선이 대문 틈 사이로 향했다. 민철과 눈이 마주친 여인경이 몸을 일으켜 세웠다. 끼이이익. 대문을 열고 들어간 민철은 잠시 그대로 서 있었다. 민철 앞으로 여인경이 다가와 섰다.

철의 여인

"여기에서 계속 생각했어요. 계속, 계속 생각했는데…… 아무것도 기억나는 게 없어요."

"……괜찮아."

"내가 정말 최봉현이에요?"

"아니. 너는 여인경이지."

"그럼 당신이 최봉현인가요?"

"……"

"최봉현은 하나가 아니라, 둘이었어요. 그렇죠?"

그녀는 눈물 없이 울고 있었다. 여인경의 생일 5월 5일은 그녀가 지금의 부모님을 만난 날이었다. 중학교에 입학해서 부모님과 혈액형이 다르다는 걸 알게 되고 지나가는 투로 물었다. "엄마, 나 엄마 딸 맞지?" 하고. 그때나 지금이나 심약했던 신진숙은 주저앉아 울었고 퇴근하다 그 모습을 발견한 여석태는 그런 게 아니라며 어설프게 여인경을 설득하려 했다. 정말 가볍게, 농담처럼 던진 돌에 개구리가 맞아 죽고 말았던 것이다.

그날 이후 여인경은 5월 5일 대신 음력으로 생일을 챙겨 달라고 떼를 썼다. 전부터 어린이날이 생일이라 불만이 많았다며 어깃장을 놓는 여인경에게 부모님은 목이 떨어져라 고개를 끄덕였었다.

어차피 어렸을 때 일은 기억나지 않는 터라 지금까지처럼 살면 된다고 생각했었다. 서류상에 입양 기록이 없는데도 민철은 알고 있었던 모양이었다. 유전자 검사는 민철과 여인경이 했어야 했다.

"검사해요, 우리."

"결과가 두렵지 않아?"

"두려워요. 하지만 이대로는 안 되니까."

"너와 내가 둘 다 최봉현이라면, 나를 떠날 건가?"

여인경이 눈을 감고 입술을 깨물었다. 복받치는 설움에 가슴이 들썩거렸다.

"내가 놓아주지 않겠다면 어쩔 거지?"

"그러면 안 되잖아요. 안 되는 거잖아요."

"또, 우는군."

"……미안해요."

이를 말없이 지켜보던 민철이 대문 밖을 향해 말했다.

"연두진."

민철이 부르자마자 두진이 대문을 열고 들어왔다.

"부르셨습니까."

"가져와."

"네."

집 안으로 들어간 두진이 민철의 방에서 서류 하나를 꺼내왔다. 이런 날을 예비라도 한 듯 민철의 옷가지를 제외한 집 안의 물건은 그대로 남아 있었다. 민철은 두진에게 받은 서류 봉투를 여인경에게 내밀었다.

"열어 봐."

"이게……."

철의 여인

"나에게는 필요 없는 물건이니까 네가 원하는 대로 해."

여인경이 밀봉된 봉투의 입구를 뜯어 내용물을 꺼냈다. 종이 위에 인쇄된 글자를 빠르게 읽어 나갔다.

여인경의 손에 쥐어진 것은 그녀와 민철의 유전자 검사 결과지였다.

"……거짓말. 거짓말이야."

종이를 쥐고 있는 손이 사시나무처럼 흔들렸다. 여인경은 자신이 제대로 이해한 것이 맞는지 똑같은 내용을 몇 번이고 반복해서 읽어 보았다. 검사 의뢰 날짜는 민철과 여인경의 관계가 발전하기 전이었다.

"믿기지 않으면 몇 번이고 다시 검사해 봐도 좋아."

"……아니래요. 우리, 아니래요."

"그럼 이제 떠나지 않을 건가?"

종이에 고정되었던 시선을 들어 민철을 바라보았다. 곧 그녀의 눈시울이 붉어졌다.

여인경은 깁스를 하지 않은 민철의 손을 끌어다 제 아랫배에 가져다 댔다.

"심장 소리를 들으려면 조금 더 기다려야 한대요."

"아……."

"아이가 생겼어요."

민철은 천천히 손을 움직였다. 손바닥 아래 만져지는 감촉은 크게 달라진 것이 없었다.

"아이?"

"네."

민철이 여인경과 시선을 맞췄다. 하얀 얼굴은 더 이상 창백해질 수 없을 만큼 질려 있는데도 그의 얼굴에 미소가 어렸다.

"아이……."

"네, 우리 아이예요."

배 위에 겹쳐진 두 사람의 손에서 반지가 반짝이고 있었다. 그러나 행복한 시간은 길게 이어지지 못했다. 한계에 다다른 민철의 몸이 크게 비틀거렸다. 두진이 옆에서 부축했지만, 그의 몸은 곧 중력을 이기지 못한 채 바닥으로 쓰러졌다.

"실장님!"

멀어지는 의식의 끝자락에 여인경의 애달픈 음성이 매달렸다.

"우리 숨바꼭질해?"

"그래. 그러니까 나오면 안 돼. 형이 나오라고 하면 그때 나와."

"형아가 술래야?"

"금방 찾으러 올 테니까 나오지 마. 알았어?"

"응. 알았어."

기억도 못하면서 여인경은 그녀가 한 약속을 지킨 셈이었다. 민철은 여인경이 절대 자신을 떠날 수 없음을 확인하고서야 눈을 감았다.

'찾았다.'

철의 여인

Behind Track. Home
- 로이킴

  노인은 옆집 주인이라는 남자의 전화를 받고서야 2년 전 빈터만 있던 부지에 공사가 시작되었다는 소식을 들었던 기억이 어렴풋하게나마 떠올랐다. 남자는 노인의 집과 자신의 집 사이에 울타리 치는 일에 허락을 구했다. 의심이 많고 괴팍한 성격의 노인은 생각해 볼 테니 기다리라는 말을 남기고 전화를 끊었다.

  노인이 다시 남자의 전화를 받은 것은 사흘이 지나서였다. 노인은 요즘 젊은것들은 참을성이 없다며 버럭 화부터 냈다. 사실 남자의 요구에는 노인의 허락이 필요하지 않았다. 부지만 넘어가지 않으면 그만이지만, 담쟁이 넝쿨을 심게 되면 울타리를 타고 옆집까지 이어질 수도 있었다. 노인은 이번에도 확답을 주지 않은 채 전화를 끊었다.

다시 남자에게서 전화가 걸려 온 것은 일주일이 지난 어느 오후였다. 그날은 노인의 하나뿐인 아들의 생일이었다. 전쟁통에 홀로 남하한 이후로 언젠가 이북에 남겨진 가족과 다시 만나게 될 날만을 기다리며 안 해 본 일 없이 돈을 모았다. 그러나 어느덧 그는 일흔을 코앞에 둔 노인이 되어 있었다. 두 살 되었을 무렵 헤어져 올해 마흔아홉이 되었을 아들의 얼굴이 이제는 흐릿하기만 했다.

"자네, 몇 살인가?"

- 서른일곱입니다.

"그래."

노인이 남자의 청을 수락한 건 즉흥적이었다. 지금 당장 들르겠다며 울타리는 자신이 보는 앞에서 치라는 말에도 남자는 별다른 토를 달지 않았다. 남자는 인천에서 서울로 올라온 노인을 골목 초입까지 마중 나와 기다리고 있었다. 키가 훤칠하게 크고 피부도 하얀 남자는 서른일곱이라는 나이가 무색할 정도로 눈에 띄는 준수한 인물이었다.

"배우인가?"

"아닙니다, 어르신."

깍듯한 남자는 노인과 보폭을 맞춰 골목을 거슬러 올라갔다. 노인이 매입한 집 옆에 아담한 2층 벽돌집이 들어서 있었다.

"혼자 할 생각인가?"

철의 여인

"예."

남자의 수다스럽지 않은 점도 마음에 들어 노인은 남자가 울타리를 치고 담쟁이 넝쿨을 심을 때까지 묵묵히 지켜보았다. 기다리는 동안 편히 쉴 수 있도록 의자를 가져다 놓은 남자의 배려는 어쩐지 노인의 마음을 위로하는 듯했다. 남자는 얼핏 보아도 생긴 것과 달리 손끝이 야무졌다. 험한 일과는 거리가 멀게 생겼음에도 연장을 다루는 솜씨가 제법이었다.

"다 끝났나?"

"예."

"자네가 살 집인가?"

"아니요."

노인은 더 이상 묻지 않았고 남자도 아무 말 하지 않았다. 식사를 대접하겠다는 남자의 청을 거절하고 인천으로 돌아온 노인은 이따금 남자의 전화를 받았다. 대부분 안부 전화였다. 노인은 살갑게 받아 주지는 않았지만, 처음처럼 남자의 전화를 피하거나 무시하지 않았다.

남자가 노인을 대신해 방치하다시피 한 노인의 집을 관리했다는 사실을 알게 된 건 그로부터 얼마 지나지 않아서였다. 지난해 겨울 동파된 수도관이 기어이 터지고 말았다. 인천에서 서울까지 오는 동안 집이 온통 물바다가 될 상황이었는데 남자가 나서서 해결해 주었다. 남자는 대가를 바라고 한 일이 아니라며 한사코 돈을 받지 않았다.

"거 참, 고집도. 그럼 약속 하나 하지. 후에라도 내 도움이 필요하면 말하게나. 아무것도 묻지 않고 돕겠네."

그리고 남자가 노인에게 도움을 청한 것은 그로부터 한참이 지난 후였다. 취학통지서를 받아야 할 아이가 있으니 주소를 잠시만 빌려 달라는 것이었다. 노인은 아무것도 묻지 않은 채 승낙했고 막 한 달쯤 지났을 때 남자의 부고를 전해 들었다.

"너무 오래 살았어."

노인은 한차례 폭풍이 휩쓸고 지나간 폐허 앞에 서 있는 기분으로 그렇게 말했다. 너무 오래 살았노라고.

울타리를 설치하던 남자의 모습이 아른거렸다. 남자를 알게 된 지 한 해가 지났을 때 노인이 남자에게 물었었다.

"살지도 않을 집을 왜 지었나?"

"그 아이에게 돌아올 곳을 만들어 주고 싶었습니다."

남자가 무엇을 준비하고 있었는지 노인은 많은 말을 듣지 않았음에도 이해할 수 있었다. 아들에게 재산을 물려줄 날만 손꼽았던 노인은 이북에 있는 아들의 생사조차 알아내지 못했다.

야속한 세월 앞에 노인의 소원은 서서히 녹이 슬어 갔다. 일흔을 넘긴 노인은 하루가 다르게 쇠약해지는 몸을 느끼며 끝을 준비하고자 했었다. 노인이 가진 것이라고는 재산뿐이었고 그것은 죽고 나면 소용없는 것들이었다. 그래서 남자에게 유산을 물려줄 생각이었다. 얼굴도 모르는 사람에게 재산을 나눠 주느니 그편이 나았다. 그런데 남자가 자신보다 앞서 떠나 버렸다.

"내가 너무 오래 살았어."

노인은 빙판이 된 골목길을 홀로 걸어 내려갔다. 그리고 7년 후 숨을 거둘 때까지 두 번 다시 그곳에 발을 들이지 않았다.

잠에서 깨어난 민철은 생각나지 않는 꿈 탓에 잠시 그대로 있었다. 아주 긴 꿈을 꾼 것 같은데 도무지 무슨 꿈인지 알 수가 없었다. 차라리 꿈을 꾸었다는 인식이 없으면 모를까, 안개처럼 아스라이 사라지는 꿈 자락은 잡히지도 않으면서 묘하게 가슴에 남아 아른거렸다.

탈칵.

문이 열리는 소리가 들렸다. 민철은 천천히 눈을 떠 쏟아지는 빛을 맞았다. 하얗게 발하던 빛은 조금씩 색으로 물들었다. 밋밋한 은백색의 천장과 단조로운 인테리어가 이곳이 병실이라는 사실을 알려 주었다.

"언제 일어나셨어요."

가까이 다가온 여인경이 몸을 일으키려는 민철을 위해 침대 헤드를 높여 주었다. 그러고는 곧 물을 한 컵 따라 민철의 입에 대 주었다.

"조금만요. 입에 머금었다가 천천히 삼키세요."

민철은 말 잘 듣는 아이처럼 여인경의 말을 따랐다. 여인경이 민철의 입가를 닦아 주고 옆에 앉았다. 그렇게 쓰러진 민철은 무리하게 몸을 움직인 탓에 꽤 오래 깨어나지 못했다. 염증 수치가 위험 수위까지 오르고 혈압은 무섭게 떨어졌다.

"내가 얼마나 걱정했는지 알아요? 어떻게 깨어나자마자 와요."

"혼자 남겨지고 싶지 않았으니까."

혼자 남겨지는 것.

잠시 말을 잇지 못한 여인경의 눈에 많은 감정이 들어찼다.

"그래도, 그래도 그러면 안 되는 거잖아요."

"걱정했어?"

"무서웠어요. 실장님을 잃게 될까 봐. 그러니까 다시는 그러지 마요."

"네가 떠나지 않는다면, 그렇게 하지."

"안 떠날게요."

"약속하는 건가?"

"네. 약속해요."

여인경은 약속이라면 반드시 지켰다. 그거면 되었다.

"그런데 나는 언제까지 실장님이어야 하지?"

"네?"

"난 너한테 실장님이고 싶지 않은데."

"아……."

대롱대롱 매달려 있던 눈물이 쏙 들어간 여인경은 몹시 난처해했다. 가볍게 웃음을 흘린 민철이 별일 아니라는 듯 입을 열었다.

철의 여인

"백민철, 내 이름이야."

"……."

"어머니 성이 민이었어. 그래서 어렸을 때는 철이라는 만화 주인공 이름을 빗대 종종 놀림도 받았었지."

"은하철도 999, 맞죠?"

"본 적 있나?"

"아니요. 본 적은 없지만, 유명하잖아요."

아버지가 아니었다면 민철은 백민철이 아니라 최민철이 되었을 수도 있었다. 혼란스러운 시기를 지나며 그는 백민철도 최민철도 되지 못했다. 정황은 민철을 최봉현이라고 말했지만, 이제는 아무래도 좋았다.

"나는 백민철로는 살지 못해."

"……네."

"최민철로는 더더욱 살 수 없고."

"알아요."

"그러니까 나를 부를 때마다 만화 주인공이 연상되더라도 이해해 줘."

여인경은 만화 주인공이 아니라 강철 슈트를 입은 아이언맨이 떠오른다는 말을 미소로 대신 전하며 무거워진 마음을 조금씩 풀어놓는 연습을 했다.

"농담도, 할 줄 아시네요."

"진담이야."

"뭐, 알았어요."

"그래서 호칭은?"

"생각을 좀 해 보고 말씀드리면 안 될까요?"

"그렇게 어려운가?"

"저보다 열 살이나 많은데 이름으로 부를 수는 없잖아요."

"……뜻밖의 공격이군."

"아, 그런 의미는 아니었는데……."

의도치 않게 어색해진 분위기를 깨고 민철이 호칭을 정해 주었다.

"이름으로 불러."

"삐쳤어요?"

"아니니까, 이름으로 부르라고."

"여보, 자기야. 이런 거 말고요?"

민철은 대답하지 않았다. 여인경은 피식 웃고 말았다. 그러고는 다시 입매가 굳어지지 않도록 입술을 살짝 오므렸다가 풀었다. 무거운 주제를 가볍게 나눌 수 있도록 운을 떼어 준 민철에게 고마웠다.

"우리가 정말 혈연관계였다면, 어쩌려고 했어요?"

"확률은 어차피 반반이었어. 내가 믿고 싶은 쪽을 믿었겠지. 진실은 언제나 혹독했으니까."

"그런데 왜 나한테 보여 준 거예요?"

"알고 싶어했잖아."

"나더러 무모하다더니……."

"그래서 싫은가?"

철의 여인

"아니요. 좋아요."

판도라의 상자 속에 마지막으로 남은 것이 희망인 이유를 이제는 알 것 같았다. 고통스러운 현실을 마주하고서야 만난 희망은 그러하기에 더 소중했다. 그러니 여인경은 아버지, 여석태를 만나야 했다. 아직 확인해야 할 진실이 남아 있었.

소소한 대화를 나누다 검사를 받고 민철은 다시 잠이 들었다. 그동안 못 잔 것을 한꺼번에 몰아서 자려는 듯 한번 잠들면 좀체 깨어나는 법이 없었다. 여인경은 조용히 자리에서 일어나 병실을 나왔다. 문 밖에는 그림자처럼 두진이 지키고 서 있었다.

"아버지께 다녀오려고 해요."

"……."

"제가 오기 전에 깨어나면 말씀 좀 전해 주세요."

"차를 준비하겠습니다."

더 이상 그녀를 위험에 빠뜨릴 사람은 없었지만, 여인경은 사양하지 않았다. 운전사는 필요한 물건을 가지러 민철의 아파트를 오갈 때마다 운전을 도맡아 해 준 사람이었다. 여인경을 태운 차는 곧장 여석태가 있는 곳으로 달렸다.

귀휴를 마치고 교도소로 돌아간 여석태는 여인경의 면회를 거절하지 않았다. 며칠 사이 부쩍 마른 여석태는 파리한 안색을 한 채 여인경 앞에 나타났다.

"얼굴이 그게 뭐예요. 안 좋으신 거예요?"

"잠을 좀 못 자서……."

"얼굴 좀 보여 주세요."

여석태는 죄인처럼 고개를 숙이고 있었다.

"널 볼 낯이 없구나."

"진실을 말씀해 주세요. 제가 친자식이 아니라는 건 알고 있어요."

"뭐? 아니야. 아니다, 경아."

"저 다 알고 왔어요. 그러니까 사실대로 말씀해 주세요."

"정말 아니야. 넌 내 딸이 맞다."

"아빠, 제발……."

고개를 든 여석태는 자신의 과오를 마주 보았다.

사실 여인경은 여석태의 부정으로 태어난 아이였다. 젊고 혈기 왕성한데다 마음이 약한 여석태가 방황하던 때였다. 유산을 거듭하는 아내와의 소홀해진 잠자리는 궁색한 변명이었다. 그저 답답했었다. 책임을 짊어지기에 스물셋의 여석태는 아직 어리기만 했다. 짧은 외도는 여석태가 감당하기 어려운 시련으로 돌아왔다. 여자는 여인경만 남겨 둔 채 떠났고 유산으로 힘겨워하는 신진숙에게 도저히 사실대로 말할 수가 없었다. 그래서 최명철의 아이라고 속였다.

"그분하고는 어떻게 아시는 건데요?"

"어려서부터 형제처럼 자랐다. 천애고아였지. 네 할아버지가 데려와 거둬 먹이지 않았다면 애당초 죽을 목숨이었어. 먹이기만 했나? 나보다 더 잘 입히고 학교도 좋은 곳으로 보냈다. 누가 보면 내가 아니라 그 사람이 친아들인 줄 알았을 거야."

여석태의 부친은 본인이 죽은 후에도 두 사람이 친형제처럼 지내길 바랐다. 하여 최명철은 부친이 사망한 후에도 여석태에게 생활비 명목으로 매달 돈을 주었다. 그렇게라도 도리를 다하려 했던 것이다. 신진숙은 조폭 돈을 받아 쓰는 것을 불편해했지만, 재산을 탕진하고 사기를 당해 빚까지 진 여석태에게는 경제력이 없었다. 그녀에게 있어 여인경은 일종의 면죄부인 셈이었다. 최명철의 아이를 키워 주는 대신 돈을 받는다고 생각했으리라.

그러나 호적에 올리는 것은 다른 문제였다. 신진숙은 여석태가 멋대로 여인경을 호적에 올린 사실을 뒤늦게 알게 되었다. 빚쟁이들에게 시달리느라 술이 아니면 잠을 잘 수 없었던 여석태를 신진숙이 억지로 깨워 사실을 캐물었고 짜증이 폭발한 그는 사실대로 털어놓았다.

"내 자식을 내가 호적에 올리겠다는데 네가 무슨 상관이야! 자식도 못 낳는 여편네가 잔소리는······."

술이 깬 후에라도 진심 어린 사과를 했어야 했다. 그런데 여석태는 그렇게 하지 않았다. 진실과 마주할 용기가 나지 않았기 때문이었다. 신진숙은 그때부터 서서히 마음의 병을 앓기 시작했고 우여곡절 끝에 임신할 때까지 여인경을 방관했다. 학대하지는 않았지만, 애정을 주지도 않았다.

"그럼 최명철, 그분 아들이······."
"그래. 정말 많이 닮았더구나."

여인경은 가까워지는 진실이 고통스러웠으나 다시금 한 발짝 더 내디뎠다.

"내가 엄마 딸이 아니라서, 그래서 그 집에 살았던 거군요."

"무슨 소리냐. 내가 일하러 가 있는 동안 잠시 그 집에 있었을 뿐이야. 늦게라도 일이 끝나면 항상 데리러 갔었는데……. 그건 왜 자꾸 캐물어. 그냥 묻고 살아라. 생각하면 속상하기만 한데."

"묻는다고요?"

여인경의 눈동자에 원망이 가득 차올랐다.

"아빠가…… 어떻게 그런 말씀을 하세요? 아빠 때문에, 나 때문에, 그 사람이 어떤 일을 겪었는데……. 그래서 헤어지라고 하셨어요? 죄책감 때문에요?"

"복수, 하는 거라고 생각했다."

최명철은 자신이 곧 죽으리라는 것을 아는 사람처럼 주변을 정리했다. 붉은 벽돌집 외에 모든 걸 정리한 최명철은 여석태에게 민철을 부탁했다. 비록 경제관념이 없고 나약하지만 사람 귀한 줄은 안다고 생각했기 때문이었다.

"하지만 나도 사정이 있었다. 내가 힘들어하는데도 제 새끼는 버젓이 좋은 집에 살게 하면서 우리 식구는 다 무너져 가는 흉가를 집이랍시고 구해 주더구나."

"……."

"분했지. 원통했어. 우리 아버지가 자기한테 어떻게 했는데! 그럴 순 없는 거다."

철의 여인

하지만 그렇다고 최명철에게 함부로 할 수는 없었다. 생활비뿐 아니라, 근처에 살면서 민철을 들여다봐 주는 조건으로 보수도 받고 있었고, 무엇보다 그는 조폭이었다.

"겨우 네 취학통지서를 받기 위해 주소 좀 빌려 달라고 했더니만, 웬 알지도 못하는 애먼 노인네 집 주소를 빌려 준 인간이야! 인간도 아니지. 그놈은 인간도 아니라고!"

벅벅 이를 가는 여석태와는 달리 최명철은 형제처럼 자란 여석태를 믿었다. 그것이 가장 큰 실수였다는 것을 최명철도 몰랐으리라. 여석태는 사건이 발생하고 얼마 있지 않아 최명철의 돈을 들고 도망쳤다. 그들은 민철의 몫을 빼앗아 부유함을 누렸다.

"네 엄마를 살리려면 어쩔 수 없었다."

"그런 말이 어디 있어요! 찾았어야죠! 그 사람, 그때 겨우 열여덟이었다고요!"

"열여덟이면 어른이지."

"아빠!"

여석태는 끝까지 비겁했다. 정규신이 그를 이용하고 괴롭힌 것은 사실이지만, 여석태 스스로 저지른 잘못에 대해서는 그가 책임을 져야 했다. 그런데 여석태는 자신의 선택을 타인의 탓으로 돌리며 책임을 전가했다. 어쩔 수 없었다면서. 자신을 연민하느라 그로 인해 아파한 다른 이들을 여전히 외면하고 있었다.

"왜 하필 그 사람이냐."

"아빠! 제발, 제발 그만 하세요."

"헤어지면 안 되는 거냐?"

"하아……. 갈게요."

서울로 돌아오는 내내 여인경은 진실의 무게를 감당하기 위해 버티고 또 버텼다. 속죄가 필요하다면 평생 속죄하며 살 것이다. 잘못을 빌라고 하면 빌 것이고 고통을 감수하라면 할 것이다. 민철이 원하는 만큼, 그의 곁에 있을 것이다.

드르륵.

병실 문을 열고 들어가자 깨어 있는 민철이 보였다. 여인경은 그 앞으로 다가가 섰다.

"울었어?"

"아니요. 당신이 곁에 없어서 울지 못했어요."

"울고 싶은가?"

"아니요. 안아 주고 싶어요."

여인경은 몸을 기울여 민철의 어깨를 감싸안았다. 그에게 무리가 가지 않도록 조심하면서 머리카락을 부드럽게 쓸어 넘겼다.

"당신을 만나서 얼마나 다행인지 몰라요."

"내가 하고 싶은 말인데."

"그리고, 당신을 사랑해서 내가 얼마나 감사한지 모를 거예요."

여인경은 민철을 품에서 놓아주고 몸을 낮춰 눈높이를 맞쳤다.

"이제, 다 괜찮아요. 다 끝났어요."

"그래."

"그러니까 더 이상 참지 않아도 돼요."

"그래도, 되겠어?"

"이제는 내가 지켜 줄게요."

아픈 진실을 감당하느라 차마 말하지 못했던 민철의 진심.

"여인경."

"네."

"사랑한다."

눈물을 머금은 채 그녀가 웃었다. 앞으로 다가올 미래가 어떠하든 부디 이 사람과 함께 견딜 수 있을 만큼의 시련이기를. 그래서 이 사랑만은 지켜 낼 수 있기를 간절히 소망했다.

"사랑해요."

어김없이 동이 트고 새로운 아침이 찾아왔다. 멈춘 적 없는 시간은 삶을 포기하지 않는 그들을 위해 계속해서 앞으로 나아갔다. 새로운 오늘이 그들 앞에 있었다.

Bonus Track. **두 사람**

- 성시경

    변화가 생겼다. 민철은 퇴원하기 전 두진에게 집에 거울을 설치하라는 지시를 내렸다. 한동안 두진에게 눈길조차 주지 않던 민철의 첫 번째 지시였던 터라 두진은 그 즉시 거울을 들여놓았다. 그런데 퇴원하고 돌아와 확인한 집 안은 참으로 묘했다. 두진의 잘못이라고 하기엔 어폐가 있었다.

"괴상해."

"아직 어색해서 그런 걸 수도 있잖아요."

    민철은 정말 그렇게 생각하는 거냐며 시선으로 물었다. 여인경은 괜히 딴청을 피웠다. 그녀 역시 물건을 가지러 잠시 집에 들를 때마다 민철과 비슷하게 반응했기 때문이었다.

    분명 필요해서 걸었는데 어디선가 시선이 느껴져 돌아보면 거울 속에 있는 자신과 눈이 마주친다거나 하는 일이 비일비재하게 벌어졌다. 덕분에 미로 같은 공간이 묘하게 변해 버렸다. 마치 세련된 귀신의 집에 들어온 느낌이랄까. 거울의 위치를 바꿔도 특유의 음산한 분위기는 지워지지 않았다. 여인경은 어둑해질 무렵에 보면 더 괴상하다는 말은 굳이 하지 않았다.

"인테리어를 다시 하는 것이 좋겠군."

"무슨 소리예요. 당신 오늘 퇴원했거든요?"

"내가 하겠다는 말이 아니었는데."

"그래도 안 돼요."

입원해 있는 동안 가볍게 몸을 움직이는 편이 회복에 도움이 된다는 의사의 말을 듣고 여인경은 산책을 생각했지만, 민철은 다음날부터 이른 새벽에 일어나 병원 앞 공원에서 조깅을 하고 돌아왔다. 보호자 침대에서 자던 여인경은 땀에 젖어 돌아온 민철을 보고 기함할 수밖에 없었다. 민철은 조깅이 무슨 운동이냐며 대수롭지 않게 여겼다.

실제로 민철은 처음 진단을 뛰어넘는 속도로 빠르게 회복되었다. 민철을 담당하지 않은 의료진까지 그의 회복력에 무척 놀라워했지만, 곁에서 민철이 다치는 것을 지켜본 여인경은 한시도 마음을 놓을 수가 없었다.

"깁스 풀 때까지는 절대 안 돼요!"

민철은 두 손을 허리에 올리고 엄한 낯을 하고 있는 여인경의 얼굴을 뚫어지게 쳐다보았다.

"왜 그렇게 봐요?"

"신기해서."

"뭐가요?"

"잔소리 듣는 건 처음이거든."

"아, 기분 나빴어요? 그만 할까요?"

"아니야. 계속 해. 듣기 좋아."

이번에는 여인경이 민철을 물끄러미 바라보았다. 민철은 시선의 의미를 알면서도 짐짓 모른 척해 주었다.

"왜 그렇게 봐?"

"신기해서요."

"뭐가?"

"잔소리가 좋다는 사람은 처음이거든요."

재미없는 만담을 주고받는 동안 두 사람 얼굴에는 어느덧 미소가 어려 있었다. 민철은 제 앞에 걸려 있는 거울을 내려 바닥에 돌려놓았다.

"깁스를 풀 때까지 거울은 떼어 두도록 하지."

"왜요?"

"집에 들어온 지 10분도 안 돼서 다섯 번이나 놀랐잖아."

여인경은 집 안을 둘러보며 거울을 떼어 내는 민철의 듬직한 등에서 시선을 떼지 못했다. 살포시 팔을 뻗어 그의 허리를 둘러 안았다. 등에 볼을 대고 눈을 감았다. 사랑한다는 말을 해 주지 않았을 때도 민철의 사랑은 항상 손이 닿는 곳에 있었다.

철의 여인

"이렇게 빨리 꿈을 이룰 줄은 몰랐어요."

"꿈?"

"네. 사랑하는 사람과 행복하게 잘 사는 게 제 꿈이었거든요."

여인경이 겪어 온 지난 세월을 생각하면 결코 천진하다고만 할 수 없는 소망이었다.

여석태와 신진숙을 진심으로 사랑했으나 그들은 그녀에게 받은 만큼조차 돌려주지 않았다. 겉으로 보기에는 단란한 가정처럼 보였겠지만, 실상은 일방적인 여인경의 사랑이었다. 그럼에도 불구하고 여인경은 자신을 망가뜨리지 않고 지켜 냈다. 17년 전이나 지금이나 여전히 강한 사람이었다.

민철은 여인경의 팔을 풀어내고 마주 섰다. 가만히 바라보는 맑고 투명한 눈동자는 진심이 아니면 담지 않을 것처럼 빛났다. 반질거리는 까만 눈동자 속에 민철이 맺혀 있었.

민철은 여인경의 손을 끌어다 제 허리에 감게 하고는 그녀를 품에 안았다. 여인경은 민철의 따스한 심장 위에 귀를 기울였다. 그 안에 그녀가 있었다.

"당신 꿈은 뭐예요?"

"사랑하는 사람과 행복하게 잘 사는 거."

"지금 나 따라 하는 거예요?"

"그러면 안 돼?"

"좋은 점만 따라 해야 해요. 알았죠?"

"내 눈에는 모든 게 좋아 보이는데?"

"저런, 큰일이네요. 책임감이 막중해지는데요?"

"부담스러운가 보지?"

"아니요! 전투력 게이지가 엄청나게 상승했어요."

여인경은 보란 듯이 민철을 안고 있는 팔에 힘을 주었다. 줄곧 어른스럽게 자신을 채찍질했던 그녀였지만, 민철 앞에서만큼은 종종 아이로 돌아가고는 했다.

"힘썼더니 배고파요."

"하하하하."

여인경이 빠끔 고개를 들어 목을 울리며 웃는 민철에게 애교 섞인 눈웃음을 지었다.

"점심으로 비빔국수, 어때요?"

"금방 준비하지."

"제가 할게요. 민철 씨만큼 솜씨가 좋다고는 못하겠지만, 그래도 국수는 자신 있어요."

이리저리 주방을 누비는 여인경을 바라보는 민철의 시선이 따스했다. 국수를 삶아 내고 양념장을 준비하는 데 10분도 걸리지 않았다. 달걀을 삶아서 고명으로 얹어도 좋겠지만, 오늘은 평소에 그녀가 먹던 대로 준비했다.

"드셔 보세요."

여인경은 민철이 먼저 먹고 평을 내려줄 때까지 눈을 반짝이며 기다렸다.

"음, 진짜 맛있군."

"다행이다. 국수는 진짜 신기해요. 아무리 먹어도 질리지 않거든요."

"좋아해?"

"음……."

잠시 말을 고르던 여인경은 처음 국수를 해 먹었던 순간을 떠올렸다.

점심도 먹지 못한 채 종일 서서 일하다 퇴근했던 날 밤이었다. 피곤해서 손가락 하나 까딱하기 싫은데도 배가 너무 고파서 잠이 오질 않았다. 그런데 그날따라 쌀이 뚝 떨어져 먹을 거라고는 국수와 고추장, 참기름에 배가 고파서 씹어 먹다가 절반 정도 남긴 오이와 먹지 못할 정도로 신 김치뿐이었다. 서글퍼할 정신도 없이 국수를 삶아 고추장과 참기름을 넣고 비볐다. 오이를 썰어서 넣고 김치도 씻어서 잘게 잘라 넣어 비벼 먹었는데 그게 그렇게 맛있을 수가 없었다.

"그때부터 집에서 밥을 해 먹어야 할 때는 꼭 국수를 먹었어요. 물론 처음처럼 맛있지는 않아도 여전히 좋아해요."

"원망스럽지는 않아?"

"뭐가요?"

"너를 힘들게 하는 모든 것이."

"그날들이 없었으면 오늘도 없었을 거예요. 당신을 만났으니까 이제는 다 괜찮아요."

사실 여인경은 그날 많이 울었다. 정말 아주 많이. 국수를 반쯤 비우자 허기가 해갈된 것만큼 졸음이 몰려왔다. 반쯤 눈을 감은 채로 꾸역꾸역 국수를 밀어넣는데 무심코 달력에 시선이 닿았다. 그냥 그런 느낌이 들었다. 달력을 봐야겠다는. 그리고 다시 휑한 벽에 걸린 시계가 자정을 넘긴 것을 보고서야 깨달았다. 바로 몇 분 전, 그녀의 스무 번째 생일이 지났음을.

"나 되게 오래 살겠다."

생일에 꼭 미역국을 먹으란 법은 없지 않으냐며, 어른들 말씀에 국수는 장수의 상징이라고 했으니까 자신은 분명히 오래 살 거라고, 그렇게 울컥 치솟는 감정을 꾹꾹 눌러참았다. 그러나 그럴수록 눈물은 걷잡을 수 없을 만큼 차올라 흘러내렸다. 서럽게, 서럽게 울면서도 여인경은 국수를 남김없이 먹었었다.

그날 이후 힘든 일이 생기거나, 기쁜 일이 있으면 꼭 국수를 해 먹었다. 힘든 일이 있고 나서는 국수를 먹으며 기운을 북돋웠고, 기쁜 일이 있을 때는 국수를 먹으면서 희망을 되새겼다. 그러면 정말 거짓말처럼 좋은 일이 생기고는 했었다.

부디 죽는 날까지 이 사람과 함께이기를. 오래도록 행복하기를. 여인경은 간절히 소원했다.

"불기 전에 우리 얼른 먹어요."

여인경은 맛있게 먹었고 민철 역시 그릇을 말끔히 비웠다.

스토킹을 비롯해 납치, 감금, 살인교사 및 향정신성 의약품인 마약을 복용한 혐의로 구속된 유명 작곡가이자 프로듀서인 이원하의 소식이 연일 지상파 뉴스의 헤드라인을 장식할 즈음, 여인경이 한때 몸담았던 미용실 원장으로부터 전화가 걸려 왔다. 그동안 정말 미안했고 다시 한 번 같이 일해 볼 생각이 없느냐는 제안을 하기 위해서였다.

언젠가 다시 일을 하게 되더라도 민철이 깁스를 풀 때까지는 시작하지 않을 생각이었다. 생각해 보겠다는 여인경에게 원장은 자신과 함께 일하는 것이 불편하다면 괜찮은 숍 실장으로 소개해 주겠다며 적극적으로 나섰다. 경력 6년의 미용사에게 실장은 파격적인 제안이었다. 여인경은 조만간 다시 연락을 드리겠다는 말을 남기고 전화를 끊었지만, 썩 유혹적인 제안임은 분명했다. 그러나 자신의 경력으로 그런 자리를 차지한다는 게 내키지 않기도 했다.

여인경의 고민이 깊어질 무렵 민철이 예상치 못했던 말을 꺼냈다. 미용사가 정말 하고 싶었던 일이었느냐는 것이었다.

"갑자기 그건 왜 물어요?"

"정말 원하는 일을 하길 바라니까. 어쩔 수 없이, 현실에 밀려 선택할 수밖에 없는 그런 일 말고."

여인경은 미용 기술을 배우기 위해 직업학교를 찾아갔을 때를 기억했다. 미용사는 최대한 빨리 안정적인 직업을 갖길 원했던 여인경에게 가장 적합한 직업이었다. 특별히 마음이 가거나 애정이 있어서 선택한 건 아니지만, 그래도 일을 하면서 보람은 있었다. 그러나 정말 원하는 일이냐고 자문해 보면 대답은 제법 빨리 나왔다. 필요해서 선택했을 뿐이지 진짜 하고 싶은 일은 따로 있었다. 하지만…….

"하고 싶은 일만 하면서 살 수는 없잖아요."

"살 수 있어. 너는 그렇게 살아도 돼. 말해 봐. 뭐가 하고 싶었는지."

"조경사가 되고 싶었어요."

정상적으로 고등학교를 졸업했다면 조경과로 진학했을 터였다.

사람 사는 곳에는 반드시 나무와 꽃이 필요하다고 생각했다. 그래서 그녀는 바쁜 일상에서 잠시나마 쉬어 갈 휴식처를 자신의 손으로 직접 설계하고 싶었다.

"지금이라도 하고 싶은 거 해."

"뭐든지?"

"날 떠나는 것만 아니라면."

여인경은 웃으며 고개를 도리질 쳤다.

"저 돈 없어요."

"합법적으로 내 돈을 쓸 수 있으면 되는 거지?"

"네?"

"결혼을 서둘러야겠군."

"민철 씨."

"돈을 보지 말고 내 마음을 봐. 그럼 돼. 내가 왜 이러는지 알잖아."

"……힘들다고 포기하면 어쩌려고 그래요."

"곁에서 위로해야지. 고생했다고."

"그게 뭐예요."

철의 여인

"내가 너를 사랑하는 방법."

어쩐지 눈물이 날 것 같아 여인경은 민철을 향해 두 팔을 벌렸다. 민철이 여인경의 몸을 제 쪽으로 살짝 끌어당겨 목을 어긋 맞대고는 그녀를 품 안에 가두었다. 민철은 여인경이 그의 품 안에서 누리는 자유 말고는 아무것도 모르기를 원했다. 그가 주는 것만이 전부가 되기를. 그래서 그녀 안에 그만이 가득하기를……. 민철이 그러하듯.

"이렇게 받기만 해서 어떻게 하죠."

"사랑한다고 말해."

"사랑해요."

"나는 그거면 돼."

기어이 비집고 나온 눈물이 민철의 어깨를 적셨다. 여인경의 뜨거운 눈물은 강철 같던 그의 살갗을 뚫고 가슴으로 스며들었다. 차갑게 얼어붙어 있던 심장이 뜨겁게 고동쳤다. 살았어도 죽은 것 같던 그의 세상이 되살아나고 있었다.

"사랑한다."

이로써 복수는 완성되었다. 그는 살아 있었다. 여인경의 이름으로.

철의 여인 마침.

작가의 말
- 화수목

같은 상황을 겪고도 다르게 기억하는 일, 있으신가요?

혹은 조금 전 일인데도 전혀 기억나지 않거나, 남이 해 준 말을 내 것처럼 인식해 기억하거나, 또는 허위를 사실로 인식해 기억하거나, 아니면 꿈과 상상처럼 비현실을 마치 현실인 양 착각해 기억하는 것까지. 전부는 아니더라도 살면서 한 번쯤은 경험한 일이지 않을까 싶어요.

머릿속에 저장된 '기억'이 객관적이기 위해서는 그것을 증명할 '기록'이 필요하겠죠. 그런데 우리의 삶을 일거수일투족 영상으로 남기기란 쉬운 일이 아니잖아요. 거의 불가능하죠.

민철이 과거의 기억을 더듬어 기록으로서 증명하려고 했지만, 실패한 것도 그때문이겠죠. 기록이 인생을 모두 말해 주지 못하는데다 기억은 온전치 못하니까요.

가끔 저도 이게 내 기억인지, 혹은 주변에서 해 준 말을 내 기억으로 착각하는 건지 불분명할 때가 종종 있어요. 게다가 별일 아닌 상황을 과장되게 기억하는 경우도 있고, 엄청나게 큰 사건이 흐릿할 때도 있고요.

제 동생은 특별히 무슨 일을 겪은 것도 아닌데 초등학교 5학년 이전의 기억이 거의 없어요. 거의 못한다고 봐야죠. 그저 함께 겪은 가족이 이런 일이 있었노라고 말해 주니까 '그런가 보다' 하고 넘어갈 뿐, 본인은 약간의 기억도 없다고 하더라고요. 단기 기억상실증도 아니고 머리에 이상이 있는 것도 아닌데 말이죠.

민철은 기억이 흐릿했고, 그 기억에 오류도 있었습니다. 여인경은 기억 자체가 없었고요. 기억도 기록도 풀지 못한 몇 가지의 의문점은 일부러 그대로 남겨 두었어요. 잊힌 기억보다 중요한 것은 오늘을 살아갈 그들의 삶에 있다고 생각했거든요. 죽은 사람은 말이 없고 사건의 중심에 있던 최명철이 살아 돌아올 가능성은 없잖아요.

여인경이 열병을 앓았지만, 과거를 기억하지 못하는 일이 열병 탓인지 아닌지는 그녀의 뇌만이 알겠죠. 그러나 기억하지 못한다고 해서 그녀가 불행하다고 생각하지는 않아요.

어쩌면 잊는다는 것, 그러니까 망각은 우리가 오늘을 살기 위한 일종의 생존본능이라는 생각이 들었어요. 과거에만 매여 있다가는 앞으로 나아가지 못할 테니까요. 행복한 기억만 있으면 좋겠지만, 아팠던 사건이 흐릿해지지 않으면 굉장히 끔찍할 것 같거든요.

이로써 '뜨거운 안녕'에 이어 복수 시리즈 두 번째 편인 '철의 여인'이 끝이 났네요. 총 3부작으로 준비한 시리즈의 마지막을 장식할 '뒤돌아선 사람들'도 열심히 완성해서 찾아뵙겠습니다. 현실이라면 살아 돌아오지 못했을 최명철의 이야기를 거기에서 조금 더 해 볼 참이거든요.

아울러 제 글을 기다려 주신 독자분들께도 안부 전합니다. 모쪼록 이미 저만치 밀려난 아픈 기억이 흐려졌기를, 조금쯤은 무뎌졌기를. '아픔에 대한 가장 분명한 복수는 행복해지는 것에 있다'는 탈무드의 명언처럼 어제보다 오늘이 더 행복하시기를 바라 봅니다.

특별히 끝까지 부족한 저를 믿어 주고 중심을 잡아 준 오후 네분들과 김희경 편집자님께 감사드려요! 끝으로 언제나 응원을 아끼지 않는 우리 가족, 사랑합니다.

여러분, 우리 모두 사랑하며 살아요.

최수옥 드림.

철의 여인

Hidden Track. 우연일까요
- 권순관

   여인경과 민철, 두 사람은 더위가 한창이던 지난 8월 8일, 부부의 연을 맺었다. 보네르에서 가까운 지인 몇을 초대해 증인으로 삼고 결혼서약서 낭독 후 피로연으로 예식을 마무리 지었다. 민철의 예복은 여인경이 골라 주었고, 여인경의 웨딩드레스는 민철이 골라 주었다. 부케 또한 여인경이 직접 만들어, 하나에서부터 열까지 두 사람 손이 닿지 않은 곳이 없는 결혼식이었다. 그리고 준비하는 과정에서 종종 부딪치는 일이 생긴다던데, 여인경과 민철은 사소한 트러블조차 없었다.
  "사랑받는 기분이에요."
  "같은 기분이라 다행이군."
  "당신도 그래요?"

"네가 나를 바라볼 때, 이렇게 마주 보며 웃어 줄 때, 너와 함께하는 매순간이 그래."

민철의 고백은 사랑한다는 말이 채 담지 못한 사랑의 풍부한 감정을 전해 주었다. 여인경은 행복을 가득 담아 민철을 바라보며 웃었다.

신혼여행은 사흘간 호텔에서 스파를 즐기는 것으로 대신했다. 아쉬운 마음이 없는 건 아니었지만, 막상 스파를 하면서는 생각이 달라졌다. 병상을 떨치고 일어난 지 얼마 되지 않은 민철에게도, 임신 중인 여인경에게도 만족스러운 선택이었기 때문이었다. 임산부를 위한 스파 코스는 나중에 다시 한 번 더 오고 싶을 정도였다.

그리고 다시 일상으로 돌아왔다. 민철의 휴가는 끝이 났고 호텔에 머무는 동안 집 안 인테리어가 바뀌었으며 여인경은 내년 4월에 예정된 고졸 검정고시를 준비하느라 여념이 없었다. 무엇보다 배 속 아이가 건강하게 자라고 있음에 감사했다.

더위가 한풀 꺾이고 추석도 지나 어느덧 서늘한 바람이 불기 시작한 9월의 마지막 날은 어김없이 비가 내렸다. 숨이 막히다 못해 땅이 쩍쩍 갈라지는 여름이 물러나자 태풍이 연이어 몰아쳤고 한창 추수할 즈음에는 비 소식이 이어지고 있었다.

민철과 보네르에서 저녁을 먹기로 약속한 여인경은 학원 수업이 끝날 때쯤 데리러 온 두진의 에스코트를 받아 레스토랑으로 향했다. 그곳에서 여인경은 반가운 얼굴을 만났다. 결혼식날 기꺼이 여인경의 하객이 되어 준 강범영의 아내, 김의진이었다.

"어? 인경 씨! 오랜만이에요. 잘 지냈어요?"

"네. 안녕하셨어요?"

"나야 잘 지내죠."

두 사람은 많은 대화를 나누지 않았음에도 비범한 남자를 남편으로 둔 심정을 공감하고 교감했다. 김의진은 여인경에게 자신을 '언니'라고 부르라며 남편들 사이의 상하관계가 그녀들에게까지 영향을 미치지 않기를 바랐다. 그게 빈말이 아닌 듯 여인경을 발견한 김의진은 한걸음에 다가와 반갑게 손을 맞잡았다.

"학원 다닌다면서요. 많이 졸리고 그럴 텐데, 피곤하지 않아요?"

"가끔 졸기도 하는데, 그래도 오랜만에 해서 그런지 공부가 재미있어요."

"엄마 덕분에 아기가 똑똑해지겠네요."

"재미있기는 한데 잘하지는 못해요."

"재미있으면 됐죠. 엄마가 어떻게 느끼느냐가 제일 중요하대요."

김의진은 자신보다 한참 작은 여인경을 흐뭇하게 바라보다가 함께 온 친구 원혜정에게 그녀를 소개해 주었다.

"아, 여긴 내 친구예요. 원혜정. 혜정아, 이쪽은 민 비서님

와이프 되시는 여인경 씨."

"원혜정이에요. 이 친구한테 얘기 많이 들었어요."

"안녕하세요. 여인경이라고 합니다."

고개 숙여 인사하는 여인경을 유심히 바라보던 원혜정이 제 옆에 있는 김의진의 옆구리를 쿡 찔렀다. 윽 소리가 절로 나오는 강도였지만, 김의진은 웃는 낯을 유지하며 왜 그러느냐는 시선을 보냈다.

"딱 네 취향이네."

"얘가 또 무슨 말을 하려고……. 인경 씨 우리는 신경 쓰지 말고……."

"야, 너는 왜 사람이 말하는데 끊고 그러냐. 똥 싸고 안 닦은 기분 들게."

"혜정아."

원혜정이 그러했던 것처럼 김의진은 자신의 절친 옆구리를 팔꿈치로 사정없이 찔렀다. 그러나 출산 후 두툼하게 불어난 원혜정의 옆구리는 꿈쩍도 하지 않았다. 오히려 안광을 빛내며 경고를 날렸다.

"아줌마 같다고 말하면 죽는다."

"우리 그만 현실을 인정……, 아니다. 아니니까 너도 그만……."

김의진의 만류에도 원혜정은 멈추지 않았다.

"인경 씨, 인경 씨라고 불러도 되죠?"

"아, 네. 그러세요."

"내가 사람 보는 눈이 좀 있는데. 인경 씨, 이 친구가 참 좋아할 스타일이에요. 아는지 모르겠지만, 이 친구가 원래 인경 씨처럼 순수하고 심지 굳은 사람을 좋아하거든요. 하여튼 취향이 소나무예요. 그런 의미에서, 우리도 종종 봐요. 나도 꽤 순수하고 심지가 굳거든요."

소나무는 뭐고 그런 의미는 또 무엇인지 도통 알 수는 없었지만, 유쾌한 원혜정에게 빠져들어 그녀가 내미는 손을 맞잡았다. 원혜정의 손은 따뜻하고 보드라웠다.

"어머, 그 시선. 인경 씨 벌써 나한테 빠졌군요? 하긴 내가 좀 매력적이긴 하죠."

"야야, 혜정아. 적당히 하자. 응?"

"얘는. 내가 뭐 틀린 말 했니? 인경 씨가 보기에는 어때요?"

"네? 아, 매력적이세요."

원혜정이 보란 듯 턱을 치켜들었다. 때마침 원혜정의 전화가 울리지 않았다면 레스토랑 주차장을 사랑방 삼아 만담 같은 대화가 끝없이 이어졌을지 모를 일이었다.

"아, 나 전화 온다. 잠깐만? ……이 사람이 웬일이지?"

원혜정은 울리는 휴대전화를 바라보다 무음으로 바꾸고는 여인경에게 시선을 돌렸다.

"인경 씨 번호, 의진이한테 물어도 되죠?"

"그럼요. 그러세요."

"빈말 아니죠? 나 한다면 하는 사람이거든요."

"빈말 아니에요."

"좋아요. 인경 씨 마음에 들었어요. 다음에 우리 꼭 다시 봐요."

"네."

인사를 마친 원혜정이 휴대전화를 귀에 댔다.

"여보세요? 응. 나예요. 바빠서 어제가 오늘 같고, 오늘도 어제 같다는 사람이 이 시간에 전화를 다 하고, 천지가 개벽을 하려나? 무슨 일 있어요?"

말이 굉장히 빠른 원혜정은 발도 빨랐다. 전화를 받으며 순식간에 주차장을 나간 그녀의 빈자리는 생각보다 크게 느껴졌다. 뭐랄까. 마치 블랙홀에 빨려들어갔다가 나온 듯 이상한 기분이었다. 넋을 반쯤 놓고 있는 여인경에게 김의진이 정말 번호를 알려 줘도 되느냐 되물었다.

"네. 좋은 분 같으세요."

"자화자찬이 심해서 그렇지, 없는 말을 지어내는 친구는 아니에요."

김의진은 원혜정이 자랑처럼 늘어놓은 말에 힘을 실어 주었다. 순수하고 심지가 굳은 분이구나. 여인경은 원혜정을 떠올리며 배시시 웃었다. 김의진도 여인경의 생각을 알겠다는 듯 고개를 주억거렸다.

"연락하고 지내도 괜찮을 거예요. 이쪽 관련 일도 어느 정도 알고 있고요. 오늘은 민 비서님과 약속 있나 봐요. 혹시 오붓하게 식사?"

"네. 요즘 입맛이 심하게 당겨서요."

"잘 먹으면 좋죠."

휴대전화의 시간을 확인한 김의진이 여인경에게 아쉬운 표정을 지어 보였다.

"난 가 봐야 할 거 같아요."

"아, 식사 안 하시고 가세요?"

"오늘은 저 친구 부부만 식사할 거예요. 저 친구 부부끼리 시간을 보낼 필요가 있을 것 같아서 자리 좀 마련하느라 잠깐 나온 거거든요. 우리 영진이가 사내애라 그런지 활동량이 어마어마해요. 저도 버거운데 이모 혼자서는 더 힘드실 거라 얼른 들어가 봐야 해요. 그럼 우리도 다음에 다시 봐요. 혜정이 만날 때 나한테도 연락해 줘요."

"네. 그럴게요. 조심히 들어가세요."

김의진이 떠나고 멀찍이 기다리고 서 있던 두진이 여인경 곁으로 다가왔다.

"미안해요, 이야기가 길어져서."

"아닙니다. 모시겠습니다."

두진을 따라 레스토랑으로 올라가 자리를 찾아 앉은 여인경은 두 테이블 건너 원혜정과 그녀의 남편으로 보이는 남자를 발견하고 눈인사를 건넸다. 때마침 도착한 민철이 자리에 앉으며 원혜정 쪽을 무심히 바라보다 시선을 돌렸다.

"원혜정 씨군."

"아세요?"

"나만 알지. 김의진 씨 친구야."

"그렇더라고요."

의외라는 듯 민철의 눈썹이 휘었다.

"어떻게?"

"언니한테 벌써 소개받았어요."

"김의진 씨도 왔었나?"

"네. 그러니까 이참에 제대로 인사해요."

민철이 이상한 표정을 지었다. 퇴원 직후 거울로 도배된 집을 봤던 그때와 비슷한 얼굴이었다.

"싫어요?"

"좋지는 않아. 별로 엮이고 싶지 않은 사람이라서."

"왜요?"

"정신없고 시끄러우니까."

여인경은 내심 동의하면서도 웃지 않기 위해 노력했다.

"그래도 인사하는 게 맞는 것 같아요."

여인경이 이렇게 나오면 민철은 별수없었다.

"그럼 인사만."

"물론이죠."

그러나 애석하게도 인사는 인사만으로 끝나지 않았다. 통성명을 하고 민철이 명함을 내민 순간, 원혜정의 얼굴이 급속도로 굳었다. 그러곤 심각한 낯으로 민철과 명함을 세 번 이상 번갈아 보았을 때, 그녀의 남편과 여인경까지 '혹시 무슨 문제가 있는 건 아닌가' 하고 생각하게 되었다.

철의 여인

남편이 테이블 밑으로 보이지 않게 원혜정의 옆구리를 쿡쿡 찔렀다. 이번에도 그녀는 반응이 없었다. 주르륵 미끄러지는 안경을 추켜올린 그녀의 남편이 왜 그러느냐며 묻자 그녀가 명함을 들여다보며 또 알 수 없는 말을 중얼거렸다.

"토니는 재산이 천억 달러가 넘는 재벌 중의 재벌에다가…… 가만, 군수업체 말고도 더 있었지? 아크 원자로가 얼마였더라? 티타늄 슈트도 한두 벌이 아니고."

원혜정의 독백에 남편의 얼굴이 점점 기묘하게 굳어 가기 시작했다.

"게다가 그뿐이야? 유머러스하면서 그 미칠 듯한 섹시함은 로다주가 유일무이한데. 근데 뭐, 나름 잘생기기는 했네. 키도 더 크고. 세, 섹시한 것 같기도……."

"여, 여보."

"왜요."

"인경 씨 불편하게 왜 그래."

"아악! 내가 지금 무슨 생각을 하는 거야. 이름이 비슷할 뿐인데!"

고개를 든 원혜정은 비지땀을 흘리고 있는 남편의 하얀 얼굴을 바라보다 크흠, 하고 가볍게 목을 풀었다. 그리고는 다시 민철에게 시선을 고정했다. 무언가를 캐내려는 눈빛이었지만, 감정만큼은 깔끔하게 갈무리했다.

"인경 씨, 로다주 알아요?"

"로버트 다우니 주니어. 배우 말씀하시는 거죠?"

"맞아요. 제가 광팬이거든요. 덕심이 폭발해서 잠깐 정신이 나갔었나 봐요."

"연상이…… 될 만하죠. 이해해요."

여인경은 간신히 그렇게 말하고는 피식피식 삐져나오려는 웃음을 입술을 옹송그려 막았다. 눈치 빠른 민철도 원혜정의 말을 이해했는데, 원혜정의 남편만 영문을 모르겠다는 표정으로 앉아 있었다.

"푸훗!"

여인경은 자리로 돌아와서야 참았던 웃음을 터트렸다. 한참 그렇게 웃고 숨을 몰아쉰 여인경이 민철에게 사과했다.

"죄송해요. 제가 너무 웃었죠."

"원혜정 씨가 마음에 드나 보군."

"네, 순수한 분인 것 같아요. 기분 나빴어요?"

"아니."

영문 이름이 적힌 민철의 명함을 보고 원혜정이 떠올렸을 생각은 뻔했다.

"정신없고 시끄럽지만, 적어도 겉과 속이 달라 보이지는 않더군."

"그렇죠? 그리고 사실은……."

여인경은 테이블 앞으로 상체를 숙여 은밀하게 속삭였다.

"당신이 훨씬 더 섹시해요."

그녀의 흡족한 반응에 민철이 보일 듯 말 듯 미소지었다.

"알아. 그래도 원혜정 씨 앞에서는 말하지 않는 편이 좋을 거야."

"그래야죠. 당신 섹시한 건 나만 알고 싶거든요."

"……못 당하겠군."

"철의 여인이잖아요."

"그게 그렇게 되는 건가."

식사가 끝날 때까지 두 사람의 테이블에는 웃음이 끊이지 않았다. 행복이 넘실거리는 오늘이었다. 오늘이 될 내일도 여인경은 행복할 것이다. 민철이 있기에, 그와의 아이가 있기에.

씻고 나온 민철이 자연스럽게 흘러내린 머리카락을 쓸어 올렸다. 직모인 터라 속눈썹 바로 위에까지 내려온 머리카락은 쓸어 올려도 금세 제자리로 돌아왔다. 평소 단정하게 세팅해 이마를 드러낸 것과는 사뭇 다른 모습이었다. 피부가 하얗고 이목구비가 매끈해서 그런지 여성스럽지 않은데도 청순하다는 수식어가 굉장히 잘 어울리는 얼굴이었다.

여인경은 반복해서 머리카락을 넘기는 민철을 유심히 바라보다 그를 이끌어 의자에 앉혔다.

"잠깐 여기 앉아 봐요."

여인경은 손가락 전체를 이용해 머리카락을 빗어 내고는 길이를 가늠했다. 손가락 사이를 빠져나가는 감촉이 좋아 온종일 만지고 싶었다.

"염색 같은 거 한 번도 한 적 없죠?"

"단정한 용모는 비서의 기본이니까."

"혹시 관리했어요?"

"그럴 리가."

"머릿결 좋은 사람들 여럿 봤는데 그중에서 당신이 최고인 것 같아요. 두피도 깨끗하고 결도 상한 곳이 거의 없네요."

가만히 여인경의 손길을 느끼던 민철이 그녀의 손목을 잡아 내린 뒤 손바닥을 유심히 들여다보았다.

"6년이면 셀 수 없이 많겠군."

"뭐가요?"

"이 손길을 아는 사람."

여인경이 장난스럽게 미소지었다.

"지금 질투하는 거예요?"

"가슴에 불이 오른 기분이야."

여인경은 웃었지만, 민철은 진지했다.

"앞으로는 당신하고 우리 아이들만 알게 할게요."

"……."

"그거로는 부족해요?"

"부족해."

"그럼 제가 어떻게 할까요?"

곰곰이 생각하더니 그가 결론을 내렸다.

"아이들 머리는 내가 잘라 주는 걸로 해."

"당신이요?"

"어렸을 때만."

"커서는요?"

철의 여인

"알아서 하겠지."

"어머, 그럼 당신 머리는 평생 내가 자르고요?"

"평생. 그거 괜찮네."

결국 여인경은 '하하하' 소리 높여 웃었다. 환한 그녀의 얼굴을 올려다보는 민철의 눈빛이 따스했다. 사랑한다. 사랑한다는 말이 부족할 만큼 사랑한다. 그런 시선이었다.

여인경은 달콤한 웃음을 갈무리했다. 그러고는 미용 가위를 가져와 민철의 머리카락을 빠르게 다듬었다. 사각사각. 잘려 나가는 머리카락을 털어 내고 민철의 얼굴을 요리조리 살핀 여인경이 눈을 휘며 미소지었다.

"예뻐요."

"그래. 예쁘다."

민철은 여인경을 바라보며 답했다. 자신에게 고정된 시선이 부담스럽기는커녕 사랑스러웠다. 여인경은 민철의 두 볼을 감싸고 입을 맞췄다. 아이에게 하듯 상냥하고 다정한 입맞춤. 그러나 곧 불씨가 튀듯 민철의 눈동자가 활활 타올랐다.

볼록하게 불러 온 여인경의 배를 바라보던 민철에게 그녀가 고개를 주억거렸다. 여인경을 번쩍 안아 든 민철이 침실로 직행했다. 9월의 마지막 밤이 지나고, 10월의 첫날이 밝아 올 때까지 침실 문은 열리지 않았다. 다가올 겨울이 조금도 춥지 않을 것 같았다.

진짜로 마침.

내 손 안의 즐거움,
도서출판 오후

철의 여인

초판 인쇄 2015년 8월 13일
초판 2쇄 2015년 9월 7일

지은이 | 和수목
펴낸이 | 김진희
펴낸곳 | 도서출판 오후
기　획 | 군자란
편집·교정 | 군자란, 월악산
본문디자인 | 겨울냉이
미디어마케팅 | 얼래
전략기획팀 | 데렐라

주　소 | 서울시 중랑구 공릉로14길 23
전　화 | 070) 4365-5959
팩　스 | 0505) 999-5959

출판등록 | 2012년 4월 6일 제2012-000134호

오후 블로그 http://ohwoobooks.com/

ⓒ 和수목, 2015

ISBN 979-11-85687-27-8 (03810)

이 책은 저작권법의 보호를 받는 저작물이므로
무단전재와 무단복제를 금합니다.
잘못된 책은 구입처에서 교환해 드립니다.